KB071161

버블 비너스

심은신 장편소설

·세라는 풍요와 쾌락을 선사하지만 잔인한 신이에요. 결코 인간을 긍휼히 여기거나 자비를 베풀지 않아요.
신에 대한 끊임없는 숭배만을 요구하죠. 거기에서 벗어나는 순간 철저하게 버려질 거예요.
번 더 말하지만 비너스의 근원은 아세라에요."

도서출판 청어

버블 비너스

심은신 장편소설

작가의 말

그리스 여행 중 코린토스(고린도)를 방문했을 때
고대의 영광은 사라지고 돌무더기만 남은 적막한 도시에
홀로 우뚝 솟은 해발 575m의 아크로코린토스 산을 만났습니다.
두터운 성채로 둘러싸인 산 정상에는
코린토스의 수호여신 아프로디테의 신전 터가 있었습니다.
일찍이 교역과 상업의 발달로 환락의 꽃이 된 도시 속,
높은 신전에서 미의 여신 아프로디테를 섬기던 천여 명의 여 사제들은
겐그레아 항구와 레카이온 항구를 통해 외국선박이 들어오는 걸 보고는
산에서 내려와 남자들에게 몸을 팔고,
대가로 받은 돈을
다시 자신의 여신에게 헌물로 바쳤다고 합니다.

미의 총화인 아프로디테 여신에게 무한한 동경의 눈길을 보내며
날마다 온 마음으로 제사했을 고대 여 사제들이 시현처럼 떠올랐습니다.
그녀들에게 아프로디테 여신이란 완벽한 외적 아름다움과 여성적 매력,
부산물인 풍요로움까지 주관하는 존재가 아니었을까요?
간절히 닿고 싶으나 결국 닿을 수 없는 열망의 별이었을 테지요.
어쩌면 열망 그 자체였을지도 모릅니다.

오랜 시간을 따라 마모되고 풍화돼버린 여신의 신전 터를 응시하는데
그 순간 마음에 차오른 감정은 뜻밖에도 슬픔과 연민이었습니다.
아름다움과 성(性), 그리고 풍요를 숭배하는 세계란
어쩐지 한 몸에 세 개의 상체가 붙어있는 샴쌍둥이처럼 버거워 보였기 때문입니다.
그럼에도 불구하고
인간이 여신의 환상을 떠나 자유로워지기란 무척 어려워 보였습니다.
지금 이 시간에도 여전히 숭배 받고 있는 아프로디테의 화려한 옷자락을 느꼈다면
여행자의 과람한 상상이었을까요.

신화와 과학문명의 꽃이라 불리는
우리 시대 문화의 집약체인 성형수술을 통해
아프로디테 여신이 진화해왔던 길을 거슬러 올라가 보고 싶었습니다.
한 걸음 한 걸음 거슬러 오르다 보면 어느 지점에선가
인간이 그토록 닿기 원하는 열망의 비밀에 대해 조금은 알 것도 같았습니다.

하지만 글 쓰는 내내 부끄러움을 느껴야 했습니다.
흘깃 엿본 열망의 입자들이 너무도 비루하고 초라해
물거품에서 태어난 아프로디테의 원형인가 싶었습니다.
치열하게 살아가는 현대인들도 그 열망에서 완전히 자유로울 수 없기에
우리 시대 자화상을 보듯 부끄러웠습니다.
열망은 시간을 따라 진화하는 것이 아니라 존재의 근원적 난제라는 걸

다시 깨닫습니다.

우리의 내면을 닮은 가엾은 한 여자와 한 남자의 이야기를 통해

인간이 가진 그대로의 부끄러운 열망을 표현해 보려고 했습니다.

그러나 열망의 초라한 자화상에도 불구하고……

열망보다 더 아름다운 소망이 우리 곁에 있어서

다시 새로워질 수 있다는 건 여전히 큰 힘이 됩니다.

주후 50년 경, 아테네를 떠나 코린토스로 옮겨와서

열망보다 더 아름다운 참 소망을 외로이 설파했던 한 남자를 기억합니다.

그 아름다운 소망 때문에

부족한 필력의 걸음을 앞으로도 걸을 수 있을 것 같습니다.

책이 출간되기까지 도와주신 분들께 깊이 감사드립니다.

자신의 열망이 아닌 타인의 소망을 위해 살아가는 분들이 옆에 계셔서 행복합니다.

나도 그렇게 살아가고 싶습니다.

2019년 가을에, 심은신

차례

프롤로그 – 6월 둘째 주「허즈투데이」소식

비너스병원, 제1차 인스타그램 셀럽 초청 안티에이징 미용 강연회 개최
〔여성의 미를 선도하는 매거진 허즈투데이/ 강은우 기자〕

비너스병원(강남구 역삼동) 김승우 원장은 오는 7월 첫째 주 수요일 오후 네 시 비너스아트홀에서「제1차 인스타그램 셀럽 초청 안티에이징 미용 강연회」를 개최한다고 밝혔다. 이미 젊은 여성들의 일상에 깊숙이 들어와 있는 인스타그램은 사진 및 동영상을 공유할 수 있는 어플리케이션으로 문화, 레저, 패션, 미용, 건강 등 라이프 스타일과 밀접한 관련을 맺고 있다. 여성의 건강한 아름다움을 추구해온 비너스병원은 인스타그램 세계의 여왕으로 등극해 있는 다섯 명의 셀럽을 초청해 그들만의 고유한 안티에이징 미용 관리법을 VIP 고객들에게 전수하는 것을 목적으로 하고 있다. 강연회를 향한 높은 기대치를 반영하듯 고객들의 반응은 폭발적이다. 비너스병원으로부터 강연회 초청장을 받은 이백 명의 VIP 고객들은 예외 없이 전원 참석하겠다고 회신해왔다. 비너스병원 관계자는 새로운 기획 행사가 고객의 흥미를 이끌어낼 줄 예상했지만 전원 참석 의지는 놀라운 결과라고 평가했다. 비너스병원 건

물 십일 층 비너스아트홀 이백 석 전석이 예약됐다는 소식으로 여성잡지사의 취재 요청이 쇄도했고, 한국피부미용협회와 각 분야 셀럽들의 인스타그램 메인화면에 공지사항으로도 등록됐다.

김승우 원장은 미용 강연회의 이 같은 열기는 미모와 지성과 배경을 완벽하게 갖춘 인스타그램 셀럽들의 안티에이징 비결을 배우겠다는 표면적 취지와 함께, 평소 가까이 하기 어려운 셀럽들의 삶을 직접 들여다보고 싶은 고객들의 호기심도 작용한 것으로 분석했다. 이번에 개최될 강연회에서 특히 주목할 것은 인스타그램 세계의 퀸 오브 퀸 손서인 씨를 직접 만날 수 있다는 점이다. J소주 창업자의 손녀로 브라운대에서 석사학위를 취득한 재원인 손서인 씨는 인스타그램 세상에서 오십만 명 넘는 팔로어를 거느리고 있다. 젊은 여성들에게 핫한 워너비로 유명 연예인 못지않은 인지도를 자랑하는데, 그녀가 한 번이라도 착용하거나 사용한 제품은 매번 하루 이틀 만에 완판 되는 기염을 토하고 있다.

손서인 씨를 개인적으로 만나고 싶은 열망을 가진 이은영 씨(33, 청담동 거주)는 이번 강연회를 통해 당당하고 주도적으로 자신을 가꾸어가는 미용 노하우를 배울 수 있을 것 같다며 높은 기대감을 드러냈다. 뿐만 아니라 유명 연예인을 눈앞에서 보는 것과는 또 다른 차원의 즐거움을 줄 수 있다는 게 비너스병원 관계자들의 전언이다. 완벽에 가까운 미모를 가진 셀럽을 눈앞에서 보고 구체적인 미의 기술을 배우면서 일상에서 그들과 동질성을 확보할 수 있다는 점에 주목한다.

이번 강연회는 7월 첫째 주 수요일 당일 오후 네 시부터 일곱 시까지 세 시간 동안 이어지는데 셀럽들의 미용강연과 고객들의 질의, 안티에이징 기술토의 등으로 진행될 예정이다. 이번 행사 기획은 상업적 이윤을 넘어 젊은 여성 고객들의 미용문화에 기여하려는 비너스병원의 선도적 태도로 평가받고 있다. 행사에 관한 자세한 사항은 비너스병원 고객상담실(T 02-200-0000)이나 홈페이지 자유게시판으로 문의하면 된다.

오, 포르투나(O, Fortuna) - 4월 둘째 주 수요일

「수술 결과 OK?」

터치펜으로 휘날려 쓴 핸드폰 메모장을 들이밀며 V-040115가 질문한다. 안타깝지만 나로선 대답이 불가능하다. 운명의 여신이 정 방향으로 웃어줄지, 역 방향으로 외면할지, 항상 어느 쪽이든 확신이 없다. 결과는 그저 운명일 뿐이다. 운명의 여신이 선택하는 고개 방향도 운명이라면 나로선 어찌해 볼 도리가 없다. 속수무책인 것이다. 매번 수술을 마친 고객의 얼굴에서 붕대를 풀려는 순간이면 회복실은 제의실 냄새를 강하게 풍기곤 한다. 운명의 여신에게 전쟁의 승리를 기원하는 간절함만 공기 중에 둥둥 떠다닌다. 나는 오직 결과를 알 수 없는 그 간절한 기원에 혼신을 바치는 순결한 사제가 되어 운명의 시간 앞에 서있을 뿐이다.

V-040115가 눈치 채지 못하게 나는 긴장된 흉강 속으로 깊은 숨을 들이마셨다. VIP 고객인 V-040115의 수술 결과를 최종 확인하기 직전, 궁수가 최대한 활을 바짝 당긴 긴장의 궁극 상태를 온몸으로 느끼는 찰나, 이 순간

을 기다려왔다는 듯 칸타타 〈오! 포르투나〉[1]의 장대한 음률이 뜨겁게 귓전을 울린다. 고객의 얼굴에서 붕대를 풀려는 순간마다 예외 없이 왜 매번 전쟁의 승리를 상징하는 칸타타가 내 귓전을 때리는지 모를 일이다. 수술의 승리를 확신하고픈 내 무의식 때문인지, 아니면 미의 세계를 점령하고픈 고객의 갈망 때문인지는 분명치 않다. 다만 어떤 열망의 부산물인 건 확실하다. 전쟁의 승리를 상징하는 칸타타의 운명적 비장미에 심장은 다시 뛰기 시작한다. 흥분 상태의 과잉 감정을 유도하는 음률 때문에 피는 자꾸 뜨거워지고 긴장은 한계 없이 팽창한다.

칸타타 〈오! 포르투나〉의 원형은 십삼 세기 독일 바이에른 수도원에서 발견된 세속가요 〈카르미나 부라나〉[2]라고 들었다. 기본 내용이 자연의 찬미나 술과 음식에 대한 탐닉, 거리낌 없는 성애性愛의 묘사로 가득 찬 세속가요가 거룩한 수도원에서 발견된 자체가 모순으로 보였다. 어느 날 비장한 클래식 곡과 만난 것은 더 큰 아이러니다. 작곡가 칼 오르프Carl Orff[3]가 세속가요 〈카르미나 부라나〉에 비장한 곡을 붙여 칸타타로 완성했다. 더욱 이상한 건, 이 모순덩어리 가요가 클래식 음악의 옷을 입은 후 어느 날 갑자기 독일 나치가 점령한 곳에서 승리를 자축할 때마다 울려 퍼졌다는 사실이다. 왜 개연성 없는 나치와 연결되어 결국 전쟁의 승리를 상징하는 칸타타가 됐는지 늘 궁금했다. 아무리 궁구해도 식욕과 성애는 도무지 나치와 어울리지 않았다. 물론 칸타타가 당대 누린 인기가 높았기에 나치가 차용했겠지만 마치 예측

---

1) 오! 포르투나(O! Fortuna): 오! 운명의 신이시여. 극적인 상황과 분위기에 잘 어울리는 칸타타. Fortuna는 로마신화에 나오는 행운의 여신으로 풍요의 뿔을 가지고 있다.

2) 카르미나 부라나(Carmina burana): 종합예술작품. 라틴어 고전을 가사로 하여 1937년 칼 오르프가 작곡한 성악곡으로 반복되는 리듬이 주는 역동성이 강한 작품. 규모와 구성에 있어서 대작이다.

3) 칼 오르프(Karl Orff): 1895~1982. 작곡가. 독일 뮌헨 음악학교 교사. 1972년 독일 훈장을 받음

할 수 없는 운명 탓에 악이 선으로 추앙받고 선이 악으로 추락하는 인생 곡예를 보는 것만 같아 씁쓸했다.

하지만 별난 칸타타의 세세한 변모 과정을 굳이 추적해보고 싶진 않다. 추적할 이유가 없다. 뭐, 그 또한 세속가요 〈카르미나 부라나〉의 타고난 운명일 테니까. 〈카르미나 부라나〉의 필사본에도 '운명의 바퀴' 삽화가 그려져 있다고 하지 않던가. 조악한 세속가요가 전쟁의 승리를 상징하는 개도적 클래식으로 변모한 과정은 사실 중요치 않다. 세속적인 과거 모습이야 어떠했든 지금 여기에서 승리를 상징하는 클래식 음악이 되었다면 그것으로 족한 것이다. 마찬가지로, V-040115의 과거 얼굴이 어떠했든 수술대 위에서 여신으로 재창조된다면 그 누구도 이의를 제기할 순 없는 것이다. '끝이 좋으면 모두 좋다Ende gut, alles gut'는 아주 무책임하면서도 아주 진실한 독일 속담처럼 말이다.

「물론 OK!」

가상의 낙관적 결과를 V-040115의 메모장 위에 가볍게 써줬다. 물론 얼굴에 여유로운 미소를 머금는 트릭도 잊지 않았다. V-040115는 수술 최종 결과를 확인하기 직전까지 기대감과 두려움이라는 상반된 열매 때문에 곡예하듯 조울의 시간을 보냈을 테다. 지극히 위험한데도 불구하고 절반의 성공 확률, 그러니까 시커멓게 입을 벌린 욕망의 오십 퍼센트를 채울 희망을 가질 수 있었으니 말이다. 하늘의 신께서도 에덴동산 중앙에 심어놓고는 인간에게 접근 금지령을 내렸던 탐스러운 욕망의 열매를 따먹었으니 V-040115의 속내가 천국과 지옥을 오갔을 건 자명하다.

붕대가 칭칭 감긴 얼굴 아래로 V-040115의 긴장한 목울대가 마른 침을 삼킨다. 1인용 회복실을 점거한 소독약 냄새를 가르고 마른 침 삼키는 소리가 비현실적으로 크게 들려온다. 며칠째 수액주사를 통해 최소량의 영양분만 공급받았을 뿐 물 외에 아무 것도 섭취하지 않아 핍절한 V-040115의 몸이 구원을 기다리는 소리 같다. 에너지는 모조리 빠져나가고 간절한 염원만이 오롯이 남은 V-040115의 육체……. 수술 전보다 더 기민하고 탐색적으로 변한 눈동자는 오로지 자신의 얼굴에만 몰두해있다. 붕대 사이로 번득이는 V-040115의 두렵고도 탐색적인 눈빛은 출구를 찾지 못해 갇혀버린 쥐의 것과 흡사하다.

단지 얼굴 너비 6mm를 줄이기 위해 V-040115가 버텨온 일주일간의 사투는 원초적 재탄생의 갈망이 아니었다면 견딜 수 없는 수준이었다. 바로든 모로든 엎드렸든 그 어떤 방향으로도 눕지 못하고 커다란 베개를 등에 고인 채 벽에 기대 쪽잠을 자야했다. 절골한 광대궁을 잘 고정시키기 위해 음식을 씹지도 못했고 양치도 허용되지 않았다. V-040115에게 가해진 형틀의 시간이 이제 그만 여신의 미소로 순연히 갈무리되길 바랄 뿐이다.

수술 집도의사인 나로서도 결과의 향방을 백 퍼센트 예측할 수 없다. 지난 십여 년 간 고도의 기술력과 경험 노하우로 과학적인 수술을 진행해왔지만 케이스바이케이스인 고객의 안녕만은 언제나 의사의 손을 떠난 하늘의 일이기 때문이다. 그렇다고 수술 결과를, 지질 탐색 없이 설계도만으로 건물을 세운다거나 기상 예측 없이 쾌청한 날씨만으로 비행기를 이륙시키는 터무니없는 확률에 비유할 수는 없다.

V-040115의 소망대로 얼굴라인을 정하고 정확한 크기로 광대궁을 잘라 내측으로 밀어 넣었지만 몸속 내밀한 면역체계와 골격의 유합성, 근육의 회복탄력성, 신경의 예민성은 수술 집도의사가 계획하거나 설정하거나 의도하

는 영역 밖 요소라는 뜻이다. 개별적인 특이현상마저 완전무결하게 예측할 수는 없는 것이다. 과거 수술한 타인들의 예후 확률이나 V-040115의 이전 수술 예후 확률에도 전적으로 의지할 순 없다. 고객의 몸은 매년 변화하는 시간과 다양하게 직면하는 상황에 따라 순간순간 반응 메커니즘이 달라지기 때문이다. 정말이지 수술 결과는 개인의 운명일 뿐인 것이다. 미를 창조하는 전문가로서 아주 곤란한 표현이긴 하지만 말이다.

그러니 운명의 여신이 혹 역 방향으로 외면한다 해도, V-040115의 예후가 예기치 않은 일로 방해를 받는다 해도, 외부로부터 의도치 않게 부정적인 영향이 주어진다 해도, 나로서도 V-040115로서도 이젠 어쩔 수 없는 노릇이다.

그렇더라도……

늘 그래왔던 것처럼, 표면적으로는 V-040115의 예후가 무사히 안정적 회복이라는 파라다이스에 안착해줄 확률에 승부수를 띄워야 한다. 고객의 만족도에 수술 집도의사의 허세적 낙관은 필요충분조건이다.

"괘-ㄴ-차-ㄴ-게-죠?"

붕대로 입이 막힌 V-040115는 수술 결과가 괜찮겠냐는 말을 복화술처럼 입안에서 굴렸다. 입술을 고정시켜 놓느라 어눌해진 발음이 붕대 틈을 비집고 겨우 빠져나왔다. 힘겨운 조음은 의료용 붕대 천에 길이 막히면서 파리한 마찰음으로 강등됐다. 가능하면 말을 하지 않는 게 좋은데 불안한 맘이 앞서는 것 같다.

"아! 지금은 입으로 말하지 않는 게 좋습니다. 터치펜으로 질문하세요. 세라 씨, 많이 두려워요?"

현세라…….

지나치게 화려한 이름이 주인의 파리한 모습과 전혀 어울리지 못한 채 공허하게 울린다. 명품으로 휘감은 옷차림 위에서 화려한 화장으로 더없이 빛나던 V-040115의 이름 '현세라'는 회복실에서 어색하게 공명될 뿐이다. 상황이 허세를 따라잡지 못해 벌어진 괴리현상이 꼭 블랙코미디 같다.

4월1일 열다섯 번째로 수술한 VIP 고객이라는 의미를 담은 일련번호, V-040115. 앞에 V가 붙은 고객은 특별관리 대상이다. 누구보다 앞서 진격해 먼저 미의 고지를 점령하고 승리의 깃발을 꽂으며 온 세상을 향해 '오! 포르투나'를 외쳐줄 비너스병원의 특수대원인 셈이다.

진료기록 위에 붙여진 고객 번호를 볼 때 가끔은, 신과 자연의 섭리를 거스른 죄목으로 수감된 죄수의 수인번호 같다는 착각이 들곤 한다. 01번에서 20번까지 스무 명이 차례로 누워 회복을 기다리는 삼십 평 일반 회복실을 거부하고 홀로 1인 회복실에 누워 자신의 특별함을 과시하던 허영심도 붕대를 풀려는 지금은 전혀 찾아볼 수 없다. V-040115답지 않게 달달 떨고 있다.

「조금 두려워요」

가만히 순응적으로 답하는 V-040115.

밀물처럼 한꺼번에 밀려와 숨쉬기조차 힘든 만조의 두려움과 썰물처럼 쓸려나가 존재감마저 사라진 간조의 두려움으로 굳이 이분해 본다면 V-040115가 느끼는 두려움은 추측컨대 전자로 보인다. 일류대학에 입학해 자신의 정체성을 새롭게 쓰고 싶어 합격 여부를 기다리는 수험생마냥 목 밑까지 차오른 두려움이 손에 잡힐 듯하다. 한 순간 가슴에 구멍이 생겨 훅 뚫려버리는 허무의 아득함, 팔과 다리에 저절로 힘이 풀리는 공허, 그런 도미노 감정이 아닌 것만은 분명해 보여 다행이다. 어쨌든 전자의 두려움은 생의 의지가 충분히 남아있을 때 나타나는 현상이니 그나마 후자보단 덜 불길하다. 자의식이 지나치게 강한 V-040115 육체 안에서 수술 실패와 허무가 만나면 어떤 파국적 결과가 파생될지 예측할 수 없다.

십 년 전, 비너스병원을 확장하면서 내부 인테리어를 대대적으로 바꿨다. 육 개월 간의 대공사를 마친 날 저녁, 삼십억이 들어간 내부를 하나하나 둘러보면서 우리나라 최고의 건축가가 만들어준 의료아트공간에 그저 놀라웠다. 촌스럽고 조잡한 낭만성도 삭제되고 지나친 실리성도 배제된 고급스런 공간 창출에 대단히 만족스러웠다. 병원 전체가 하나의 콘셉트로 조성된 예술품으로 승화됐다. 출입문 손잡이 하나까지도 건축가가 직접 챙겼다는 말이 실감났다. 내가 지불한 돈의 위력에 흡족한 미소를 머금고 병원을 나가려는데 불현 듯 전혀 예상치 못한 두려움이 밀려왔다. 눈앞의 모든 것이 한 순간에 썰물처럼 쓸려가는 텅 빈 공허감이라고 표현하면 얼추 맞을 테다. 갑자기 가슴에 포탄이 떨어진 것 같은 허허로운 느낌을 도저히 믿을 수 없어서 출입문 앞에서 한참이나 이탈리아 수입산 손잡이를 잡고 서 있었다. 병원 문을 나선 후에는 한국성형외과협회 회장단과의 저녁 골프가 예약된 상황이었다. 성형외과 분야에 중추적인 역할을 감당할 내외적 여건 조성이 거의 막바지인 상태였다. 난해한 퍼즐을 99% 맞춰놓은 지점이었다. 모든 일이 계획대로 착착 진행되고 있는 중인데 형통한 상황과 도무지 어울리지 않는 이상한 두려움이었다. 출처 없는 감정의 정체를 캐내고 싶어 새롭게 단장한 인테리어를 한참 노려본 것도 같다.

그때, 정면으로 보이는 로비 데스크 뒤로는 비너스의 얼굴 환조가 대리석 벽면에 아름답게 걸려있었다. 아무리 둘러봐도 미의 황금률을 가진 비너스의 얼굴처럼 모든 것은 완벽했다. 하나도 더하거나 뺄 수 없는 예술적 인테리어가 화려한 개업을 기다리고 있었다. 주인을 잘못 찾아온 떠돌이 감정이라고 치부하면서 여러 번 고개를 흔들었다. 혹 다시 또 그런 당혹스런 감정이 찾아올까봐 이후로 병원 내부를 오가면서도 비너스의 얼굴 환조는 될 수 있는 한 보지 않으려 의식적으로 노력했다.

V-040115는 수술 전 나와 네 번의 상담과정을 거치면서 비너스의 실체를 어느 정도 알게 됐지만 푸른 불꽃같은 맹렬한 갈망 하나로 모든 걸 감내하며 수술까지 버텨왔다. 그런 그녀가 텅 빈 두려움을 온몸으로 느껴선 안 될 테다. 이를 악물고 극한 상황을 버텨온 인간에게 텅 빈 두려움이 찾아온다면 그건 오래도록 견뎌온 인간에 대한 예의가 아니니까 말이다.

"세라 씨, 눈도, 코도, 가슴도, 다 결과가 좋았다고 하지 않았습니까. 이번에도 꼭 그렇게 될 겁니다. 확신을 가져요."

「뼈를 잘라낸 수술은 처음이라 ㅠㅠ」

V-040115가 다시 다급하게 날려 쓴 메모장을 눈앞에 들이민다. 이전에 받았던 눈 트임 수술이나 코끝 수술, 유방확대술 등과는 수술 방법에서 차이가 있는 만큼 아무래도 더 두려운 모양이다.

"뼈도 얼굴 구조의 일부인데 크게 다를 리가 있겠어요? 여신의 얼굴 라인만 생각해요. 당분간 붓기는 있겠지만 서서히 빠질 거니까 걱정 말아요."

「괜찮겠죠?」

"그럼요. 수술이라는 큰 산을 넘었으니까 이제 아름다운 여신으로 탄생할 겁니다. 드라마틱한 변화를 곧 눈으로 확인하게 될 테니까 기대해도 좋아요."

그러고 보니 이번 주간이 사순절[4]의 마지막 주간, 고난주간이라는 말이 퍼뜩 머릿속에 떠올랐지만 혀끝에서 바로 삭제시켜 버렸다. 고난주간이 지나면 곧 부활절이 오는 것처럼 당신도 수술이라는 고난의 강을 건넜으니 이제 절대 미인으로 다시 태어날 거라는 식의 상투적인 위로는 무위할 테다. 아주 희박한 확률이긴 하지만 운명의 여신이 역 방향으로 외면한다면 얼굴은 부활하지 못하고 부작용이라는 무덤에서 그대로 썩을 수도 있을 터, 오히려 과하게 낙관적인 어투와 표정으로 V-040115에게 허세를 부리는 편이 훨씬 낫다. 사후관리도 이미지가 승부수다. 이미지 콘텐츠 조성이 성형외과의 사활을 좌우한다. 미의 전문가이자 창조자로서 결코 고객에게 확신 없는 모습을 보여서는 안 된다는 게 내 철칙이다.

혹 운명의 여신이 역 방향으로 외면한다 해도 그건 어디까지나 V-040115의 개별적 특이성이나 자신의 관리 부실로 귀착돼야만 한다.

다시 메모장 내용을 보여주는 V-040115.

「고급스러운 얼굴 라인 나올까요?」

"성형수술이란 내가 주체적으로 정체성을 새롭게 갱신하는 행위예요. 이제 세라 씨도 곧 고품격 얼굴 라인을 갖게 될 겁니다."

성형외과 의사가 아닌 신경정신과 의사처럼 함부로 격려하는 내게 실소가 터져 나오려 한다. 눈과 코와 얼굴선을 고쳐가며 자신을 갱신해 온 고객에게 주체성이라니, 나가도 너무 나갔다. 눈 트임 수술, 코끝을 날렵하게 만드는 버선코 수술, 유방확대 수술에서도 드라마틱한 변화가 있었다는데 여전히 V-040115는 또 다른 수술 결과 앞에서 두려운 것 같다. 욕망으로 타는

4) 사순절: 기독교에서 그리스도의 수난을 기념하는 절기. 부활절 전 40일(사순四旬) 기간을 가리킨다.

목마름이 느껴진다.

태생적 고상함을 향한 대책 없는 집착과 끈질긴 욕망이라니, 목구멍을 채울 길 없는 욕망의 끝은 어디일지 궁금하다. 이번 수술이 성공하면 만족할 것인가. 그 또한 답할 자신이 없다. 만족한 현실 상황을 만들기 위해 끊임없이 얼굴을 갱신할지도 모른다. 한심한 바보 같다. 하긴 V-040115의 욕망이 없다면 결코 내 욕망도 채울 수 없으니 V-040115와 나, 우리는 진한 피로 맺어진 공생관계일지도 모른다.

V-040115를 알게 된 지 겨우 한 달.

네 번의 간단한 상담을 거친 후 바로 수술했으니 V-040115를 제대로 안다고 확언할 순 없다. 눈을 감으면 성형얼굴의 아름다움이 그대로 그려지지만 가면 뒤에 숨겨진 진짜 얼굴, 리비도 덩어리의 실체를 완전히 파악하지는 못했다. V-040115도 나처럼 지독한 심리방어의 동굴에서 나오지 못한 건 절대로 들켜서는 안 될 극비사항을 묻어놓은 인생이기 때문일 거란 짐작만 할 뿐이다. 나보단 훨씬 솔직하지만 어딘가 결정적인 비밀을 가면 아래 숨겨둔 것 같은 얼굴이다. 상담 기간 내내 V-040115의 얼굴은 비밀의 냄새를 강하게 풍겼으니까.

“자, 이제 정말 붕대 풀겠습니다.”

“잠-까-ㄴ-마-뇨!”

압박붕대 끝을 단단히 고정시켜놓은 의료용 밴드를 떼려하자 V-040115는 또 입술을 여는 실수를 하고 만다. 오른손을 풍만한 가슴 위에 올려놓고 숨을 크게 내뱉으며 긴장한 자신을 진정시킨다. 극적인 행동, 과장된 몸놀림, 주목받으려는 여자의 자세가 여전히 단독 조명을 받으며 연극무대에 선 모노드라마 주인공 같다. 새삼 V-040115가 정말 두려운 게 뭔지 궁금해진다. 성형 부작용인지, 아니면 자신의 환상 속에 설정해놓은 얼굴과의 거리인지.

"세라 씨, 늘 당부해왔듯이 과도한 환상만 내려놓으면 분명 만족할 수 있을 겁니다."

가슴에 얹은 손가락 끝이 미세하게 떨린다. 중간 소독 때도 얼굴선을 절대 보지 않으려 하더니 밀어 넣은 새 얼굴을 똑바로 쳐다볼 자신이 없는 것 같다. 목울대를 크게 움직여 다시 마른침을 삼킨 V-040115가 이윽고 결심했다는 듯 메모장에 글을 담담히 써 내려간다.

「비너스 얼굴선 믿어요.」

V-040115가 너무 긴장해있어서 붕대를 푸는 내 손에도 잔뜩 힘이 들어간다. 얼굴에 흠이 생기거나 부작용이 생긴다면 자기 삶은 끝이라고 선언했던 공인이 아닌가. 사실 내게도 붕대를 푸는 순간이 수술시간보다 더 신경 쓰이는 시간이긴 하다. 광대뼈와 턱뼈를 수없이 절골하고 깎고 나사를 끼우고 엮어왔지만 고객들의 만족도란 턱없이 기준이 높게 마련이다. 고객들의 머릿속엔 수술의 전 과정에 도사린 위험이나 자신의 얼굴 베이스를 고려하지 않은 완벽한 결과물 영상 한 컷만 들어있기 십상이다. 그것도 아주 환상적이고 매력적인 영상 말이다. 고객에게 절대적 감동을 주지 못할까봐 붕대를 푸는 순간이면 나도 매번 긴장되는 게 사실이다. 최고의 고객, 인스타그램 셀럽celeb[5)]이자 인플루언서The influence[6)]의 얼굴에서 붕대를 푸는데 수

---

5) 셀럽(celeb): 셀레브리티(Celebrity)의 줄임말로 유명인사라는 뜻. 연예인은 아니지만 높은 인지도를 바탕으로 살아가는 사람.

6) 인플루언서(The influence): 영향력을 행사하는 사람이라는 뜻. 인스타그램이나 유튜브, 트위터 등의 SNS에서 수많은 팔로어와 구독자를 가진 사용자 또는 파워블로거 등을 가리키는 말.

술 집도의사이자 상업성을 창출해야할 성형외과 원장으로서 당연히 예민해질 수밖에 없다.

이마 위에서부터 서서히 붕대를 풀어 내리자 먼저 드러난 눈두덩 부위가 많이 부어있다. 뭐, 괜찮다. 붓기는 당연한 현상이다.

마침내 서서히 형태를 드러내는 광대라인.

전체적으로 외피는 부어있지만 형태는 수술 전보다 갸름해졌다. 수술을 위해 절개했던 광대 부근의 미세한 구멍도 잘 아물고 있다. 지난 십여 년의 다양한 안면윤곽수술 임상 경험과 케이스별 고도의 노하우로 이 분야 명의가 되기까지 묵묵히 내공을 다져온 시간이 빛을 발하는 순간이다. 긴장 끝에 안도가 따라붙으니 창조적인 예술가가 느끼는 순간적 황홀감이 전해져 온다. 육체는 물론 심리까지도 재창조하는 신의 대리인 혹은 위대한 예술가로 칭송받을 시간임에 틀림없다. 고객을 열등감으로 죽어가는 심리적 피폐 속에서 구원해줄 수 있다면 그 또한 신의 능력이 복제된 창조자가 분명할 테다. 바짝 당겨졌던 신경 줄이 조금 느슨해진다.

운명의 여신은 다행히 나와 V-040115에게 정 방향으로 웃어주었다. 오! 포르투나. 새로운 땅을 점령한 나치처럼 칸타타를 울리며 승리를 자축해야 할 시간이다. 무삭제리프팅광대축소술을 받은 V-040115의 얼굴이 군말 없이 리스크를 잘 감내한 모양이다. 일단 안심이 된다. 감은 눈 위로 V-040115의 속눈썹이 파르르 떨린다. 생애 최고의 욕구 실현을 눈앞에 둔 엄숙하고 경건한 시간을 음미하는 것 같다.

V-040115는 그야말로 특별고객으로 모셔야 할 VIP다. 040101부터 040120까지 스무 명이 나란히 누워있는 누추한 일반실에서 태어날 여자

가 아니라 봄의 여신 호라이[7]의 환대 속에서 탄생해야할 여신인 셈이다. 좌우에 선 김 간호사와 박 간호사가 시중을 들면서 기꺼이 호라이가 되어 V-040115라는 새로운 비너스의 탄생을 주목하며 기다려주고 있다. 과연 1인 특실에 입원한 VIP를 향한 손색없는 대접이다.

"자, 드디어 개봉이 됐습니다. 수술이 아주 잘 된 것 같은데요? 여신으로 탄생한 걸 축하합니다."

V-040115가 번쩍 눈을 떴다. 악몽으로 가위에 눌렸다가 화들짝 깨어난 눈 같다. 아직 무의식과 의식의 희미한 경계선에서 재빨리 상황을 인지하려는 눈동자 속 흔들리는 홍채……. 진정 비너스와 흡사한지 수술 집도의사를 향해 동의를 구하는 눈빛이다.

그간 V-040115의 관심은 온통 화가 산드로 보티첼리[8]의 비너스뿐이었다. 첫 수술상담부터 절대적 기준으로 삼았던 비너스의 얼굴……. 한 번 눈으로 보고는 영혼에 각인시켜버린 비너스를 언젠가 또 다른 워너비가 나타날 때까지 결코 마음에서 지워내지 못할 테다.

"앞으로 빠지게 될 붓기를 감안하고 얼굴 라인을 봐야 해요. 자, 여기 손거울이 있으니 세라 씨의 눈으로 직접 확인해 봐요."

절체절명의 눈빛.

김 간호사가 건네준 손거울을 눈앞으로 가져가 재탄생한 얼굴을 확인하는 V-040115. 긴장의 극단에 머물렀던 눈동자는 거울 앞에서 만족과 불만족을 불안하게 수차례 오가며 흔들리다가 이내 평온해졌다. 불안의 너울이

---

7) 호라이: 그리스 신화에서 계절과 자연의 질서를 상징하는 신. 제우스와 제미스의 딸이다. 바다에서 탄생한 비너스를 맞이하기 위해 해변가에서 봄옷을 들고 기다렸다.

8) 산드로 보티첼리: 1444~1510 이탈리아 르네상스 화가. 피렌체의 주요 교회와 예배당에 종교화를 그렸다. 대표작으로 〈비너스의 탄생〉 〈프리마베라〉 등이 있다.

평온 쪽으로 갈무리된 건 아마 붓기가 빠지고 안정된 뒤의 남은 기대치 때문일 것이다.

「붓기가 빠진 후 완벽?」

"당연합니다. 처음 붕대 풀어서 이 정도면 놀라운 결과예요. 한 주 한 주 경과를 지켜보면 만족도는 점점 더 높아질 겁니다."

「광대라인 볼 라인 거의 일직선! 좋아요. 그런데 볼 라인 윤곽주사로 축소 가능?」

좌우로, 상하로, 측면으로 돌려가며 새로운 얼굴선을 거울에 비춰보던 V-040115는 즉각 다음 성형시술을 주문한다. 얼굴을 자꾸 깎아내려가다간 괴물이 될 테니 우선 당신의 무의식 지층에 단단한 고체로 박혀있는 열등감부터 깎아내야 한다고 조언하고 싶다. 하지만 그런 말은 내 권한 밖일뿐더러 V-040115가 수용할 여지도 전무하다. 물론 주제넘게 성형외과 의사가 해 줄 충고나 조언도 아니다. 아직도 단념하지 못하고 어설픈 신경정신과 의사처럼 굴려는 내가 한심하다.

타이밍이 상업성의 요체란 말이 이럴 땐 내게 계시록과도 같다. 심비心碑에 새겨놓은 성형외과 의사의 금언金言인 것이다.

"양쪽 광대궁을 절골해 살과 함께 3mm 정도 안으로 밀어 넣었습니다."

거울 속 자기 얼굴에 심취한 나르시스트에게 수술 과정의 핵심을 들려주자 인상을 찡그리며 불편해 한다. 불편한 기분은 도대체 어디에서 오는 건지 알 수 없지만 자신의 얼굴에서 안으로 밀려난 신체의 일부를 상상하는 기분만은 자못 궁금하다.

「시원해요. 갑옷을 벗은 기분! 그 무거웠던 갑옷이 겨우 3mm라니!」

역시 V-040115는 미에 관한 한 단순하고 명쾌하다. 얼굴을 찡그린 건 수술 전 얼굴 넓이 때문이었다. 훌륭한 고객답다. 내 안에서 살짝 고개를 내밀려던 대책 없는 주저가 시원하게 날아가 버린다. 덩달아 내 기분도 가벼워진다. 창조자를 가볍게 하는 고객이야말로 최고의 고객이다.

"그래요. 얼굴라인은 1mm만 줄어도 굉장히 달라 보입니다. 뼈가 밀려들어간 공간만큼 얼굴이 갸름해 진 겁니다."

「윤곽주사」

과장된 격려에도 불구하고 이내 거울 속 얼굴에 다시 집중해 아쉬운 듯 가벼운 한숨을 내쉬는 V-040115. 현실과 환상의 경계를 아슬아슬하게 넘나드는 신경증의 면모를 여실히 드러낸다. 이렇게 가파른 감정기복을 안고 험한 세상에서 어떻게 살아내고 있는지, 또 앞으로 어떻게 살아갈지 안쓰럽다.

하지만 애교로 보아 넘겨야 한다. 고객이 새로운 성형수술로 가기 위한 신경증 증상을 보일 땐 차라리 역으로 신경정신과 의사처럼 행동해야 할지도 모른다. 고객이 수술이라는 하나의 초점에 집중할 수 있도록 과하게 격려해야만 하는 것이다.

"일단 지금은 회복에만 집중해야 합니다. 무엇보다 평안한 마음가짐이 중요해요. 마음의 말을 몸이 그대로 듣고 자신을 그 말에 일치시키거든요. 수술은 정말 잘 됐어요. 전에 안내했듯이 입안이나 두피를 절개하지 않고 광대부근 미세한 구멍으로 수술을 진행했기 때문에 조직손상이 거의 없어요. 주변조직이 튼튼하게 유지돼서 광대뼈가 자연적으로 유합되니까 나사 같은 이물질을 제거하는 불편함도 물론 없고요."

실상 광대궁 양쪽을 완전 절골했고 피부와 함께 후상방으로 이동시켰기 때문에 만족도가 높을 것이다. 결과가 좋을 때 고도의 기술력을 충분히 홍보해 둬야 한다. 방향을 잘 잡아준 운명의 여신 덕분이라는 말이 불쑥 올라오지만 강남의 잘나가는 성형외과 원장 입으로 내뱉을 수 있는 종류의 말은 아니다. 정황상 이쯤해서 앞으로의 예후는 오직 고객 자신의 책임에 있다는 점도 확실히 해 둬야 한다. 자칫 잘못하면 파워 인플루언서의 부정적 한 마디가 상업성에 어마어마한 파장을 불러올 수도 있기 때문이다.

"회복에 집중하지 않으면 의외의 결과가 나올 수도 있습니다. 마음대로 다른 병원에 가서 추가 시술을 받는다거나 관리 소홀로 부작용이 생긴다면 전적으로 세라 씨 책임입니다."

수술이 선사할 아름다운 사회적 반향에 대한 환상 심어주기와 수술이 가져올지도 모를 훼손에 대비한 환상 제거하기는 극단적 모순이지만 성형외과 의사가 감당해야할 주요 과업이다.

한때 성형수술은 나르시스트의 전유물로 오해를 받기도 했지만 시간이 지날수록 자기계발이라는 긍정 이미지와 결합하면서 다행히 평범한 일상에 안착했다. 모든 육체적 정신적 고통을 감내하면서까지 자기를 계발하려는 고객들의 의지는 어느 때보다 고양돼 있고 고객들은 주관적 미의 설정목표에 도달하기 위해 기꺼이 이마에 띠를 두르고 재수, 삼수, 사수를 불사하는 고시생이 되기도 한다. 유사 이래 유례없는 이런 상승세는 주관적 만족을 위한 기술력에 한 치의 오차도 허용하지 않는다. 가끔 최선의 결과를 도출하고도 이유 없이 재수술을 종용받는 일이 생기곤 하는데 그런 케이스가 내겐 여간 귀찮지 않다.

고객에게 돌리는 책임전가에 마지못해 고개를 끄덕이는 V-040115.

윤곽주사. 새로운 시술목표가 욕망을 사로잡는지 조급함이 얼굴에 확연하게 드러난다. 하긴 붕대를 풀기까지 일련의 과정이 지난하게 느껴질 테다. 인스타그램 세상의 여왕인 자신을 시기 질투하고 깎아내리려고 모의하는 경쟁 셀럽들 앞에 더 완벽한 모습으로 하루 빨리 등장해야 할 테니까. 그리고는 넘사벽 여왕의 자리를 공고히 하고 하루 빨리 SNS 세상에 다시 승리의 깃발을 굳건히 꽂아야 할 테니까. 오! 포르투나. 붓기가 가라앉으면 또 윤곽주사를 맞고 또 붓기를 가라앉히고 또 다음 시술에 전념하고…….

하긴, V-040115의 회복과 완성은 비너스병원의 이미지를 업그레이드 해줄 새로운 승부수라 내게도 정말 중요한 문제다. 미의 세계에서 승리를 이끈 비밀병기는 바로 비너스병원이라고 널리널리 전파해주길 바란다. 고객과 정서적으로 분명하고 객관적인 거리를 두는 내가 네 번의 상담과정에서 V-040115와 자꾸 개별적 정서로 얽히는 걸 용납하고 묵인해 온 건 그 때문이다. 1인 특실에서 회복 중인 VIP가 아니었다면 처음부터 신경정신과 의사처럼 세심하게 대화에 응하지도 않았을 것이다. 일반실에 누워있는 평범한 040101부터 040120에게 대하듯 쭉 둘러가며 한 번의 회진으로 경과만 간단히 체크했을 것이다.

일반회복실에 들어서면 얼굴에 붕대를 감은 스무 명의 시선이 한꺼번에 일제히 내게로 쏠리곤 한다. 십여 년의 경험에도 불구하고 그때마다 등줄기가 서늘해진다. 붕대 사이로 드러난 예민한 눈동자들, 기대감과 두려움이 교차된 마흔 개의 눈동자 앞에서 짐짓 여유로운 모습을 보이긴 쉽지 않다. 어떤 땐 현장의 생산라인과 완제품 공정과정을 둘러보러 온 공장장이 된 것 같다가 또 어떤 땐 치료불가의 신경증 환자들을 긍휼히 여기는 신경정신과 원장이 된 것 같다가, 이래저래 이중감정에 마인드 컨트롤이 잘 안 될 때가 있다. 완제품 생산을 앞둔 사람공장에 들어선 것 같은 착각이 들 때면 이마가 붉어지고, 그 이상한 기분을 떨쳐내기 위해 매번 회복에 꼭 필요한 사항만 간단히 체크한 후 서둘러 회복실을 나오곤 한다. 무엇보다 의사와 고객 간의 개별적 정서가 얽히지 않도록 분명한 거리를 두는 데 신경을 써 왔다.

"광대궁을 잘라 안으로 밀어 넣고 아름다운 여신을 탄생시키는 게 저의 직업적 희열입니다."

순진한 눈을 위로 뜬 V-040115에게 마지막까지 환상 심어주기를 포기하지 않았다. 어찌 보면 내 얄팍한 전략 또한 치료불가하고 집요한 중독일 테다.

"신이 아담을 잠들게 한 후에 갈비뼈 하나를 빼내 하와를 탄생시켰다고 하는데, 비너스병원에서도 뼛조각 하나로 수많은 비너스들을 탄생시키고 있는 셈입니다. 세상에서 창조만큼 의미심장한 일이 또 있겠습니까. 하하하."

집도 횟수와 경력을 스스로 홍보할 때 어쩔 수 없이 따라붙는 어색함을 감추기 위해서는 너털웃음보다 자연스러운 게 없다.

「원장님의 손에서 완전한 비너스로 탄생하고 싶어요.」

말 잘 듣는 아이가 되어 순한 대답으로 호응하는 V-040115.

전적으로 의지해오는 순한 고객이 될수록 창조자는 마음이 편안해진다. 환상 심어주기는 꽤 효과가 있는 것 같다. 꼭 소망대로 될 거라는 확답을 다시 한 번 들려줬다. 광대뼈에 무리가 가지 않도록 말을 하지 말고 직접적인 리스크는 없더라도 최대한 턱을 움직이지 말라는 당부를 덧붙이고 병실을 나서려는데 V-040115가 다급하게 메모장을 또 눈앞에 들이민다. 과한 몰입이 이제 지겹다.

「감사해요. 나중에 조용한 곳에서 따로 만나 저녁 대접할게요. 초대 응해주실 거죠?」

내게서 성형외과 의사 외에 어떤 역할을 더 기대하는 건지 궁금하다. 회복실을 나간 후 곧 더 청순하고 관능적인 여자로 변신하게 될 V-040115의 아찔한 실루엣과 향기가 세상 남자들에게 감각적인 심상을 일으키게 될 것이다. 남자들은 그녀의 청순미를 보며 무의식에 내재된 사춘기적 순수 환상을 다시 소환할 테고, 그녀의 관능미를 보며 자신 속에 잠자던 남성성을 일깨울 테다. V-040115가 내게서 남자의 환상과 본능을 기대하는 거라면 곤란하다. 심혈을 기울여 수술해 준 의사와 그에 감사를 표하려는 여성 고객. 뒤에 포복하고 있을지도 모르는 야릇한 의도만 아니라면 그보다 아름다운 명분은 없다.

야릇한 의도, 즉 유혹이라 불리는 행위는 대개 교환가치가 발생할 때 일어난다. 유혹은 매력의 부산물일 경우가 많다. V-040115는 그동안 내게서 어떤 매력을 본 건지 알 수 없지만 십중팔구 껍데기에 호감을 느끼는 것일 테다. 강남의 손꼽히는 성형외과 원장? 아름답게 인테리어 된 병원의 건물주? 깨끗한 피부를 가진 사십대 중반의 호남? 아내와의 형식적인 부부관계? 아니면 그 모든 것? V-040115는 내게서 어떤 교환가치를 원하는 것인지 단도직입적으로 묻고 싶다. 아니면 명망인사들로 단단히 묶인 사회관계망? 미의 권력을 지닌 스폰서? 완벽한 미를 완성해 줄 엔터테인먼트? 상업성이 농후한 돈? 자신을 여신으로 숭배해 줄 또 한 사람의 남자? 그것도 아니면 그 모든 것?

생각해보면 V-040115를 먼저 신화의 세계로 유혹한 건 나였다. 그것도 철저한 계산 아래 말이다. 연내 안면윤곽수술 만 케이스 집도 달성을 이루겠다는 야심찬 의도가 깔려있었다. 잘라낸 고객들의 뼈는 성형외과 의사에게 의심의 여지없는 정복지의 증거가 된다. 새로운 땅을 정복할 때마다, 오!

포르투나, 승전가를 울렸던 나치처럼 안면윤곽수술 만 케이스 달성은 성형외과 전문의 인생에 새로운 표석이 되리라 믿고 있다. 그 표석은 결국 여러 방송프로그램의 패널이 되고 각종 매체의 인터뷰어를 만나러 가는 안전한 다리가 돼줄 것이다. 그런 측면에선 눈앞에 있는 인스타그램의 셀럽이자 파워 인플루언서인 V-040115는 꿈꾸는 내 목표를 성취해줄 또 한 사람의 매개자인 셈이다.

네 번의 수술상담 과정에서 부분적으로 V-040115의 숨겨진 이면을 이미 간파했는데도 이상하게 그녀의 유혹어린 제의를 잘라내기가 쉽지 않다. 그렇다고 저녁식사 초대를 핑계로 그녀에게 든든한 사회관계망이나 스폰서나 엔터테인먼트가 돼줄 생각은 추호도 없다. 물론 그녀의 돈줄이 되거나 성형미인을 숭배하는 남자는 더더욱 되고 싶지 않다. 그런 욕망이 있었다면 이전에도 셀 수 없이 다가왔던 유혹을 이미 붙잡았을 것이다. 자칫 지금 누리고 있는 모든 걸 잃을 수도 있는 저급한 욕망에 몸과 영혼을 맡길 만큼 나는 순수한 바보가 아니다.

다만 한 가지, 줄곧 찜찜한 건 V-040115에게서 자꾸 내가 보인다는 사실이다. 연민과 안쓰러움과 불편함이 뒤섞인 석연찮은 감정의 정체를 지금까지도 분석해내지 못했다. 내 도플갱어가 V-040115의 영혼에 숨어서 끊임없이 나를 훔쳐보는 것 같은 기분이 들 때마다 괜히 뒤숭숭하고 심란했다. 그런 찜찜한 기분만 아니었다면 V-040115는 비너스병원에게도 내게도 최상의 고객일 테다.

고객이 아닌 여자로서 저녁식사에 초대하려는 의도가 훤히 보이는 곤란한 상황에서 가장 무난한 대답은 애매한 대답이다. 내용의 핵심은 비켜가되 따뜻한 감정은 전달하는 답 말이다.

"글쎄요. 세라 씨의 좋은 예후가 제게는 저녁식사보다 더 훌륭한 대접입니다. 따뜻한 후의 고맙습니다."

얼굴에 나타나는 감정 변화를 외면하고 회복실 문을 나서려는데 V-040115를 향해 김 간호사의 당부가 이어진다.

"절개부분 관리사항 다시 한 번 알려드릴게요. 반드시 꼭 지켜주셔야 해요. 저어…… 현세라 님, 손거울 잠깐 내려놓으시고 제 얘기 좀 들어주실래요?"

흘깃 돌아보니 V-040115는 역시나 산드로 보티첼리의 〈비너스의 탄생〉이 그려진 그림엽서를 꺼내 보고 있다. 연신 자신의 얼굴과 그림엽서 속 비너스의 얼굴을 번갈아보며 비교하는 정신증 놀이에 또 빠져있는 중이다. 잠깐 사이에 현실의 아슬아슬한 경계를 다시 넘어가 환상의 땅에 머물고 있다. 좀 전에도 환상을 심어준 건 나였으니 V-040115로선 어쩔 수 없이 환상의 세계로 떠밀려 간 건지도 모른다. 비너스와의 현실적 거리가 얼마나 좁혀졌는지를 가늠하고 있는 게 분명하다. 회복기간 일주일 내내 쿠션에 비스듬히 기대앉은 채 그림엽서 속 비너스의 얼굴만 뚫어지게 바라보더라고 간호사들끼리 어제 흉보듯 말하는 걸 지나치며 들었다.

현실에 발을 딛지 못하고 환상의 세계를 더듬고 사는 여자. 새로운 인터넷 쇼핑몰 사업체를 꾸리고 내가 여기 여전히 건재해 있다고 세상에 재천명하기 위해선 반드시 비너스가 돼야만 하는 여자. 뒤집어보면 그녀에게 그만큼 현실은 두렵다는 뜻일 게다. 그녀에겐 비너스가 곧 생명줄인 셈이다. 정작 그림 속 비너스의 모델이 된 시모네타[9]가 죽은 후 그의 연인은 이내 다른 미인과

9) 시모네타; 시모네타 카타네오 데 칸디아 베스푸치(Simonetta Cattaneo de Candia Vespucci, 1453~1476) 피렌체의 미녀로 칭송받던 여성으로 산드로 보티첼리의 〈비너스의 탄생〉을 비롯한 여러 작품의 모델로 알려져 있다.

사랑에 빠져 한때 사랑했던 그녀쯤은 금방 잊어버렸단 걸 V-040115에게 미처 말해주지 않은 사실이 이제야 기억난다. 다행인가, 불행인가.

근동지방의 볼품없는 여신 아세라가 꾸준히 자기진화를 거듭한 끝에 아프로디테로 변신해 이제 곧 진정 온 우주의 위대한 미의 여신 비너스로 탄생해 줄 것인가. 아니면 볼품없는 아세라가 근본이라는 사실이 들통 나 허무한 거품으로 다시 돌아갈 것인가. 나도 V-040115의 종결이 궁금하다. 다른 성형외과와의 차별화를 위해 창안한 '네 번의 신중한 상담 끝에 수술을 결정한다.'는 상업적 전략, 그 전략을 따라 딱 네 번 V-040115와 만나면서 자꾸 거울 속 내 얼굴을 들여다보는 것 같았던, 뒤가 개운치 않은 이상한 기분도 오늘로 끝이다. 타인에게서 나를 보는 철지난 묵상놀이 따위는 더 이상 하고 싶지 않다. 현실성은 내가 살아가는 근원이다. 마흔넷의 나이에 내 얼굴을 가만히 들여다본다고 한들 이제와 무엇이 달라질 수 있을 것인가. 한 번 굳어진 정체성을 바꾸는 건 불가능에 가깝다. 그저 V-040115에게서 흘깃흘깃 보게 됐던 기분 나쁜 자화상 따위는 잊어버리고 그녀가 인스타그램의 셀럽이자 인플루언서로서 앞으로 비너스병원을 위해 담당해줄 현실적 활약만 기대하자.

만약 운명의 여신이 정 방향으로만 웃어준다면 이번에도 오! 포르투나는 나의 편이고 V-040115의 편이다. 나치처럼 맹렬한 정신으로, 단순하고도 확고한 편견에서 우러나는 구호로, 적진의 새로운 땅을 점령한 V-040115는 에덴동산의 중앙에 심겨진 나무, 보암직도 하고 먹음직도 한 금단의 열매를 맛보며 은밀한 욕망을 즐기게 될 것이다. 지난 한 달간의 성형상담 과정, 그러니까 신화의 세계 속에서 흘깃 서로의 내면을 들켜가며 엮어온 V-040115

와 나의 자화상이 어떠했든 결국엔 다른 여성 고객들처럼 수술이 끝나고 퇴원하면 씻은 듯이 잊어버리고 말 일별의 관계일 뿐이다. 수술이 끝나고 병원이 홍보되고 나면 그뿐……. 그리고 내 마음엔 아무도 남지 않을 것이다.

그리고 아무도 없었다 -6월 둘째 주 수요일

로비 쪽에서 굵고 거친 음성이 들려온다. 부드럽고 나긋나긋한 여성 음들 사이에서 툭 튀어나온 베이스 톤이 귀에 거슬린다. 비너스병원에서 들을 수 없는 이질적인 음성이다. 순간 나도 모르게 미간이 찌푸려진다. 어수선한 발걸음 소리가 들리는가 싶더니 누군가 급하게 진료실 문을 노크했다. 들어오라고 미처 답하기도 전에 문이 벌컥 열리면서 낯선 남자가 들어섰다. 진료실을 물들인 은은한 아라비카 커피향이 열린 문을 통해 공기 중으로 산화돼 버린다. 남자는 인사 따위 제 맘대로 생략이다. 로비 담당 간호사 정 선생이 뒤따라 들어오며 남자의 무례를 제지해 보지만 남자는 어느새 진료데스크 앞에 버티고 섰다. 완강한 자세로 서 있는 남자는 한눈에 보기에도 일 미터 육십 후반대의 단신이다. 벌어진 어깨는 탄탄하고 무뚝뚝한 입매는 완고해 보인다. 가늘게 찢어진 눈매 속엔 의문과 탐색의 빛이 일렁인다. 스킨로션조차 바르지 않은 거친 피부에는 숨 돌릴 틈 없이 살아온 생활의 이력이 묻어난다. 비너스병원의 고객일 리 만무한 남자의 얼굴에서 오랜 세월 황량한 벌판을 걸어온 바람 냄새가 난다. 거친 바람을 거부하고 그에게서 얼굴을 돌려버리고 싶다. 생명체라곤 찾아볼 수 없는 마른 벌판에 불어오는 건조한 바람……. 어딘가 낯익고 어딘가 낯설다. 눈앞에 서 있는 남자가 사는 세상에는 비너스라는 이름조차 존재할 것 같지 않다.

혼자서 조용히 즐기던 커피타임을 낯선 남자가 망쳐버렸다. 아홉 시에 시작된 오전 의료회의를 마치고 나자 커피 생각이 간절했다. 긴장이 가시고 난 뒤 느긋함을 즐기고 싶을 때 몸이 요구하는 오래된 버릇이다. 사실은 회의석상에서 내내 흐뭇했다. 코디네이터 송 실장이 진행하고 있는 새 기획안 실행 과정을 보고 받으며 썩 흡족했다. 지난달부터 시작한 프로젝트에 심혈을 기울인 흔적이 역력했다. 인스타그램 5대 여성 셀럽을 초청해 우리 병원 VIP 고객들을 대상으로 그들만의 안티에이징 미용 노하우를 강의하는 행사를 마련해주고 높은 액수의 강사료를 지급한다는 기획안이었다. 자신을 홍보하려는 셀럽의 입장에선 더 많은 팔로어 수를 확보하면서 몸값을 올려놓을 절호의 기회가 될 테지만 우리 비너스병원으로서도 장기적인 홍보 효과가 있다. 셀럽들을 모시는 과정에서 자연스레 병원의 운영방침이 소개될 테고 다른 병원과 차별화 된 수술 전략이 입소문을 타고 빠르게 잠재고객 사이를 침투하게 될 기회다. 송 실장이 조사해서 보고한 셀럽들의 면면은 출중했다. 하나같이 탁월한 외모와 학벌, 집안과 재력의 배경까지 두루 갖추고 있어서 비너스병원의 모델 아닌 모델로 손색이 없었다.

반응은 폭발적이다. 강연회 초청장을 받은 VIP 고객들은 예외 없이 참석하겠다고 답신을 보내왔다. 미모와 지성과 배경을 완벽하게 갖춘 여성들은 안티에이징 미용 관리를 어떻게 하는지 들어보겠다는 표면적 취지보다는 그들의 삶을 들여다보고 싶은 호기심이 큰 몫을 차지했으리란 짐작은 진실에 가깝다. 샤넬 가방을 구매함으로써 샤넬의 정신세계와 접촉한다고 착각하는 심리와 흡사할 것이다. 인스타그램의 퀸 오브 퀸 손서인을 눈앞에서 본다는 건 연예인을 눈앞에서 보는 것과는 또 다른 차원의 즐거움을 선사할 것이다. 항상 추종자들은 도달할 수 있는 가능성의 문이 아주 조금은 열려있는 세계의 사람을 흠모하니까 말이다. 희망고문 수준으로 그보다 더 좋을 수 없는 대상이다. 비너스병원의 십일 층 아트홀 이백 석 전석이 예매됐다는 보고를 받은 원장으로서 만족스럽고 뿌듯하다. 병원의 인지도 업그레이드를 위해 그보다 적합한 기획은 없을 것 같다.

인스타그램 셀럽 초청 기획안은 사실 현세라의 내원으로 얻게 된 경영아이템이라 송 실장의 보고를 듣다가 오랜만에, 정말 오랜만에 그녀를 떠올렸다. 순간 나도 모르게 잠깐 미간이 찌푸려졌다. 처음 가졌던 기대치에 부응하지 못한 고객이란 점 때문만은 아닐 것이다. 떠올리기 싫은 기억이 강제 소환된 기분 탓이었을까. 콕 집어 이유를 댈 순 없지만 어쨌든 잊고 싶은 비루한 과거를 기억하는 것처럼 불편했다. 다만 그녀를 통해 직접적인 이윤은 창출하지 못한 대신 경영 아이템이라도 추출해낼 수 있어서 조금은 위안이 됐다. 현세라의 기억은 깨끗이 걷어내고 인스타그램 5대 여성 셀럽을 비너스병원의 VIP로 전환해 갈 아이디어를 모색한다면 참담한 기억은 상쇄될 것이다.

진한 아라비카 커피 한 잔을 음미하면서 새 기획안으로 거둘 수 있는 예상고객 통계치도 함께 검토하려 했다. 항상 비너스병원의 모든 최종 결정은 혼자만의 조용한 커피 타임에 해왔는데 지금 눈앞에 서 있는 남자가 그 소중한 시간을 찢어내고 무단으로 침입해버린 것이다.

남자는 이렇다 할 전후 설명도 없이 지갑에서 꺼낸 신분증을 내밀며 성급하게 캐물었다.

"김승우 원장님이시죠?"

"그렇습니다만……"

「영등포경찰서 형사과 강력팀 강태성」

범죄드라마에나 나올 법한 소속과 직책, 거친 이름이 진료실 데스크 위에 무례하게 던져졌다. 향기로운 드립커피와 거친 형사, 전혀 어울리지 않는 다른 두 이미지가 만나는 지점에서 생경한 의구심만 감돈다. 눈앞의 남자가 정말 영등포경찰서에서 나온 형사인지, 형사라면 무엇 때문에 비너스병원을 방문했는지, 원장을 면담할 일이 있다면 왜 이렇다 할 설명도 없이 취조 식 거친 어투를 내뱉는 건지 여러 상황 간 연결이 안 된다. 전혀 다른 세상에 살고 있을 것 같은 남자와의 낯선 대면에 당황스러울 뿐 얽히고 싶지 않은 부류를 향한 본능적 거부가 목구멍으로 치받쳐 올라온다. 왠지 정체모를 불길한 기운이 등줄기를 서늘하게 한다. 공무에 감정대로 대응했다가는 실수할 수 있으니 솟구치는 무수한 의문을 우선 입속에 머금어 두기로 했다. 불미스런 일로 비너스병원에 자그만 흠집이라도 생기면 안 될 테니까.

최근 몇 년 동안 비너스병원 수술 환자들은 모두 예후가 좋았다. 좌우 비대칭이 됐다거나 얼굴선이 비뚤어졌다거나 발음이 어눌해졌다거나 하는 따위의 안면윤곽수술 부작용은 전혀 없었다. 하지만 사람이 하는 일이라 수술과 관련해 경찰에 고소사건은 언제든 접수될 수 있다. 의료사고나 지저분한 루머는 상업성에 치명타가 될 수 있어서 극도로 조심해왔다. 의료사고 루머가 퍼지는 날엔 아름다운 여신의 신전도 문을 닫아야만 한다. 아무리 긍정적인 창조 이미지도 부정적인 이미지를 극복하기는 어려운데다 부정적인 이미지는 엄청난 파급력과 파괴력을 갖고 있어서 평생 공들여 세운 육중한 신전을 단번에 무너뜨릴 수 있기 때문이다. 눈앞에 형사가 찾아온 것이 혹 병원에 부정적 이미지가 끼어들 실마리 때문이라면 단번에 쳐내야 한다. 죽을 힘을 다해 정복해 겨우 승리의 깃발을 꽂은 땅을 허무하게 적에게 다시 내어줄 수는 없는 노릇이다. 오! 포르투나.

내게 사람을 상대하는 일이란, 쉽게 마음을 놓을 수도 함부로 가늠할 수도 없는 불가해한 것이다. 심지어 몸을 섞고 사는 아내조차 무턱대고 믿기는 어렵다. 후천적으로 의심이 많아져버린 내게 인간관계란 눈앞에 놓인 여러 잔 중에서 독이 든 배반의 잔을 골라낼 줄 알아야하는 혹독한 서바이벌 게임과도 같다. 눈앞에 선 형사도 독이 든 잔을 숨겨놓고 내게 독이 없는 잔을 선택해보라고 주문하고 있는지도 모를 일이다. 인간들이 언제 내 등에 칼을 꽂을지 알 수 없다. 인생의 차가운 조소를 은밀하게 숨긴 채 말이다. 정신을 바짝 차려야 한다.

"김승우 원장님, 현세라 씨 아시죠?"

현. 세. 라.

이름 삼 음절이 대뇌 검색 창에 떠오르자마자 활성화된 뉴런에서는 광속 케이블을 타고 단번에 스토리텔링이 구성됐다. 아찔하다. 다시는 그 이름을 듣고 싶지 않았는데 강태성 형사의 입에서 발화되는 순간 등줄기로 서늘한 감각이 흐른다. 어떻게 모를 수 있겠는가, 애증의 그 이름을.

하지만 내색할 수는 없다. 그 이름이 현역 형사의 입에서 나온 이상 어떤 중대한 사건에 연루된 것인지 알 수 없을뿐더러 원장의 고객 정보 과잉인지는 고객과의 특별한 관계로 오해받을 수 있기 때문이다. 태연과 무연이 취조 당하는 자세로선 가장 안전하다. 하루에도 서른 건 이상의 큰 수술과 백 건이 넘는 미용시술이 진행되는 비너스병원이고 보면 고객의 이름을 다 기억한다는 것이 오히려 이상하다. 새로운 수술을 끊임없이 감행하는 VIP 고객이라면 모를까, 재창조 후에 그들을 세상으로 내보내고 나면 그것으로 인연은 끝이다. 세상에서 새로운 정체성으로 자신의 세계를 구축하며 살아내는 건 철저히 고객의 몫이고 그들의 자유의지다. 세상으로 나간 고객과 수술 외적 일로 얽히는 건 무엇보다 내가 꺼리는 일이기도 하다.

현세라! 자꾸 내 얼굴을 보는 것 같았던 비정상적인 심리증상만 제외한다면 형사가 캐내려는 여자와는 내 인생 좌표에 어떤 접점도 없다. 일반 고객이 다 그렇듯 표면적으로는 네 번의 상담과정을 거쳐 딱 한 번 수술을 받고 간 여성, 그것이 비너스병원과 얽힌 전부다.

그런데도 왠지 느낌이 개운치 않다. 현세라가 병원을 마지막으로 다녀간 후 묵은 불안감을 겨우 털어냈는데 강태성 형사가 닫아둔 망각의 문을 열어버렸다. 내 안에 축적된 관계 불신과 체화된 상처가 소환해낸 어두운 기시감일지도 모른다. 그녀와 만나는 동안 개연성 없게도 삼십 년 전에 사라진 혈육의 이름을 자꾸 떠올렸었다.

승희…….

그 이름만 떠올리면 어렵사리 세운 완벽한 내 세계가 자꾸 무너져버린다. 이제 조금만 더 전진하면 완벽한 성城이 수축되리라 확신하면서 땀 흘리며 흙을 퍼 올리던 무릎을 푹 꺾이게 만든다. 잃어버린 혈육은 세상 어디에서 떠돌고 있는지, 다시 돌아오지 못할 스올[10]로 내려가 버렸는지도 모르면서 내 이름으로 구축하고 있는 견고한 성이 무슨 의미가 있으랴 싶으면 하루 종일 깊은 우물에 빠진 것 것처럼 푹 가라앉는다.

---

10) 스올: 지옥

가끔 승희와 동갑의 고객을 만날 때면 같은 증상이 반복된다. 서른네 살의 여자는 외모를 한창 가꾸면서 성형외과를 활발하게 찾는 연령대인데도 불구하고 고객 카드에서 '1987년생'이라는 정보를 인식하는 순간 비뇌는 깊어진다. 가끔은 비수 끝에 가슴을 찔린 듯 아프다. 묻어둔 망각의 뿌리에서 참담한 후회가 질기게 돋아난다. 아름다운 비너스병원도 안면윤곽수술 만 케이스의 위업도 거품의 환영처럼 사라지는 허무에 사로잡힌다. 가끔 가위에 눌린 듯 악몽으로 신음하다가 식은땀을 흘리며 일어난 아침이면 어린 승희의 얼굴이 기억의 경계를 넘어와 현실에서 인화된다. 그런 날은 습관처럼 퇴근 후에 어머니가 입원해 있는 요양원을 찾아가서는 아무 말 없이 한참 어머니 손만 잡고 있다가 돌아오곤 한다. 그것만이 절망과 분노로 날뛰는 심장을 잠재울 진정제가 된다. 데칼코마니처럼 똑같은 무늬의 상흔을 가진, 그래서 서로에게만은 충분히 이해받을 수 있는 어떤 존재가 내 곁에 있다는 건 큰 위로가 된다. 세상 단 하나의 상처 공유자, 그는 내 어머니다.

"현세라 씨요?"

"비너스병원에서 안면윤곽수술 받은 환자일 텐데요."

"글쎄요…… 퍼뜩 떠오르지 않네요. 우리 병원 안면윤곽수술 환자가 워낙 많다보니 바로 기억 못 할 때가 많습니다. 하루에도 서른 건 이상의 큰 수술이 진행되거든요. 게다가 안면윤곽수술은 우리 병원 특화분야라서 수술 받은 환자들을 셀 수 없습니다. 정확한 고객 정보는 진료기록을 찾아봐야 알겠습니다만……."

목구멍에 걸려서 체증으로 남아있던 이름이 형사의 입에서 출력되는 순간 머릿속에 입력돼 있는 정보가 갑자기 두려워진다. 입력된 정보 중 아무 것도 검색해보고 싶지 않다. 판도라의 상자를 여는 순간, 아름다운 비너스의 세계가 거품으로 돌아갈지 모른다는 불안이 턱밑까지 차오른다. 비너스가 아무것도 아니라면 나도 아무것도 아니다. 차라리 이름 현세라가 바람 부는 벌판에 묻혀서 풍화되고 풍화되어 영원히 기억 못할 이름이 되면 좋겠다. 혹은 블랙홀에 삼켜진 빛처럼 기억 저편 어둠의 무의식 속으로 완전히 사라져버리면 좋겠다. 화려한 성형 이름 현세라를 e-메일에서 처음 대하던 순간, 이상하게 내 영혼을 사로잡던 기분 나쁜 기시감의 정체가 곧 가면을 벗을 것만 같다. 현세라! 현세라! 현세라! 이름은 환청처럼 메아리를 달고 뇌리에 맴돌고 있다. 그것만 아니기를 바라던 패가 눈앞에 나타난 것처럼 황망하다.

"다시 묻겠습니다. 현세라 씨가 비너스병원에서 안면윤곽수술 받은 적 있습니까?"

"무슨 일인지도 모르고 고객의 개인정보를 공개해도 되는 건가요? 제가 알기론 개인정보법이 정보공개법에 선행될 텐데요."

"원장님, 형사사건이라 협조해주셔야 합니다. 개인정보법은 걱정하지 않으셔도 되니 정확히 답변해 주세요."

"현세라 씨라면…… 아, 예, 기억이 날 것 같습니다. 흔치 않은 성과 이름이라…… 진료기록 찾아보겠습니다."

'기억이 납니다.' 대신 '기억이 날 것 같습니다.'로 어정쩡하게 걸쳐두어도 진실하지 못한 내면 때문에 영겁 같이 무거워진 순간을 애써 목구멍으로 삼키며 태연하게 대답했다. 그녀가 세상에서 지금 어떻게 살고 있든 이미 창조자를 떠난 자유의지 결과일 뿐이라고 자위하면서.

V-040115, 4월 1일 열다섯 번째로 수술한 인스타그램 세계의 셀럽이자 VIP 파워 인플루언서. 좀 더 상세하게 표현하자면 사람을 유혹하는 감각적

인 관능미와 방금 세수한 듯 맑고 깨끗한 청순미, 공존하기 어려운 극단의 매력을 동시에 품고 있는 고객이었다. 기억감각 속 회상 스크린에 클로즈업 된 실루엣은 거친 형사의 입에서 흘러나올 수 없는 환영과도 같다.

한 달 전 세상에 잠식된 모든 질서를 날려버릴 것처럼 비바람이 강하게 몰아치던 날, 빗물에 온몸이 젖어서 진료실로 들어섰던 그 순간조차 그녀의 얼굴은 청초했다. 아마 성형수술 부작용을 앓고 있었다면 비바람 치던 날의 그 슬픔도 블랙코미디가 됐을 것이다. 자신은 이제 어디로 가야 하냐고 절규하던 얼굴이 만약 비대칭으로 비뚤어져 발음이 샜다면 그건 비극이 아니라 희극일 테다. 분명 그날 그녀의 얼굴은 눈부시게 청초했고 슬픔은 핏빛처럼 짙고 처절해보였다. 슬픔 때문에 온 몸을 바들바들 떨고 있었으니까.

가만 생각해보니 형사가 비너스병원을 방문한 이유가 수술 부작용 소송 건은 아니란 확신이 들면서 일단 마음이 놓인다. 위기 때는 냉정을 유지한 채 현실적으로 판단하는 자만이 살아남는다는 걸 십여 년 경영이 뼈아프게 가르쳐준 철칙이다. 의료과실 소송 건만 아니라면 어떤 문제든 창조자가 도의적인 책임을 느낄 필요는 없을 테니까.

순간에 일어난 연상을 따라 낯빛이 바뀐 탓인지 형사는 의심의 눈초리로 내 안색을 가만히 살핀다. 탐색적인 눈이 거북하다. 함부로 피의자를 대하는 듯한 태도도 거슬린다. 그리고 무엇보다…… 상황이 궁금하다.

"현세라 씨에게 무슨 일이 있습니까?"

"한 살인사건을 수사하다가 피살자와 현세라 씨가 서로 연관된 점을 발견했는데 탐문하려고 찾으니 사람이 없어요."

"살인사건이요? 현세라 씨가 없어져요?"

상상도 해보지 못한 살인사건이라니…… 정체모를 불안이 다시 등줄기를 타고 오른다. 목덜미로 서늘한 전율이 인다. 살인사건이 일어났고 그 살인사건과 관련이 있는 여자는 사라졌고…… 납득할 수 없는 상황에 당황스럽다. 형사 말대로 살인사건의 피살자가 따로 있다면, 그렇다면 일단 그녀가 살해된 건 아니어서 우선 안도되면서도 정체모를 살인자의 섬뜩한 기운이 뇌리를 덮는다. 혹시 그녀가?

"좀 더 정확히 말하자면, 참고인 자격으로 조회했는데 실종 신고가 돼 있는 상태였어요. 일주일 전에 어머니 김정숙 씨가 실종신고를 했더군요. 이상하게 현세라 씨 행방이 묘연해요. 한 사람은 살해됐고 그 사람과 관련이 있는 한 사람은 사라졌고……. 이십 년 간 현장에서 얻은 촉이랄까요? 뭔가 냄새가 나서 현세라 씨 근래 행적을 하나하나 추적하던 중입니다. 정확히 3월 4일에 원장님께로 직접 보낸 e-메일, 그리고 3월에 세 번의 진료기록과 4월에 수술 및 입원기록이 발견돼서 찾아온 겁니다. 혹여 행방을 찾는 데 실마리를 찾을 수 있을까 해서요."

그녀가 어디로 사라진 것인지 전혀 감이 안 온다. 과거 이력이 부끄러워 숨어버린 것인지, 경쟁 셀럽들에게 죄책감을 안겨주려 앙큼하게 머리를 쓴 것인지, 그것도 아니라면 정말 물거품이 돼 빗물에 쓸려 사라진 것인지, 지독한 해무 속에 갇힌 것처럼 가늠이 안 된다. 격정의 눈물을 흘리며 비바람 부는 거리로 뛰쳐나갔던 그녀가 도대체 무슨 일을 벌인 것인지…… 퍼뜩 불길한 예감이 엄습한다.

한 달 전 비바람 치던 날, 진료 예약도 없이 갑자기 비너스병원을 찾아왔었다. 살인자를 좇는 눈앞의 형사만큼이나 다급하게 진료실 문을 열고 들어온 그녀는 온통 비에 젖어 있었다. 신경정신과 의사가 아닌 성형외과 의사에게 생의 엄청난 절망을 토해놓고 새로운 희망을 기민한 더듬이로 염탐했다. 그 날 난 성형외과 의사도 신경정신과 의사도 아닌, 생의 막다른 골목에서 그녀에게 새 삶을 보장해줄 수 있는 유일한 남자이자 마지막 구원자였을 것이다.

"피의자가 아닌 참고인의 정보를 제공하면 불법으로 알고 있습니다만."

"피의자가 될 가능성이 있는 경우엔 정보를 제공할 수 있습니다."

형사의 눈빛이 매섭게 빛난다. 설치류를 발견한 맹금류의 눈처럼 독한 빛이 번쩍인다. 법을 핑계로 시간을 벌어보지만 소용없다. 잡아먹히지 않으려면 이럴 땐 무딘 심장이 최고의 방어책이라고, 아무런 거리낌이 없으니 괜찮다고, 외면적으론 현세라와 아무런 접점이 없다고, 그러니 진정하자고 마음을 다잡았다. 형사의 질문에 너무 빠른 즉답은 그녀와 특별한 관계로 비칠 수 있으므로 무엇보다 느긋한 자세가 중요하다. 하루에도 서른 명이 넘는 VIP 고객들이 수술대에 오르는 비너스병원의 상황 상 특정 고객의 내면을 잘 알고 있다는 자체가 의심의 소지가 될 것이다. e-메일함을 천천히 뒤지면서 그녀가 특별히 인상적인 고객은 아니었다고 어필해야 곤두선 형사의 신경을 가라앉힐 수 있을 것이다.

"아! 맞습니다. 형사님 말대로 메일함에 기록이 남아 있네요. 제가 3월 4일에 현세라 씨로부터 e-메일을 받았고 이틀 뒤 제가 직접 답도 보냈네요. 가만히 생각해보니…… 첫 진료 때 현세라 씨가 말하길 e-메일을 보낸 후 일주일 만에 내원한 거라고 했었어요. 눈이 빠지게 기다리다 내원했다고 했던 기억이 납니다. 음…… 그러니까 3월 11일에 첫 진료가 있었겠네요. 진료 기록을 확인해볼게요. 잠깐만요……"

천적 앞에 앉은 설치류의 일 초가 한 시간 같다. 먹잇감을 노리는 맹금류의 침묵이 무겁게 어깨를 누른다. 바짝 긴장한 내 들숨과 날숨이 낱낱이 스캔되어 경찰청으로 실시간 전송되고 있을 것만 같아 마우스를 잡은 손에 흥건히 땀이 밴다.

"아! 3월 11일이 맞습니다. 진료기록에도 그렇게 돼 있네요."

진료기록만이 형사 앞에서 객관적으로 수용되는 증거물이다. 의사가 안전하게 몸을 숨길 수 있는 나무는 진료기록이 유일하다. 성형외과 진료기록에는 한 인간의 슬픔이나 고뇌, 고통스런 삶의 궤적, 복잡다단한 인간관계, 녹일 수 없는 열등감 덩어리 같은 건 절대 기재되지 않으므로 백 퍼센트 안전이 보장 될 수 있다. 기록엔 과거의 상처 따윈 생략되고 미래의 희망고문만 남아있기 마련이다. 그래서 누구는 그 뒤에 숨어 생의 안전을 확보할 수 있고 누구는 생을 변호 받지 못하기도 한다.

그간 만나온 고객들은 눈 트임을 하고 코를 높이고 얼굴 윤곽을 깎는 자신의 정체를 밝히고 싶어 하지 않는 경우가 많았다. 비포와 애프터를 가진 사람인 걸 부끄러워했다. 인생이력에서 가능하다면 비포는 삭제되기를 바라면서 처음부터 애프터였던 것처럼 시치미 떼고 싶어 했다. 어차피 의료보험이 적용되지 않는 수술을 받으면서 굳이 비포의 흔적을 남기고 싶어 하는 사람은 드물다. 어쩌면 고객들에겐 수술 이후 인생에서 가장 만나고 싶지 않은 사람이 성형수술 해준 집도의사일지도 모른다. 익명이 인생을 숨기기에 가장 손쉬운 방편이지만 익명이 통하지 않는 의료기관 중 하나인 성형외과에선 아이러니 하게도 진료기록만이 생의 이면을 숨길 수 있는 나무가 된다. 자기 개선 및 향상을 위해 수술을 받았다는 단순 기록은 얼마나 긍정적이고 타당성 높은가. 물론 어느 날 진실과 해후한 사람들에게는 배신감을 가중시켜주겠지만 말이다.

끔찍한 살인사건이라면 도대체 누가 피살된 건지 우선 궁금하다.

"육십 대 중반의 남자가 목과 가슴, 그리고 오른손에 세 군데 끔찍한 자상을 입고 살해당한 채 발견됐어요. 여러 군데 구타당한 흔적도 있고요."

그렇다면 정황 상 피살자가 그녀의 인스타그램에 한때 올랐던 블루 라군 해변의 연인은 아닌 게 분명하다. 내 상상 속에서 그녀의 연인은 아도니스콤플렉스[11]를 앓고 있는 근육질의 남자로 적당히 젊고 적당히 멋진 사람이었는데, 육십 대 중반이라면 연인이 아니리란 판단이 선다.

"어쩔 수 없이 원장님께 사건 내용을 간략하게 얘기해야겠네요. 삼 일 전에 신길동 한 허름한 원룸에서 사체가 발견됐어요. 신고를 받고 갔을 땐 날이 더워서 이미 사체의 반은 부패한 상태였고요. 지독한 냄새 때문에 옆 호에 사는 입주민이 신고해줘서 그나마 발견됐습니다. 피해자가 독신으로 살고 있었거든요. 자상刺傷은 있는데 살인에 사용한 칼도 없고 지문도 없고 족적도 없고 머리카락 한 올 없으니 실마리가 전혀 안 보입니다. CCTV마저 파손돼 있고요. 계획적이고 주도면밀한 살인이에요. 주변인들을 탐문하면서 피해자가 살아온 행적을 하나하나 추적하다가 현세라 씨와의 접점을 발견했습니다. 피해자가 현세라 씨 어머니 김정숙 씨와 이십 년 전에 만나 육 년 쯤 동거했던 사실이 있더군요. 물론 십사 년 전에 다시 헤어졌지만요. 그러니까 피해자가 한때 현세라 씨의 계부였던 셈이죠."

의심의 눈초리를 거두지 않은 채 한 터럭의 영혼도 담지 않고 형사는 축약된 사건의 추이를 진술했다. 굵고 짧은 목을 빠르게 통과해 공기 중에 쏟아진 말은 끔찍한 내용과 상관없이 아주 명료하고 단출하다. 육하원칙에 따

---

11) 아도니스콤플렉스: 남성이 완벽한 몸을 갈망하면서 몸에 집착하는 콤플렉스로 운동이나 미용에 강박적으로 매달리기도 한다. 보통 근육질의 몸매를 만들어 과시하고 싶어 한다.

른 객관적 진술을 듣는데 퍼뜩 무시무시한 장면 하나가 뇌리를 스친다. 맑고 청순한 눈에 팽팽한 살기를 담고 소녀 같은 작은 턱에 잔뜩 힘을 준 채 예리한 칼날을 육십 대 남자의 목과 가슴과 손에 직각으로 내리꽂는 그녀의 환영……. 아찔해 기도하듯 잠깐 눈을 감았다. 환영이 다만 환영일 뿐이기를…….

"형사님은 이번 살인사건과 현세라 씨가 어떤 관련이 있다고 생각하시는 건가요?"

"아뇨, 아닙니다. 아직 그렇게 단정할 순 없습니다. 현재로선 단정할만한 정황이나 증거가 전혀 없어요. 솔직히 심증조차 없습니다. 다만 우리로선 최대한 피살자의 모든 주변인과 접촉해서 탐문해야 하는 게 의무니까요. 그런데 하필 현세라 씨가 지금 이유 없이 실종상태니 의심이 증폭될 수밖에요. 지금이라도 우리 앞에 나타난다면 해명을 하고 의심을 면할 텐데요."

손에 예리한 칼을 들고 한때 계부였던 남자의 목과 가슴과 손을 찌를 수 있을 거라 상상조차 되지 않는 청순한 얼굴, 그런가 하면 자신의 온 영혼에 타투처럼 새겨진 비루함을 상상할 수조차 없는 관능적인 얼굴. 어느 모로 보나 그녀는 살인을 저지를 만한 여자가 아니지만 부인하려 해도 이상하게 암울한 예감이 온 신경에 흡반처럼 달라붙는다.

"그러니까 원장님은 현세라 씨를 정확히 몇 번 만나신 거죠?"

"뭐, 현세라 씨도 다른 환자들처럼 저희 병원에 네 번 다녀갔습니다. 저희 병원은 어떤 고객이라도 예외 없이 네 번의 신중한 상담 후에야 수술을 결정하게 되어 있거든요. 다른 환자들과 마찬가지로 내원해서 네 번 상담 받고 마지막 상담일에 바로 안면윤곽수술 했습니다. 결과가 아주 좋았어요. 만족해했습니다. 그뿐입니다."

기억이 제대로 없음을 증명하기 위해 진료 차트를 봐가며 어눌하게 답하다가 〈그. 뿐. 입. 니. 다.〉에 강한 악센트를 주며 마무리하고 나니 정말 그뿐인 듯도 하다. 가만히 생각해보면 내가 알고 있는 사실도 모두 심증에 기여할 뿐 물증은 아닌 것이다.

"현세라 씨가 내원했을 때나 입원해 있는 동안 특별한 말을 한 건 없었나요? 이를테면 세상에서 사라져버리고 싶다거나 누군가를 죽이고 싶다거나 증오하고 있다거나 하는……"

설령 특별한 말을 했다 해도 함부로 발설할 수는 없다. 특수한 상황에서는 상업성에 오점이 될 만한 어떤 빌미도 상대방에게 제공해선 안 된다는 게 원장으로서의 철칙이다. 성형외과는 이미지가 최고의 승부수다. 가장 고결하고 가장 아름다운 이미지만이 고객들의 마음을 이끌어낼 수 있다.

"개인적인 얘기는 전혀 없었습니다. 성형외과 의사와 환자 사이에 나눌만한 내용도 아니고요."

간단하게 잘라 답하고 근거까지 제시하고 나니 왠지 조금은 형사 앞에서 당당한 입장이 되는 것 같다.

"형사님, 여긴 신경정신과가 아닙니다."

"하긴 그렇죠. 성형외과에서 그런 대화를 하긴 쉽지 않겠죠. 그럼 수술 전 네 번이나 이루어지는 사전 상담 땐 환자들과 주로 무슨 대화를 나누시는 겁니까?"

양 팔을 벌리고 어깨를 으쓱해 보였다. 할리우드 식 추임새는 어색한 상황에서 질문 받는 자의 지극히 자연스런 태도일 테다. 질문이 조금 당황스럽다는 감정을 섞어 별 것 있겠냐는 메시지를 전달하기엔 그보다 좋은 추임새는 없는 법이다.

"누구나 알다시피 성형외과 상담은 내용이 거의 정해져 있지 않습니까? 수술하려는 부위와 전체 얼굴의 조화가 가장 중요한 상담내용이죠. 베이스를 고려하지 않는 무분별한 수술을 원하는 고객이 워낙 많다보니……. 수술 후 예상되는 가상의 얼굴을 시뮬레이션으로 체크하고, 서로 의견 교환하면서 수정하고, 의사로서 전문적인 조언 피드백해주고, 수술 방법 설명하고, 또 수술이 가능한지 건강상태 체크하고, 과하게 욕심 내지 않도록 주의시키고…… 뭐, 그런 것들이죠. 형사님도 이미 다 알고 계시는 것처럼."

"그런 내용을 다루는 데 네 번이나 상담을 갖는다는 겁니까?"

형사의 말투에 상당한 비꼬기가 배어있다. 멀쩡한 얼굴이나 고쳐대는 수술에 무슨 유난을 떠느냐고 비웃는 것도 같다. 수많은 반박들과 조소를 숨긴 포커페이스 질문이다. 괜히 내심을 들킨 것 같아 살짝 언짢다.

"물론입니다. 사실은 네 번의 상담으로도 부족합니다. 얼굴은 살아온 이력을 말해주니까 신중할 밖에요. 돌다리도 거듭 두드려보고 건너야 하는데 정체성인 얼굴을 바꾸는 일에 적어도 네 번은 안전성의 문을 두드려 봐야 하지 않겠습니까."

"그렇다면 현세라 씨를 마지막으로 본 게 정확히 언젭니까?"

어느 시점부터 슬그머니 진료실이 취조실로 바뀌고 있고 그 와중에 나는 의사가 아닌 피의자 신분이 돼버렸다. 살인자의 단서나 사건의 열쇠를 쥐고 있는 관련자가 된 기분이 든다. 말도 안 되는 실종사건에 휘말려 비너스병원에 골치 아픈 일이라도 발생할까 다시 염려된다. 솔직히 어젯밤 꿈자리도 뒤숭숭했다.

그녀의 얼굴을 비너스 얼굴 폭으로 좁혀준 게 죄라면 죄다. 당신은 여신이 될 수 있다고 달콤한 말로 회유한 사실이 또 다른 죄라면 죄다. 에덴동산의 금단 열매를 따 먹으면 하늘의 신과 같이 눈이 밝아질 거라 하와를 유혹했던 뱀에게도 평생 배로 흙 위를 기어 다니는 형벌이 주어졌으니, 그렇다면 나 또한 형벌에서 자유롭지 못할 수도 있으리란 예단에 잠깐 아팠다. 하지만 뱀처럼 단정적인 형벌을 받기에는 억울한 면이 없잖아 있다. 조금만 각도를 바꿔 생각해 보면 나야말로 그녀를 열등감의 늪에서 끌어올린 새로운 창조자가 아닌가. 어쩌면 그게 전부일지도 모른다. 각도만 살짝 바꿔 보면 사건은 굉장히 명약관화하다. 나는 물질을 담보로 그녀에게 자신감을 심어주려 했을 뿐이다.

현세라를 마지막으로 본 날짜가 언제였는지 분명히 떠오르지 않는다. 고객으로서의 유용성이 희박해질 때는 가차 없이 머릿속에서 정보를 삭제해 온 몸에 밴 실용주의 습성 때문이다. 하지만 형사 앞에서는 싫어도 기억해 내야 한다.

그녀를 떠올리면 그날 일어난 사건보다는 하루 종일 내린 비와 바람 냄새가 먼저 연상된다. 옷과 머리를 온통 헝클어놓은 비와 바람. 그날 비바람은 부모에게 반항하며 신경질적으로 비명을 질러대는 사춘기 여자애 같았다. 잉잉거리는 바람에 제멋대로 날리며 내리던 비, 온통 대기를 덮고 있던 눅눅하고 축축한 습기.

"아, 이제 기억납니다. 한 달 전쯤 인가요? 비바람이 치는 날이었는데 사전 예약도 없이 갑자기 찾아왔었어요."

"그러니까 네 번의 진료와는 별도로 한 번 더 찾아왔었단 말입니까?"

"예. 갑작스런 내원에 그때 저도 의아했으니까요."

"그때가 정확히 언제입니까. 한 달 전이라고요?"

"아마도 그쯤 될 겁니다. 안면윤곽수술을 받은 게 4월 첫째 주고 일주일 후 퇴원했고…… 한 달여 뒤 찾아온 거였으니까 아마 오월 중순쯤 되겠네요."

"현세라 씨가 왜 사전 예약을 하지 않고 왔을까요?"

"음, 아마 내원을 목적으로 하지 않고 다른 일로 병원 근처를 지나다가 들른 것 아닐까요? 뭐, 좋은 예후를 수술 집도의사에게 보여주고 싶었다거나 경과에 관한 진단을 받고 싶었다거나 둘 중 하나 아닐까요? 물론 둘 다일 수도 있고요."

"근처를 지나가다가?"

"상담하면서 그런 얘길 했던 것 같습니다. 비너스병원이 너무 아름다워 보여서 강남역 근처를 지나갈 때마다 올려다봤다고요."

"그럼 다른 일로 지나가는 길이었는데 좋은 수술 예후로 기분이 좋아 들른 것이다, 이런 말씀인가요?"

"예. 수술 예후가 좋아서 얼굴선이 아주 예뻤습니다. 그날 감사 인사를 들었고 저는 회복 과정을 잘 이겨냈다고 칭찬해줬죠."

"그럼, 그때 현세라 씨의 기분은 좋아 보였단 얘기네요?"

"예, 그랬습니다."

"흠……. 그게 다라면 원장님의 말은 실종 단서로서 전혀 효용성이 없는데요. 성형외과의 시스템을 누구보다 잘 아는 고객이 철저히 예약제로 운영되는 병원에 예약도 없이 갑자기 찾아왔다? 그것도 나로선 납득이 안 되는데요?"

"저도 그날 꽤나 당황했습니다. 하지만 뭐, 현세라 씨의 기분이 필요 이상으로 좋았던 탓이라고 단순히 생각했습니다."

사라진 여자를 나도 형사도 현세라로 부르고 있지만. 두 남자의 뇌리에 담긴 여자의 실체는 하나일까 둘일까, 사뭇 혼란스럽다. 그늘이 드리워진 형사의 얼굴만큼 내 기분도 암담해진다. 그날 참담한 얼굴로 울면서 병원을 나간 그녀는 어디로 사라진 것인지. 정말 한때 계부였던 남자를 예리한 칼로 찔러서 죽인 것인지. 낱낱의 정보들이 정리되지 못한 채 안개 속 같은 머리를 질서 없이 떠다닌다. 형사의 눈초리는 살인자의 지문이나 족적, 혈흔 중 그 무엇 하나 확보하지 못해 초조한 것 같다.

"현세라 씨 같은 연약한 여자가 CCTV를 파손할 수 있겠습니까? 쉬운 문제가 아닐 텐데요."

"범인의 치밀한 소행이거나 공범이 있는 것으로 짐작하고 있어요."

만약 그녀가 살인자라면 분명 도와준 존재가 있을 것이다. 잠깐 블루 라군 해변의 남자를 떠올렸지만 그 날 병원에 왔을 때 그 남자마저 잠적해버렸다고 말했었다. 그 남자마저 떠났다면, 그렇다면 그녀의 생명도 장담할 수 없다.

"그런데 현세라 씨가 왜 사라졌을까요?"

"그 문제를 탐문하려고 내원했는데 도리어 원장님이 내게 질문하시네요. 김정숙 씨도 딸이 사라진 이유를 전혀 모르고 있습니다. 살인을 저질러놓고 스스로 숨은 건지 아니면 타인에게 납치된 건지 실종경위조차 아예 백지 상태예요. 잘나가던 의류쇼핑몰 경영이 갑자기 악화돼서 사업체를 접은 건 우리도 알고 있습니다만 그것만으로 세상에서 완전히 자신을 감출 것까지는 없지 않습니까."

"글쎄요. 사람에 따라 어려움에 대응하는 방식은 다 다르니까요."

"그런데 현세라 씨가 원장님께 보낸 메일을 보니 한 가지 의심이 가는 문구가 있었습니다. 얼굴에 조금이라도 흠이 생기거나 부작용이 생기면 자신의 삶은 끝이라고 썼더군요. 혹 수술이 잘못돼 아무도 모르는 곳으로 숨었거나 자살을 시도한 게 아닐까 싶은 생각도 듭니다만."

형사가 당기려는 화살이 어느새 엉뚱하게 병원을 향하고 있다. 병원이 과녁이 되는 건 절대 용납되어서도 용납할 수도 없다. 무슨 수를 써서라도 막아야 한다. 화살 하나만 날아와도 병원은 풍선처럼 허무하게 사라질 수 있다. 겨우 터져버린 고무조각으로 남으려고 죽을힘을 다해 십여 년을 달려온 건 아니다.

"그럴 리가 있습니까. 수술은 완벽하게 잘 됐습니다. 우리 병원 직원들이 다 아는 사실입니다. 진료 기록을 보셔도 좋습니다. 보여드릴까요?"

"아닙니다. 그럴 필요까지는 없습니다. 수술 직후의 얼굴은 김정숙 씨도 봤다고 하니까요. 다만 그 이후에 혹 부작용이 생겼을까 하여 여쭤보는 겁니다."

"제가 안면윤곽수술 임상경험이 아주 많습니다. 고도의 기술력이 없으면 요즘 세상에 환자들의 선택을 받을 수 있겠습니까? 그 부분은 걱정하지 않으셔도 됩니다. 그리고 환자들은 외모에 관한 한 과장된 언어를 쓰기 마련입니다. 피부 톤만 조금 어두워져도 곧 죽을 것처럼 표현하지요. 부작용이 있었다면 요즘 세상에 왜 어필하지 않았겠습니까. 실종에는 분명 개인적인 다른 사연이 있을 겁니다."

병원에 해가 생길까 두려운 나머지 미세하게 정보를 흘리고 있다고 판단된 순간 화들짝 놀라고 말았다. 이 수수께끼의 정답은 개인적인 다른 일이야, 라고 술술 흘려보내고 있지 않은가.

"죽은 사람과 현세라 씨, 두 사람 사이에 무슨 사연이 분명히 있을 것 같은데 영 맥락이 잡히지 않으니 답답합니다."

“현세라 씨 어머니께 여쭤보면 죽은 사람과의 관계도 잘 알 수 있지 않을까요? 그분보다 확실한 증인은 없을 것 같습니다만.”

“어머니 김정숙 씨 얘기로는, 동거 기간 육 년 동안 피살자와 딸 세영이는 별 문제 없이 잘 지냈다고 합니다. 아! 세영이는 현세라 씨 개명 전 이름입니다. 현세영 씨가 사 년 전에 개명해 현세라 씨가 된 거죠. 죽은 사람도 의붓딸에게 친딸처럼 스스럼없이 잘해줬고 딸도 자연스럽게 의붓아버지를 잘 따랐답니다. 김정숙 씨도 전혀 딸의 행방에 대해 짐작조차 못하고 있습니다. 현세라 씨가 피살자와 함께 지낼 때 아무 갈등이 없었다고 하니 우리로선 더 답답하죠. 실종 상태만 아니라면 오히려 의심이 덜 할 것 같은데 말이죠. 또 요 몇 년 어머니 김정숙 씨로부터 독립해 혼자 살고 있던 터라 더 실마리가 잡히지 않습니다. 주민등록상의 거주지는 김정숙 씨 집으로 돼있습니다만, 김정숙 씨는 딸이 최근 이 년 가까이 어디서 살고 있는지도 정확히 모르고 있었습니다. 김정숙 씨나 현세라 씨에게 미스테리한 부분이 없잖아 있어요. 원장님께 단서가 될 만한 다른 말을 하지는 않았나요? 아주 작은 것이라도.”

이제 당신만이 유일한 희망이라는 듯 형사의 눈빛은 간절해져 있다.

교환가치를 따라 혹은 매력이 던져주는 유혹을 따라 부나비처럼 살아가는 사람들에게 과연 희망이란 게 있는지 반문하고 싶다. 형사는 단서를 붙잡기 위해 살고, 현세라는 능력 있는 남자를 붙잡기 위해 살고, 그리고 나는…… 안면윤곽수술 만 케이스의 명예를 붙잡으려고 살고 있다. 비포 없이 애프터만 인정하는 세상은 동기나 원인 따위엔 관심 없다가 사람이 죽어나가거나 사라지면 서둘러 작위적인 간절함의 옷을 입곤 한다. 그제야 비포를 붙들고 늘어진다. 모든 게 비포의 탓이라는 듯.

“뭐, 병원에서야 수술과 예후 얘기만 하니까요. 결과에 백 퍼센트 만족했기 때문에 수술로 문제될 건 전혀 없었습니다. 마지막 본 날도 붓기가 가라앉고 갸름해진 얼굴만 보여주고 갔어요. 그뿐입니다. 신경정신과 병원이라면 모를까, 이곳은 사생활 얘기를 하는 곳이 아닙니다."

"성형외과에서도 사생활 얘기 할 수 있지 않나요?"

다시 형사는 삐딱한 어조로 취조하듯 캐묻기 시작한다. 대야에 찬물을 담아 와서 형사의 얼굴에 와락 쏟아버리고 싶다. 하지만 감정을 마구 쏟아낼 순 없다.

"만약 사생활 얘길 한다고 해도 어디까지나 얼굴에 관한 단순한 이야기죠. 특정 부위 때문에 자신감이 없다는 정도의 얘기? 형사님이라면 성형상담 가셔서 부부관계나 자녀문제, 일 스트레스를 꺼내놓을 수 있겠습니까?"

기분 나쁜 조소가 습관처럼 목 짧은 형사의 얼굴을 스치고 지나간다. 피의자로 가정하고 탐문해온 그의 직업병인지 형사 특유의 촉인지는 알 수 없다.

"그럼 안면윤곽수술을 왜 받겠다고 했나요?"

"이목구비는 완벽하게 예쁜데 본인이 느끼기에 얼굴 윤곽이 조금 넓은 편이라 조화가 되지 않는다며 좀 더 갸름한 얼굴을 원한다고 했습니다. 그뿐입니다."

"그럼 첫 성형수술이었나요?"

"우리 병원 내원은 처음이었지만 이전에 다른 병원에서 눈 트임 수술과 하이 코 수술, 유방확대 수술을 받았다고 했습니다."

"그 정도면 성형 중독 아닙니까?"

"아뇨. 그렇지 않습니다. 요즘은 많은 여성들이 그 정도의 수술은 자연스럽게 받아들입니다. 예전엔 일반인들이 연예인들과 별개의 세상에 살고 있다고 여겼지만 요즘은 스스로를 연예주인공으로 만들어가는 추세니까요. 나를 특별한 존재로 만들어가는 노력이 나쁠 건 없지 않습니까? 뭐, CEO의 위치라면 그 정도는 충분히 추구할 수 있는 거 아닐까요?"

"중독도 허영도 아니라는 말씀인가요?"

"예, 그렇습니다. 적어도 제가 보기엔."

"그런데 방금 원장님 말씀 중에 CEO라고 하셨는데 현세라 씨가 CEO인 건 어떻게 아셨죠? 자신의 직업에 대해 직접 얘기하던가요?"

형사의 눈은 다시금 맹금류로 빙의되어 상대방의 미세한 표정 하나까지 놓치지 않으려 긴장한다. 자연스런 얼굴을 가장했으나 나 또한 형사의 눈이 어떻게 변하는지를 순간순간 체크하고 있다. 굳이 안 해도 될 말을 내뱉고 말았다는 후회가 생겼지만 이미 엎질러진 물이다. 등에서 식은땀이 솟는다. 말꼬리를 잡히면 괜히 골치 아파질 수 있다. 광속으로 좀 전까지의 대화 속에 오류가 있는지를 검색했다.

"아…… 좀 전에 형사님께서 현세라 씨가 의류쇼핑몰 경영했다고 말씀하셨는데? 기억 안 나세요?"

"내가 그랬나요? 사건에 너무 집착하다보니 요즘 앞뒤가 없어져서…… 그러니까 원장님의 얘기를 요약하자면…… 현세라 씨가 e-메일을 보낸 후 일주일 뒤에 처음 내원해서 주당 한 번씩 총 네 번 상담했고 마지막 상담일에 바로 수술했단 말씀이시죠? 수술 후 일주일 입원했고, 퇴원했다가 한 달 전쯤 진료예약 없이 갑자기 잠깐 들렀다는 거죠? 그리고 실종의 단서가 될 만한 사적인 얘기는 전혀 하지 않았고요?"

형사의 얼굴에 짙은 실망감이 드러난다. 탐문에 지친 피로가 역력하다. 살인사건을 파헤치다가 실종사건까지 떠맡았는데 단서의 틈을 찾지 못해 막막한지 자기도 모르게 한숨을 내쉰다.

“저어…… 한 가지 말씀드릴 수 있는 건……”
“뭡니까?”
급 충전된 시선이 내게로 쏠린다.
“현세라 씨는 살인 같은 걸 저지를 만한 사람으로는 보이지 않았습니다.”
“왜 그렇게 판단하시는 겁니까?”
“여리고 순수한 사람이라는 느낌이 강했습니다. 대화를 나누다 보면 으레 느껴지는 이미지랄까요?”
“이미지가 그 사람의 진짜는 아니지요. 뭐, 얼굴에 살인자라고 써놓고 다니는 것도 아니고요. 우발적 사고도 많이 있잖습니까. 원장님은 이미지를 꽤나 믿으시나 봅니다.”
“때로는 백 마디 말보다 단번에 느껴지는 이미지가 더 솔직할 때도 있으니까요. 이미지를 뒤집으면 곧 그 사람이 살아온 이력이 되기도 하고……”
“원장님 말씀이 맞는 듯도 하고 정반대인 듯도 하고……. 글쎄요, 우린 팩트만 다루는 사람들이라 전적으로 공감하긴 어렵습니다. 이미지만 믿다가 뒤통수 맞은 사람 여럿 봤으니까요.”
그녀가 그토록 신봉하던 이미지가 형사의 입에서 한 장의 휴지 조각이 돼버리는 걸 속수무책 바라보는 심경은 착잡하다. 다음에 혹 재회하게 된다면 이미지는 정말 거품이더라고 좀 더 당당하게 조언해 줄 수 있을까.
“협조해주셔서 고맙습니다. 혹 이후에라도 현세라 씨로부터 연락이 오면 곧바로 저희에게 알려주십시오.”
“그럼요, 당연히 그래야지요. 알겠습니다.”
형사에게 확신을 심어주려 애쓰는 내 모습을 제삼자의 눈이 되어 객관적으로 바라본다. 고개 숙여 형사에게 인사하는 매끈한 이마꼭지가 왠지 부끄럽다. 하지만 그에게 진실할 수는 없다. 금단의 열매를 따먹고 나무 뒤로 숨어든 하와처럼 어느 비 오는 날 그녀는 쫓기듯 병원에 숨어들었다. 그리고는 벌거벗은 자신의 진짜 정체를 폭로해버린 SNS 세상을 원망했다. 폭로된 내용을 형사에게 다시 폭로한다면 그녀가 진짜 범인으로 몰릴 수도 있다. 안쓰러운 여자…….

"아, 원장님, 한 가지 빠뜨린 게 있어요."

형사는 미련을 버리지 못하고 진료실을 나가려다 우뚝 멈추고는 다시 고개를 내게로 돌렸다.

"현세라 씨 e-메일에 특이한 내용이 있더라고요. 어떤 일을 계기로 얼굴이 너무 넓은 껍질 속에 갇힌 느낌이라 빨리 갑갑한 껍질을 벗고 싶다는 말을 했던데 계기가 된 어떤 일이란 과연 뭘까요? 혹 그 계기에 대해 얘기 나눈 적은 없습니까?"

"아…… 글쎄요. 거기까지는 모르겠습니다. 아마…… 여자들이 흔히 겪는 그런 일 아닐까요? 친구나 지인이 넌 얼굴형만 예쁘면 완벽하겠어, 라고 말했다거나 하는……. 외모에 관한 한 여성들은 남들이 무심히 던진 한 마디에도 특별한 의미를 부여하니까요."

"그럼 그림 〈비너스의 탄생〉과의 연관성에 대해서도 전혀 모르시나요? 그 그림을 보면서 비너스병원에서의 수술이 운명이라고 느꼈다고 했던데."

무언가를 캐내지 않고는 돌아갈 수 없다는 절박함과 아직 완전히 걷어지지 않은 의심으로 형사의 두 눈은 강렬하게 빛난다. 코너로 몰아갈수록 사람은 뻔뻔해지고 의뭉스러워진다는 간단한 원리를 형사가 모르는 게 답답하다. 무심히 풀어놓았을 때 오히려 실수를 흘릴 수 있는 게 인간의 심리라고 말해주고 싶다. 왜 사건의 냄새를 맡아내는 예민한 후각이 없는지 안타깝다.

"메일에 그런 문구가 있었나요? 메일이 왔고 안면윤곽수술을 받겠다고 한 건 기억이 납니다만 그림 얘기는 전혀 떠오르지 않습니다. 전 하루에도 수십 통의 수술 문의 메일을 받습니다. 세밀한 내용까지 기억한다는 건 불가능합니다."

형사는 체념한 듯 다시 진료실 문으로 향하다가 그래도 미련이 남는지 청자 없는 이야기를 푸념처럼 몇 마디 늘어놓는다.

"휴…… 사라져버린 아가씨를 이제 어디서 찾으면 될까요? 여기선 작은 단서라도 찾을 줄 알았는데…… 현세라 씨의 굴곡진 개인사가 만만치 않더라고요. 불쌍한 인생이던데……"

"……"

"아, 뭐! 그런 것까진 원장님께 다 얘기할 필요는 없겠네요. 지나치게 개인적인 일이라……. 성형수술과도 관계없는 일이고요."

성형수술과 관계없는 내밀한 개인사라면 들을 필요가 없다. 아니 성형수술과 관계없는 개인사여서 고맙다. 형사의 줄임말에 새로운 긴장으로 조마조마하던 가슴을 다행히 쓸어내리게 됐다. 생략된 말은 굳이 듣고 싶지 않다. 생각해보면 가슴 아픈 개인사가 없는 사람이 어디 있겠는가. 그녀가 어떤 개인사를 밟아왔든 오직 그녀 몫의 삶인 것이다.

"다시 부탁드리지만 소식 닿으면 꼭 알려주세요. 두 인생이 달린 문제잖습니까."

드디어 형사가 나가고 문이 닫혔다. 잠깐 바깥세상의 비바람이 들이칠 뻔했던 내 소중한 신화의 세계는 다행히 안전하게 보전됐다. 형사의 발걸음이 비너스 신전을 나가는 순간 언제나처럼 호라이의 환대 속에 새로운 여신들은 줄줄이 그리고 안전하게 탄생될 것이다. 비너스병원이 여신의 모태요 자궁으로서 아름답게 빛나면 그만인 것이다.

똑똑.

소심하고 자신 없는 노크소리가 들린다. 순간 깜짝 놀랐다. 형사가 나간 문으로 거짓말처럼 현세라가 다시 돌아온 건 아닌가 싶어서다. 살짝 문을 열고 망설이는 눈빛으로 서 있는 이는 로비 담당 간호사 정 선생이다. 들어가도 될지 주저하는 태도는 그녀에게 전에 없던 모습이다. 갑자기 들이닥친 형사 때문에 황망해있을 원장을 염려해 문을 열어본 것일 수도 있다. 매사 남을 배려하는 따뜻한 성품의 사람이니까.

"정 선생, 난 괜찮아요. 별 일 없었으니 걱정 안 해도 돼요."

"저어, 원장님……. 드릴 말씀이 있어요."

"그래요? 무슨 일 있어요?"

"사실은…… 지난 5월에 현세라 씨가 예약도 없이 갑자기 다녀간 적이 있었잖아요. 비바람이 심했던 날이요."

"……그랬죠."

형사가 나가고 가슴을 쓸어내린 순간에 허락 없이 내 시간 안으로 다시 끼어드는 현세라. 운명의 장난이 심한 것 같아 짜증이 나려고 한다.

쭈뼛쭈뼛 진료 데스크로 다가온 정 선생이 A4크기의 갈색 우편 봉투 하나를 내밀었다. 봉투는 유리 테이프로 단단하게 밀봉된 상태다. 겉봉엔 발신인도 수신인도 없다.

"이게 뭐예요?"

"이건 현세라 씨가 그날 돌아가면서 저한테 맡겨두고 간 거예요. 울면서 말하길, 일 년 뒤쯤 원장님께 꼭 전해달라고 했어요. 워낙 간절한 눈빛으로 부탁하는 통에 바로 거절하지 못했어요. 예약 고객들이 기다리는 로비에서 그 일로 계속 실랑이 할 수도 없었고요. 고객들이 의료사고라도 난 줄 오해하면 안 되잖아요. 어쩔 수 없이 일 년 뒤에 원장님께 전해드려야겠다 생각하고 보관하고 있었는데, 좀 전에 다녀간 형사가 현세라 씨 일로 온 것 같아 걱정이 돼서요. 무슨 일인지 모르겠지만 아무래도 원장님께 지금 전해드리는 게 낫겠다 싶어서…… 진작 말씀드리지 못해 죄송합니다. 현세라 씨와의 약속이라 그만……"

"알겠어요. 두고 나가서 일 보세요. 정 선생 잘못은 없는 것 같으니까."

밀봉 테이프를 가위로 잘라 보니 얇은 노트 한 권이 들어있다. 직접 메모하듯 흘려 쓴 글인 것 같다. 그녀가 왜 메모 노트를 내게 전하려 한 건지 모르겠다. 어떤 비밀스런 메시지가 있어서? 아니면 유언을 남기듯 자신의 자취를 남기고 싶어서? 그것도 아니면 자신의 절절한 상황에 도움을 구하고 싶어서? 도통 모르겠다. 내 삶에 끼어든 그녀의 존재 자체가 힘겹다.

노트보다는…… 그동안 열어보지 않은 인스타그램이 다시 궁금해진다. 이미 폐쇄됐으리란 확신이 들지만 확인해보고 싶다. 그녀가 다녀간 이후 한 번도 열어볼 필요를 느끼지 못한 내 실용주의가 몸서리치게 징그럽다. 자본을 잃은 대상은 내게 결코 매력적인 고객이 될 수 없다.

예상대로 인스타그램 계정 자체가 사라지고 없다. 화려한 여행지도, 명품 옷과 가방도, 관능적인 육체도, 그녀의 아름다움을 제사하던 남자도 보이지 않는다. 현실 세상에서는 물론 사이버 세상에서조차 완전히 사라져버렸다. 어쩌면 금단의 나무에 달린 욕망의 열매를 따먹은 죄목으로 낙원으로부터 영원히 추방당한 것인지도 모를 일이다. 아니면 자신이 태어난 바다의 거품으로 다시 돌아가 버린 것일까. 그녀가 사력을 다해 그토록 닮기 원했던 여신 비너스가 머무는 곳…… 그 찬란하고도 초라한 신화 속으로……

신화神話 속으로- 3월 첫째 주 수요일

불만의 바다에 빠져 미의 나라로 긴급 구조해달라는 여성들의 아우성은 e-메일 속에서 시작되곤 한다. e-메일 계정 자체를 코디네이터 송 실장에게 맡겨두고 좀체 열어보지 않던 내가 하필 오늘 수많은 발신자 중에서 이름 '현세라'를 발견한 건 운명인지도 모르겠다. 〈카르미나 부라나〉처럼 나와 그녀의 인생 필사본에도 운명의 수레바퀴 삽화가 그려져 있을지 누가 알겠는가.

이름 '현세라'에서 풍겨나는 화려한 성형 이미지가 아니었다면 그저 무의미한 이름 중 하나로 망막에 닿기도 전에 삭제됐을 것이다. 여자의 화려한 이름을 보는 순간 이상하게 젖과 꿀이 흐르는 아름다운 가나안 땅을 떠올렸다. 한 번도 여행해 본 적은 없지만 상상 속에서 항상 가나안은 내게 인생들이 추구하는 이상향이자 도달해야 할 최종 목적지의 이미지로 귀착돼 있다. 지독하게 가나안을 갈망하는 여자…… 예감은 전율이 일어날 만큼 적중했다. 시냇물을 찾아 헤매는 목마른 사슴처럼 그녀는 자신을 약속의 땅 가나안으로 데려다 줄 훌륭한 안내자를 기다리고 있었다.

안녕하세요. 저는 31세 미혼 여성 현세라에요. 여러 병원을 두루 찾아보다가 비너스병원에 무한 신뢰를 느껴 메일을 보내요.

얼굴선을 고급스럽게 바꾸기 위해 안면윤곽수술을 받으려고 해요. 얼굴의 틀을 바꾸는 수술이라 부담이 크지만 어떤 일을 계기로 제 얼굴이 너무 넓다는 생각에 갇혀 수술을 받지 않고는 잠시도 견딜 수 없을 것 같은 절박함이 나를 사로잡고 있어요. 갑갑한 갑옷이 온통 얼굴을 감싸고 있는 느낌이에요. 숨이 막히고 답답해요. 빨리 수술을 받아 갑갑한 껍질을 벗고 제가 원하는 이상형으로 다시 태어나고 싶어요. 그래야 숨을 쉴 수 있을 것 같아요.

마음은 조급하지만 반드시 네 번의 상담을 거친 후에야 최종 결정과 함께 수술을 시행한다는 원장님의 원칙에 믿음이 가요. 넉 주에 걸친 네 번의 상담이라면 생각할 시간도 충분하고 후회 없는 결정이 되리라 믿습니다.

사실, 강남역 근처를 오가면서 비너스병원을 흠모하는 시선으로 바라보곤 했답니다. 입구로 향하는 복도 벽에 그림 '비너스의 탄생'이 커다랗게 걸려있더군요. 그 그림을 보는 순간 운명의 전율을 느꼈어요. 마치 하늘로부터 오는 신의 계시 같았죠. 제 생각엔 병원 선택이 운명이 아닐까 싶어요. 병원 출입문으로 들어가는 복도 전체가 그리스 신전을 연상시키더군요. 육중한 그리스 식 기둥에 아치형 천정이 더해져 미의 신전으로 들어가는 착각이 들었습니다. 미인을 탄생시키는 성스런 자궁처럼 말이에요. 제 상상이 지나친 건 아니죠? 제 얼굴이 미의 신전에 입성할 날을 기다리고 있습니다.

수술에 관한 모든 것을 알고 싶어요. 솔직히 말씀드리면 다른 건 필요 없어요. 아름다운 얼굴선을 얻을 수 있으면 그것으로 족해요. 남들 앞에 나를 아름답게 드러내야 하는 제 직업상 얼굴은 재산이니까요. 회복기간이 너무 길어도 곤란해요. 공인이라 수술 의혹은 받을 수 있어도 확신은 주면 안 되거든요. 혹여 얼굴에 흠이 생기거나 부작용이 생긴다면 제 삶은 그것으로 끝이에요.

그러고 보니 지금의 제 느낌은 마치 여신의 신전에 입장하기 위한 티켓을 어렵게 주문하는 기분입니다. 원장님, 진료실에서 뵈어요.

아! 가장 중요한 사항 하나를 빠뜨렸네요. 전 꼭 원장님께 수술 받을 거예요. 다른 선생님이 집도하는 수술은 사절입니다.

—청담동에서 현세라 드림

「남들 앞에 나를 드러내야하는 직업」, 「공인」이라는 문구가 크게 확장되어 망막 깊숙이 들어와 박혔다. 메일 내용이 사실이라면 직접 수술해야 하는 VIP 고객이다. 성형외과 VIP는 살아있는 홍보전단이다. 가만히 살펴보니 여자가 메일을 전송한 시간은 새벽 네 시. 얼굴의 틀을 바꾸고 싶은 열망으로 신경이 바싹바싹 타들어가고 있는 게 분명하다. 시시각각 발신메일함의 수신확인 버튼을 클릭하고 있거나 수신함에 도착한 답 메일을 수시로 체크하고 있을 모습이 보지 않아도 눈에 선하다. 경험으로 미루어 여자의 행동패턴이 눈앞에 완벽하게 그려진다.

하지만 훌륭한 고객으로 숙성하려면 아직 이르다. 미의 공급자로서 함부로 값싸게 행동할 순 없다. 이런 상황에서 여유롭고 느긋하게 반응해야 한다는 건 수술상담에 이력이 난 개업 십 년 차 성형외과 의사로선 지극히 상식적인 일이다. 값이 오를수록 더 잘 팔리는 명품의 생리를 굳이 차용하지 않더라도 공급자인 의사가 소비자인 고객에게 갑이 될 수 있어야만 성형기술은 더 잘 팔리게 되어 있다. 샤넬 매장에서 고객들은 가방이나 옷을 구매하는 것이 아니라 실은 샤넬이 주는 환상을 소비하는 것이라고 확신해왔다. 제품을 구매하는 순간 최고의 디자이너 샤넬과 하나가 되는 착각에 고객들은 기꺼이 고가를 지불한다는 강의를 듣고 진리에 가깝다고 느낀 적이 있다. 고객들의 확대재생산 된 심리적 기저를 누가 부인할 수 있겠는가.

내용으로 봐서 보통 이상의 지식수준을 가진 e-메일 작성자는 어쩌면 전형적인 순진파일지도 모른다는 판단이 섰다. 강남에 우후죽순처럼 들어선 자본형 성형외과들 사이에서 견고하게 살아남기 위해 전략적으로 마련해둔 두 가지 마케팅 그물에 모두 걸려들었기 때문이다.

반드시 네 번의 상담을 거친 후 최종 수술 결정!

심리적 안정감을 내포한 그럴듯한 당근은 무엇보다 손쉬운 신뢰형 마케팅으로, 돈에만 혈안이 된 의술 장사치라고 오해받기 쉬운 성형외과의 오명을 씻을 수 있는 복안이기도 하다. 나는 네 번이라는 횟수가 고객의 주류인 여성들에게 심리적 안정감을 주는 숫자임을 일찍이 간파했다. 난소에서 배란되는 난자의 주기도, 자궁내막에 서서히 쌓였다가 생리현상으로 허물어지는 영양 표피의 사이클도 모두 네 번의 칠일, 즉 이십팔 일에 걸려있는 건 진리다. 그러니까 여성들에게 네 번이라는 숫자는 태생적으로 꽉 찼다는 완전수를 의미하며 충분함의 근거를 마련해주는 횟수인 셈이다. 생명을 탄생시킬 수 있도록 완전하게 준비되는 여성의 자궁주기와 미인을 탄생시킬 수 있도록 완벽하게 준비되는 성형외과의 주기는 같을 수밖에 없다는 게 수많은 여성 고객을 대해온 나름의 결론이었다. 네 번의 상담을 거치면서 충분히 준비되었다고 판단하는 순간, 이미 수정란으로 숙성한 고객들은 조금의 망설임도 없이 수술실에 착상되곤 했다. 그리고는 어느새 너도 나도 앞 다투어 비너스로 재탄생되었다. 상담과정에서 수술을 강하게 권면하는 대신 수술의 장단

점을 객관적으로 제시해 오히려 선택의 자율권을 고객에게 돌려줌으로써 신뢰는 최고조에 이를 수 있다. 성형수술은 과학기술의 결과물이지만 여전히 이미지와 느낌에 의존하는 주관의 열매기도 해서 성형외과 의사와 고객과의 은밀한 심리적 밀당은 네 번의 충분함이라는 통과의례를 지나면서 매 케이스에서 효과적인 반응을 도출해낸다.

성형 상담 내용은 고객의 성향을 따라 케이스바이케이스로 진행해 왔지만 고객들은 신경정신과에서 프로이드의 이론을 따라 정신분석을 받는 신경증 환자들처럼 다양한 반응을 보이곤 했다. 외모와 연관된 자신의 내밀한 무의식을 통찰하면서 감탄했고, 때로는 뿌리 깊은 열등감에 직면하면서 불쑥 저항했고, 무심한 표면행동 패턴 뒤에 숨겨놓은 내적 갈망을 인식하고는 까닭 없이 울었다. 하지만 내게는 어떤 반응이어도 상관없다. 고객들에게서 결국 얻고자 하는 귀결은 단 하나, 수술을 향한 확고한 태도와 행동 실천인 것이다. 고객들과의 지난한 진실 게임이 결국 수술이라는 결승점에 도달하면 그것으로 충분하다. 뭘 더 바라겠는가. 구석기 시대 유물 같은 영혼 따위가 어떤 무의식, 어떤 열등감, 어떤 갈등을 품고 있든 내가 진단해야 할 영역은 아닌 것이다.

또 하나, e-메일 속 여자도 연상했다는 신전神殿의 이미지가 내가 쳐둔 두 번째 마케팅 그물이다. 신전의 이미지로 인테리어 된 병원 내·외부는 고객들에게 환상을 심어주기에 적확한 전략이다.

의료건물의 2층에서 5층을 단독으로 사용하고 있는 비너스병원에 고객들이 발을 들여놓기 위해선 대로변 입구에 들어서자마자 폭이 넓고 긴 복도를 지나야하는데 복도의 양쪽으로 그리스 신전에 사용된 도리아 식式[12] 대리석 기둥의 육중한 단면이 벽에 드러나도록 설계했다. 양쪽 벽면 다 보티첼리의 그림으로 장식해 놓았는데 왼쪽엔 '〈비너스의 탄생〉[13]'을, 오른쪽엔 '〈프리마베라〉[14]'를 걸어뒀다. 두 그림 사이에서 고객들은 여신들과 눈으로 교접하면서 황홀한 미의 세계를 들여다볼 수 있는 4D 안경을 쓰게 된다. 그림 아래엔 각각 이탈리아 수입산 소형 소파를 두어 거기에 앉아 맞은편 벽면에 걸린 그림을 충분히 감상할 수 있도록 배려했다. 4D로 바라보는 미의 세계는 오감으로 경험 가능한 현실 세계로 변하기 마련이다. 고객들은 병원 출입문을 열기 전 복도에서 황홀한 애피타이저 시간을 가짐으로써 부담스런 큰 성형수술도 부드럽게 받아들일 수 있도록 미리 준비된다. 고객의 첫 발걸음까지 치밀하게 계산해 세밀한 그물을 던져놓은 셈이다. 게다가 복도 바닥 마감재로 누드옐로우 대리석을 깔아 고급스런 분위기를 더했다. 대리석 위를 걸어 복도 끝 금빛 승강기 문 앞에 서면 누구든 자신이 귀한 대접을 받고 있다는 각별한 느낌에 젖어들게 된다.

승강기 문이 열림과 동시에 2층 병원 로비에 들어서면 인디언핑크 빛 실크 벽지를 따라 앤티크 풍의 인테리어가 고객의 눈에 먼저 들어오고 로비, 데스크, 대기좌석, 코지코너, 코디네이터와의 사전상담실, 진료실, 그리고 파우더 룸까지 이어지는 모든 동선에 여신이 머물법한 신전 콘셉트를 일관성 있게 유지했다. 비너스병원 입구에 발을 들인 순간부터 고객들 마음에 환상

---

12) 도리아 식: 도리아 사람들이 창시한 고대 그리스의 고전 건축양식의 하나. 도리아 식 기둥이 세워진 대표적인 건물은 파르테논 신전이다.

13) 비너스의 탄생: 르네상스 화가 산드로 보티첼리가 그린 비너스 탄생 신화.

14) 프리마베라: 이탈리아어로 봄이라는 뜻. 1482년경 산드로 보티첼리가 메디치가의 카스텔로 별장을 장식하기 위해 그린 신화 속 신들의 그림으로 현재 피렌체 우피치 미술관에 소장되어 있다.

의 마법이 일어나도록 설계한 것이다. 고객들은 하나같이 감동에 젖곤 한다.

"병원이 정말 아름다워요."

건물에 들어서자마자 여신이 되는 듯한 마법은 평범한 여성이 수술에 대한 두려움으로 신전에 들어섰으나 아름다운 여신이 되어 신전을 나오는 환상의 이미지로 승화되면서 고高 퀄리티의 만족감을 줄 수 있다. 고객들의 무의식 수면 아래 잠긴 신화 속 인물의 이미지를 연상하게 될 때 잠재적 소비자에서 현실적 소비자로 승화될 수 있음을 나는 놓치지 않았다. 수술상담을 받기도 전 고객들은 이미 여신의 이미지를 소비하면서 미리, 충분히, 황홀하게 대리 만족을 누리곤 한다. 그 만족감을 이내 떨쳐버리고 미의 세계를 부정한 채 비너스병원 밖으로 되돌아서기는 쉽지 않다. 비너스병원으로 들어오는 입구와, 6층부터 10층까지 세 들어있는 병원들이 사용하는 입구를 따로 만들어 비너스병원을 찾는 고객이라면 누구나 마케팅 장치인 환상에 온전히 잠기도록 기획했다. 내가 적극적으로 참여한 인테리어 총비용 삼십억은 몇 배의 효과를 창출하고 있고 고객들이 일제히 수술실로 향하도록 인도하는 가이드 역할을 톡톡히 해내고 있다.

신화마케팅을 고안해낸 건 십 년 전 처가의 시험 유효기간이 지나고 병원 건물이 장인에게서 내 명의로 옮겨졌을 때다. 나는 주저 없이 즉시 병원을 네 층으로 확장 개업했다. 첨단유행을 주도하는 미국식 모던 디자인을 갈아엎고 유럽식 고전 디자인으로 전환한 건 고객 심리에 대한 나름의 연구 결과였다. 때 없이 열풍을 일으키며 회자되고 있는 여신 콘셉트를 일찌감치 감지하고 과감히 인테리어를 바꾼 것이다. 인간의 아름다움이라는 것도 결국은 신화의 확장이라고 믿어온 탓이다. 신화의 성역인 달에 인간이 발을 딛고부터 신화는 치명타를 입은 것 같았지만 과학의 발달은 오히려 신화의 성역을 더 그리워하게 만들었다. 과학기술로 성취하는 신화의 세상이야말로 인간의 꿈인 것이다. 신화 환기를 통해 고객은 여신의 이미지를 소비할 수 있고 나는 자본을 축적할 수 있다면 서로 윈윈하는 세상에 둘도 없는 아름다운 거래가 될 것은 자명했다.

마우스에서 손을 떼고 푹신한 의자에 깊숙이 등을 묻는 몇 초 사이에 나는 확신에 찬 판정을 내렸다. e-메일 속 여자는 안면윤곽축소수술 시행 확률 백 퍼센트라고. 즉시 코디네이터 송 실장에게 병원 내 메신저로 간단명료하게 메시지를 보냈다.

현세라(31세) 안면윤곽 A+++

여자는 일주일 안에 내 진료실에서 수술 미팅을 갖게 될 테다. 시계를 보니 오전 아홉 시 삼십 분, 열 시 예약 고객 상담시간까지 남은 삼십 분은 모닝커피 타임이다. 느긋하게 풀어진 마음으로 코지코너에 설치해둔 티 테이블로 천천히 걸음을 옮겼다. 계량기를 사용해 아라비카 원두 칠 그램을 정확하게 들어내고 글라이더에 넣어 부드럽게 갈았다. 사각사각 원두 갈아내는 소리가 신경안정제처럼 마음을 편안하게 한다. 드리퍼에 옮겨 담은 커피가루에 뜨거운 물을 붓자 고급스런 향이 은은하게 진료실에 퍼진다. 인공비료를 사용하지 않은 에티오피아 산 리무 커피 향은 항상 기분을 부드럽게 만져준다. 향기를 먼저 음미하자 이완된 심신에 형언할 수 없는 만족감이 피어오른다. 지금, 여기, 내가 존재하는 사실이 썩 맘에 든다.

병원은 순풍에 밀려 봄 햇살 가득한 바다를 순항하고 있다. 이보다 더 좋을 순 없는 나날의 연속이다. VIP, 이를테면 연예인이나 재벌 혹은 그에 준하는 인플루언서들은 직접 수술하고 그 외에는 조용하고 꼼꼼한 성격의 대학 후배 닥터 윤과 닥터 한, 그리고 여타 두 명의 신입 페이 닥터가 함께 일하면서 부지런히 수술에 매진하는 중이다.

중국어에 능통한 닥터 한은 급증하고 있는 중국인 원정성형을 맡아 능동적으로 대처해주고 있다. 성형관광을 위해 외국 나들이까지 서슴지 않는 중국인들에게 여러 가지 수술을 패키지로 묶어서 세일을 적용한 전략은 꽤 효과가 좋다. 눈 트임, 하이 코, 광대축소, 지방흡입을 패키지로 묶어 삼십 퍼센트 가까운 할인율을 적용한 수술이 할인 없는 개별 수술보다 수익률이 훨씬 높다. 삼십대 중반인 닥터 한과 닥터 윤의 준수한 마스크가 중국 여성고객들의 마음을 여는 데 한 몫 하리란 내 예단은 신의 한 수였다. 연예인 급의 꽃미남 의사가 프리미엄 성형 콘텐츠를 제시하면 이미 한류열풍에 마음이 녹은 중국 관광객들은 쉽게 환상에 잠겼고 너도 나도 비너스가 되기 위해 기꺼이 지갑을 열어 수천만 원까지 지불했다. 원장의 명성에 누가 되지 않도록 숨은 그림자처럼 움직여주는 닥터 윤과 닥터 한에게 더 바랄 것이 없다. 사실 두 후배 닥터의 입장에서도 비너스병원에서의 경험을 마다할 이유가 없다. 강남에서 다섯 손가락에 꼽히는 비너스병원에서의 임상경험은 다양한 수술 케이스를 제공해줄 뿐 아니라 앞날에 탄탄한 이력이 돼 줄 것이다. 후배들을 잘 뽑았는지 다행히 삼사 년 간 수술 클레임은 제로에 가깝다.

개업 초 단 한 번, 호되게 곤욕을 치른 적이 있긴 하다. 병원을 확장하기 직전, 페이 닥터로 고용했던 후배 닥터 박의 경박한 처신 때문이었다. 수술실에서 마취상태의 고객을 눕혀 두고 자신의 생일파티를 한답시고 까분 적이 있었다. 수술복을 입고 두 명의 간호사들과 케이크를 나눠먹는 사진이 기막힌 경로로 유출됐다. 한 간호사의 여동생이 제 언니의 핸드폰을 무심코 뒤지다가 수술 팀이 서로 공유한 사진을 본 후 친구들 모임에서 함부로 떠들어댄 게 화근이 됐다. 여차여차하여 그 사건은 그 자리에 있던 친구들 중 한 명과 친척 관계인 인터넷 신문사 기자의 귀에까지 닿아버렸다. 해당 간호사와 그녀의 여동생에게 자신들이 재미로 지어내 만든 루머일 뿐이라고 즉각 입단속을 시켰지만 기자로부터 의심의 집중 포격을 받았다. 기자를 설득하는데 한 달 이상 걸렸다. 내겐 그 기억이 언제나 돌아보고 싶지 않은 악몽 같다. 단번에 병원 이미지가 나락으로 실추될 뻔 했다. 이미지 보존을 위해 기사를 막느라 꽤 많은 돈을 써야했다.

그 일로 자본주의 사회에선 이미지가 곧 일용할 양식이라는 사실을 체휼했다. 철저한 경영학적 관점에서 병원을 운영하지 않으면 자칫 사사로운 감정에 사로잡혀 일을 그르치고 만다는 걸 그때 뼈저리게 느꼈다. 값비싼 대가를 치른 후 실용성과 위험성을 동시에 내포한 자본의 생리와 사람 고용의 해법을 체득할 수 있었다.

바깥풍경에 눈길을 보내니 통창을 통해 강남역 부근이 한눈에 들어온다. 분주하게 지나가는 여성들의 옷차림이 새로운 계절의 도래를 부추기고 있다. 색상도 한결 밝아졌고 부피도 얇아져 보기에 산뜻하다. 봄기운이 완연히 감지되는 3월은 발정기를 앞둔 앙큼한 암고양이 같다. 암팡진 눈과 교태어린 뒤태에서 무슨 일이든 저지르고 말 것 같은 달뜬 흥분이 감지된다. 제피로스가 불어주는 서풍이 코끝을 간지럽히는 봄의 예감…… 바야흐로 성형수술의 욕구가 차오르는 계절이 도래한 것이다.

깊은 아라비카 커피 맛을 온전히 느끼려 눈을 부드럽게 감았다가 떴다. 원하는 것은 뭐든 손만 뻗으면 얻을 수 있을 것 같은 나른한 포만감이 가슴에 차오를 때 몸은 중력을 느끼지 못할 만큼 가벼워진다. 서울의 노른자위에 위치한 지하철역을 들고나는 수많은 고객들에게 선망의 미끼만 던져줄 수 있다면 언제라도 소비라는 입질을 얻어낼 수 있다. 한 번 선망의 눈길을 주고 간 고객들은 어떤 궂은 아르바이트도 마다 않고 돈을 모아 끝내는 수술실을 찾아오곤 한다. 여성들의 아름다워지려는 태생적 욕구가 사라지지 않는 한 성형외과가 무너지는 일은 없을 테고, 상대적인 기준에 따라 삶의 등급을 추출해내는 우리나라 문화이고 보면 열등감은 성형외과의 영원불변한 원동력으로 살아있을 것이다. 다행히 남들보다 아름다워지기 위한 여성들의 행동은 나날이 과감해지고 있으니 내 입장에선 그저 시류가 고마울 따름이다.

미루어 짐작컨대 e-메일 속 여자는 최고 등급의 고객일 가능성이 크다. 미끼를 덥석 물어서 낚시꾼에게 월척의 기쁨을 안겨줄 거대 돔일 수도 있다. 선망의 미끼를 e-메일의 바다에 던져두기 위해 여유롭게 자리로 돌아온 나는 한 터럭의 질량도 없는 영혼과 손놀림으로 답 메일을 작성했다.

현세라 님, 안녕하세요? 비너스병원 김승우 원장입니다.

현세라 님의 봄 햇살 같은 고운 편지 잘 받았습니다. 편지 속에 여성으로서의 고민과 감성이 잘 묻어나더군요. 우리 비너스병원을 사랑하고 아껴주시는 마음 저도 잘 간직하겠습니다. 그리고 정말 아름다운 이름 현세라, 잊지 않겠습니다.

안면윤곽수술에 대해 문의하셨군요. 안면윤곽은 여성의 미를 결정하는 절대적인 황금률을 갖고 있는 중요한 요소입니다. 이목구비가 아무리 또렷하고 예뻐도 그것을 담고 있는 그릇인 얼굴선이 아름답지 않으면 빛을 발할 수 없지요. 그러나 현세라 님 말대로 결코 쉽지 않은 수술인 만큼 충분한 숙고의 과정과 전문가의 객관적인 진단 및 조언이 필요합니다. 1% 미만의 교통사고 확률이 두려워 운전 자체를 포기할 수 없는 것처럼 1% 미만의 부작용 확률 때문에 영원한 화두인 아름다움을 포기할 수는 없겠지요. 사고의 두려움만 제외하면 운전자가 누리는 특권은 걷는 자에 비해 어마어마하게 많을 테니까요. 게다가 대부분의 부작용들은 쉽게 회복되기 때문에 걱정 안 하셔도 됩니다. 회복도 한 주면 충분합니다. 저희 비너스병원의 가장 큰 관심은 고객의 안전과 밝은 웃음입니다. 안전이 곧 최고의 아름다움이니까요. 앞선 인술로 귀한 고객인 현세라 님의 더 큰 만족과 기쁨을 위해 항상 노력하겠습니다.

비너스병원 원장 김승우 드림

수술 부위별로 다양하게 만들어놓은 답신 내용을 붙여넣기로 간단히 작성하고 고객의 이름만 바꿔 넣자 이십여 초 만에 답 메일은 완성됐다. 작성 시간은 오전 9시 55분이지만 다음 날 오전 11시로 예약 발송을 걸어뒀다. 헤픈 건 냉정함보다 우매 확률이 높다. 고객과의 치밀한 심리적 밀당이야말로 선망의 바로미터라고 확신한다.

현세라(31세) 안면윤곽 A+++

지령을 받은 코디네이터 송 실장은 그녀와 통화하면서 이미 꽉 찬 예약 속에서 진료시간을 어렵게 만들어내는 것처럼 처리할 테다. 고객들이 혹할 만큼 미모인데다 눈치 빠르고 언변이 뛰어난 송 실장은 더할 나위 없는 훌륭한 사업 파트너다. 그녀와 잠깐의 상담을 하는 동안 고객들은 비너스병원에서의 수술이라면 나도 저 여자처럼 될 수 있겠다는 현실적 확신을 갖곤 한다.

커피 향을 타고 황홀한 자족감이 폐부 깊이 스며들자 기쁨의 입자들이 팽창하며 진료실로 퍼져나간다. 탄력성이 좋은 기쁨은 하루를 지탱해줄 고급 자양강장제가 돼주곤 한다. 일주일 뒤면 현세라를 만나 또 하나의 비너스 탄생일지를 쓰게 될 테다.

비너스(Venus) - 3월 둘째 주 수요일

진료 대기자 명단에 떠오른 이름 '현세라'가 옆에 나란히 기재되어 있는 수술 명 '안면윤곽축소(A+++)'와 함께 모니터 속에서 자신을 불러주길 간절히 기다리고 있다. 화려한 이름을 보는 순간 한 주 전 답 메일을 보냈던 기억이 선명하게 재생됐다. 남들 앞에 자신을 드러내야 하는 공인으로서 부작용이 생겨도 안 되고 회복기간이 길어도 안 된다던 여자. 비너스병원 입구에서 여러 번 선망의 눈길을 보냈다던 여자. 어떤 일이 계기가 되어 비너스병원에서의 수술이 운명처럼 느껴졌다던 여자. 농후한 상업적 정보에 대한 내 순간 기억력은 즉각 작동했고 명료하게 재생된 여자의 정보는 브리핑을 받듯 확연하게 떠올랐다.

사실 이름에 전혀 어울리지 않는 면담기록이다. 이름이 한 사람의 살아온 이력이나 생김새를 따라가는 건지 이름을 따라 그에 어울리는 이력이 사람에게 따라붙는 건지 정확히 알 수 없으나 대부분의 사람들은 제 이름과 어울리는 얼굴을 갖고 있기 십상이다. 이상하게 그랬다. 이름은 선험을 제공하기에 신중하게 짓는 것이 마땅할지도 모른다. 하지만 자유롭게 성형과 개명이 가능한 작금에 얼굴과 이름은 조화를 이루지 못한 채 뒤죽박죽이 되어 있곤 한다. 요즘 들어 살아온 이력과 이름의 이미지가 전혀 다른 케이스가 급증하고 있다.

송 실장의 사전상담 결과, 안면윤곽수술을 받을 것이 확실시 되는 A+++ 등급의 고객이고 보면 광대뼈나 턱뼈가 비정상적으로 넓은 얼굴일 확률이 높다. 광대가 넓적하고 희미한 이미지를 입은 북방계 얼굴과 여성성이 극대화 된 이름 현세라는 전혀 어울리지 못하는 이물 같다. 빈틈없는 성형 코디네이터 송 실장이 잘못 기재했을 리는 없다. 쓰리플러스 등급이라면 수술하지 않고는 견딜 수 없을 정도의 갈급함을 가진 최우수 고객일 터, e-메일 만으로 확신했던 내 더듬이가 여전히 예민하게 작동하고 있다는 걸 증명해주었다. 너무 갈급해서 무의식에 거대한 리비도 덩어리가 잠복한 케이스가 분명하다. 정신적인 결핍이 먼저인지 외모적 결핍이 먼저인지에 대한 의문은 달걀과 닭 중 무엇이 우선인지와 같은 어리석은 질문일 테다. 나는 언제나 성형수술의 계기가 백 퍼센트 외모적 결핍 때문이라 믿어버린 채로 진료에 응하고 망설임 없이 수술해준다. 좋은 예후로 다시 태어나서 처음으로 자신에게 만족해하는 고객들을 지켜보는 일은 매번 즐겁다.

하지만 이상하게 언제부턴가 쓰리플러스 등급을 대하기가 부담스러울 때가 있다. 만나보기도 전에 가끔은 그들의 갈급함에 질려버릴 것 같다. 집요한 집착의 소유자와 수술 전 네 번 만나는 일이 만만치 않은 작업이기 때문이다. 고도의 상업적 전략이지만 고객들의 깊숙한 열등감을 위로하는 척하면서 끊임없이 수술 의지를 자극하는 그 일련의 과정에 지칠 때가 있다. 고객들의 성격 유형에 따른 전형성과 반복성이 드러날 때면 계획적으로 구성된 자극과 반응 과정에 내가 먼저 지치곤 한다. 고객들의 끝을 모르는 미의 욕구는 강남에 개업한 이래 광속으로 내게 큰돈을 안겨 주었지만 그 욕구에 무작정 떠밀려 반복되는 일에 서서히 지쳐가고 있다는 게 정확할 것이다.

이번 케이스는 얼마나 광대를 깎아내야 이름과 부합하는 얼굴이 될 수 있을지 지레 겁이 난다. 엄숙한 안면윤곽을 가진 초면의 여자에게서 잠시 손을 놓고 바닷바람이라도 쐬러가고 싶다. 고객의 욕구가 곧 내 욕구를 채우는 일이긴 하지만 아주 가끔은 반복되는 일상을 이탈하고픈 돌출욕구가 강하게 고개를 든다. 그럴 때는 언제나 그랬던 것처럼 이탈의 욕구를 가만히 다스려야만 한다. 순적한 궤도에서 이탈할 만큼 목표 달성을 향한 내 발걸음이 아직은 충분하지 않다. 안면윤곽수술 만 케이스에 이르려면 조금 더 부지런히 걸어야 한다.

화려한 이름에 억지로 얼굴을 끼워 맞춰보려는 낯선 고객을 보기 위해 습관적인 손놀림으로 호출 버튼을 눌렀다.

"안녕하세요?"

예상과 달리 굉장히 아름다운 선을 가진 얼굴이라 놀랍다. 진료실 문을 열고 들어설 때부터 평범한 케이스는 아니라는 직감이 스친다. 여자는 일상에서 늘 대하는 사람처럼 자연스럽고 나긋나긋한 태도로 인사했다. 누구라도 시선을 집중하게 될 미모다. 여자가 들어서는 순간 백색의 진료실이 환한 파스텔 톤을 입는다.

의자에 앉는 그녀에게서 장미향이 은은하게 풍겨난다. 부드럽지만 감각적인 향에 기분 좋은 현기증이 인다. 단정하고 또렷한 이목구비가, 샤넬 로고가 아로새겨진 빨간 원피스 위에서 빛난다. 르네상스 미인도에서 본 것 같은 또렷하면서도 경계가 모호한 얼굴이다. 이목구비는 선명한데 얼굴 전체 이미지가 마치 레오나르도 다빈치의 스푸마토 기법[15]으로 그려낸 듯 아련한 우미함이 스몄다. 화사한 화장 아래 도드라진 시원한 눈매와 작고 오뚝한 콧날, 앙증맞지만 도톰하고 육감적인 입술, 하얗고 조그만 얼굴.

길을 걷던 누구라도 저절로 고개를 돌려 시선을 빼앗길 미인이다. 내 집 안방에 데려다놓기엔 너무 예쁘고 화려해서 부담스럽겠지만 남자라면 누구나 치명적인 로맨스에 빠져들고 싶을 만큼 예쁘다. 연예인처럼 익숙한 얼굴이 아니어서 아름다움이 더 새롭고 더 선연하게 다가온다. 그녀의 등장은 바깥세상에 이제 막 시작되려는 화창한 봄을 진료실로 미리 옮겨다 놓았다.

"원장님, 정말 뵙고 싶었어요."

"그래요? 왜 날 보고 싶었지요?"

전략의 첫 번째 공을 먼저 여자에게로 되던졌다. 전형성과 반복성에 대한 피로는 어느새 사라져버렸다. 저절로 유발된 신선한 흥미는 완벽한 미모의 여자가 안면윤곽을 축소하려는 이유가 궁금한 데서 시작됐을 것이다. 그녀는 자신이 건넨 인사말을 되받아 던지는 의사를 빤히 바라보며 큰 눈망울에 화사한 웃음을 담았다. 자신의 미모와 나긋한 인사말 앞에서 의사가 첫눈에 얼마나 흔들리는지 얼마나 감탄하는지 살짝 간을 보려는데, 흔들림 없이 다시 공을 되받아 던지는 행투가 의외라는 듯.

무심한 척 질문의 공을 던지는 순간에도 그녀에게서 쉽게 눈을 떼기는 어렵다. 맑은 듯 혹은 깊고 비밀스런 사연을 담은 듯 눈이 뿜어내는 분위기가 오묘해 어떤 여자인지 쉽게 가늠되지 않는다. 순진해서 당황해 웃는 건지 아니면 상대방의 의도를 꿰뚫어보기에 웃는 건지 짐작도 어렵다. 그래서 눈앞

---

15) 스푸마토 기법: 이탈리아어로 연기라는 말에서 유래. 공중에서 사라지는 연기처럼 색과 색 사이의 경계선을 명확히 구분할 수 없도록 부드럽게 옮아가는 기법.

의 여자가 더 궁금해진다.

"꿈을 이뤄주실 분이니까요."

대답이 당차고 맹랑하다. 상대방의 눈동자를 붙들고 놓아주지 않는 시선도 강렬하다. 안면윤곽수술의 대가이자 원장으로서 하루에 딱 두 건의 VIP 수술만 하되 네 번의 상담을 거치면서 신중히 고려한 후 시행한다는 사실을 강남여자라면 다 알고 있다고 추켜세웠다. 원장의 소신에 무한신뢰가 생겼다는 칭찬도 아끼지 않았다. 얼굴을 맡길 수 있는 실력자라면 모든 걸 맡길 수 있다는 뜻이기에 당연히 만나보고 싶었다고 차근차근 조곤조곤 설명했다.

의사에게 칭찬화법으로 대하는 고객이 싫지 않은 건 사실이다. 더구나 이십대 초반으로 보이는, 완벽에 가까운 동안의 여자가 솜사탕 같은 목소리로 자신을 치켜세워주는데 기분 나쁠 남자는 없을 것이다.

"메일 보내고 일주일이나 대기했다가 이제야 겨우 뵙게 됐으니 얼마나 반갑겠어요?"

"아, 그런가요? 어쨌든 반가워해 주시니 감사합니다."

"초면에 실례가 되지 않는다면 꼭 말씀 드리고 싶어요. 상상한 것보다 훨씬 미남이세요. 병원 홈피에 실린 원장님 얼굴, 실제보다 훨씬 못한 걸요."

"어젯밤 제가 꿈을 잘 꾼 걸까요? 미인에게서 특급칭찬을 듣다니 큰 영광입니다. 하하."

내용은 허술하지만 예의에 벗어나지 않는 선에서 적당하게 반응했다. 인사말 속에서도 객관성을 잃지 않고 차분하게 이성을 유지하는 건 내 특기다. 고객, 즉 수요자에게 마음을 뺏기는 공급자는 없다. 당연히 공급자에게 수요자가 마음을 빼앗기는 게 상업성의 전제니까. 주도권을 빼앗기지 않으려면 이성 유지는 기본이다.

"광대뼈를 깎으러 왔어요."

아직 아무 것도 묻지 않았는데 단도직입적으로 자답부터 했다. 어투는 아이스크림처럼 부드럽고 달콤한데 내용은 아름다운 여자 입에서 직설적으로 표현되기엔 격하다. 외면적 우미함과 내면적 경한함이 고급 크리스털 볼에 담긴 감자탕처럼 어색하다. 둘의 상관도를 그래프로 그리면 어떤 모양일지 잠깐 의문이 든다. 대부분의 사람들은 X와 Y사이에 반비례 좌표가 성립되리라 예상하겠지만 엉뚱하게도 그래프는 훌륭한 비례좌표를 형성할 수도 있다. 아름답지 않은 여자의 경한함은 부담스러워 하면서도 아름다운 여자의 경한함은 반전 매력으로 봐주는 성형사회가 아닌가. 뭐, 나로선 충분히 고마운 사회현상이다. 누군가의 숨은 손이 행하는 은밀한 조작으로 주가가 반등하는 현상처럼 성형수술 빈도를 반등하게 해준 보이지 않는 거대한 손이 고마울 따름이다.

앳된 얼굴에 어울리지 않게 과격하게 말하는 그녀의 정확한 나이가 궁금하다. 이십대 초반이란 예상과 달리 진료기록을 보니 놀랍게도 1990년생, 서른한 살. 메일에서 서른한 살이라고 말했던 게 이제야 기억난다. 얼굴의 시간은 스물한 살에 그대로 정지된 것 같다. 물론 피부미용을 위한 각종 레이저 시술과 마사지 등 꾸준한 관리를 받아왔겠지만 인공으로는 절대 만들 수 없는 천연 동안의 요건을 갖췄다. 누구나 예외 없이 언젠가는 닿게 될 쇠락의 흔적을 전혀 예상할 수 없는 얼굴. 인생에서 가장 좋은 때를 살고 있는 아름다운 여자다.

"서른한 살, 참 좋은 나이네요."

"저, 이런 말 해도 되나요? 어디 가서도 안 해본 말인데…… 수술에 참고해야 할 것 같아서 원장님껜 솔직하게 말씀드릴게요. 사실 실제 나이는 서른네 살이에요. 네 살 때 출생신고 됐거든요. 엄마 말로는 아빠 사업부도 때문에 가족 전체가 여기저기 쫓겨 다니느라 그랬다는데 자세한 건 모르겠어요. 뭐, 구체적인 이유가 중요하지도 않구요. 다만 부모님이 출생신고를 삼 년이나 늦게 하는 바람에 자라면서 힘든 점이 꽤 많았어요. 호적상으론 일곱 살 때 학교에 간 게 되지만 사실은 열 살 때 입학한 거죠. 늘 동기들보다 두 살이 많았어요. 학교 다닐 땐 부끄러워 아무에게도 말 못했는데 원장님께는 고백하게 되네요. 얼굴이 중요하긴 한가 봐요. 수술을 위해선 정확한 나이를 말해야 할 것 같아서요. 수술에 필요한 신체나이라는 게 있지 않나요? 사실 눈트임이나 코끝 수술은 물론 유방확대 수술 때도 의사 선생님께 말 안했던 건데 이상하게 이번엔 신경이 쓰여요."

서른네 살이라는 말이 입에서 발화된 순간, 심장을 찌르는 통증이 왈칵 전해져왔다. 서른네 살이라면…… 그 애와 같은 해에 태어난 여자다. 그 애와 같은 해에 엄마 뱃속에서 자랐고 그 애와 같은 해에 세상에 나왔으며 그 애와 같은 해에 신생아로 자란 존재다. 눈앞에 앉은 1990년생, 아니 정확히 1987년생은 도대체 누구의 동생일까를 생각하며 새삼 얼굴을 가만히 바라보았다. 1987년 출생이라면 무조건반사로 얼굴을 주목하게 되는 오랜 습성은 여지없이 작동되며 그녀의 얼굴을 뚫어져라 쳐다보게 한다.

"왜 그렇게 빤히 쳐다보세요? 제 얼굴이 미의 황금률에서 많이 벗어나 있나요? 성형외과 의사로서 볼 땐 아직도 고쳐야 할 곳이 많죠?"

"음…… 아닙니다. 극한 동안이라 놀랐습니다. 현세라 씨는…… 광대뼈를 깎아낼 만큼 넓은 얼굴이 아닌데요? 지금 얼굴 라인이…… 아주 예뻐요."

고객을 유인해야 할 성형외과 의사가 정체성을 잠깐 잊을 만큼 그녀의 광대는 전혀 손 댈 곳이 없다. 세밀 붓으로 단아하게 그린 듯 한눈에 보기에도 선이 곱고 여리다. 오히려 작고 동그란 얼굴 형태 때문에 완전한 달걀형보다 훨씬 어리고 청순해 보이는 게 장점이다. 이십대로 보이는 동안의 비결도 근본적으로 작고 동그란 얼굴형에 기인한다. 눈 트임이나 코끝 튜닝을 하지 않았다 해도 근본적으로 여성성과 연약성이 담긴 아름다운 얼굴이다.

"절대적으로 완벽한 얼굴선은 아니라는 말씀이잖아요."

'절대적으로 완벽한' 여덟 음절의 조음에 피로감이 확 몰려온다. 오직 외모만이 절대적 삶의 기준이 되는 극단 집착은 과연 VIP답지만 VIP를 상대해야하는 의사는 쉽게 지치기 마련이다. 무엇에든 목말라하는 간절한 사람은 맹목적이라 다루기 쉬우면서도 한편으론 다루기 힘겹다. 성마르고 까다로운 편견을 감추고 있기 일쑤다. 간절함의 지수만큼 수술실 입성 지수도 높게 마련이지만 수술 결과에 만족하기가 그만큼 어렵다는 뜻이기도 하다. 세상에 존재하지 않는 절대적 완벽을 향해 수술 집도의사가 쏟아야 할 시간과 열정은 끝이 없다. 혹 절대적으로 완벽하다 해도 대개 고객이 인정하지 않으면 언제까지나 상대적이고 일시적인 아름다움에 머물 뿐이다.

그러고 보니 세련되고 화려한 외모와 달리 눈에는 어떤 결핍에서 오는 근원적인 간절함이 서려 있는 듯하다. 〈절대적 완벽〉 다섯 음절을 강조할 때는 눈동자가 너무 깊어져서 타인의 혼에 빙의라도 된 것 같다. 극단의 어구가 풍기는 절절함과 내면의 역동이 어쩐지 안쓰럽다.

"지금도 충분히 예쁘다는 뜻입니다."

조금만 더 다듬으면 완벽하겠다는 말은 아꼈다. 백 퍼센트 상업성이 농후한 카드를 진료 초반에 바로 꺼내는 건 전략에도 맞지 않을뿐더러 실제 지나치게 과한 성형수술을 권유하고 싶지도 않다. 안면윤곽수술 만 케이스의 목표를 최우선으로 감안하지 않을 만큼 충분히 아름답다.

다만 고객의 아름다움이 충분하다고 돈을 후순위로 미루는 내 행동은 전에 없던 이상한 모습이다. 쓸데없는 생각이 부쩍 많아진 게 마음에 안 들던 참이었다. 대개의 경우 생각이 많아서 좋을 건 없다. 이만하면 충분하니 돈은 이제 그만 벌겠다고 생각해 본 적도 없고 세상에 완벽한 아름다움이 존재한다고 여긴 적도 없다. 누구에게나 성형의 여지는 남아있게 마련이고 그 여지가 내겐 포만의 근거가 돼주고 있다. 그녀에게 과한 성형을 권하고 싶지 않은 마음은 그저 사십 대 중반에 접어든 나이 탓일까. 사십 대 중반이라고 해서 인생의 실체를 흘깃 들여다본 것 같다거나 혹은 돈이나 유명세는 목마름을 가중시킬 뿐이라거나 따위의 헛된 교훈에 휘말린 건 결코 아니다. 그저 아기처럼 깨끗한 피부와 황금률의 이목구비를 가진 1987년생 서른네 살의 여자가 과한 성형수술을 감행할 만큼 이해불가의 집착에 붙들린 사실이 불안하다. 완벽이나 절대, 극단 따위의 낱말 앞에 바투 앉은 1987년생 서른네 살의 여자가 아슬아슬해 보인다.

'충분히 예쁘다'는 칭찬을 듣자마자 눈동자에 일순 기쁨을 담아낸다. 곧 이어 천천히 턱을 괴며 의사의 표정을 살피는 눈에는 재미있다는 듯 장난기마저 살짝 묻어난다. 양가감정이 순식간에 나타났다 사라지고 또다시 나타나는 신경증 냄새가 솔솔 풍기지만 모른 체 했다. 상대방의 한 마디 한 마디에 놀라울 정도로 빠르게 반응하는 즉각적인 감정 변화가 신경증 단면 속 가파른 포물선을 잘 보여준다.

파스텔핑크와 파스텔옐로우로 네일아트를 받은 그녀의 손톱이 봄의 전령처럼 화사하다. 오랫동안 고대해온 봄이 시작되었으니 이제 우리 모두 그 화려한 향연에 함께 참여하자고 선동하는 것만 같다.

"충분히 예쁘다고요? 제가요?"

직설적인 반문에 얼른 무심한 척 고개만 가볍게 끄덕였다. 늪처럼 끝없이 반복될 확인 절차에 발을 들여놓고 싶지 않아서다. 전형성을 내포한 여자의 심리가 살짝 엿보인다. '설마 그럴 리가'의 뜻을 담은 부정적 반문을 통해 상대방의 강한 긍정을 끌어내고 상대방이 자신에게 주목하도록 유도하는 화법은 성격적 전형성에 가깝다. 타인으로부터 예쁘다는 사실을 확인한 후 잠깐 과하게 행복해하지만 모래시계처럼 곧 비어버릴 허무함, 다시 확인해야만 채워지는 기쁨……. 자신이 충분히 예쁘다는 걸 알면서도 끊임없이 확인하려드는 심리는 그만큼 어떤 결핍에서 오는 근원적인 간절함이 숨겨져 있다는 뜻일 테다.

"왜 그렇게 생각하세요?"

다시 내게로 공을 되던져오는 현세라. 자신이 충분히 예쁘다는 걸 재삼 확인해달라는 건지, 자신의 얼굴에 더 집중해서 주목하라는 건지, 수술문제로 찾아왔으니 부족한 부분을 찾아내라는 건지 진의를 정확하게 파악하지 못해 잠시 머뭇거렸다. 노련한 성형외과 의사답게 미소를 잃지 않고 있지만 상대방의 의중을 충분히 읽고 있는 것 같은 그녀 앞에서 눈동자가 흔들리는지도 모른다. 순수와 능란함을 한꺼번에 내포한 눈은 쉽게 만나보지 못한 케이스다.

"원장님은 미의 창조자니까 아무래도 미적 감각이 일반인들보다 탁월하실 테죠? 제 얼굴에 대한 전문가의 의견을 듣고 싶어요. 일반인들의 말은 당최 믿을 수가 없거든요."

"일반인들의 말이 더 객관적일 수 있습니다."

장황한 질문에 차가운 단답형으로 답했다. 네 질문에 관심 없다거나 자세히 설명하고 싶지 않다는 뜻이 단번에 전달됐을 것이다. 다른 사람의 시선을 먹고 사는 사람의 예민한 신경으로 내 의중을 즉시 포착했을 테다. 전문가가 아니라 하늘의 신이 넌 아름답다고 말해줘도 그 순간이 지나면 다시 확인하려 들 지독한 신경증에 휘말리고 싶지 않다. 전문가의 의견을 빌미 삼아 모든 남자들로부터 추앙받는 미인임을 재삼 확인해야만 하는 신경증 환자라면 대하는 것 자체가 피곤하기 때문이다. 뼈만 남은 여자가 거울 안에서 계속 뚱뚱한 여자를 본다면 영원히 섭식장애를 극복할 수 없듯이 아름다운 여자가 거울 앞에서 못난이를 본다면 성형장애 또한 언제까지나 극복할 수 없을 것이다. 그 지리멸렬한 신경증 극복 과정 따위엔 처음부터 관여하고 싶지 않다. 수십 번 다시 태어난다 해도 신경정신과 의사 노릇은 할 수 없을 것 같다.

그녀의 얼굴에 실망의 빛과 함께 차가운 조소가 스친다. 순식간에 분위기도 급랭됐다. 상한 자존심 때문인지 변명을 덧붙인다.

"아뇨. 전 일반인들이 싫어요. 말만 많고 구질구질해요. 앞에선 아름답다고 한껏 추켜세우다가도 뒤에선 깎아내리지 못해 안달이거든요. 완벽하지 못한 부분을 찾아내서 그 이유를 상상으로 만들어내죠. 그런가 하면 기어코 성형 흔적을 찾아내서 사람을 단번에 갈아버리거든요. 전문가의 말은 신빙성이 높아서 일반인들의 뒷담화를 잠재워버릴 수 있으니까요."

흔히 미인들은 자신이 미인임을 누구보다 잘 알고 있을 뿐더러 자신이 미인이라는 사실을 매 순간 매 상황에서 즐긴다. 살아오는 동안 어디에서든 늘 미인으로서의 합당한 예우를 받아왔기에 어쩌면 몸에 배인 습관일지도 모른다. 그녀는 진료실에 들어설 때부터 자신의 얼굴에 이미 호감을 갖고 있는 게 분명한 낯선 의사와 마주앉아 상황을 즐기려했을 뿐인데 너무 차갑게 굴었나 싶어 미안하다. 어떤 경우에도 고객을 실망시키면 안 되는데 말이다. 환상이야말로 VIP 고객을 천국으로 인도하는 최고의 마취제인데…….

"광대축소술은 턱이 넓거나 각진 경우 턱 축소술과 함께 시행하고, 얼굴이 길거나 턱이 앞으로 돌출된 느낌이 있을 경우에 양악수술이나 턱 끝 축소술과 함께 시행하는 것이지, 이렇게 아름다운 얼굴선을 가진 분이 받을 수술은 아닌 것 같습니다. 이렇게 완벽한 미인이신데 왜 얼굴에 자신이 없는 걸까요?"

다시 칭찬을 듣는 순간 눈을 동그랗게 뜨고 천정을 바라보며 작위적인 표정을 짓는다. 아름다운 사람을 뒤에서 깎아내리는 세상과 인간들에 대해 피해의식에 찌든 여자 모드에서 순식간에 순진한 소녀 모드로 전환되는 게 신기하다. 감정기복이 뚜렷해 모노드라마를 보는가 싶다. 연극무대의 주인공이 되어 어디선가 보이지 않는 관객들이 자신의 행동 하나하나를 주시하고 있는 것으로 착각하는 듯하다.

"객관적인 미의 기준이 주관적인 미의 기준과는 다를 수도 있잖아요?"

결국 자신의 얼굴에 자신이 만족하지 못한다는 얘기다. 실제 그녀의 얼굴은 전문가의 눈으로 바라볼 때 최상위 수준이다. 물론 구체적으로 감식하자면, 눈은 뒤트임시술을 받은 게 분명하고 코끝도 PDO 실을 이용해 간단한 하이 코 시술을 받은 걸 한눈에 알 수 있지만 선천적으로 작고 갸름한 얼굴라인과 턱 라인, 봉긋한 이마와 앙증맞고 도톰한 입술, 또렷한 인중이 확연한 미인의 베이스를 만들어 놓았다. 화려한 화장 아래 숨겨진 피부도 잡티 하나 없이 깨끗하다. 레이저나 토닝 등 다양한 피부시술을 받은 게 분명하지만 농후한 눈 화장과 가녀린 얼굴선이 관능미와 청순미를 동시에 뿜어낸다. 두 가지 상반되는 매력을 동시에 품은 여자는 많지 않다. 그만큼 신비롭고, 신비롭기에 궁금하고, 궁금하기에 가까이 다가가고 싶은 욕망을 일으키는 여자. 어떤 남자라도 그녀 앞에서 매혹 당하지 않기는 어려울 테다.

하지만 어디까지나 중심을 잃지 않고 A 쓰리플러스 고객으로 대하는 객관적인 자세를 견지했다.

“현세라 씨의 주관적 기준이 굉장히 높은가 봅니다.”

“주관적인 기준에 도달하지 못하면 전 죽을지도 몰라요.”

극단적인 말을 즉답으로 내뱉으며 턱을 괬던 손을 아래로 내리는 순간, 눈에 눈물이 그렁그렁 맺히는가 싶더니 이내 뺨으로 뚝 떨어진다. 그리고는 거짓말처럼 한 줄기 눈물이 윤기로 반짝이는 뺨을 타고 흘러내린다. 이상심리를 다루는 연극의 한 장면을 보고 있다. 눈물을 닦아낼 생각도 하지 않은 채 은근한 눈빛을 들어 의사의 얼굴을 망연히 바라본다. 윤슬이 맺힌 매혹적인 눈빛에 시선을 어디에 둘지 당황스럽다. 급변하는 그녀의 감정 기복을 따라가 보려던 거짓 공감의 주파수는 포기했다. 불가능한 일이고 불필요한 일이다. 진료데스크 위에 놓인 미용 티슈를 뽑아 건네주자 티슈는 그대로 둔 채 핸드백에서 꽃 자수가 놓인 깨끗한 손수건을 꺼내서는 천천히 눈물을 닦아낸다. 눈물을 흘리는 모습도, 손수건으로 눈물을 닦아내는 모습도 치밀하게 사전 계산된 것처럼 한 치의 오차 없이 완벽하게 아름답다. 연출력이 뛰어난 드라마 속 최고의 1분 컷을 보는 것 같다. 이 작위적인 모습조차도 그녀에겐 익숙한 옷처럼 아주 잘 어울린다.

현세라는 에르메스 핸드백에서 한 장의 그림엽서를 꺼내 내 앞에 내밀었다. 엽서에 인쇄된 그림은 르네상스 시대 이탈리아 화가 산드로 보티첼리가 그린 〈비너스의 탄생〉. 우리 병원 복도에 걸린 명작이다. 그녀 손에서 나온 그림을 보는데 전혀 모르는 그림을 처음 대하는 듯 거리감이 느껴진다. 뜨악하다.

“그림 속 여신의 얼굴선과 똑같이 광대뼈를 깎아 주세요. 그림 속 여신에 비하면 내 얼굴은 너무 넓어요.”

순간 잘못 들은 것인지 귀를 의심했다. 화가가 오브제를 극대치로 이상화해 그린 그림 속 여신과 현실 속 자신을 비교하는 여자는 도대체 누구인지 정체성 가늠이 안 된다. 문득 눈앞이 아득하다.

'비너스의 탄생'

화가 산드로 보티첼리의 인생 역작. 그리고 여자들의 영원한 로망.

작곡가 '오토리노 레스피기'가 피렌체를 여행하다가 우피치 미술관에서 한 번 감상하고는 크게 감동받아 교향시까지 작곡해 헌정했다는 그림.

그림 속에는 바다의 하얀 거품에서 태어난 아름다운 비너스가 커다란 조개껍데기 위에 서서 서풍의 신 제피로스와 미풍의 신 아우라가 불어주는 봄바람을 타고 해안가로 밀려와 장미꽃 세례를 받고 있다. 제피로스와 아우라의 입김을 따라 아름다운 꽃들이 춤을 춘다. 세상에 봄이 오고 있다. 비너스는 부끄러운 듯 오른손으론 뽀얀 젖가슴을, 왼손으론 갈색의 긴 머릿결을 잡아 자신의 나신裸身을 가리고 있다. 해변에는 봄의 여신 호라이가 비너스의 나신에 입혀주려고 화려한 봄옷을 들고 기다리고 서 있다. 비너스의 지고지순한 아름다움을 함부로 내보일 수 없다는 듯 봄옷을 든 호라이의 동작은 극적이다. 비너스는 완벽하고 순수하며 청초한 아름다움으로 조개껍데기 위에 떠 있다. 그림에 등장하는 모든 신들의 모습과 배경, 구성은 언제 봐도 완벽하게 아름답다. 바깥세상에 어떤 흉흉한 일이 벌어지건 어떤 추위가 삶을 엄습하건 그림 속은 늘 화려한 봄이고 낙원이다. 우리 병원 복도에만 들어서면 칼바람 부는 바깥세상을 모두 잊고 아름다운 환상에 잠길 수 있는 원리이기도 하다. 르네상스기 신플라톤주의 이상과 정신이 결합된 모습을 극명하게 보여주고 있는 그림이다.

병원을 드나들며 매일 담백한 마음으로 봐왔던 그림인데 그녀가 비현실적인 성형을 주문한 순간 이상하게 가슴이 저몄다. 딱히 무어라 정의할 수 없는 슬픔의 입자들이 가슴으로부터 안개처럼 피어나 눈앞에서 떠돈다. 아지랑이 같은 혼미한 환영이 진료실을 감싼다. 너무 화창해 차라리 슬픈, 지독한 모순과 흡사하다. 자욱한 안개 속을 부유하는 안쓰러운 여자……. 그런데 왜 안쓰러운지…… 답답하고 모호한 느낌의…… 이유가 떠오르지 않는다.

"가능하겠죠?"

그림에서 눈을 거두고 명징한 현실로 돌아오는 순간 실소가 터져 나오려 한다. 유명 여배우의 이목구비를 기준으로 카피성형을 원하는 고객은 종종 있다. 그마저도 쑥스러워 대개 상담 말미에 간접적으로 표현하거나 말을 돌려 속내를 비칠 뿐인데, 비현실적인 여신 비너스의 그림을 가져와 똑같이 만들어달라니. 그것도 초반에 아주 직설적으로! 눈앞에 앉은 현세라는 환상 속에 빠져 살면서 심각한 신경증을 앓고 있는 여자라는 재확인이 된 셈이다.

"세라 씨, 설마 지금 비너스가 되고 싶다고 말하는 건가요?"

친절을 가장했으나 실은 허상을 꼬집는 가학적인 질문의 공을 다시 되던졌다. 성형외과 의사가 고객의 정신세계를 염탐하고 염려하는 건 오지랖인 줄 뻔히 알면서도 이상하게 자꾸 말에 공격적인 가학성이 실린다. 주제넘게도 신경증에 걸린 그녀의 정신세계가 강공에 맞아 조금이라도 환기되길 바란 것일까.

"예, 맞아요. 정확해요."

자신의 얼굴 넓이 때문에 아주 잠깐 침울해보이던 그녀가 생각을 정리하듯 담담하게 공을 되받는다. 작정한 듯 눈에 힘이 들어있다.

"그림 속 얼굴은 도무지 현실성 없는 얼굴이라는 말씀인가요? 사람이 아닌 여신이니까?"

그렇다고 하면 무슨 이유를 대서라도 저항할 태세다. 상대방에게 자신의 감정을 불쑥 꺼내 과장되게 표현했는데 상대방으로부터 다시 그에 상응하는 반응이 오지 않을 때, 이내 다시 급강하하기를 반복하는 롤러코스터 같은 감정기복. 그것은 온전히 외모로부터 오는 것인가 싶다. 좀 전에 느낀 안개 같은 혼미함은 그녀가 내뿜는 감정의 롤러코스터 때문일 것이다.

때로 강한 비현실성은 도리어 현실 성취를 향한 강렬한 열망을 부추긴다. 비현실성을 강조하고 거기에 도전하는 고객의 열망을 잘 다루면 이윤을 확보할 수도 있다. 현세라는 이미 열망 속에 들어와 있는 여자다. 나는 누구보다 열망 속에 잠입한 사람의 마음을 잘 이해한다. 열망은 강렬한 프로펠러가 되어 현실조건들을 헤치고 날려버린다는 걸 경험해왔다.

나도 앞뒤 없는 열망 속에서 인생의 두 화두를 선택했다. 부를 향한 열망을 현실화하기 위해 전공영역으로 성형외과를 선택했고 평생의 동반자로 부동산 재벌의 딸을 선택했다. 도저히 성취될 것 같지 않았기 때문에 열망은 더 뜨겁고 강렬했다. 그래서 오히려 기회가 오자마자 단번에 선택할 수 있었다. 마치 며칠 동안 배불릴 수 있는 먹잇감을 숨어서 노리고 있던 배고픈 야수처럼 말이다. 내가 했던 선택이 고마우면서도 때론 두렵다. 선택의 결과가 아직 도출되지 않아서일까. 만족과 두려움 사이를 오르내리는 롤러코스터를 품고 매일을 살고 있다. 두려움이 랜덤으로 찾아오는 어느 순간 감정이 급강하 할 때면 내 속에서 무시무시한 레일 소리를 듣곤 한다. 심장이 천 길 낭떠러지를 향해 내리꽂히는 소리…….

"아닙니다. 여신의 얼굴도 결국은 화가가 살아있는 여자의 얼굴을 바탕으로 그린 겁니다. 이상화하여 표현한 것뿐이죠. 그러니까 내 말은, 여신의 얼굴이라서가 아니라 지나치게 이상화된 얼굴이기 때문에 현실성이 없다는 뜻입니다."

예기치 않은 잘못된 방향, 그러니까 여신의 얼굴은 현실성 없는 얼굴이라고 단답형으로 답할 경우 수술 포기로 이어질지 모르는 위험한 상황에 봉착하리란 생각이 퍼뜩 들었다. 위기는 일단 모면해야 한다. 메일 내용대로라면 그녀는 일반인이 아니라 〈공인〉이며 〈남들 앞에 드러나야 하는 직업〉을 가진 사람이 아닌가. 그녀의 파급력을 잠시 망각하고 있었다. 예측 가능한 운명은 미리 손을 써두어야 한다. 정해둔 선을 절대 넘지 않는 게 상식이다. 원활한 병원 경영을 위해선 고객의 정신적 각성을 위한 진정성 보다 상업성이 항상 앞설 수밖에 없다. 아름다워지려는 고객의 열망에 찬물을 끼얹는 성형외과 의사라니…….

대화 전개상 문맥을 환기하는 것이 안전할 것 같다. A도 답이 아니고 B도 답이 아니라면 옆길 C로 빠지는 게 현명하다.

"그런데, 이 엽서가 손에 들어오자마자 비너스의 얼굴선을 갖고 싶다는 생각이 든 겁니까?"

"얘기하자면 길지만 간단히 말씀드릴게요. 제가 평소에 여행을 무척 좋아하거든요. 지금은 수술을 위해 자제하고 있지만 일 년 중 반은 해외여행으로 보내고 있어요. 낭만적인 여행지를 좋아해서 유럽을 계절마다 여행하다보니 웬만한 나라들은 시골까지 샅샅이 섭렵했어요. 특히 이탈리아는 너무 좋아서 네 번이나 다녀왔는데 나폴리, 로마, 밀라노, 베네치아, 소렌토, 베로나, 시칠리아를 다 방문해봤지만 피렌체만큼 인상적인 곳은 없었어요. 온통 붉은 색의 도시인 피렌체는 가도 가도 또 가보고 싶은 도시랄까요?"

"예……"

"원장님도 피렌체 가보셨어요?"

예상대로 다시 급상승하는 그녀의 감정을 가만히 지켜보면서 고개를 끄덕여주었다.

피렌체.

붉은 도시 피렌체는 내게도 잊을 수 없는 곳이다. 피렌체를 머릿속으로 그려보면 그날, 정교하고 찬란한 두오모 성당의 회백색 외벽만 말없이 쓰다듬었던 외로움이 먼저 떠오른다.

"승우 씨, 우리 오늘 영화 〈냉정과 열정 사이〉 배경이 된 두오모 성당부터 먼저 가 봐요."

여행 짐도 풀기 전에 아내의 손에 이끌려 두오모 성당에 도착해 반원형의 지붕 큐폴라까지 올라가면서도 나는 아무 말도 하지 않았다. 종탑 꼭대기로 연결되는 수백 개의 계단을 오르면서 바로 전날 결혼식을 치른 새 신부인 아내는 내내 종달새처럼 떠들어댔다. 종탑에서 도시의 아름다운 풍경을 바라보는데, '꽃'이라는 뜻을 가진 붉은 도시가 아프게 가슴을 찔렀다. '꽃이란 풀들이 살아남기 위한 아픔의 절정'이라는 걸 그때 처음 깨달았다. 영화 〈냉정과 열정 사이〉의 배경이 된 두오모 성당에 대해 설명하며 행복한 아내는 얼굴이 상기됐지만 난 아무런 감흥이 느껴지지 않았다. 그냥 너무 피곤했다. 예술로 가득한 신혼여행지에서 아무것도 하지 않고 그저 쉬고만 싶었다. 비열하게도 그때 희원이를 떠올렸던 것 같다. 지금이라도 돌아가야 할까, 내내 그 생각에 몰두했던 것 같다. 사랑하지 않는 여자를 안고 첫날밤을 보내면서도 어쩌면 지금이라도 늦지 않았을지 모른다고 반문하며 떠나야 할까 망설였던 것 같다. 바닥까지 내려간 조야한 인격인 채로 온밤을 잠들지 못하고 뒤척였다.

결혼식 전 아무런 의논 없이 혼자 신혼 여행지를 정한 아내는 피렌체를 선택한 이유로, 영원한 사랑의 약속을 상징하는 연인들의 성지이기 때문이라고 했다. 카페에서 들떠 영화 속 남녀 주인공 얘기를 꽤 오래 했던 것 같다. 하지만 쥰세이와 아오이의 재회 가능성 따윈 내게 존재할 리 만무했다. 욕망에 충실한 삶은 이미 결정되었고 절대 변경 불가능했다. 만약 희원이를 선택해 그녀와 함께 피렌체에 왔더라도 영영 얻지 못한 돈은 더 큰 번민을 낳았을 거라고 스스로를 위로하며 고개를 흔들었다. 사랑 없이 돈을 따라 선택한 결혼이 가장 현실적이면서도 가장 비현실적으로 느껴지던 그 밤의 혼란.

이튿날, 우피치 미술관에 들러 보티첼리의 그림 〈비너스의 탄생〉을 함께 감상하면서 내 팔짱을 낀 아내는 귓가에 대고 다정하게 속삭였다.

"그림 속 세상이 너무 아름답죠? 아무리 생각해도 우리가 사는 세상은 참 아름다운 곳이에요. 지금, 여기, 내가 승우 씨랑 함께 있다는 게 믿을 수 없을 만큼 행복해요. 비너스도 나만큼 행복하진 않을 거예요."

나는 그때 비너스를 탄생시킨 바다의 물거품을 보고 있었다. 투명레이스 천을 깔아놓은 듯 그림 속 바다는 보드랍고 하늘하늘한 물비늘 무늬로 가득했다. 그 물비늘에 몸을 담그면 세상 누구라도 부드러운 나신으로 다시 태어날 것 같은……. 생각해보면 그때 내게 부족한 건 없었다. 모든 것이 완벽했다. 든든한 배경이 돼 줄 부동산 재벌이자 중견기업주인 처가가 생겼고, 예쁘고 세련된 아내가 나를 깊이 사랑하고 있었고, 어머니는 더 이상 시장에서 생선 장사를 하지 않아도 됐고, 강남 제일의 성형외과 의사가 될 꿈이 있었다. 그런데도 웬일인지 그림의 물비늘 하나하나가 예리한 바늘처럼 심장을 찔렀다. 심장의 통증을 숨기고 아내의 얼굴을 향해 어색한 미소를 보내면서 애써 스스로를 격려했던 것 같다. 보잘것 없는 거품에서도 세상을 아름다움으로 감화시킨 여신 비너스가 탄생했는데…… 사랑 없는 결혼에서도 인생을 감동시킬 행복이 탄생하지 말라는 법은 없다고…….

“원장님은 피렌체 어땠어요?”

고조된 자기감정에 겨워 그녀는 중요치 않은 질문을 재차 건네며 상대방도 자신의 상승기류에 동승하기를 바랐다. 눈에서 순수는 숨겨지고 능란의 탐색적인 빛이 돋았다. 두 번을 물어놓고도 상대방의 대답은 맘대로 생략하고 이내 본인의 감정을 쏟아내기 시작했다.

“우피치 미술관에서 이 그림을 처음 봤어요. 굉장히 유명한 그림인데 그 전엔 왜 한 번도 진지하게 생각하지 않았는지 모르겠어요. 〈비너스의 탄생〉과 〈프리마베라〉 속에 모두 여신의 얼굴이 있잖아요. 직접 보는 순간 그 자리에서 완전히 매료됐어요. 평소 꿈꿔오던 이상적인 얼굴이었거든요. 완벽한 아름다움은 물론이고 태생적인 고상함까지 배어 있었어요. 그림 보고 나오다가 기념품 코너에서 이 엽서를 샀는데, 요즘 들어 하루에도 몇 번씩 꺼내 보곤 해요. 사실은…… 그럴만한 일이 있었거든요. 나한텐 정말 중요한 일이에요.”

“말씀드렸듯이 너무 이상화 된 얼굴이라……”

“사실 제 친구 중엔 대중들에게 여신이라 불리는 유명 여배우도 있는데…… 유명브랜드 화장품 CF를 두 번이나 찍은 그 친구에게서도 못 느낀 특별한 매력인 걸요.”

현실 속의 친구가 여신으로 느껴지지 않는 건 지극히 당연한 일이다. 마주 앉아 맛난 삼겹살을 구워먹고, 얄미운 누군가의 뒷담화를 하고, 나란히 킬킬대면서 어떻게 친구가 여신으로 느껴질 수 있겠는가. 만약 여신처럼 느껴지는 친구가 있다면 작위적인 겉모습만 보여줄 뿐 진짜 속은 보여주지 않는 위선의 수준일 테다. 여신이 신비의 너울에 싸인 존재라면 신비스러움과 친구는 보색관계일 수밖에 없다. 섞으면 무채색이 되고 마는 의미 없는 관계 말이다. 내겐 오히려 유명브랜드 화장품 CF를 찍은 친구를 둔 현세라의 사회적 위치와 좌표에 더 관심이 쏠린다. 그녀를 통해 유명여배우를 비너스병원의 고객으로 청빙할 수 있다면 그보다 탁월한 기회는 없을 테니까.

현세라는 유명 여배우를 내세워 자신의 특별함에 방점을 찍고 싶은 것 같다. 기-승-전-나의 특별함! 그녀가 말하고 싶은 건 결국 자신으로 귀결됐다. 유명 여배우를 친구로 둔 특별한 존재이면서 동시에 그들보다 더 완벽한 미모를 가진 일반인 아닌 일반인임을 강조하려는 것이다. 이미 특별한 존재인 내가 안면윤곽수술을 통해 여신으로 거듭나려 한다는 메시지에 불과하다. 결코 평범하지 않은 포스를 풍긴다고 생각했는데 역시 별세계의 여자였다. 여신의 얼굴이 그려진 그림 한 점을 보기 위해 네 번이나 외국미술관을 방문하고 유명 여배우와 친구로 지내며 교제를 나누는 사람이라면 일반인이 봤을 땐 이미 여신의 삶을 살고 있는 셈이다. 그녀의 외모와 감정과 말에서 누군들 평범함을 느끼겠는가. 화려한 사교계에 발을 들여놓은 그녀의 현실인식은 어디까지일지, 별세계에 사는 그녀가 닿고자 하는 더 높은 별세계는 어디일지 궁금하다.

"보티첼리가 그린 〈비너스의 탄생〉은 이미 세상에 널리 알려진 그림인데 세라 씨는 모델이 된 여자에 대해서 전혀 모르고 있었나요? 우리나라 CF에도 차용된 그림인데."

"그래요? 어떤 CF요?"

"아주 오래 전 화장품 광고에 비너스의 얼굴이 차용된 적이 있어요. 세라 씨 나이로 봐선 기억 안 날 수도 있겠네요. 비너스의 얼굴 부분이 아마 배우전인화 씨의 얼굴로 대체됐었죠. 전인화 씨가 이십 대였을 땐데 정말 자연스러웠던 기억이 나요."

비현실성은 언제나 현실성의 도전을 받게 되어 있다. 나는 짐짓 무표정한 얼굴로 현실성의 미끼를 던지면서 그녀가 비현실성에 탐욕을 가지도록 유도했다. 어느 정도 진실인지는 알 수 없으나 연예계에 인맥이 닿아있는 고객이라면 이미 내겐 VIP다. 아름다운 여자는 그렇지 못한 다수의 여자들을 선동하고 허다한 질시 속에서도 미의 세상을 이끈다.

"아, 그래요? 몰랐어요. 그러니까, 우리나라 여배우의 얼굴을 이 그림 속에 대체시켜도 전혀 어색하지 않았다는 얘기죠?"

"그럼요. 전인화 씨가 워낙 고상한 미인이니까요."

"그렇다면 여신의 이미지가 생각보다 더 가까이 있었네요. 수술로 실현 가능하다는 뜻, 맞죠?"

대답에 관해선 망설이지 않기로 한 내 결정을 스스로에게 다짐해두듯 즉답했다. 물론 이상화한 얼굴이라는 멘트도 보험을 넣듯 빼놓지 않았다.

"그렇죠. 그리고 그림 속 비너스의 얼굴도 사실은 보티첼리가 짝사랑했던 여자 시모네타 베스푸치의 얼굴인 걸요. 물론 이상화한 것이지만."

"시모네타 베스푸치?"

"그래요, 시모네타 베스푸치. 그녀는 르네상스 시대 피렌체 예술가들이 한 목소리로 찬미했던 미인이에요."

르네상스 피렌체의 자부심이자 미적 총화인 여인. 그녀를 칭송하지 않은 피렌체인은 진정한 피렌체인이 아니라고 치부될 정도로 대중들에게 회자된 미인이었다. 제노아 지방의 유지有志 가타네오 집안에서 태어난 그녀는 열다섯 살에 유력한 베스푸치 가문의 마르코와 결혼하기 위해 피렌체로 옮겨온

후 미모로 살아있는 전설이 되었다.

"정말요?"

"당대 하늘같은 메디치 가문의 둘째아들 줄리아노가 사랑했던 여인이라면 두말 할 필요 없겠죠?"

"르네상스를 주도했던 메디치 집안 말씀인가요?"

"세라 씨도 잘 아네요. 메디치 집안은 당대 피렌체 최고의 명문이자 최고의 부를 가진 가문이었죠. 레오나르도 다빈치나 미켈란젤로, 라파엘로 등 유명 화가들이 다들 그 가문의 후원을 받아 그림을 그렸으니까요."

"그렇죠? 저도 그 집안에 관심이 있어요. 요즘으로 치자면 최고의 재벌 집안일 텐데."

"당시 피렌체 청년들이 즐기던 대표 스포츠가 마상 창던지기였대요. 말을 타고 달리면서 창을 던지는 경기죠. 남성성이 잘 드러나는 종목 같죠? 한 번은 마상 창던지기 대회에서 줄리아노가 당당히 우승했대요. 최고 집안의 아들이 스포츠 우승까지 섭렵했으니 여자들에겐 로망 그 자체였겠죠. 그런 줄리아노가 군중들이 바라보는 앞에서 공개적으로 시모네타 베스푸치에게 우승의 영광을 돌렸다고 합니다. 그녀는 자기 앞에 꿇어앉은 줄리아노 데 메디치에게 직접 승리의 관을 수여했고요. 어때요? 아름답지 않나요?"

'이 영광을 시모네타에게 바치노라'

줄리아노의 대사와 영화 같은 장면을 상상이라도 하는지 눈은 이내 몽환적으로 변하고 표정은 강렬한 백치미를 풍기며 순진함의 극단에 닿았다. 어쩌면 그녀가 꿈꾸는 이상적인 장면인지 모른다. 최고의 남자에게서 받는 여신 대접 말이다. 시모네타의 정부情夫로 알려진 줄리아노는 그녀를 여신으로 추앙했을 테고, 피렌체의 왕자인 그의 고백은 일파만파로 퍼져 시모네타를 더 신비롭게 만들었으리라. 현세라가 꿈꾸는 세계가 그런 것인가.

대화 중 A와 B의 막다른 골목에 갇힌 의사가 전략상 선택한 C의 이야기에 그녀는 온전히 빠져들었다. 내가 쳐놓은 그물로 서서히 들어서는 대어大漁. 긴장한 눈으로 감정의 순간변화를 놓치지 않고 지켜봤다.

"시모네타는 여자로서 최고의 인생을 살았네요."

그랬을 것이다. 그 일화는 아직도 기사도적 사랑의 신비로운 전형으로 전해지고 있으니까. 프랑스 여행 중에 콩테미술관에서 '피에로 디 코시모' 그림 〈여인의 초상〉을 보고 그녀의 아름다움에 전율을 느낀 적이 있다. 부드러운 곡선으로만 이루어진 몸과 얼굴, 우윳빛 피부, 가늘고 긴 목, 유려한 등과 사랑스런 젖가슴을 표현한 부분누드화에서 인간이 아닌 여신을 눈앞에서 보는 것 같았다. 안면 프로필의 윤곽선이 배경의 어둠 속에서 빛을 발했는데 여성의 아름다움이란 곧 신의 선물이고 창조의 지극한 결정체라는 사실을 부인할 수 없었다. 피렌체의 영향력 있는 베스푸치 가문 며느리였던 시모네타는 얼굴뿐 아니라 성품도 상냥했다고 전해진다. 시모네타의 주선으로 보티첼리는 메디치 집안의 예술적 후원을 받을 수 있었다고 하니 보티첼리 입장에선 자신의 인생길을 열어준 아름다운 그녀가 하늘의 천사로 여겨졌을 법하다. 적어도 보티첼리의 인지 세계에서 시모네타는 여신 비너스인 것이다.

비너스의 모델이 된 현실 속 여인의 사랑에 취해 어느새 힘이 들어간 동공을 활짝 열고 현세라는 연신 고개를 끄덕인다. 뒤늦은 깨달음, 피렌체 뭇 남성들의 마음을 흔든 미모의 여성에 대한 막연한 동경과 질투, 시간을 초월해 상대적으로 초라해지는 자신감……. 오백오십 여 년 전 지구 반대편에서 살다 죽은 여인에게 갖는 복잡다단한 심경이 얼굴에 그대로 드러난다. 그녀의 진정한 자존감은 어디에도 없어 보인다. 백 퍼센트 상대적인 가치에 지배받기에 거만함과 열등감이 끊임없이 교차될 수밖에 없는 전형성 짙은 성격의 소유자.

그녀가 지녔을법한 상대적인 가치야말로 성형수술이 신봉하는 위대한 이념이다. 그 이념은 인간의 영혼을 흔들고 종내 육체를 바꾸는 도전을 감행하게 만들어준다. 그 이념이 무너진다면 성형수술도 거품처럼 사라져버릴 것이다. 상대방이 안쓰러우면서도 상대적 가치관에 안도하는 나는 또 누구인가.

"그런데 안타까운 건 시모네타가 불과 스물두 살에 요절해 버렸다는 거예요. 미인박명일까요?"

마음의 연인 시모네타 베스푸치를 잊지 못한 산드로 보티첼리는 평생 독신으로 살았다는 얘기도 있지만 뭐, 확실치는 않다. 사람들이 원하는 스토리로 변경됐을 수도 있을 테니까. 다만 보티첼리나 당대 예술가들에게 그녀는 영원한 뮤즈였던 건 분명하다. 예술가들은 앞 다투어 그녀를 인간과 여신의 중간적 존재로 묘사하곤 했으니까. 말하자면 미에 대한 일종의 숭배의식이었을 것이다. 어쩌면 가장 꽃다운 나이에 죽었기에 영원히 아름다운 이미지로 남을 수 있었는지도 모르겠다. 만약 그녀가 오십 년 더 살다가 일흔두 살에 죽었다면 그런 이미지가 가능했겠는가.

나는 적당량의 환상을 비벼 숭배의 대상이 된 시모네타를 추켜세웠다. 최고의 비현실성만이 최고의 현실성을 만들어내기 때문이다.

"왜 죽었죠?"

"확실하진 않지만 결핵이 원인이었대요. 지극히 아름다운 여자에 대한 운명의 질투였나 봅니다."

"운명이든 주변의 인간이든 아름다운 여자에겐 지긋지긋한 질투가 항상 따라붙기 마련이죠."

동경하는 대상과 자신을 일치시키려는 의도는 '노력'이라는 선으로 여겨질 수도 있지만 사실 그 이면에 숨은 '욕망'은 얼마나 음흉하고 무서운 것인가. 지극한 공감에 몸을 떨며 그녀는 가벼운 한숨마저 쉰다. 한 대상을 목표로 설정해두고 일거수일투족을 관찰하면서 그대로 따라하려는 행동은 정신증에 가깝다. 성형외과를 오가는 많은 여성들에게서 숱한 양태를 보아왔다. 연예인이든 자기 주변에 있는 여인이든 동경의 대상이 되는 여인에게 뒤처지지 않으려고 그녀의 행동이나 활동은 물론 옷 하나 장신구 하나까지 복사하듯 따라하는 모습은 가히 스릴러 영화를 보는 것처럼 섬뜩하다.

신경정신과 의사 흉내를 내보자면 아름다운 여인에게 쏟아지는 질투 현상에 대한 공감이 시모네타를 자기 자신 속에 이입하는 첫 단추로 보인다. 비현실성과 현실성의 틈입은 항상 작은 공감에서 시작된다. 공감이라는 열쇠만이 비현실성의 문을 열 수 있기 때문이다. 이런 순간 의사는 심리적 틈입을 이용해 고객의 마음에 더 충분한 공간을 확보해야 한다.

"이상하게도 아름다움엔 항상 질투가 공생해요. 아름다운 여자는 질투 속에서 상처 입는 걸 감내해야 하는 운명을 타고 나죠."

"원장님도 그렇게 생각하고 계시다니 놀라워요. 사람들은 아름다운 여자에게 어마어마한 돋보기를 들이대고 어떤 결점이라도 찾아내려고 안간힘을 쓰는 것 같아요. 저급한 질투심의 발로라는 걸 다 알면서도 자꾸 분노가 일어나는 걸 어쩔 수가 없어요."

자신이 주변 사람들에게 질투의 대상이 되는 여자라는 걸 가감 없이 표현한다. 미모로 인해 주변엔 적이 많고 그럼에도 불구하고 그 적들에게 자신이 훨씬 우월하다는 사실을 증명하고 싶어 하는 것 같다. 상대방과 교감을 나누기보다 우월의 경쟁으로 인간관계를 규정하려는 한 인간의 초라한 자존감이 엿보여서 씁쓸하다. 피곤한 길을 자처해서 걷는 여자의 삶이 보인다. 경쟁에서 지면 못 살 것 같은 전투적 심리는 도대체 어디에서 유발되는 것이고 그녀의 낡은 자존감을 이끌고 있는 건 무엇인지. 쓸데없는 호기심을 부정하고 싶은데 자꾸 궁금해진다.

"시모네타의 장례식 때 시신의 얼굴을 천으로 가리지 않았대요. 피렌체 시민들이 그녀의 아름다움을 볼 수 있도록 배려한 결정이었다는데……. 글쎄, 모르죠. 결핵으로 죽은 여자의 창백한 얼굴이 청순미를 극대화시키지 않았을까 추측할 뿐입니다. 일종의 환상을 심어주고 싶었던 게죠."

"시모네타는 죽음까지도 아름답네요."

과한 소녀 취향에 살짝 피로감이 전해져온다. 몽환의 과도한 몰입이 쉽게 끝날 것 같지 않아 얘길 잘못 꺼낸 건 아닌지 감상적인 성형상담 전략이 지루하게 느껴진다. 전략은 너무 길어져도 피곤한 법이다. 속전속결은 언제나 전투의 명언이다. 서둘러 마무리 짓고 싶다. 그것도 성형외과 의사답게 아주 상업적으로.

"여자에게 아름다움이란 영원한 이상이죠. 시모네타가 아름다웠기 때문에 가혹한 요절도 아름답게 느껴지는 거니까요. 만약 아름답지 않은 여자였다면 무수한 죽음 중 하나로 쉽게 잊혔을 텐데."

"짧은 인생을 살더라도 시모네타처럼 아름답게 살다 죽으면 소원이 없겠어요. 여신인지 사람인지 분간할 수 없는 아름다움만 가질 수 있다면 살아서도 죽어서도 행복할 것 같아요."

머릿속으로 시모네타의 얼굴을 그려보는 것인지 아스라한 시선이 허공에 떠다닌다. 그런 순간에조차 그녀는 내 시선을 의식하고 있는 게 느껴진다. 항상 주변사람의 동경을 한 몸에 받고 싶은 주인공 의식 혹은 자기애성 증후군의 전형적 모습이다. 한 남자에게 속하되 동시에 만인의 연인이고 싶은 이기심의 극치. 나는 한 편의 모노드라마를 보듯 그녀를 지켜보고 있다. 죽어서 이미 세상에서 사라진 그리운 연인이자 생전의 이상형이었던 시모네타를 화가 보티첼리가 미의 여신으로 다시 이상화하여 그린 얼굴을 자신의 이상형으로 삼는 제3의 여자라니 가슴이 답답하다. 이미 충분히 아름다운 여자가 더 욕심을 내 반드시 이르려고 하는 여신의 경지와 현실의 간극이 아찔하다. 절벽 끝에 선 여자의 모습과 여자 뒤에 도사린 욕망의 검은 그림자를 보는 듯도 하다.

그런가하면 기대수준이 높은 만큼 앞으로 혹 생길지 모르는 잘못된 예후 하나에도 민감하게 반응할 확률이 크다. 자신만의 이상적인 얼굴을 마음에 그리고 있는 고객을 만족시키는 건 지루한 고난이도 퍼즐 맞추기와 흡사하다. 전략적 지혜를 짜내기 위해 심적 에너지가 얼마나 많이 필요한지 모른다. 눈앞의 여자에게 브레이크를 걸어 수술을 단념하게 할지, 아니면 단골 고객이 될 가능성이 큰 VIP니까 비너스의 얼굴을 빌미로 여러 번의 성형 시술을 권해서 광고성 수익을 올릴지 빨리 판단하고 결론을 내려야 한다. 좀 더 양심적인 건 전자지만, 전자 또한 근본적으로는 까다로운 법적 공방에 휘말리고 싶지 않은 내 이기심의 발로인 만큼 어느 쪽이든 그녀를 인간적으로 염려한 건 아니다. 고객의 안녕만을 인간적으로 염려했다면 애초에 재건성형에만 마음을 쏟고 대학병원에 남았을 것이다. 그랬다면 상업성과는 어느 정도 거리를 두고 보다 담백하게 살았을지도 모른다.

그런데 양자택일이 어렵다. 인간과 여신의 혼재라는 몽환에 사로잡힌 여자를 수술에 관한 한 단념시키고픈 인간적인 연민과 강행하게 하고 싶은 계산속이 뒤섞여서 쉽게 결론이 나지 않는다. VIP가 아니라면 당장 등을 떠밀어 돌려보낼 것 같다. 광고성 효과가 없는 고객이라면 차라리 더 이상의 수술이 필요 없다고 쉽게 답할 것이다. 서른네 살의 여자를 향해 어쭙잖게 끼어든 연민 따위에 휘말려 망설이다니, 결정의 순간마다 이성적이고 명쾌하다는 평을 듣는 내게는 어울리지 않는 태도다. 비현실성과 현실성의 틈입에 연민이 스며들다니 나로서도 이해불가다. 화려한 면모를 갖춘 여자, 연예계에 맥이 닿아있는 별세계의 여자, 〈공인〉이요 〈남들 앞에 자신을 드러내는 여자〉라면 무엇 하나 부족한 게 없지 않은가. 1987년생 서른네 살의 여자라는 것만 제외하면 그녀에게 연민을 느낄 이유가 전혀 없다. 1987년생 서른네 살이라는 말에 마음이 무너져버린 것일까.

고객에게 한 번만 더 공을 던져 선택의 기회를 주기로 했다. 몽환 속에서 덥석 공을 받을지 일말의 의심으로 다시 되던질지는 순전히 고객의 몫이 되는 것이고, 기회를 한 번 더 부여한 만큼 나는 가책의 질량을 상당량 줄일 수 있는 것이다. 당신은 지금도 충분히 여신인데 그래도 수술을 원하느냐고 넌지시 물었다.

"욕심이 너무 과한 거 아닌가요? 제가 보기엔 지금도 충분히 주변인들로부터 여신 대접을 받으며 살고 있을 것 같은데요."

"주변의 사랑과 관심이 기분 좋긴 하죠. 그게 또 사실 삶의 에너지가 되구요. 하지만 그건 더 우월한 여자가 나타날 때면 언제든 깨질 수 있는 거예요. 나한텐 아무도 무너뜨릴 수 없는 절대적인 미가 필요해요. 똑같이 생긴, 더구나 흔하디흔한 강남미인은 그래서 사절이에요."

수술의지가 공고한 VIP의 태도가 반가우면서도 여자 속에 버티고 있는 무지막지한 공고함이 안타깝다. 여자는 미 자체를 제사하는 여 사제 같다.

"잘 아시겠지만 세상에 절대적인 미는 존재하지 않습니다. 물론 아름다움이 영원하지도 않고요. 다른 사람이 흉내 낼 수 없는 개별적 아름다움이 더 중요하다고 생각합니다만. 아무리 아름다운 여자도 언젠가는 늙고 병들고 죽어요."

순진한 얼굴로 의사를 빤히 바라보는 고객의 시선이 부담스럽다. 그 시선이 자꾸 안쓰러운데다 왠지 모를 동질감이 느껴져 살짝 언짢기도 하다. 그녀의 까만 눈동자에 하얀 가운을 입은 내 모습이 비쳐들었다. 창을 투과해 들어온 빛의 물리적 작용일 뿐인데 괜히 그녀와 내가 한 인격인 듯 느껴져 기분이 묘하다. 평소의 유쾌함을 유지하려면 눈앞의 고객은 감정이 섞이면 안 되는 정물, 그저 내게 물질을 채워줄 단순한 존재일 뿐이라고 주문을 걸어야한다.

"여신 대접을 받고 싶은 게 아니라 지금 여기서 잠깐이라도 그들에게 실제 여신이 되고 싶은 거예요. 언젠가 늙고 병들고 죽게 되더라도."

허탄함으로 가득한 갈급한 마음이 훤히 들여다보여 자제를 권면하면서 치유해줘야 할 책무가 언뜻 스친다. 어차피 채워지고 나면 또 목마를 게 뻔한 일에 목숨을 걸려고 하다니, 불빛을 보고 막무가내로 날아드는 부나비인가 싶다. 그렇게 맹목적으로 욕망을 따라 덤벼들다간 불에 타 죽고 말 거라고 말해줘야 하는 게 아닐까 싶다.

하지만 또 가만 생각해보면 그것만큼 웃기는 일도 없다. 주제넘게 내 영역을 이탈할 필요도 없다. 내 모습을 있는 그대로 유지하기로 재차 단단히 마음먹었다. 그저 열등감 치유라는 미명 위에 물욕과 상업적 이익을 살짝 올려놓을 수 있다면 그보다 더 좋은 명분은 없다. 이랬다저랬다 그녀를 따라 춤추는 내 감정의 롤러코스터에 서서히 어지러워지고 있던 참이다.

“조금씩 다듬어가면서 비너스와 더 가까워지면 되죠. 세라 씨는 이미 미인의 바탕을 충분히 갖추고 있기 때문에 현실의 비너스가 될 가능성이 없는 건 아닙니다.”

“정말요?”

“제가 도와드리죠. 하하.”

현실적인 욕구에 무게를 두기로 빠르게 결론을 내린 건 진정 나다운 모습이다. 내게 이제 더 이상의 큰 부富가 별 의미 없다는 걸 알면서도 상업성에 중독된 지독함에 치가 떨린다.

가끔은 세상 그 어떤 것보다 자신에게서 모멸감이 느껴질 때가 있다. 쉽게 말해 자기혐오라고 해두자. 병원 데스크 앞 둥근 기둥에 투명 세라믹 원통을 설치해놓고 고객들에게서 잘라낸 광대뼈로 가득 채우고 싶은 때가 있었다. 안면윤곽수술 만 케이스의 위업을 고객들과 매체에 널리 알릴 수 있는 방법으론 최고일 터였다. 사회적 이슈가 되기에도 충분할 터였다. 안면윤곽수술 만 케이스를 다룬 성형외과 의사로서 사회적 이슈가 되면 다음은 무엇을 이루어야할지 생각해 보지는 않았다. 그 다음은 미리 생각하기 싫다. 무엇이 기다리고 있을지 두렵다. 우선은 일단 만 케이스를 달성하고 그에 걸맞은 유명세를 갖추고 싶을 뿐이다. 세상이 인정하는 절대의 위상 말이다. 그렇게만 된다면 처가에서도 사위를 함부로 보진 못할 테고, 내 어머니에게서 아직 덜 지워진 생선 비린내를 완전히 제거할 수도 있을 것이다.

잘나가는 강남의 비너스병원 원장이지만 이상하게 처가에만 가면 아직도 내게서 생선 냄새가 나는 것만 같다. 조금 더, 조금 더, 조금 더, 고객이 많아져서 강남 일대에서 가장 먼저 안면윤곽수술 만 케이스의 위업을 이룬 성형외과 원장으로 성장한다면 생선 냄새는 극복 가능할지도 모른다.

여신이 될 수 있도록 돕겠다는 말에 이내 현세라의 뺨에 물이 올랐다. 상큼한 웃음을 머금자마자 양 볼에 작은 우물이 패이고 청순미에 귀여움까지 더해져 보는 이의 심금을 흔든다. 남자라면 누군들 그녀의 미소 앞에서 둔탁하고 성마른 영혼으로 앉아 있겠는가. 호라이가 건네주는 우아한 여신의 옷을 입고 당장 보티첼리의 그림 〈프리마베라〉 속으로 들어가도 전혀 어색하지 않을 듯하다. 그녀는 진심으로 아름답다. 오백오십 여 년 전 시모네타를 바라보는 피렌체 남성들의 감탄도 비슷한 감정이었을지 모르겠다.

“시모네타의 얼굴을 보티첼리가 이상화하여 그린 그림이라는 사실만은 꼭 기억해야 돼요. 실제로는 시모네타가 굉장히 각진 얼굴을 갖고 있었다는 얘기도 있어요. 보티첼리가 그린 〈젊은 여인의 초상〉이라는 작품을 한 번 찾아보세요. 물론 그 그림조차도 이상화하여 그린 것일 테지만.”

“그렇다면 이제 시모네타 따윈 잊어버려도 되겠네요. 비너스의 얼굴만 기억할게요. 보티첼리가 각진 여자의 얼굴을 아름다운 비너스의 얼굴로 그려냈다면, 원장님도 제 얼굴 윤곽을 비너스 라인으로 깎아주실 수 있겠죠. 어쩌면 원장님은 이 시대 최고의 화가인지도 모르겠네요.”

신의 대리인이란 수식어 뒤에 보티첼리에 버금가는 이 시대 최고의 화가란 수식어를 덧붙여 들으니 마치 우매한 사람을 현혹시키는 사이비 종교의 교주라도 된 듯 얼굴이 화끈거린다. 사이비 종교에 영혼을 빼앗겨버린 여신도와 그녀를 통해 돈을 착취하는 교주. 그럴 듯하다.

육체와 정신이 병든 사람들이 쉽게 빠져버리는 늪이 사이비 종교라면 현세라가 가진 아킬레스건은 심각한 신경증이 아닐까 싶다. 주변 사람과 환경, 그를 둘러싼 문화조차도 자신의 기이한 욕구 안에 녹여 재구성해버린 후 타인조망 따윈 아예 하지 않는 지독한 아집 말이다. 어떤 이상심리가 내면적 프로세스에 의해 작동되는 것인지, 왜 미치도록 외모에 집착하는 것인지, 똑똑한 여자가 왜 백치처럼 단순하게 생각하고 말하는 것인지 추적해보고 싶은 호기심을 불러일으킨다. 당신은 이러이러한 사건을 겪으며 지독한 자기애성증후군와 연극성증후군에 함몰됐으니 당신 자신을 객관적으로 바라보라고 충고라도 하고 싶다.

생각해보면 그녀가 1987년생이란 걸 알고부터 계속 나답지 않게 굴고 있다. 어이가 없다. 방금 상업성을 선택했는데 내 감정이 또 롤러코스터에 올라탄 것인지 갈팡질팡한다. 지독한 신경증은 내 것이 아니라 오롯이 그녀 자신의 몫인데도 말이다. 어색한 상황에서 위기를 모면하려면 그냥 시시껄렁한 유머가 답이 될 때가 많다.

"비너스가 되면 세라 씨 자신의 얼굴을 하루 종일 보고 있겠군요? 하하."

"제 집착이 좀 강하죠? 하지만 그건 로망인 걸요? 원장님은 충분히 이해하실 거예요, 아직 젊으니까요."

좀 더 확실한 간을 보기 위한 공이 내게로 던져졌다. 고객으로 찾아온 그녀가 내 앞에서 자꾸 여자로 변모하려고 눈치를 보고 있는 것이다. 나이 차이를 가늠해보려는 의도가 다분히 느껴져서 조심스럽다. 일부러 무심한 척 반응하며 회피했다.

"제가 젊어 보여요? 뭐, 젊다면 젊다고 말할 수도 있겠죠. 젊음이란 기준에 따라 항상 다르니까요. 그게 중요한 문제도 아니고요."

"원장님껜 중요한 문제가 아니라구요? 나이를 초월할 수 있다니 부러워요.

요즘 난 정말 슬퍼요. 진정한 여신이 돼보지도 못하고 나이만 자꾸 먹는 것 같아서…… 벌써 삼십 대 중반이라니 맘이 급해져요. 자꾸 누군가에게 쫓기는 느낌이 들어요."

어쩌면 눈앞의 여자도 나와 비슷한 내면을 가진 여자일지 모른다는 대책 없는 동질감이 스친다. 직업으로 안정된 포지션을 얻기 위해, 결혼으로 안정된 배경을 얻기 위해, 개업으로 안정된 돈을 얻기 위해 집착해왔던 내 시간들이 머릿속에서 초라한 흑백필름처럼 빠르게 지나간다. 만여 건에 가까운 수술로 여자들의 미에 관해서라면 경험적 면역체계가 충분히 조성돼 있고 미의 가면 뒤에 가려진 처절한 분투와 위선을 정확하게 간파하고 있는 나로선 불편하다. 무연히 스며드는 동질감이 이 사이에 끼어든 이물 같다.

"외모를 굉장히 중시하는 걸 보면 세라 씨는 연예계나 광고 관련 직종에 종사하나 봅니다."

슬슬 그녀의 정체를 탐색할 때가 왔다. 여성들에게 어느 정도의 영향력이 있는 사람인지 정확하게 파악하고 그에 걸맞은 서비스를 결정해야 한다. 개인적으로 알고 싶은 게 많다. 결혼 유무도, 직업도, 주변 환경도, 일상의 작은 상처까지도. 그 무엇보다 1987년생 여자들은 어떻게 살고 있는지도 알고 싶다. 어떤 가치관과 어떤 관심과 어떤 욕망을 가졌는지도 파악하고 싶다. 열 살의 간극을 도저히 메우지 못해 상대방이 대화하기 꺼리는 꼰대가 되지는 않을지 두렵다.

그 아이, 1987년생인 그 애가 내 눈앞에 다시 나타난다면…… 나는 오랜 세월의 간극을 또 어떻게 좁힐 수 있을지…… 아직 이루어지지 않은 갈망 뒤에 일어날 일들을 떠올리면 습관적으로 두려워지곤 한다.

"고급 수입의류 인터넷 쇼핑몰을 운영하고 있어요. 작년에 영국에서 론칭한 브랜드예요. 음, 사업을 시작한지는 이 년 가까이 되고 연매출은 이십 억 정도 돼요. 제가 직접 피팅모델도 겸하고 있어서 순수익이 높은 편이에요."

"고급 수입의류 쇼핑몰 CEO에다 피팅모델이라, 세라 씨와 아주 잘 어울리는 직업인 것 같네요."

어디서나 당당히 밝히고 자랑하고 남의 이목을 집중시킬 수 있는 이력이다. 아름다운 원근법으로 그려져 귀족의 거실에 걸릴만한 그림 같은 인생. 저택의 주인이 저녁 사교파티에 모여든 귀족들과 함께 실내악의 향연 속에 감상하며 미소 지을 삶이다. 그토록 완벽한 인생이라면, 다 가진 그녀의 목마름과 갈급함은 도대체 어디에서 오는 것인지 문득 궁금하다. 어쩌면 그녀의 미모와 이력은 포커페이스일 수도 있을 것이다.

"전공이 연극영화나 미디어 쪽인가요?"

"전공은 현대무용이에요."

"예…… 비너스와 썩 잘 어울리는 전공이네요. 무용으로 무대 위에 서도 만인에게 흠모 받는 아름다운 비너스가 됐을 텐데요."

"강훈련 하다가 무릎 부상을 입었거든요. 점프 후 착지할 때 무릎이 잘못 굽혀지면서 충격이 컸나 봐요. 오른쪽 무릎 연골이 찢어졌는데 이후론 혹독한 훈련을 견뎌내지 못했어요. 평생 무용수로 살아가려면 혹독한 훈련이 필수인데 정말 운이 나빴던 거죠. 어릴 때부터 꿈이 국립현대무용단 단원이 되는 거였어요. 지도교수님도 충분히 가능성 있다고 하셨구요. 하필이면 국립무용단에 입단하려고 준비할 때 부상을 입었어요. 한동안 깊은 시름에 빠져 있었는데 새옹지마라고, 그 일이 오히려 행운이었다 싶기도 해요. 내 인생은 여기서 끝이라는 절망에 빠져 있었는데 하늘의 선물처럼 모델 일이 주어졌어요. 모델 생활을 바탕으로 어려움 없이 CEO도 됐구요. 지금 제 삶에 정말 만족해요. 어떻게 보면 기껏해야 수천 명의 한정된 관객 앞에 서는 무용수보다 수십만 명의 팔로어를 거느린 모델이 더 매력적이잖아요? 무용수는 시간 안에 갇힌 예술가지만 모델은 순간을 포착해 시간을 뛰어넘는 예술가니까요."

부상을 입었다는 말을 꺼낼 때 잠깐 찡그러졌던 표정은 선물처럼 모델 일이 주어졌다는 부분에서 환하게 펴졌다.

"세라 씨는 그러니까 영원한 시간 속에서 영원한 비너스가 되고 싶은 거군요?"

"듣고 보니 그러네요. 영원한 시간 속의 영원한 비너스라, 멋진 표현인데요?"

"결국 언제나 그리고 모두에게 주목받고 싶은 거죠?"

"그럴지도 모르죠. 사실 결혼을 거부하는 것도 한 사람에게 묶이고 싶지 않아서예요."

겉으론 구속받지 않고 언제든 자유연애를 즐기려는 미혼의 아름다운 젊은 여성 사업가. 진실을 말하자면 자신을 최대한 수려하게 꾸며 세상에 드러내 마음껏 자랑하고 뭇 남자들로부터 숭배를 받는 것으로 자아를 실현하고 있는, 지독한 자기애성콤플렉스에 빠진 1987년생 서른네 살의 여자.

수많은 고객을 대해온 나름의 촉각으로 현세라를 정의하고 나니 한결 마음이 가벼워진다. 연민이니 동질감이니 하는 따위의 감정들이 옅어지면서 부담이 덜하다. 어쩌면 어쭙잖은 속물로 속단해버리고 구질구질한 연민 따위에서 자유로워지고 싶은 심리가 작동했을 수도 있다. 처음 만난 사십 대 기혼 의사에게조차 특별한 관심을 끌기 위해 자신이 미혼이라는 사실과 자유연애자임을 강조하는 그녀가 성장과정에서 어떤 냉대나 소외에 처했었는지, 혹은 어떤 상처에 묶였었는지 굳이 분석하려들지만 않는다면 이보다 좋은 고객 케이스는 없을 테다. 성형외과 의사가 가장 선호하는 VVIP 고객이 바로 현세라다.

"그래도 세 번 더 상담을 한 후에라야 수술할 수 있는 거 알죠? 세라 씨의 급한 마음도 이해하지만 제 인술철학을 따라주길 바랍니다. 외모문제니까 숙고의 과정이 반드시 필요합니다. 외모는 정신을 담아내는 그릇 아닙니까. 요즘 세상에는 아무리 형이상학을 신봉하는 철학자도 타인 앞에 서려면 보통 이상의 외모가 필요합니다. 그래야 대중을 단번에 설득할 수 있는 시대인 걸요. 다음 주 두 번째 상담에선 CT 검사와 결과 분석을 해봅시다. 세라 씨에게 가장 잘 맞는 얼굴라인을 과학적으로 찾아봐야죠."

"그래요 원장님, 그런데…… 수술비용은 얼마죠?"

"구체적인 비용 문제는 송 실장과 의논하세요."

"그래도 통상 비용이란 게 있잖아요."

"통상 팔백만 원입니다."

아무리 상담으로 친근감이 고조되는 순간에도 비용문제는 항상 철저히 해둔다. 비용 문제는 상담 초반에 확실히 해 두는 게 가장 현명하다. 상업성은 성형외과 의사의 정체성을 결정하는 리트머스 시험지라고들 다들 비아냥대지만 어쩔 수 없다. 보험수가로 정해진 비용이 아닌 바에야 시간을 끌면서 고객과 친밀해질수록 꺼내놓기 어려운 게 비용 문제다.

여자가 나를 빤히 바라보면서 의미 있게 웃는다. 이목구비에 돋아난 청순미가 순간에 싹 지워졌다. 대신 능란하고 요염한 관능이 얼굴에 어른거린다.

"사실은 제가 꽤 유명한 파워 인스타그래머예요. 팔로어 수가 오십만 명에 육박하는 그 분야 셀럽이에요. 비너스병원의 전속모델은 돼 줄 수 없지만 원장님과 병원을 위해 유용한 후기는 올려드릴 수 있어요."

아주 현실적인 강공을 단번에 던져오는 그녀.

개업 후 십여 년 동안 파워 블로거나 파워 인스타그래머를 심심찮게 만났다. 자신의 영향력을 은근히 과시하면서 수술비를 깎아줄 것을 송 실장을 통해 어필하는 고객들을 가끔 대하곤 한다. 하지만 진료 의사에게 첫 만남에서 강력한 스파링을 던지는 건 의외다. 현실적 용의주도함이 청순한 외모와의 상관관계에서 내게 반전매력으로 작용하진 않는다. 그냥 날 것 그대로 살아서 펄떡거리는 상업성만 돋보일 뿐. 그녀의 얼굴에서 숨기고 싶은 내 얼굴의 허점을 보는 듯 불편하다. 왠지 그렇다.

뜻하지 않은 고객의 강력한 스파링엔 언제나 유연하고 부드러운 의사의 리시브가 필요하다. 고객의 환상과 예상이 와장창 깨지는 순간에도 의사는 차가운 지성과 이성을 유지해야 한다. 더구나 눈앞의 여자는 엄청난 파급력을 지닌 자본의 핵이다. 간과할 수 없는 중요성이 담겼다. 승배의 말은 이 순간에 가장 적확한 표현이라는 판단이 섰다.

"오, 그래요? 세라 씨의 팔로어 수가 거의 연예인 수준이군요."

"그런 셈이죠. 인스타그램 세계에선 여왕 급이에요. 제 시녀들만 족히 만 명은 넘어요."

"시녀들이라면?"

순간 귀를 의심했다. 현실과 가상을 구분 못하는 중증 정신증 환자인가 했다. 내가 가늠하는 것보다 훨씬 심각한 상태로 혼자만의 망상 속에서 가상의 여왕으로 살고 있나 싶다. 여자는 시모네타가 살던 오백오십여 년 전 피렌체가 아니라 중세의 어느 성에 살고 있는 게 아닐까. 과대망상이거나 아니면 내가 세상을 너무 모르는 무감각한 인간이거나.

"호호, 원장님. 당황하지 마세요. 나 전생에 공주였다고 말하고 다니는 정신병자는 아니니까요. 제가 말하는 시녀들이란 SNS 상에서 물건을 판매할 때 제 홍보력에 큰 영향을 받는 인스타그래머들을 가리켜요."

물론 SNS 상의 시녀가 어떤 의미인지 잘 알고 있다. 다만 만 명이라는 말에 과대망상증이라고 여겨졌을 뿐이다. 수술만 하는 눈앞의 의사가 그 방면에 맹아인 줄 알았는지 현세라는 연신 설명에 열중했다.

"가끔 판매자들의 다양한 물품 중에 질 좋고 고급스런 제품이 인스타그램 세계의 여왕인 제 눈에 띄어요. 인스타그램에 한 판매자의 제품을 올려주면 홍보 효과가 엄청난데, 제가 입거나 먹거나 착용하면 하루 이틀 만에 단연 베스트 제품으로 등극한답니다. 정식 유통 채널을 통하지 않는 옷이나 가방, 화장품, 보석과 장신구, 다이어트 제품 등이 대부분인데 제 인스타그램을 보고 엄청난 인원이 제품을 구매해요. 한정판매 혹은 세일 가격의 공동구매 형태로 제품을 전략화하면 판매자는 하루 이틀 만에 몇천만 원의 현금을 만질 수 있거든요. 제 홍보력과 마케팅 전략이 시너지 효과를 거두는 거죠. 그러니 판매자들이 앞다투어 팔로어가 되고 제 눈에 띄려고 시녀처럼 저를 여왕 대접 할 수밖에 없죠."

"연예인 수준이라고 한 말 취소해야겠네요. 세라 씨의 영향력이 연예인 수준 이상인데요?"

"얼마 전엔 S백화점으로부터 섭외도 받았어요. 백화점도 나를 마케팅 수단으로 사용하고 싶은 거죠. 어때요? 구미가 당기지 않으세요?"

두말 할 필요 없이 바짝 구미가 당긴다. 새로 등극한 VVIP라고 할 수밖에 없다. 비너스병원에서도 그만한 고객은 만나보기 어렵다. 고객들이 흠모할 만한 A급의 연예인은 모델료 자체가 상상을 뛰어넘는데다 성형외과 모델이 되려하지 않는다. 성형을 일상으로 하는 이들일수록 성형의 이미지를 극도로 기피하기 때문이다. 그런가 하면 이름 없는 연예인은 구매 실효성이 현저하게 떨어진다. 연예인을 모델로 쓰지 못할 바에야 인스타그램의 여왕만한 모델도 없을 테다. 말 그대로 그 분야 셀러브리티, 명사名士가 아닌가!

순간 머리에 충격을 받은 듯 정신이 번쩍 든다. 여신의 이미지를 적극 차용해 병원 마케팅을 해 온 내가 그간 인스타그램 셀럽의 효용성은 왜 깊이 인식하지 못했는지 둔한 감각에 가슴을 치고 싶다. 물론 병원이 인스타그램 계정도 갖고 있고 열심히 홍보물도 올려두고 있지만 셀럽의 영향력엔 비견될 수 없다. 힘들게 모셔서 어렵게 부탁해야 할 상황인데 스스로 후기를 써주겠다고 하니 나로선 엄청난 행운인 셈이다. 그녀의 말이나 글에서 비너스병원이 나오는 순간 인스타그래머들은 그녀의 모든 아름다움이 우리 병원에서 시작되었다는 환상에 잠길 수 있을 테다. 가히 SNS의 바다에 순풍을 맞으며 상업성의 돛을 올리는 일이라 할 수 있다.

그렇지만 천박하게 드러내놓고 마냥 좋아할 수는 없다. 고급스러움을 지향하는 곳이라면 즉각적이고 감각적인 반응은 언제나 금물이다. 짐짓 태연하게 그녀를 걱정하면서 객관적인 모드를 유지했다.

"그런데 팔로어들에게 성형 사실이 드러나도 괜찮아요?"

"괜찮아요. 인스타그램에선 절대로 나 어느 병원에서 수술했다고 직설적으로 표현하진 않거든요. 비너스병원에서 간단히 피부 상담한 것처럼 올리는 거죠. 병원 로비 사진에 어울리는 주제어를 정하고 해시태그만 살짝 붙여 올려도 어차피 시녀들은 제가 이곳에서 모든 미용수술이나 관리를 받는 걸로 바로 이해할 텐데요 뭐. 음…… 예를 들어, '봄맞이 피부상담'이나 '편안한 비너스병원에서!'라는 제목에 몇 개의 해시태그만 붙이면 게임 끝이에요. 피부

상담, 비너스병원, 피부 관리에 각각 해시태그를 붙여드릴게요. 나 성형했어요, 라고 고백 안 해도 더 예뻐진 얼굴 사진 한 장이 모든 걸 말해주거든요. 인스타그램은 긴 문장 설명 없이 사진 한 장의 이미지만 보여줘도 함축적인 전달이 되니까 굉장히 편해요."

"그렇겠죠. 페이스북이 1조원이 넘는 금액에 인수한 서비스프로그램이라면 어마어마한 효과가 있다는 증거겠죠. 그래서 우리 병원도 페이스북과 인스타그램에 홈피를 갖고 있습니다만."

"당연하죠. SNS 후광 없이는 소비자를 끌어들이기 어려워요. 요즘은 매거진의 시대가 아니라 SNS 플랫폼으로 불특정 다수와 소통하는 사이버 쇼퍼 시대인 걸요. 직접적으로 설득하려 들면 실패해요. 소비자가 궁금증을 느끼고 스스로 찾게 만들어야 해요."

백 번 맞는 말이다. 지금은 이성적 판단력이 아닌 본능과 직관력, 의식의 흐름이 주효한 시대다. 그래서 그녀에게 나도 직접적으로 성형수술을 권하고 싶지 않다. 성형 플랫폼만 제시해서 그녀가 스스로 목말라 성형의 우물물을 찾아 마시도록 유도하는 것이다.

하지만 어떤 경우에도 검증은 필수다. 수요자에게서 확실한 이윤을 확보할 수 있을 때 공급자는 움직이는 법이니까.

"한 번 보고 싶네요. 세라 씨의 인스타그램."

인스타그램 검색창에 세라를 쳐보라고 했다. 그리고 맨 위에 등장하는 세라를 클릭하면 된다는 것이다. 의류사업도 잘 되는데다 재정도 부족하지 않은 자신이 굳이 인스타그램 홍보 건을 제안하는 건 최고의 기술력을 보유한 비너스병원을 아끼는 마음 때문이니 다른 오해는 말아달라는 당부까지 덧붙였다.

인스타그램의 속성상 운영자의 핫한 일상과 관심 주제가 떠 있을 건 당연하니 그녀의 사생활을 충분히 엿볼 수 있을 테다. 보통 인스타그래머들은 사생활의 정점을 찍은 사진들을 올리는 법이니 일상의 심리까지 여과 없이 드러날 게 분명하다. 굳이 그녀의 심리까지 들여다보고 싶지 않은 상업성과 내밀한 심리를 들여다보고 싶은 연민이 내 안에서 몇 초간 치열하게 싸웠지만 발 빠른 상업성이 컴퓨터의 커서를 검색 창에 데려다 놓았다. 짐짓 여유롭고 무심한 표정을 지으며 클릭하자 검색 창 아래로 그녀의 인스타그램이 바로 열렸다.

화려하고 감각적인 느낌의 최근 사진들이 격자창의 화면을 가득 메웠다. 육감적인 디자인의 옷차림을 하고 명품 백을 걸친 채 다양한 보석과 향수를 자랑하는가 하면, 세계여행을 두루 다니며 찍은 사진들이 아름다운 풍경과 함께 무수히 올라와 있다.

몇 캐럿인지는 알 수 없으나 약지에 다이아몬드를 낀 손 사진 아래로

'lovely my kid. thank you.'
#최고의 선물 #다이아몬드 #영원한 사랑

제목 아래 해시태그를 붙여 놓아 방문자로 하여금 누구에게 무슨 이유로 다이아몬드를 선물 받았는지 궁금하게 만들어 놓았다. 영원한 사랑을 약속할 만큼 소중한 사람과 연애 중이라는 뜻인지, 결혼을 약속했다는 의미인지, 어떤 기념일이라 최고의 선물을 받았다는 내용인지 모호한 채로 신비감

을 더해놓았다.

'시원함이 그리운 오늘은 쿨하게!'

#비키니 #수영 #휴가 #피서

비키니를 입고 풍만한 가슴과 잘록한 허리, 곡선의 둔부를 드러낸 채 요염하게 포즈를 취한 사진들은 저절로 눈길을 끈다. 살짝 열린 입술 아래로 시선을 내리자 왼쪽 어깨에 조그만 장미 문양의 타투가 새겨져 있어 섹시한 이미지가 더했다. 인화된 그녀의 원색적인 모습은 시각적 자극만으로 남자들에게 강한 본능적 충동을 일으켜 잘록한 허리를 안고 풍만한 가슴에 당장이라도 얼굴을 묻어버리고 싶게 만든다.

그런가 하면 무용복을 입고 에뛰뜨드 포즈로 찍은 사진에서는 청순하고 순결한 매력이 자연스럽게 배어나온다.

'오늘은 이 포즈만으로 세상 바라보기, 깨끗하고 맑다'

#발레 #에뛰뜨드 #머리 비우기 #마음정화

스스럼없으면서 다양한 포즈와 표정이 연예인을 넘어서는 끼와 전문성을 풍긴다. 강렬한 에스트로겐이 빚어낸 육체는 아름답다. 남자라면 누구나 백퍼센트 매혹될 게 분명하다.

스크롤바를 움직여 예전 사진들을 대략 살펴보니 발레 전엔 필라테스를 하고 있는 건강한 포즈의 사진이, 필라테스 전엔 여러 가지 요가 동작을 능란하게 해내는 유연한 모습의 사진이 대량 올라와 있다. 요가에서 필라테스로, 다시 발레로 전이해온 과정이 트렌드를 선도해가는 연예인의 행동체계와 흡사하다. 누구나 쉽게 하지 못하는 운동을 시작해서 일반인과의 차별화를 표방했는데 점차 일반화돼버리면 다시 새로운 운동을 찾아 일반인과 차별화를 분명히 하는……. 건강과 아름다움을 함께 가꾸는 여자 혹은 건강을 일구는 순간조차 아름다운 여자로 이미지화 하는 행태가 한눈에 들여다보인다. 아름다움의 조류를 선도하는 오! 포르투나의 주인공답다.

실제 화장품 CF 모델을 한 유명 여배우와 다정한 투 샷으로 친분을 과시한 사진도 보인다. 여배우와 비겨 결코 뒤지지 않는 미모를 갖췄다. 성형외과 의사의 눈으로 평가한다면 현세라의 미모가 훨씬 출중하다. 팔색조의 다양한 매력을 함축하는 얼굴이라 그렇다.

'오랜만이야. 너무 바쁜 우리, 가끔 이렇게 쉼표 위에 서자.'

#친구 #쉼표 #여유 #힐링

실내 스튜디오를 벗어난 곳도 꽤 있다. 뮤지컬 현수막이 걸린 공연장에서 혹은 유명 화가의 작품이 전시되고 있는 미술관 입구에서, 혹은 한강이 내려다보이는 유명한 와인 바에서, 혹은 미슐랭 가이드에 소개된 고급 음식점에서 찍은 다량의 사진이 이미지 콘텐츠를 든든히 받쳐주고 있다. 자기를 브랜드화 한 기류가 듬뿍 묻어난다.

사진의 배경이 된 그녀의 집이 퍼플과 누드 핑크로 단장돼 있어 신비감을 더했다. 비너스병원의 인테리어와 너무도 흡사해 그녀와 내가 영혼의 도플갱어라도 된 양 섬뜩하다. 그녀의 집이 비너스가 올라탄 조개껍데기가 아닐까 싶은 개연성 없는 연상과 함께 비키니를 입은 그녀를 뜨겁게 안아보고 싶은 순간적 충동에 당황스럽다. 가만히 눈앞에 앉은 의사의 심리를 살피는 그녀에게 영혼의 치부를 들켜버린 것 같아 부끄럽다.

상당한 경제력과 파워풀한 관계망, 사이버 세계에 쌓은 인지도, 여신에 가까운 얼굴, 치명적인 매력을 지닌 육체, 예술 전공, 해외제품을 론칭한 의류사업체, 고급 빌라와 인테리어, 일 년 중 절반을 해외에서 머무는 여행자……. 현세라의 이력은 너무 완벽해서 소름이 끼친다. 일부 재벌의 딸이나 일부 연예인들의 인공적인 얼굴과는 차원이 다른 태생적 아름다움을 가진 여자가 완벽한 환경과 예술성과 재능을 소유했다니 허술한 부분이 전혀 없다는 생각에 어딘가 숨이 막힌다. 너무 완벽해서 인공의 냄새가 강하게 풍긴다. 꽉 막힌 모순 속에 갇힌 기분에 답답하다. 달리 표현하자면 완벽한 가공의 껍질 속에 숨은 연약한 달팽이를 보는 것 같아 안쓰럽다.

어쨌든 인스타그램 검증을 통해 그녀가 인스타그래머들의 시선을 끄는 인플루언서인 것만은 분명해 보인다. 498,798명. 팔로어 수도 정확하게 파악했다. 수려한 외모와 엄청난 부를 지닌 파워 인스타그래머가 좋은 후기를 써준다면 비너스병원에 그보다 큰 후광은 없을 테다.

사실 우리 병원을 위한 홍보보다는 할인율을 높여달라는 뜻이 더 강하게 내포돼 있음을 알기에 청순한 표정 뒤에 숨겨진 현실성에 잠깐 착잡하다. 고급 수입의류 쇼핑몰 CEO다운 발상이다. 청순한 얼굴 뒤에 숨겨진 철저한 현실성, 어딘가 낯이 익다. 동반될 수 없는 상극의 매력이 어우러진 완벽한 사람이란 넘사벽의 마력을 지녔거나 아니면 하나의 매력이 위장된 다른 하나의 매력에 가려져 있는 경우이기 십상이다. 낯이 익은 눈앞의 여자는 누구일까. 비너스가 태어났다는 바다의 거품 진원지를 끝까지 추적하고픈 얄궂은 가학성이 다시 나를 사로잡는다.

할인이 썩 내키진 않지만 여성들 사이에서 파워 인스타그래머의 위력을 잘 알기에 빠른 결론을 내렸다. 팔로어 오십만 명에 육박한다면 적어도 만 명 이상은 우리 병원에 관심을 갖고 천 명 이상은 직접 방문할 가능성이 생기는 것이다. 얼마든지 무료 혜택을 베풀 수도 있지만 지나친 우대는 갑과 을의 경계를 허물 수도 있을 테다. 적당한 선에서 전략적인 시혜를 베풀어야만 구매 욕구가 더 상승하는 법이므로 무료 혜택은 장기적으로 구매의사에 반하는 행위다.

"만약 수술 받게 된다면 특별히 오십 퍼센트 할인해드리죠. 사백만 내시고 멋진 후기 부탁드립니다. 최선을 다한 착한 가격입니다. 다른 고객과의 형평성도 고려해야 하니까요."

사실이 그렇다. 우리 병원엔 VIP 고객만 해도 천여 명에 이르러서 자칫 한 고객에게 무료혜택을 베풀었다는 소문이 날 경우 VIP 고객들의 항변을 수습할 방안이 없다. 눈앞에 앉은 여신에 가까운 고객이 신경증으로 성형수술에 집착해 환상과 현실을 제대로 구분 못한다 해도, 그래서 앞으로 우리 병원의 VVIP가 되고 수많은 팔로어들의 호응을 이끌어낸다 해도 먼 미래를 직시했을 때 무료혜택이 쉽게 주어져선 안 되는 것이다.

상대방의 마음을 충분히 꿰뚫는 듯 턱을 괴고 생글생글 웃는 표정엔 연민이 스며들 여지가 없다. 얄밉도록 계산적인 얼굴로 빠르게 전환된 것이다.

"그럼요. 비너스가 되는 일인데 당연히 비용을 지불해야죠. 공짜로 이룰 수 있는 건 아무런 가치가 없으니까요. 사백 낼게요. 당연히 내야죠. 무료 혜택을 받은 걸 알면 다들 나를 또 깎아내리지 못해 안달일 테니까. 마녀처럼 잡아서 화형시키려 들 거예요. 비용 지불하고 떳떳하게 수술 받아야죠. 다음 주에 올게요. 물론 세 번의 상담 내내 변하지 않는 제 마음을 확인하실 테지만요."

Wheel of fortune.

운명의 수레바퀴가 정방향으로 움직일 것인가, 역방향으로 움직일 것인가. 공은 두 번째 상담으로 넘겨졌다. 첫 상담에서 비너스가 되려는 여자에게 당황했을 뿐 결국 아무런 제재도 가하지 못했다. 그저 자신 없는 확신을 주었을 뿐이다. 고객에게 확신을 주어야만 하는 순간이면 매번 들려오는 칸타타, 오! 포르투나. 사실 어디에도 확신은 없다. 모두가 그저 운명일 뿐이다.

세라의 메모

문자 도착 음이 은밀하게 울린다. 제3의 비밀 폰에서 울리는 소리다. 당연히 대포 폰을 마련해준 주인, S의 문자일 테다. 비밀 폰으로 오는 문자는 즉각 확인해야 하는데 눈이 잘 떠지지 않는다. 영원히 눈을 뜰 수 없는 저주에라도 걸렸다면 차라리 모든 걸 포기하고 편안히 잠들 수 있을까. 머리가 깨질 듯 아프다. 수면유도제를 과다 복용한 어젯밤에도 예외 없이 악몽을 꾸었다.

언제나처럼 그 남자는 천천히 다가왔고 뱀 껍질 같은 손으로 내 뺨을 어루만졌다. 손은 섬뜩하게 차가우면서도 불에 덴 것처럼 뜨거웠다. 영화 나이트메어에 등장하는 프레디처럼 그 남자는 내 영혼을 끈질기고 집요하게 따라다닌다. 그 남자의 손 감촉에 비명을 지르다가 깊이를 알 수 없는 나락으로 떨어졌는데 아무도 없는 그곳엔 어둠만 짙었다. 폐소공포를 감지한 심장 소리는 커다란 앰프 앞에 서 있는 것처럼 광폭하게 울렸다. 암매한 공간에서 어서 탈출해야 한다고 느꼈지만 수면유도제가 스며든 몸은 자꾸 혼곤한 늪으로 빠져들었다. 각성으로 가는 탈출로는 영영 막혀버린 것 같았다.

꿈속에서 두 개의 인격으로 나뉜 채, 제2의 나는 수면유도제를 복용한 제1의 나를 물끄러미 내려다보고 있었다. 세상 어디에도 없을 가엾은 영혼이여……. 내면으로부터 깊은 탄식소리가 울려왔다. 자주 두 개의 인격체로 분리돼 하나의 나는 또 다른 나를 보고 안쓰러워 눈물을 흘린다. 우리에 갇힌 짐승이 도살 직전 탈출하고 싶어 머리를 들이박고 피를 흘리는 꼴을 물끄러미 바라볼 때의 심정과 비슷하다.

그렇지만 어쨌든 오늘도 아침이 오고야만 것 같아 다행이다. 눈은 떠지지 않지만 아침의 환한 빛은 어느새 피곤한 눈두덩 위에 찾아와 있다. 아침은 내 영혼에 주는 신의 마지막 자비심일까. 악몽 속에서 그 남자에게 쫓기는 동안에도 신은 뜨거운 태양을 불러내어 다시 아침의 시간 안에 나를 데려다놓았다.

아, 그래. 어서 S의 문자를 확인해야 한다. 평생 자신감 있게 살아온 사람답게 그는 오래 기다리는 걸 제일 싫어한다. 한 번도 욕망을 유예해 본 적이 없는 사람을 오래 기다리게 해선 안 된다. 자칫 자존감에 부정적 감정이 스며들면 미련 없이 돌아서버릴지도 모른다. 아무리 소중한 애장품도 자신을 너무 지치게 만들면 던져 깨부수고 말 사람이다.

하나– 둘– 셋–. 있는 힘을 다해 겨우 눈을 떠본다. 어둠에서 빛으로 다시 옮겨오는 건 고통스럽지만 역시 아침은 위대하다. 신이 밤을 창조하지 않았다면, 잠을 창조하지 않았다면, 그랬다면 나는 고통을 몰랐을까. 가늘게 뜬 눈 안으로 실크 커튼의 매끄러운 결을 지나 방 깊숙이 들어와 있는 아침 햇살이 보인다. 밤의 세계에서 탈출해 눈을 뜬 낮의 세계는 언제나 아름답다. 보드라운 실크 이불과 실크 잠옷의 촉감이 피폐한 나를 위로한다. 괜찮아, 안심해 세라야. 네가 사는 세계는 바로 이곳이야, 라고 속삭여준다. 원목 화장대에 고급스런 음영이 드리웠고 그 위에 놓인 갖가지 고급 화장품과 향수들이 햇빛에 하나 둘 깨어나기 시작한다. 저마다 다른 향취와 색깔들이 내가 여기 있다고, 어서 아름답게 화장하고 세상 속으로 당당하게 걸어 나가라고, 가볍게 손짓한다. 아직 눈이 밝은 빛에 익숙해지지도 않았는데 심장이 먼저 깨어나기 시작한다. 빛을 감지한 머리는 조금씩 맑아진다. 아, 내가 이런 정갈하고 아름다운 곳에 누워 있었구나, 새삼 감탄스럽다. 밤이면 왜 항상 이 모든 좋은 것들을 잊고 마는 걸까. 왜 수면은 기억회로를 엉망으로 만들고 신경에 흐르는 힘찬 전기를 차단해버리는 걸까. 왜 전혀 다른 세계로 나를 납치해가는 걸까.

손을 뻗어 침대 협탁에 놓아둔 제3의 비밀 폰, 오직 나하고만 통화하기 위해 S

가 만들어준 대포 폰을 더듬어 찾는다.

문자 내용은 예상대로 역시 몰타 행 비행기 티켓이다. 호텔예약 메시지도 함께이다. 입에서 한 번 나온 요청은 어떤 대가를 치르든 구현해내는 사람답다. 그제 밤 S는 고급포도주 바에서 문득 둘만의 밀월여행을 하고 싶다고 통보했다. 적당히 오른 취기 탓이라기엔 정말 진지했다. 조금은 놀랐다. 사회적 공인이랄 수 있는 그가 제3의 여자와 동반여행을 결심할 만큼 내게 비중을 두는 건가 싶어 반가우면서도 부담스러웠다.

S는 내게 점점 몰입되고 있다. 언젠가 S는 그렇게 말 한 적이 있다. 난 한 번도 갖고 싶은 게 없었어. 뭐든 다 원하는 시점에 원하는 자리에 있었으니까. 그런데 처음으로 갖고 싶은 게 생겼어. 바로 세라 너야. 너의 눈, 코, 입, 가슴, 미소, 분위기, 그 모든 게 내겐 갖고 싶은 보석처럼 느껴져. 이상하게 모든 걸 팔아서라도 널 갖고 싶단 말이지. 그 말을 할 때 S의 눈에서 간절함을 읽었다. 내가 애타게 기대하며 기다리던 감정이다.

하지만 절대 원칙을 양보할 순 없었다. 그 누구도 내 행동을 강제할 수는 없다는 것. 오직 내가 나를 통제할 뿐이라는 것. S 당신이 간절히 원한다 해도 내 마음이 움직이지 않고는 당신의 소유가 될 수 없다는 걸 꽤 오랜 시간 단련시켜왔다. 자신 있게 살아온 그로선 굴욕일 텐데 잘 참아주었다. S는 점점 내가 모든 걸 선택하는 나의 지배권 안으로 들어오고 있다. 그는 훌륭하게 그 시간들을 통과했고 내 시험기간은 만료돼 간다.

그런데도 밀월여행만은 안 된다고 딱 잘라 대답했다. S와 여행을 떠나는 건 지극히 위험한 일이다. 어렵게 쌓아온 시간을 한순간에 잃어버릴 위험이 있다. 내겐 너무나 고마운 사람이지만 그에게 운명까지 걸 수는 없다. 예상하고 있던 답이라는 듯 씩 웃으며 S는 특별한 선물을 내밀었다. 고급스런 커버 안에 든 건 한정판 에르메스 숄더백이었다. 이천만 원 상당의 한정판 백이란 걸 이미 알고 있었다. 일주일 전 인스타그램에 손서인이 올린 숄더백 사진을 보고 수백 명의 시녀들이 달아놓은 찬양 댓글을 통해서였다. 손서인이 한정판을 강조했던 기억이 나서 잠깐 웃었다.

세라야, 밀월여행하자고 보채는 뇌물은 절대 아냐. 너의 모든 것에 감동해서 주는 순수한 선물이야. 그 말에 한 번 더 웃어버렸다. 웃음은 S에게 동반 허락으로 전해졌을 테다.

티켓을 자세히 보니 출발은 내일 저녁이다. S는 나와 한나절의 시차를 두고 다음 비행기로 늦게 출발할 것이다. 무인도나 마찬가지인 섬으로 들어가는 배도 마련해 놓았다고 한다. 용의주도한 건 그의 장점이다. 그가 물불 가리지 않고 직진해왔다면 나는 아마 그를 떠났을 것이다. 한정판 에르메스 숄더백 때문이 아니라 그의 용의주도함에 마음이 끌린다. 따로 출국하고 따로 입국한다면 크게 두려울 건 없다.

대답 대신 간단한 이모티콘 ^^을 보냈다. 말을 많이 하지 않는 건 남자를 사귀는 꽤 괜찮은 전략이다. 필요 이상으로 많은 말을 해서 어느 순간 과거의 단서를 흘리고 숨겨진 정체성을 들키고 마는 실수를 하게 될까 늘 불안하다. 최대한 오래 궁금증과 호기심을 갖게 하는 것, 끝까지 정복하고 싶은 고지가 되는 것, 완전한 내 것이 아닌 아슬아슬한 미완의 느낌을 주는 것, 그것이 남자에게서 더 오래 숭배 받는 비법이다. 얄팍한 돈 몇 푼이 아니라 기꺼이 큰 손해를 감수하는 진짜 사랑의 대상이 되는 것, 인생을 걸 수 있는 여자가 되는 것, 그것만이 내 삶을 지켜주는 유일한 통로이다.

S는 스스로 정한 매뉴얼을 따라 모범적으로 내게 다가오고 있다. 그의 매뉴얼이 내 철칙과 잘 호응한다. 서두르지 않고 손해를 감수하면서 어찌 보면 그의 인생을 걸고 다가오고 있다. 이제 짧은 동반여행을 허락하는 대신 조금 더 적극적으로 다가오도록 유도할 것이다. 희망을 놓지 않게 해야 도전의식도 생기는 법이니까. 다른 출입국 시간대라는 안전망을 쳐놓고 무인도나 다름없는 섬에서 즐기는 밀월여행은 S에게 돌이킬 수 없는 개종의 순간이 될 것이다. 나는 그에게 새로운 여신이 될 것이다. 개종하기 전의 어리석은 삶을 개탄하며 이제야 진리를 깨닫게 된 삶에 전율할 것이다.

겨우 침대에서 몸을 일으켜 화장대로 옮겨 앉았다. 화장대 위에 S가 선물한 에르메스 숄더백을 올려놓고 하얀 손을 들어 손잡이 부분을 부드럽게 감싼다. 어제 손질 받은 은빛 네일 아트와 잘 어울리는 가방은 정말 고급스럽다. 그래, 한정판 명품을 소유할 수 있는 사람은 많지 않다. B612 사진 프로그램으로 가방을 찍어 Milk화면으로 보정하니 한 장의 예술품이 된다. 노트북을 이용해 인스타그램에 바로 사진을 올려둔다. 삼십 분 후에 다시 열어보면 반향이 클 것이다.

예가체프 커피가 맛있다. 이렇게 게으름 피우면서 천천히 마시는 모닝커피 시간이 그저 대견하다. 아침에 일어나 서두르지 않아도 된다는 건 내가 오랫동안 갈구해온 삶이다. 시간은 아홉 시를 훌쩍 넘겼지만 지겨운 듯 기지개를 켜다가 아름답게 인테리어 된 주방으로 건너와 커피를 내리고 그 향기를 먼저 흡입하고는 봄 햇살이 아른거리는 거실 소파에서 천천히 마시는 모닝커피란…… 평생 동경해온 예술행위이다. 덜 마른 머리와 대충 찍어 바른 화장으로 급히 신발을 꿰차며 알바장소로 출근하지 않아도 된다는 사실이 큰 위안이 된다. 과거의 끔찍한 기억과 미래에 대한 불안이 내 안에서 춤을 추며 너울댄다 해도 지금 여기에 내가 있어서 정말 다행이다. 필요한 모든 건 이 오십 평 신축 빌라 펜트하우스 안에 다 존재한다.

십 년 넘게 종종 거리며 살아온 시간들이 너무 아프다. 일 분 일 초를 아끼며 살았지만 돌아온 건 피폐한 몸과 회복될 수 없는 번 아웃뿐이었다. 아무도 네가 어디 있느냐고 네가 누구냐고 묻지 않았고 내 삶에 눈길조차 주지 않았다. 왜 이렇게 숨 돌릴 틈도 없이 바쁘게 살아가느냐고 질문하지 않았다. 궁상과 자폐로 가득한 한 인간을 측은히 여기는 순간의 동정만 있었을 뿐.

침대 머리맡으로 돌아와 인스타그램을 확인한다. 겨우 커피 한 잔 마셨을 뿐인데 잠깐 동안 댓글 51개와 좋아요 95개가 달려있다. 찬양 댓글마다 한정판이라는 단어가 빠지지 않는다. 모두들 부럽다는 감정을 실어 가장 상투적이지만 가장 현실적인 문장으로 끝내놓고 있다. 과연 여왕님께 어울리는 한정판 백이군요./ 고급 한정판 신상 향기가 여기까지 솔솔~ 부러워요./ 당신의 숨소리 하나, 발걸음 하나 아름답지 않은 것이 없군요./ 오! 나의 여신님. 그대의 숄더백이 되어 24시간 그대와 함께 있고 싶군요./ 고급스런 사람에겐 역시 고급스런 한정판 백이 어울리네요./ 나도 갖고 싶어요, 한정판 에르메스 백!

아름다운 여자가 부까지 누리는 데 대한 솔직한 부러움이다. 아름다운 외모와 부는 가장 잘 어울리는 친구이고 서로를 더 빛나게 하는 존재다. 당연한 현상이다. 여왕이 누리는 권리다. 여왕은 당연히 시녀들의 부러움을 사는 존재다. 난 너와 차별화된 삶을 살고 있다는 사실을 증명하기 위해 다들 더 좋은 집을 사고 차를 사고 명품을 사는 게 아닌가. 인스타그램 세계의 수많은 시녀들에게 당신들과 나는 차원이 다른 삶을 살고 있다고 한정판 에르메스 가방이 거듭 증명한 것이다. 전 세계에서 삼백 개만 제작됐다는 가방의 완판 소식을 S에게서 선물 받은 다음 날 바로 들었다. 계급 분리를 증명하는 품목을 다수 확보하고 있다는 건 그래서 안심이 된다. 전리품을 소장한 자가 곧 전쟁의 승자이듯 말이다.

뒤에서는 누구나 자기보다 한 차원 높은 사람의 뒷담화를 즐겨 할지언정 앞에서는 결코 무시할 수 없다. 예의를 갖춘다. 심리적 위안을 얻기 위해 지질한 뒷담화를 할 때와는 전혀 다르게 행동하게 된다. 인간으로서의 예우를 받는다는 건 얼마나 귀한 권리인가. 오로지 나는 그 상태로 매일 아침을 맞이하고 싶을 뿐이다. 이틀 뒤면 몰타 섬 '블루 라군 해변'에서의 여행 사진들이 차별화 된 내 삶의 또 하나의 증거물이 될 것이다. 어쨌든 삼백 인의 특별한 인싸에 든 건 흐뭇하다.

이제 슬슬 준비해서 작업실로 나가야 한다. 오늘은 영국에 주문해 둔 헤일리 원피스 5종이 입고되는 날이다. 두 달 전 영국까지 가서 직접 매장을 둘러보고 바로 론칭하기로 계약했다. L백화점이 헤일리 제품을 론칭하기 위해 심혈을 기울이고 있다는 정보를 S로부터 전해들은 뒤라 서둘렀다. 대형백화점과 경쟁이 안 되는 개인사업자가 계약을 성사시킬 수 있었던 건 인스타그램과 S의 소개서 덕분이었다.

헤일리의 해외 판매 담당자에게 S의 소개서를 내밀면서 한편으론 팔로어 오십만 명에 육박하는 인스타그램을 보여주었다. 인스타그램과 세라스타일 홈피를 꼼꼼히 살펴본 그는 바로 이틀 뒤 계약하자고 답신을 보내왔다. 판매가가 높은 의류지만 백화점 이상의 홍보효과와 꾸준한 매출을 올릴 수 있다는 장점 때문에 계약이 가능했다. 미리 쇼핑몰 홈피와 인스타그램에 상품 입고 소식을 충분히 홍보해두었지만 사진촬영 결과에 따라 매출이 또 상이하게 결정되는 만큼 메이컵과 헤어에 심혈을 기울여야 한다. 아름다움을 극대화해 부에게 손짓하는 일은 매번 흥미롭다.

아름다움은 부에 저절로 이끌리는데 부라는 녀석은 아름다움이 부르지 않으면 답하지 않는다. 아름다움은 부의 필요충분조건이다. 입고되는 원피스 5종을 살펴본 뒤 촬영 콘셉트를 정해 준비를 지시하면 오늘의 사업 일정은 끝이다. 단순해서 좋다. 하지만 가장 중요한 개인 일정이 남아있다. 오늘 비너스병원 김승우 원장과의 두 번째 상담이 예약돼 있다.

안면윤곽수술로는 우리나라에서 탑인 그에게 어쩐지 신뢰가 간다. 내 얼굴을 완전한 비너스로 만들어 S가 내 곁을 떠나지 못하도록 막아줄 사람, 바로 그가 김승우 원장이다. 첫 상담을 하고 온 뒤 마흔네 살의 호남인 그가 궁금해지기 시작한다. 짐짓 밝은 미소를 짓고 있지만 우수적인 눈은 슬픔에 잠겨 있었다. 꿈속에서 제1의 내가 수면유도제에 취한 제2의 나를 바라볼 때의 눈과 닮아있었다. 세상에서 잘나가는 그도 가슴 한편에 지독한 자기연민을 담고 있는 걸까.

잠을 푹 자지 못했는데도 거울 속에 비친 뺨은 발그레하다. 언제나 화장하는 일은 즐겁다. 세상에서 가장 빛나는 예술행위이다. 가장 성스런 성모 마리아도 순결이라는 화장을 하지 않았던가. 성형수술도 여자를 아름답게 만들어주는 화장과 다를 바 없다. S를 만나기 전에 했던 시술은 아름다움을 극대화 했다. 뒤트임 시술은 완벽한 눈을 만들었고 하이 코 시술은 코끝을 우아하게 조성했다. 유방확대수술은 관능미의 원천이 됐다.

S는 함께 침대에 누울 때마다 오른손 검지로 내 코끝을 만져보며 인간이 세상에서 가장 아름다운 예술품이라는 감탄을 하곤 한다. 동양인이 어떻게 이런 얼굴로 태어날 수 있지? 인공으론 이런 얼굴을 만들 수가 없는데. 세라 너를 만나러 올땐 유명 미술관을 찾아오는 것처럼 설레. 너를 보자마자 내 것으로 갖고 싶었던 건 특이한 예술품 같아서였어. 세상에 하나밖에 없는 보석 같았거든. 광대라인이 아주 조금만 더 좁았다면 바로 서양의 비너스와 다를 바 없을 텐데…….

다음날부터 거울 속에 비친 얼굴 라인만 바라보고 살았다. 턱 선은 빚은 듯 작고 갸름하지만 S의 말대로 광대부분이 좀 더 가늘었으면 하는 아쉬움이 남았다.

귀여움을 잃는 대신 우아함을 얻고 싶다. 화장대 서랍 속에서 다시 엽서를 꺼내본다. 보티첼리가 그린 비너스 모습이다. 완벽을 넘어 완전하다. 어떻게 하면 광대라인이 조금은 수척해보일 수 있을까.

작년 9월 피렌체로 여행 간다고 했을 때, S는 퍼스트클래스 왕복비행기 티켓과 고급 호텔을 예약해주며 우피치 미술관에 꼭 가보라고 했다. 그곳에서 온 우주의 진정한 여신을 만날 수 있을 거라며 등을 떠밀었다. S는 그림에 푹 빠진 사람이다. 지독한 그림 애호가로 맘에 드는 그림이 있으면 지구 끝까지라도 가서 엄청난 고가를 지불하면서 자기 것으로 만들고 만다. 그림 〈비너스의 탄생〉은 소유할 수 없기에 매 계절에 한 번은 꼭 우피치 미술관을 찾는다는 S.

볼 터치 솔을 둥글게 말아 음영을 그려본다. 샤넬 화장 솔의 터치감이 부드럽다. 햇살이 뺨에 닿을 때의 느낌과 흡사하다. 간지러워 눈을 뜰 수 없는 봄 햇살의 촉감, 촉감, 촉감……. 촉감…… 아, 어쩌다 이 단어를 연상하게 된 걸까. 이 어둡고 미친 그림자의 단어를! 프레디의 단어를! 갑자기 가슴이 답답해온다. 숨이 막히는 것 같다. 호흡이 점점 가빠진다. 고개를 세게 흔들어도 한 번 달라붙은 검은 손의 환영이 떨어지지 않는다. 심장이 무섭게 뛴다. 상체에 땀이 솟아난다. 눈앞이 어질하다. 누가 좀 붙잡아주면 좋겠다. 아무 일 없을 테니 걱정하지 말라고 말해주면 좋겠다. 어떻게 할 수가 없다. 속수무책이다. 이 자리에서 곧 죽을 것만 같다. 이 광란 증세는 조용히 지나가는 법이 없다. 고통스런 시간이 다 지나야만 멈춘다. 열대의 스콜 같은 절망의 비를 맞으며 고스란히 시간을 견뎌내야만 한다.

발작을 일으키는 트라우마는 시간을 먹으며 내 안에 기생한다. 아침의 햇살 속에서도 가끔 밤의 프레디는 내 영혼을 소환해서는 어김없이 시간을 제물로 바칠 것을 강요한다. 차라리 감각을 모르는 한센 병 환자가 된다면 덜 괴로울까. 프레디를 죽이든지 내가 죽든지 해야 한다. 발작은 언제 어떤 상황에서 시작될지 모른다.

뇌전증을 앓던 여고 친구 연주는 그래서 늘 어두웠을까. 봄 햇살이 내리쬐는 운동장에서 쓰러진 후 어느 날 내게 어렵게 부탁했다. 만약 내가 쓰러지고 발작을 시작하면 날 어디든 숨겨 줘. 시궁창이라도 좋아. 친구들이나 선생님들 눈에 띄지 않게만 해 줘. 수백 번 발작을 해도 괜찮지만 누군가 한 번이라도 본다면 견딜 수 없을 것 같아, 라고 했던 말의 의미를 그땐 다 이해하지 못했는데……. 연주도 이런 두려움에 휩싸여 매일을 살았을까. 연주가 보고 싶다. 얼굴도 바꾸고 이름까지 바꾸고 과거의 사람들로부터 철저하게 도망쳐왔는데 가끔 과거가 부르는 소리를 들을 때가 있다. 무슨 일이 있어도 그 소리에 반응하지 않겠지만 과거를 더 이상 만날 수 없다는 사실에 생인손 앓듯 통증이 인다. 연주…….

차라리 연주는 행복했는지도 모르겠다. 단 한 사람 내게는 자신의 고통을 말할 수 있었으니까. 도와달라고 손 내밀 수 있었으니까. 딱 한 번, 느낌이 이상하다는 연주를 데리고 학교 뒤 체육창고로 들어가 고스란히 발작을 지켜본 적이 있다. 마음이 찢어질 듯 아팠다. 구겨진 배구공과 냄새나는 매트리스와 네트들, 갖가지 체육 도구들이 마구잡이로 쌓여있는 더러운 창고 안에서 입으로 거품을 뿜어내며 온몸으로 발작을 일으키던 연주……. 연주의 입에서 흐르는 침을 닦아주며 옆에서 울었는데 이제와 생각하면 어쩌면 그 눈물은 나를 향한 것이었는지도 모르겠다. 내 마음의 발작을 단 한 사람에게도 보여줄 수 없었던 자기연민으로 울었던 건지도. 지금의 내 모습을 본다면 연주는 어떤 반응을 보일까. 어쩌면 발작하는 연주를 보며 내가 그랬던 것처럼 연주도 아파해줄지 모르겠다. 연주야…… 보고 싶다. 잘 지내고 있지?

덜덜 떨리는 손으로 다시 보티첼리의 비너스 얼굴을 쓰다듬어 본다. 그 어떤 형체도 없이 그저 순수한 거품에서 창조됐다는 비너스의 근원이 지독하게 부럽다.

나도 처음부터 거품에서 태어났더라면, 아무런 근원이 없는 데서 생이 시작됐더라면, 그랬다면, 낮 시간을 밤에게 제물로 바치는 일 따위는 없었을 것이다. 비너스가 되고 싶다. 오직 비너스가 되고 싶다. 과거의 어떤 흔적도 없이 오로지 현재만 존재하는 비너스, 나도 그런 비너스가 되고 싶다.

베누스(old Venus) – 3월 셋째 주 수요일

화창할 거란 예보와 달리 아침부터 흐렸다. 비너스가 되고 싶은 VIP 고객을 봄의 여신 호라이처럼 극적인 동작으로 맞이하려 했는데 안타깝게도 다소 가라앉은 날씨다. 꽃향기 속에 약동하는 봄을 느낄 때 사람은 자기를 표현하고 싶은 욕구가 최대치로 강해지기 마련이다. 자기 분출 욕구와 존재 표현 욕구가 비너스의 신전과 함수로 만날 때 수술 성공지수는 당연히 상승하게 되어있다. 고객들이 바쁜 일상에 아무렇게나 부려진 한 사람으로 살다가 자신이 여성임을 각성하는 시간은 단연 봄이다. 비너스병원의 원장으로서 당연히 봄이 고맙다. 봄이면 나는 기꺼이 여신들을 맞이하는 호라이가 될 준비를 한다.

지난번 첫 상담 때 〈프리마베라〉 속 여신처럼 진료실에 완전한 봄을 몰고 왔던 고객, 현세라. 상상만으로도 매력적인 육체에서 은은한 향기가 나는 듯하고 아름다운 나신의 실루엣이 가늠됐지만 평범한 남자로서의 호기심이 아닌 상업적 기대감에 끌려 일주일 내내 수요일을 기다렸다. 미래 비너스병원의 급성장에 핵이 될 수도 있을 터, 기꺼이 그녀를 위해 호라이가 될 각오였다.

수술대에 오르기까지의 28일 주기를 견디지 못하고 그녀가 비너스의 동굴을 떠날 경우 잠재적 고객 수와 미래전망 수입은 크게 줄어들 수밖에 없다. 나비 날갯짓 같은 그녀의 한 마디는 고객 번성이라는 돌풍 효과를 몰고 올 승산이 충분하다. 이미 그녀의 입에서 나와서 내 귀를 통과해 뇌세포에 깊숙이 입력된 「미래 잠재고객 수」는 '현세라를 만나지 못했다면 처음부터 없던 수'라는 위안을 용납하지 않을 것이다. 잠재고객 수란 내게 곧 찾아들 실제 고객 수와 다름없기 때문이다.

그래도 아직은 표면적으로 고객의 한 사람일 뿐인 그녀에게 짐짓 무심하게 응대하면 되는데 연기력 부족 탓인지 잘 안 될 것 같아 아침부터 긴장됐다.

출근하자마자 진료용 컴퓨터 모니터를 켜서 화면을 가득 채운 산드로 보티첼리의 그림 〈비너스의 탄생〉을 물끄러미 바라보았다. 어떤 감동도 전해지지 않았다. 한 주 전 현세라가 처음 내원하고 돌아간 후 새롭게 바탕화면으로 설정해놓은 그림이다.

개원 후 십 년이 넘도록 줄곧 영국 출신의 성악가 '엠마 커크비'의 프로필 사진이 컴퓨터 바탕화면을 장식하고 있었다. 비발디의 오페라 「글로리아」 중 〈세상엔 참 평화 없어라〉를 불러 수많은 사람들의 마음에 위안을 가져다 준 소프라노의 미소가 오랜 세월 마음에 평안을 채워줬다. 하늘의 신이 천상의 물에 씻고 또 씻어 정제한 것 같은 그녀의 목소리는 벼린 감성 축에 미세한 떨림을 느끼게 했다. 맑고 청아한 고음 부분에서는 어떤 평화가 느껴지다가도 현의 떨림 같은 바이브레이션 부분에선 불안한 평화를 느낄 수 있어서 더욱 좋았다. 현악기의 현란한 반주부에서는 생에 대한 비장미마저 감지돼서 더더욱 좋았다. 내 마음을 인화한 사진 같은 선율이 위로로 다가오곤 했다.

어쩌면 노랫말처럼 고난 없는 평화가 나만의 것이 아니기를 갈망하기 때문인지도 모른다. 세상엔 원래부터 고난 없는 평화란 게 없구나, 그렇게 생각하면 이상하게 위안이 되곤 했다. 엠마 커크비도 평화의 속성을 알고 노래한 것이 아닐까 싶어 더욱 그녀의 목소리에 빠져들었다.

십 년 전 비너스병원의 인테리어가 마감된 날, 병원을 둘러보다 가슴에 훅 구멍이 생긴 바로 그날, 그 이상한 감정을 어쩌지 못해 집에 도착해서도 주차장에 차를 세워 놓고 시동도 끄지 않은 채 엠마 커크비의 노래를 반복해서 들었다. 그래, 원래 세상엔 순수한 평화란 없지. 순수한 집과 순수한 병원이 있는 것만으로도 평화에 한결 가까운 걸, 그렇게 되뇌며 가슴을 쓸어내렸었다.

그랬는데 이상하게 그녀가 다녀간 후 무엇에 이끌리듯 바탕화면을 보티첼리의 그림으로 바꾸고 말았다. 나와 전혀 상관없는 객체, 심한 노이로제에 걸린 고객이 한 주간 내 영혼에 끼친 그림자를 도저히 분석할 수 없다. 진료실에 들어온 그녀를 처음 볼 때부터 마음이 혼란했던 이유를 아직 찾지 못하고 있다. 정도가 심할 뿐 어찌 보면 성형외과를 찾는 신경증적 자기애성 고객은 흔한 케이스인데 왜 그녀의 삶에 자꾸 호기심이 생기고 마음이 쓰이는 건지 이유를 딱 잡아 낼 수 없다. 밝혀내지 못한 감정의 모호한 정체는 항상 께름칙하기 마련이다. 어제는 퇴근 후 집 주차장에 도착해서 감정을 정리하기 위해 삼십 분 이상 그대로 차에 앉아있었다. 다음 날 대면하게 될 현세라에 대해 명확한 결론을 내리고 싶어서였다. 더 이상 그녀를 내 거울처럼 느끼고 싶지 않았다.

생각해보면 현세라가 다녀간 이후 일주일 내내 그녀를 떠올린 것 같다. 그녀가 운영하는 의류 쇼핑몰을 찾아내서 몇 번이나 검색도 해봤다. 보기 싫은데 자꾸 들여다보고 싶은 이율배반적인 욕구가 괴롭혔다. 일상을 살다보면 그런 사람을 가끔 만난다. 나를 보는 것 같아서 싫고 징그럽기까지 한데 자꾸 확인하고 돌아보고 싶은 사람이 있기 마련이다. 그녀가 올라탄 아슬아슬한 외줄이 끊어지고 나면 추락과 함께 치명타를 입고야 말리란 예감에 무언가 예방책을 만들어야 할 것도 같았다. 그러면서 한편으로는 철저하게 그녀에게 이방인이 돼야 한다는 현실감이 녹아가던 마음을 다시 얼어붙게 만들기도 했다. 그러다 또 어느 순간, 다른 그 누구도 아닌 감정의 극단을 오가는 내가 바로 노이로제 환자는 아닐까 의심하기도 했다.

'세라스타일'

현세라가 운영하는 고급 수입브랜드 의류 쇼핑몰을 방문해보니 극단적인 여성미를 슬로건으로 내걸고 있었다. 어서 당신도 이 브랜드의 옷을 입어서 가장 원초적인 존재, 인간이기 이전에 여자라는 성性을 지닌 매혹적인 존재임을 증명하라고 부추기는 듯했다. 풍만한 가슴과 잘록한 허리, 탄탄한 둔부를 강조하는 디자인에 가슴 아래까지 깊게 파인 V라인, 화려하고 관능적인 색감, 레이스와 시스루 소재를 첨가한 드레스가 주를 이루었다. 마치 〈프리마베라〉에 등장하는 여신들이 입어도 손색없을 것 같은 옷들을 그녀는 능숙하게 소화했다. 옷들로 인해 그녀가 날개를 달았다기 보다는 그녀로 인해 옷이 주인을 만난 듯 아름답게 살아났다. 밀착된 디자인 때문에 육체의 실루엣이 그대로 드러나는 몸 선을 따라가자 자연스레 나신이 상상으로 떠올라 당황스러웠다. 그 당황스러움조차 세라스타일의 운영자이자 모델인 현세라의 치밀한 계획 속에 들어있는 것만 같아 기분이 썩 좋지는 않았다. 왠지 내가 당황스러워하는 모습까지도 그대로 스캔되어 그녀의 핸드폰에 전송되고 있을 것 같았다.

현세라가 세라스타일의 옷을 입고 모델로 서 있는 배경은 중세유럽의 영주가 거주했을 법한 거실처럼 보였다. 아무나 입을 수 없는 옷을 본인의 몸이 입어내기 위해 피나는 노력을 하고 있을 시녀 1, 2, 3, 4, 5,…… SNS 상의 허다한 증인들, 세라스타일 제품의 아름다움을 증명해 줄 인스타그래머들이 떠올랐다. 시녀들은 옷을 입어내기 위해 모델 현세라를 목표로 정하고 그녀의 육체를 닮아내려 어떤 방법이든 동원해 무한 애를 쓸 테다. 그 노력 끝에는 자연스럽게 비너스병원과 만나는 한 좌표도 포함돼 있을 것이다.

밀착된 디자인을 구매하려면 배와 허벅지 그리고 팔뚝 지방제거수술이 필수일 테고, V자로 깊게 파인 디자인을 감당하려면 유방확대수술이 필요할 테다. 감각적인 색감을 소화하려면 피부 토닝과 레이저 시술이 전제돼야 할 테다. 레이스와 시스루 소재 옷을 입어내려면 동안을 위한 안면거상수술과 상호협력 돼야 할 테다. 세라스타일의 옷들은 하나같이 성형수술을 변호하고 옹호하며 최고의 신으로 받들고 있다. 나를 입어보겠다고? 당신이? 당신의 그 무지막지한 몸으로? 당신의 그 희미한 이목구비로? 당신의 거무튀튀하고 주름진 얼굴로? 보는 이를 반박하고 조롱하는 것 같았다. 그렇다면 당신은 이제 뭘 해야 하지? 어떻게 몸매를 만들어야 하지? 그렇다면 어떤 수술을 감내해야 하지? 삼단논법을 사용해 논리적으로 변론하는 것처럼 보였다. 세라스타일의 옷들을 보면서 고객들은 자신의 몸이 얼마나 무지막지한 상태에 놓여 있으며 자신의 얼굴이 얼마나 한심한 상황인지 깨닫고, 그러니 얼마나 빠른 시일 내에 개선이 필요한가를 깨우치게 될 테다. 하루 빨리 성형외과의 문을 두드리고 여신으로 탄생되려고 노력할 테다.

현세라가 예의 상냥한 얼굴로 진료실 문을 열고 들어섰다. 당신을 만나기 위해 무척 이 시간을 기다렸노라 속삭이는 듯한 미소에도 불구하고 나는 긴장감으로 쭈뼛해져서 인사말이 자연스럽게 나오지 않았다. 그제부터 시작된 꽃샘추위에도 불구하고 그녀가 들어서자 달콤한 향내가 코끝에 묻어났다. 흐린 날씨 탓인지 원피스 위로 걸쳐 입은 얇은 가죽 재킷이 세련미를 풍긴다. 재킷 아래로 받쳐 입은 자잘한 꽃무늬 원피스 위에서 봄은 성급하게 맴돌고 있다. 순간 르네상스 시대의 시인 '안젤로 폴리치아노'가 남긴 시모네타 베스푸치에 대한 묘사가 떠오른다.

'시모네타는 훌륭한 점이 많은 여자지만 무엇보다 매너가 정말 좋았다. 무척 상냥하고 매력적이었다. 그 까닭에 그녀의 우정을 얻은 사람들은 모두 자기가 그녀의 사랑을 받고 있다고 착각했다.'

시모네타가 비너스가 된 건 어쩌면 보티첼리에게 보낸 미소 때문이었을지도 모른다. 살아생전 보티첼리에게 굉장히 우호적이었던 그녀는 실제 그에게 '나는 당신의 비너스가 되어주겠다'는 말을 남겼다고 한다. 그녀의 예언은 보티첼리에게 인생의 신탁이 되어 평생 구현해야 할 목적이 됐을 것이다. 여성의 아름다움과 상냥함은 때론 불가능을 가능케 만든다. 현세라가 웃어줄 때 남자들은 예외 없이 바보처럼 따라 웃으며 봄의 현기증을 느낄 것이다. 비너스를 향한 기대로 그녀의 마음만은 이미 충만한 봄이라는 걸 짐작하고도 남을 것 같다.

"안녕하세요, 현세라 씨. 지난주에 만나고 벌써 일주일이 지났네요. 시간이 무척 빠르죠?"

난 당신에 대해 지난 일주일 간 온전히 잊고 지냈다는, 결국 고객으로서도 사업 파트너로서도 아직은 큰 관심을 갖고 있지 않다는 메시지를 담아 새로운 공을 되던졌다. 의사와 고객 사이의 심리적 밀당이라는 직감 속에서도 그녀는 내가 던지는 그 공에 약간 기분이 상한 듯하다. 표정이 단번에 새침하게 변한다. 미끼를 던져놓고 모르는 척 자존심을 끝까지 지키려는 내 무의식도 안쓰럽긴 마찬가지다. 그 안에 도사린 두 사람의 강렬한 욕망이 다 보이는 것 같아 민망하다.

"수술하겠다는 생각 변함없어요?"

그녀의 표정도 확인하지 않은 채 다른 건 관심 없고 수술 확인만이 관건이라는 듯 건조하게 질문을 던졌다. 관심을 한 몸에 받으려는 욕망을 적절히 응용해야 하는 시점인데 웬일인지 그냥 그 욕망이 보기 싫다. 나답지 않은, 처음부터 상업적 전략에 철저히 빗나가는 질문이다. 계획과 달리 제멋대로 튀어나오는 말들은 어떤 심리가 시킨 것일까. 그녀를 내 옆에 오래 두면서 상업성에 충분히 활용할 수 있으려면 오히려 수술이라는 단어를 되도록 입에 올리지 말고 짐짓 네거티브적인 어조를 유지해 심리전에서 이길 수 있어야 하는데, 내 안에서 일어나고 있는 복잡한 감정적 혼란을 방어하려고 만난 즉시 수술이라는 말을 내뱉고 말았다. 보기 싫은 건 여자의 욕망이 아니라 내 욕망인지도 모를 일이다.

"원장님이 보티첼리의 능력을 갖고 계신다면요."

그녀의 육감적인 입술이 살짝 조소를 머금자 갑자기 반동적인 감정이 올라왔다. 파워 인스타그래머의 성공적인 수술 안착을 바라는 상업적인 염원과 내 손끝에서 조금 더 시모네타와 가까워진 얼굴을 만들고픈 거만한 도전정신이 동시에 작용하며 묘한 흥분이 생겨난다. 또 다른 보티첼리가 되어 제2의 시모네타를 구현해내는 일에 쓰임 받을 수 있을지도 모르는 일이다. 내 기술이 권능의 붓이 돼서 여신과 인간의 중간 존재로 그녀를 표현하고 SNS 세상 가운데 그림을 걸어놓을 수 있다면 가상세계 시민들은 새로운 여신의 출현에 끝 모를 박수와 환호를 보낼 수도 있을 테다. 현세라가 이 시대 가상 세계의 미적 총화이자 자부심이 될지 누가 알겠는가.

마음을 들키지 않기 위해서라도 무심한 척 수술 문제에만 집중해야 한다. 그녀가 답하려고 입을 떼기도 전에 내 전신의 감각은 이미 그녀의 결론을 정확하게 직감했다.

"예, 변함없어요."

무심한 공에 무심한 리시브로 응하는 현세라. 이내 환한 미소를 회복하고 진료실 의자에 앉는 그녀에게서 아찔한 현기증이 느껴진다. 너무 쉬운 대답에 애써 덤덤하려 해도 그녀의 얼굴을 마주하는 순간 마음은 혼란으로 일렁인다. 내 무심한 질문에 그녀가 상처 입고 그만 돌아가길 바란 것일까. 거의 완벽에 가까운 얼굴선이 한눈에 들어온다. 가녀린 선, 작은 얼굴, 귀여움을 동반한 서정적인 분위기, 눈을 깜빡일 때마다 의미 있게 오르내리는 짙고 긴 속눈썹, 게다가 마음을 흔드는 미소까지. 어린아이 같은 영혼이 아름다운 외모 뒤에 숨겨져 있을 것만 같아서 이만 진료실을 나가달라고, 다시는 돌아오지 말라고, 그만 정신 차리라고 버럭 소리 지른 후 등을 떠밀고 싶다.

"깊이 생각하고 내린 결론인가요?"

눈을 동그랗게 뜨고 입술을 오므린 채 잠깐 작위적으로 생각하는 표정을 짓던 그녀는 재밌는 듯 살짝 웃는다.

"그럼요. 단순히 예뻐지고 싶은 이유 외에 또 하나의 이유가 생겼잖아요. 수술비 깎아주신 은혜는 갚아야 되니까요. 삼주 후엔 예쁜 후기 올릴 수 있겠네요. 아마 반향이 클 거예요. 그럼 나도 원장님도 윈윈하는 거죠."

"내게 줄 대가는 잊고 세라 씨 본인만 생각해요. 그렇게 갈급해요?"

"이렇게 말씀드리면 내 갈급함이 원장님께 전달될까요? 안면윤곽축소 수술 때문에 잘 씹을 수 없어서 평생 죽만 먹어야 한대도 더 예뻐진다면 다 감내할 수 있어요. 지금 내 맘이 그래요."

이렇게 예쁜 여자가 왜, 무엇 때문에, 반감이 확 올라온다. 평생 죽만 먹는 인생이 얼마나 끔찍한 건지 한 번이라도 생각해본 적이 있는지 묻고 싶고 암이 점령한 위장을 도려낸 후 내내 미음만 먹으며 살고 있는 인생이 어떤 건지 보여주고도 싶다. 하지만 어쩌랴. 그냥 아름다움을 향한 열망의 비유적인 표현일 수도 있는 것을. 주제넘은 분노에 휩싸인 원장의 코미디적 발상이라니.

어머니…….

어젯밤 하려던 안부전화를 또 잊은 걸 뒤늦게 각성했다. 수술로 다 도려내고 남은 조각마저 늙어 제 기능을 잃은 지 오래인 어머니의 위장과, 육 개월 시한부 시간을 살면서 투병 중인 어머니의 상황을 이제는 일상으로 수용해버린 아들. 모자 관계인 두 사람을 객관적으로 떠올려보다가 이제는 차가운 현실 속에서 근원적인 사랑마저 면역이 돼버린 걸까 싶어 씁쓸하다.

"세라 씨, 그런 말 쉽게 하지 말아요. 죽만 먹고 살아야 하는 사람이 들으면 서운하겠어요. 외모가 아무리 중요해도 생명만 하겠어요?"

"아뇨. 난 아름다움을 생명과도 바꿀 수 있을 것 같아요. 아무도 쳐다봐주지 않는 그저 그런 얼굴로 백 년 사는 인생보다 기꺼이 아름다운 얼굴로 이십대에 생을 마감하는 쪽을 택할 거예요. 시모네타처럼요."

'생을 마감하다'는 말에 함축된 의미를 가늠조차 할 수 없는 젊은 여자가 철없이 내뱉는 말이라고 일축하기엔 내 안의 응어리가 지나치게 강하다.

밥을 굶을 때마다 금식기도 중이라 둘러대던 어머니가 연상되자 속 좁은 내면에서 무심히 툭 건드려진 감정이 날을 세워 그녀의 눈을 똑바로 쳐다보게 만든다. 기다렸다는 듯 그녀가 던져온 공을 되받아치고 싶다.

"외모가 왜 그렇게 중요해요? 아름다워지려는 욕구는 모든 여자의 본능이지만 이미 충분히 아름다운 사람이 유독 집착이 심한 것 같아서요. 마치 외모 콤플렉스가 있는 사람처럼."

궤도를 이탈하는 질문인 줄 뻔히 알면서 무리하게 공을 던졌다. 반복되는 성형상담에 찾아온 매너리즘 때문인지도 모른다. 아주 가끔은 고객들의 뻔한 하소연과 턱없는 기대치를 다 던져버리고 싶을 때가 있다. 공장에서 블록을 찍어내듯 수술용 칼을 잡는 게 아니라면 상담과정은 반드시 필요하지만 똑같이 반복되는 과정에 근래 부쩍 피로를 느낀다. 피로는 상당한 부피와 질량을 가진 물성으로 내 어깨를 짓누르곤 한다.

성형외과 의사가 아닌 늙고 병든 어머니의 아들로 전환되어 던지는 빗나간 질문이 답답한지 고객은 즉답한다.

"꼭 비너스가 되고 싶으니까요."

"비너스도 결국은 사람의 필요에 의해 만들어진 여신입니다. 이미지 소비의 뒷면에는 항상 거품이 들어있기 마련이죠."

처음으로 진심을 담은 내 말에 그녀는 눈을 들어 눈앞의 의사를 똑바로 쳐다본다. 넘쳐나던 백치미는 일순 사라지고 얼굴에 단단한 에고만 남았다. 보라는 듯 강한 어조로 또박또박 답했다.

"원장님 말에 처음으로 진심이 느껴지네요. 하지만 동의할 순 없어요. 이미지가 거품이라 해도 이미지를 먹고 사는 게 사람인걸요. 이미지를 고상한 말로 표현하면 사회적 생존권이라 할 수 있겠죠. 이미지가 모든 인간관계를 맺어주는 매개체가 되니까요. 그러니 누군들 쉽게 포기하겠어요? 개인적인 어떤 성취보다 더 강하게 어필되는 게 여자들의 외모인데요. 남자들은 세 가지 고시를 패스한 대단한 여자보다 얼굴 예쁜 여자에게 더 끌리는 걸 어떡하겠어요? 그게 설사 완전한 거품일지라도 말이에요. 아는 것과 끌리는 건 별개거든요."

상대방의 내면을 훤히 들여다보는 그녀에게 속을 들킨 것 같아 순간 움찔했다. 당신이야말로 거품투성이고 당신에게서 거품을 빼면 뭐가 남느냐고 힐문당하는 느낌에 불편하다. 그래, 그녀도 나도 거품 속에 살고 있는지도 모른다. 모든 인간의 아름다움 이면에는 우리가 볼 수 없는 거품이 잔뜩 끼어 있을 것이다. 보티첼리에게 미의 수원水原이 돼준 시모네타도 결국은 스물두 살 이른 나이에 요절했기에 여신과 인간의 중간적 존재라는 거품이 생긴 건지도 모를 일이다. 그녀의 사후, 시댁인 베스푸치 가문과 친정 카타네오 가문, 그리고 깊은 친분이 있는 메디치 가문에서 그녀를 위한 추모 그림을 다수 주문하면서 예술계에 시모네타 열풍이 불기 시작했으니까. 그렇게도 상냥하고 아름다운 그녀가 갑자기 사라졌단 사실에 주목한 화가들과 시인들이 거품의 주역일 수도 있을 테다.

"비너스는 로마사람들이 만든 여신이지만 사실은 그리스 여신 아프로디테의 변형이라는 거, 세라 씨도 잘 알죠? 어릴 때 그리스로마신화 책으로 읽었을 테니까."

"그럼요. 이름만 다를 뿐 둘은 결국 하나의 여신 아닌가요?"

"맞아요. 로마는 정치적 필요 때문에 자기들의 토속 여신 베누스에 그리스 여신 아프로디테 이미지를 가져다 입혔어요. 세라 씨도 알고 있는 것처럼, 아프로디테는 대장간의 절름발이 신 헤파이토스와 결혼했지만 전쟁의 신 아레스와 불륜관계를 맺어서 아이까지 낳죠. 미의 여신인 동시에 성애性愛의 여신이기도 하니까요. 뇌쇄적이고 관능적인 미로 따지면 아프로디테를 따를 여신이 없어요. 하늘의 신 우라노스의 거세된 생식기가 바다에 떨어졌는데 흘러나온 정액에서 바다거품이 일면서 태어났다는 설도 있고, 제우스와 바다의 정령 디오네 사이에서 태어났다는 설도 있지만, 어쨌든 두 가지 설의 공통점은 아프로디테의 탄생 근원이 바다거품이라는 사실이에요. 아프로디테라는 말 자체가 헬라어의 아프로스, 즉 거품에서 유래됐거든요. 결국 아프로디테는 거품에서 나온 여자라는 뜻이 되는 거죠. 어때요, 재밌죠? 거품에서 나온 여자, 뭔가 묘한 의미를 전해주지 않나요? 화가 보티첼리도 비너스 주변에 거품을 잔뜩 그려 넣었습니다만, 보셨죠?"

"정말 묘하네요? 중의적인 표현인가요? 관능적인 아름다움은 곧 허망하게 사라져버릴 거품일 뿐이다, 뭐, 그런 뜻인가요?"

몹쓸 연상 작용으로 투병 중인 어머니를 떠올리고는 잠깐 떨치기 힘든 죄책감에 잠겼기 때문인지 쓸데없는 진실을 주절주절 내뱉는 내 모습이 한심하다. VIP 고객으로 온 여자에게 수술하지 말라고 조언이라도 하고 싶은 것일까.

하지만 미모가 곧 거품이라는 말로 결론내릴 순 없다. 현실적인 상업성을 놓치면 안 되는 순간에 퍼뜩 정신이 든다. 내가 스스로에게 놓은 덫에서 지혜롭게 빠져 나가야 한다.

"아뇨. 난 좀 더 의미를 확장해서 보고 싶어요. 여자의 미모는 거품같이 순간적일지라도 그 이미지는 영원하다는 의미로 이해하면 어떨까요? 시모네타가 바로 그런 여자겠죠? 그녀가 죽고 난 후 여신이 된 건 순전히 이미지 때문이니까. 보티첼리가 평생 독신으로 살면서 그녀를 신격화 한 건 오로지 요절한 뒤 남겨진 그녀의 이미지 때문이죠. 뭐, 물론 보티첼리가 독신으로 살았기 때문에 여성에 대한 절대적인 이미지를 지닐 수 있었을 테고요. 함께 살았다면 여자에 대한 신비감이나 환상을 갖진 못했겠죠. 음, 그러니까 아름다운 몸은 거품처럼 사라져도 한 번 타인의 마음에 새겨진 아름다운 이미지는 쉽사리 지워지지 않는다는 뜻입니다. 세라 씨도 사실은 그 이미지를 소비하고 있는 겁니다."

"원장님은 그 이미지를 파시는 분이구요?"

일초의 여유도 주지 않고 뱉은 그녀의 즉답에 틀린 내용은 전혀 없다. 사실은 한낱 거품일 뿐인 것을 이미지화해서 영원할 거라고 속삭이며 그럴듯한 매혹의 말로 열심히 상품을 팔고 있는 브로커, 그가 바로 나란 사람이니까. 충분히 인정할 수 있다. 기분이 좋진 않지만 상처받을 일도 아니다. 솔직히 말하자면 사고로 무너진 얼굴이나 선천적 기형 얼굴을 정상으로 되돌리는 재건성형은 대학시절부터 전혀 염두에 두지 않았다. 오직 미용성형만이 내 영혼을 사로잡았다. 그나마 재건성형이 성형외과 의사가 한낱 장사치가 아니라는 보호막이 돼주고 있지만 사실은 대부분의 의사도 고객도 모두 재건성형에는 관심이 덜하다는 건 공공연한 사실이다.

"맞아요. 세라 씨 말대로 비너스가 날 먹여 살리고 있어요. 자비로운 로마인들과 역사상 유명 화가들 덕분에 내가 가장 큰 수혜자로 살고 있는 게 사실이니까요. 하지만 한 가지, 창조의 사역을 하고 있다는 점은 잊지 않고 있습니다. 창조는 돈과는 구별되는 순수한 의미니까요."

구차한 변명에 그녀의 오른쪽 입 꼬리가 살짝 올라갔다. 젊은 여자에게 비웃음이나 사면서 아직도 정체성이 모호한, 고객을 앞에 놓고 진심을 비췄다가 방어했다가 오락가락 하는 모자란 내 모습이 맘에 안 든다. 공을 되받아 던져서 내게 머물고 있는 화제의 초점을 얼른 다시 그녀에게로 돌려야 한다.

"세라 씨의 인스타그램도 이미지를 소비하는 여자들의 욕구에 꼭 맞는 공간으로 보였습니다만."

내가 던진 역공도 틀린 말은 아니다. '세라스타일'의 옷을 입으면 나도 이 여자처럼 될 수 있을 거라는 거품 낀 환상적 이미지가 구매력을 창출하고 있는 게 확실하니까. 청순함과 요염함을 동시에 갖춘 얼굴과 육감적인 몸매, 명품 옷과 가방, 고급스런 치장과 화려한 인테리어, 고상하고 로맨틱한 여행과 능력 있는 남자친구. 여자들의 치기어린 환상을 자극하면서 현세라는 자신의 고급스런 이미지에 옷을 얹어 팔고 있다. 예뻐질 수 있다면 평생 죽을 먹어도 좋다는 그녀의 철없는 한 마디가 내면을 뒤집은 이후 난 계속 유치한 어깃장을 놓고 싶은 건지도 모른다. 한 번 삐딱 선을 탄 감정은 멈출 줄을 모른다.

"적어도 전 솔직해요. 전 드러내놓고 거품이 분명한 이미지 사업하는 거지만 원장님은 겉으론 인간적인 가치를 내건 채 실제 가치와는 전혀 다른 알맹이 없는 거품 이미지를 팔고 계신 거예요."

"내 말에 기분 나빴나요?"

"우린 지금 있는 그대로의 현상을 솔직하게 나누고 있는 걸요. 그런데 전 그 이미지를 포기할 수 없어요. 이미지가 곧 나 자신이라고 생각하거든요. 이미지는 남의 눈에 비친 내 허상일 뿐이라는 교훈적인 얘기 따윈 하지 마세요. 나에게 비친 내가 더 허상일 가능성이 크니까요. 어차피 남의 눈에 비친 내 이미지와 내게 비친 내 이미지 중 그 어느 것도 백퍼센트 진실이 아니라면 어느 쪽이든 내게 유리한 쪽을 선택하는 게 지혜롭지 않나요? 그래야 즐겁게 살 수 있죠. 굳이 심리적으로 표현하자면 긍정적 착각 같은 거? 전 즐겁고 단순하게 살고 싶어요. 복잡한 생각 따윈 진저리나요."

"복잡한 생각을 진저리나도록 많이 하고 지냈나 봐요?"

심리상담 중인 상담자가 내담자를 진정한 자신에 직면시키려는 의도가 아니고서야 나올 수 없는 공격적인 말을 앞뒤 없이 던지고 말았다. 그렇다고 비아냥거리는 내 모습을 정직하게 비춰보고 싶지도 않다.

"휴…… 그랬죠. 십대 중후반과 이십대를 생각의 큐브 안에서 빠져나오지 못하고 다 허비해 버렸거든요. 정신에너지가 모두 하얗게 연기로 사라져버린 것 같아요. 나를 들여다보고 또 들여다보고…… 나를 맞춰보고 또 맞춰보고…… 지겹게 용썼던 기억밖에 없어요. 한 치의 효과도 없었는데 말이죠. 어리석고 또 어리석었죠. 무엇을 위해 그렇게 살았을까요? 잃어버린 시간을 되돌릴 수 있다면 소원이 없겠어요."

"세라 씨는 이미지를 되돌리고 싶은 거예요? 진짜 자신을 되돌리고 싶은 거예요?"

"진짜 자신은 되돌릴 수 없다는 거 원장님도 잘 아시잖아요? 어차피 세상은 진짜 나에 대해 관심도 없구요. 세상에서 통용되는 건 결국 현재 이미지뿐이에요. 비너스병원을 찾는 모든 여자들은 그걸 아주 잘 알고 있구요."

그녀는 쏘는 듯한 눈빛으로 다시 강공을 던졌다. VIP 고객과 쓸데없는 논쟁에 휘말릴 이유는 없다. 어차피 결론이 나지 않는 말놀음이 될 뿐이다. 서로가 진심을 담은 말 한 마디를 던졌다는 게 성과라면 성과다.

"세라 씨, 어쩌면 이미지란 것도 선택사항 중 하나일지 몰라요. 어떻게 활용하느냐에 따라 얼마든지 가변적인 내가 되니까요. 로마 변방의 토착 여신 베누스도 원래는 신화가 전혀 가미되지 않은 소박하고 초라한 여신이었어요.

그런데 카이사르[16]와 그의 양자養子 아우구스투스[17] 가문의 정치적 야심 때문에 일개 변방의 촌스런 여신이 세계의 여신 비너스로 아름답게 이미지화 된 거예요. 초라한 여신 베누스가 그리스 여신 아프로디테와 동일시되면서 신성한 이미지로 성장한 거죠. 로마를 세웠다고 전해지는 아이네이아스 가문의 여신 아프로디테를 이용해서 자기들이 황제가 될 정통한 명분을 얻기 위해서였어요. 결국 로마 초기 변방의 한 이름 없는 여신 베누스를 카이사르가 가문의 이익을 위해 이미지를 극대화했다는 게 결론이에요. 아프로디테 이미지를 입은 베누스가 끝내는 비너스로 승화한 것이구요."

이미지 속에 들어있는 끔찍하고 이기적인 작위성에 대해 말하는데 그녀는 입가에 야릇한 미소를 머금고 물끄러미 나를 응시한다. 비웃는 듯도 하고 동정을 보내는 듯도 하고 아픈 곳을 찔린 사람처럼 민망해하는 듯도 하다.

"결국 원장님이 하고 싶은 말씀이 뭔지 궁금해요. 성형수술도 이미지일 뿐이니까 여기서 멈추라는 건가요, 아님 이미지의 효용성을 최대한 활용하기 위해 수술을 강행하라는 건가요?"

자가당착인 줄 알고 있었지만 뜨끔하다. 진실과 상업성을 오가며 허둥대다가 그녀의 야무진 공방에 교묘한 방법으로 상업성에 귀착하려던 꼼수가 들킨 것 같아 얼굴이 화끈거린다. 하루에도 몇 번씩 비너스병원 로비를 오가면서 벽에 걸린 비너스 환조를 보지 않으려 애쓰는데도 무심결에 보게 될 때의 감정과 비슷하다. 내 시선이 벽에 걸린 비너스의 얼굴을 스칠 때마다 로마

---

16) 카이사르: 율리우스 카이사르(Gaius Julius Caesar). BC100~BC44 로마의 정치가이자 장군으로 BC58-BC50 갈리아를 정복했다. 폼페이우스, 크라수스와 함께 제1차 삼두정치를 시작했으나 후에 두 사람을 물리치고 독재관이 되어 전권을 손에 쥐었다.

17) 아우구스투스: 옥타비아누스 아우구스투스. BC63~AD14. 로마 제국의 초대 황제. 레피투스, 안토니우스와 함께 제2차 삼두정치 집정관이었다가 황제가 되어 로마의 행정과 시설을 개혁하고 제국의 기틀을 닦았다.

토착 여신 베누스가 어른거렸다. 초라한 베누스가 시치미를 떼고 세계의 여신 비너스인 양 군다는 느낌을 지울 수가 없었다. 진짜인 것 같은 가짜, 명품 같은 가품, 주인 귀족의 흉내를 내는 하녀, 낡은 속옷을 입은 모델, 주운 지갑으로 하룻밤 호화 호텔에 묵고 있는 누더기 여행자……. 잡다한 그림이 떠올라 속이 메스꺼웠다. 어쩌면 베누스 여신에게 카이사르와 아우구스투스는 제2의 창조자일지도 모를 일이다. 나와 같은 제2의 창조자 말이다.

트로이의 용사 아이네이아스는 그리스와의 전쟁에서 패배한 후 이탈리아 반도로 건너가 로마를 세운다. 아이네이아스는 여신 아프로디테의 아들로 간주되었기 때문에 아프로디테를 모신母神으로 섬겼다. 아이네이아스의 아들 아스카니오스는 율루스라고도 불리웠는데, 훗날 로마제국의 정권을 잡은 율리우스 카이사르와 그의 양자 아우구스투스 일족은 자기 가문을 가리켜 율루스의 후손이라고 자처했다. 자연스레 카이사르와 아우구스투스는 아이네이아스의 가문 후손답게 아프로디테 여신을 섬기게 되었다. 두 번의 삼단논법은 아프로디테 여신의 엄청난 성장을 뒷받침했다.

아이네이아스 가문은 아프로디테의 아들이다/ 카이사르와 아우구스투스는 아이네이아스의 후손이다/ 그러므로 카이사르와 아우구스투스 가문은 아프로디테의 후손이다

카이사르와 아우구스투스 가문은 대대로 토착 여신 베누스를 섬겼다/ 정치적 명분에 의해 카이사르와 아우구스투스 가문은 아프로디테의 아들이 되었다/ 그러므로 베누스는 곧 아프로디테이다

토착 여신 베누스에 아이네이아스 가문의 여신 아프로디테 이미지를 가져

와 입힌 전략으로 겨우 한 일족의 여신일 뿐이었던 베누스는 실제 아프로디테로 여겨졌으며 점점 신성한 여신으로 알려지기 시작했다. 정치가들이 앞다투어 자신의 가문과 연관 지으려 했고, 나아가 범세계적인 여신으로 성장할 수 있었다. 삼두정치의 집정관 중 한 사람 폼페이우스는 베누스에게 빅트릭스Victrix(승리)라는 이름의 신전을 바치기도 했다. 폼페이우스는 베누스를 이용해 정치적 승리를 기원했던 것인지도 모른다. 마치 작곡가 칼 오르프Carl Orff가 비장한 곡을 붙여 칸타타로 완성한 세속가요 〈카르미나 부라나〉를 자신들이 점령한 곳에서 승리의 자축용으로 이용한 독일 나치처럼 말이다. 자연과 술과 성애를 찬미하는 세속가요가 클래식의 옷을 입고 어느 날 전쟁의 현란한 승리 찬가로 변신한 것만큼이나 베누스의 변신도 깜찍하고 교묘하기 이를 데 없다. 오! 포르투나. 감동으로 격양된 승리 찬가를 부를 때 나치당원들은 찬가의 원형이 성애를 노래한 것이란 사실을 상상이나 했을까. 폼페이우스는 자신이 그토록 간절한 마음으로 숭배해마지 않던 베누스 여신이 사실은 자체 신화조차 없는 한 씨족의 초라한 여신이었단 걸 기억하고 있었을까. 베누스에게는 자체 신화가 없었기에 아프로디테에 관한 신화들이 베누스의 신화가 되기에 이르렀다. 어쩌면 아프로디테는 멀쩡게 눈뜬 채로 이미지를 도난당한 건지도 모른다. 베누스와 아프로디테가 출생의 비밀을 다룬 삼류 막장드라마에 등장하는 전형성 짙은 인물처럼 느껴지는 건 왜일까. 병원 로비에 걸린 비너스 환조를 볼 때마다 진짜 상속녀의 유산을 가로채기 위해 깜찍하고 교묘하게 가면을 쓴 가짜 상속녀를 떠올리곤 했다. 출생의 비밀을 알고 있으면서도 모른 척 하는 엉큼한 이웃이 된 것 같아 부끄러웠다.

"원장님이 아까 이미지는 거품이라고 하셨어요. 그러니까 이미지는 분석의 대상이 아니라 느낌의 대상일 뿐이에요."

비너스의 근원은 몰라도 그녀는 이미지의 정체에 대해선 누구보다 잘 묘파하고 있다. 이미지에 관한 한 그녀의 역공을 받아내긴 어려워보인다.

"분석하기 시작하면 이미지는 누구의 것이든 이내 아침 안개처럼 사라지고 말아요. 비너스가 과거 로마 변방의 이름 없는 토착 여신이었다 해도 현재는 세계만방에 미를 상징하는 하드코어가 되어있는 걸요. 그거면 돼요. 지금, 여기, 나에게 만족을 주면 그걸로 충분해요. 바로 내 눈이, 내 심장이, 내 피부가 느낄 수 있는 감각이 가장 소중한 걸요. 원장님은 한 사람의 이미지를 분석해서 뭐하시게요? 초라한 근원을 찾아서 뭐하시게요? 설마 진실에 가까워진다는 구태의연한 말씀을 하시려는 건 아니죠? 진실이 사람을 굉장히 아프게 할 때도 많아요. 아픈 진실을 두 번 다시 만나고 싶지 않은 경우도 당연히 많구요. 난 현재의 나에게 만족하면서 그냥 가볍게 살고 싶어요."

사제 앞에서 고해성사하듯 속말을 뱉는다. 심리 필터에서 걸러지지 않고 내면에 오롯이 남아있는 말임에 분명하다. 수년 간 억지로 가슴을 치면서 마음의 공간을 확장해 통과시키려 해도 꼭 걸려있게 마련인 질긴 말, 떨쳐버리려 반복적인 다짐을 해도 사라지지 않는 가시 박힌 형벌의 말. 나에게 '생을 마감하다'가 주는 의미만큼 그녀에게는 '거품으로 가득한 이미지뿐이다'라는 말의 가시가 혹독하게 자신을 찌르는 것 같다. 잠깐 망설이다 용기를 내 직진해버렸다.

"세라 씨는 스스로를 바라보는 이미지가 왜 그렇게 초라해요? 누가 봐도 아름답고 흠모할 이미지 안에 어떤 아픈 진실이 들어있는 건지 궁금하네요."

누군가 우리의 모습을 투명 유리 건너에서 본다면 신경정신과 의사의 상담과정을 흉내 내는 어설픈 성형외과 의사와, 아무 것도 아닌 일에 논쟁하는 미련한 환자라고 치부하고 말 것이다. 현세라의 얼굴에 다시 한 번 차가운 조소가 언뜻 스친다.

"혹시 원장님도 저를 흠모하고 계신 거예요?"

"아…… 난 아직 세라 씨를 잘 모르잖아요. 이제 겨우 두 번째 상담인데……"

"비겁하시네요. 끌리긴 하는데 속까지 흠모할 만한 인간인지 탐색해보고 싶으신 거죠? 원장님은 이미지를 만드는 거품을 볼모로 삼아 생업을 이어가고 계시면서도 정작 이미지 속에 들어있는 거품을 굉장히 경멸하시는 것 같아요. 성형외과 의사가 성형수술 받으러 오는 고객의 마인드를 경멸하면 어떡해요? 아무리 그래도 경멸은 아니에요. 정말 이율배반적이거든요. 뭐, 그래도 진료 시작하자마자 수술을 강하게 권하는 의사보다는 약간 인간적이세요. 그래서 제가 여기 온 거구요."

"난 다만 세라 씨가 자신을 과소평가하고 있는 건 아닌가 싶어 안타까울 뿐입니다."

한 발 뒤로 물러나며 꼬리를 내려버렸다. 상업성은 이성이 마비될 만큼 지독하게 나를 중독시켰다. 그 맹독성은 꼼짝할 수 없도록 뼈 마디마디까지 물들여놓았다. 인술의 얼굴 뒤에 숨어있는 상업성의 얼굴. 그렇다. 그녀의 말에 틀린 부분은 없다. 아니 정확하다. 창조자라고 자부하는 비너스 뒤에 숨은 경멸의 베누스. 나야말로 병원 로비에 걸린 비너스 환조가 아닐까 싶어 문득 두려워진다. 그래서 그토록 보기 싫었던 것일까. 내 얼굴을 들여다보는 것 같아서…….

"객관적으론 다들 쉽게 말해요. 넌 충분히 멋지다. 충분히 사랑스럽다. 충분히 아름답다. 존재론적 이유까지 들어가며 격려하죠. 하지만 그뿐, 주관적으로 돌아서면 상황론적 이유를 조목조목 들어가며 비난하고 잘라내거든요. 상황론적으로 거절당하지 않으려면 내 쪽에서 압도적인 상황을 만들 수밖에 없어요. 설마 원장님은 존재론적 이유가 실제로 이 세상에 존재한다고 보세요? 그거야말로 거품이에요. 존재가 밥을 만들고 길을 만들던가요? 그건 갑이 을에게 던지는 순간마취제일 뿐이라는 거 모르는 사람 있을까요? 그 확신 때문에 전 더 이미지에 집착해요. 그리고 적어도 전 솔직해요."

"상황 때문에 여러 번 거절을 당해왔다는 말로 들리는데요?"

"원장님이 갖고 있는 성형외과 의사라는 타이틀, 강남에 위치한 성공적인 병원, 벌어놓은 충분한 돈, 화목한 가정, 아! 한 가지, 다른 건 확실한데 화목한 가정은 제가 확신할 순 없어요. 잘 모르니까. 어쨌든 공고히 다져놓은 이 모든 것이 존재론적 의미인가요, 아니면 상황론적 의미인가요? 이 모든 것을 갖추기 전에 원장님은 거절을 느낀 적이 없으세요?"

"글쎄요, 하지만 세라 씨는 상황론적으로도 이미 충분한 사람 아닌가요?"

내게로 향하는 초점을 자꾸 그녀에게 돌리면서 비상구를 염탐했다. 기민해진 내면의 눈이 심리적 개방 위기를 감지하고 있다.

"아직은 아니에요. 충분하려면 아직 멀었어요."

"아름다운 외모, 탄탄한 경제력, 잘 돌아가는 사업체, 그걸로 이미 충분한 것 같은데요?"

눈앞의 허공을 바라보는 그녀의 시선이 더없이 쓸쓸하다. 상황론과 존재론까지 가져와 격앙된 감정으로 반박하는 진실한 정체성이 무엇인지 더 궁금해진다. 어떤 삶의 과정을 지나왔기에 이토록 목이 마르고 절절한지 그녀가 지나온 길을 하나하나 되짚어보고 싶다.

"진실은 어디에도 없었어요. 초라하지만 주어진 것에 감사하면서 정직하고 성실하게 살면 언젠가는 값진 대가가 주어질 줄 알았어요. 갑이 던져준 순간 마취제에 중독돼 그 말이 진리인 줄 알고 살았어요. 사회는 거짓말만 거듭했고 난 바보 같이 그대로 믿었던 거죠. 흘린 눈물이 많을수록 거두는 기쁨도 클 줄 알았는데 차츰 진실에 배반당했다는 걸 알게 됐어요. 무작정 열심히 살기보다는 나를 최대한 긍정적으로 이미지화 하면서 살아야 했던 거예요. 아무도 나를 함부로 보지 못하도록 말이에요."

격해진 감정 때문에 목이 마를 것 같아 좀 전에 내려놓은 원두커피를 머그잔에 따라서 내밀었다. 말없이 받아 한 모금을 넘긴 그녀는 누가 시킨 것도 아닌데 진실을 내놓았다.

"제가 초등학교 육 학년 때 건설현장에서 일하던 아버지가 철근에 배를 찔려 돌아가셨어요. 응급수술을 받았지만 끝내 눈을 감았어요. 철근을 실은 트럭이 후진하는 걸 감지 못했단 이유로 아버지는 죽어서 보상비도 제대로 못 받았어요. 그때부터 우리 집은 고난의 연속이었어요. 젊은 과부로 남겨진 엄마는 생계 때문에 약한 몸에 무리해 일하다 몇 년 뒤 중증 당뇨를 얻게 됐거든요. 대학시절엔 학기마다 등록금을 마련하지 못해 휴학을 거듭하면서 아르바이트에 매달려야 했어요. 아르바이트로 돈을 버는 족족 전액 생활비로 쓰다 보니 겨우 다니던 대학마저 중간에 포기하게 됐구요. 막다른 골목에 이르니까 다른 선택이 없었어요. 그냥 직업전선에 뛰어들었죠. 먹고 살아야하니까……. 하루 열두 시간씩 서서 일해도 환경은 개선되지 않았어요. 생활비와 엄마 병원비를 지불하고 나면 남는 게 없었거든요. 끝이 보이지 않는 미로 속에 갇힌 느낌이랄까요?"

화려한 과거라고 믿기엔 정말 의외의 고백이다. 한 인간의 딱딱한 가장자리 껍질을 벗긴 것 같은 묘한 쾌감과 함께 VIP의 면모로부터는 다소 멀어진 것 같은 묘한 불안감이 함께 찾아왔다. 진실에 가까워져 반가운가 하면 내 소득에 별 실효성이 없을까봐 두렵다. 미의 세계는 신비감을 동반하게 마련이다. 나와 비슷한 삶은 공감은 얻을 수 있지만 동경은 받지 못한다. 미는 닿을 듯 닿지 못하는 동경이 필수요소다.

시모네타 베스푸치는 동경의 요소 때문에 여신과 인간의 중간적 존재로 추앙받았다. 산드로 보티첼리에게 그녀는 쉽게 접근할 수 없고 함부로 넘볼 수 없는 후견인의 아내라는 신분이었기에 신비감이 더할 수 있었을 것이다. 더욱이…… 일찍 죽어 다시는 볼 수 없었기에 영원한 뮤즈가 될 수 있었을 것이다. 사라져버린 아름다움을 프레스코에 영원히 담아놓아야 할 필요가 있었을 테니 말이다. 사자死子의 세계로까지 이어진 강렬한 동경은 급기야 인지왜곡을 낳고 살아생전 그녀의 얼굴과는 전혀 다른 이상화 된 얼굴을 탄생시킨 건 아닐까.

“어느 날, 꾸역꾸역 미련하게만 살아온 내 인생에 종지부를 찍고 싶었어요. 새로운 이미지가 필요했어요. 다르게 바라볼 수 있는 내가 필요했어요. 내가 나를 사랑할 수 없는데 도대체 세상에서 무슨 경쟁력을 가질 수 있겠어요? 주문을 걸 듯 다시 태어나자고 스스로에게 타일렀어요. 사 년 전에 법적으로 개명까지 하고 나서야 희미하게나마 새로운 정체성이 생기는 것 같았어요. 사실 현세라는 두 번째 개명한 이름이에요. 직전 이름도 이십 년 전에 엄마 뜻에 따라 한 번 개명한 거였는데 다시 내 자의로 새 이름을 만든 거죠. 엄마는 자꾸 뭔가 불안하다고, 이름이 좋아야 안전한 복을 타고 난다고 억지로 이름을 바꾸게 해서 사춘기 내내 불만이었는데 내가 만든 새 이름은 예전 이름과는 전혀 다른 이미지로 나를 정의해줘요. 사실 세라는 초등학교 다닐 때 같은 반 친구 이름이었어요. 동네에서 제일 부유한 송 내과 집 외동딸이었는데 아이들의 선망을 한 몸에 받았죠. 세라는 가만히 입 다물고 있어도 우리 학교의 비너스였어요. 부족한 거 하나도 없는데 이름까지도 화려한 그 애가 참 부러웠거든요. 문득 그 이름을 생각해내고 나서는 하루 빨리 개명하고 싶어 조급해지더라구요. 원장님, 아프로디테에게서 빌려온 이미지를 입혀서라도 베누스가 비너스로 변모할 수만 있다면 천만다행인 거잖아요. 쉽게 찾아오는 기회가 아니잖아요. 물론 아무에게나 찾아오는 기회도 아니구요. 베누스는 베누스니까 영원히 베누스로만 살아야한다고 말하면 그보다 끔찍한 일이 어디 있겠어요? 그보다 불공평한 일이 또 어디 있겠어요? 초라한 토착 여신은 세계적 여신으로 성장하는 꿈을 꾸면 안 되나요?"

"그럼 세라 씨에겐 성형수술도 하나의 아프로디테인가요?"

깊고 내밀한 무의식을 캐묻는 질문에는 즉답을 피해야 하고 즉답을 피할 수 있는 방법 중 하나는 되묻고 또 묻고 계속 묻는 방법밖엔 없다.

"맞아요. 훌륭한 아프로디테죠. 장차 비너스만 될 수 있다면……"

"세라 씨가 미워하는 미련한 진실이라는 거, 그건 배반당하지 않는다고 굳게 믿고 있는 사람도 많을 텐데요?"

"한 푼 두 푼 모아 결코 오지 않을 밝은 미래를 꿈꾸면서 청승 떠는 사람들이요? 일명 영원한 흙수저들이죠. 미래는 악한 사회가 흙수저들에게 맹신하게끔 세뇌시킨 환상일 뿐인데도 말예요. 그거야말로 거품이에요. 흙수저가 아프로디테를 이용해서 금수저로 변화하려는 건강한 욕구, 비난받을 하등의 이유가 없다고 봐요."

삶의 욕구는 언제나 삶과 죽음, 빵과 굶주림 같은 긴급한 문제만 좇는 것은 아니다. 더 나은 삶을 위한 성형수술은 강력한 욕구가 되어 여성들을 이끌어 간다. 죽음과 굶주림의 문턱에 다다르기 전까지 삶의 강력한 욕구는 현실의 모습을 재창조하려는 시도를 포기하지 않고 있다. 하여, 신께서는 인간의 끝 모를 욕구에 브레이크를 걸기 위해 가끔은 죽음과 굶주림의 문턱에 인간을 데려다놓고 '고난'이라는 광야를 건너게 하지만 오히려 시커멓게 아가리를 벌린 그 문턱이 재창조의 욕구를 더 강력한 집착으로 이끌어가기도 한다. 현세라가 그렇듯이…….

"세라 씨의 말은 흙수저가 곧 인생의 실패자라는 뜻으로 들리는데요."

"흙수저는 단순히 경제적 루저만을 가리키진 않아요. 얼마나 많은 정신적 육체적 문제를 파생시키는지 원장님은 상상도 못할 거예요."

"유추해보자면 세라 씨는 진실에 배신감을 느끼자 내적인 개탄과 분노가 일어났고, 그래서 이전과는 다른 삶을 살고 싶어졌고, 결국 다른 삶으로 가기 위해 성형수술을 활용하고 있다, 그런 얘기죠?"

"진실에 배신감을 느끼게 된 건 내적인 개탄보다는 나를 둘러싼 외적인 구조가 더 큰 원인이겠죠. 그 구조물은 너무 견고해서 정직하게 열심히 일해서 깨뜨릴 수 있는 대상이 아니에요. 한 번 흙수저는 영원히 흙수저의 신분을 벗어날 수 없거든요. 내적인 진실이 무력하다는 걸 깨닫는 동시에 외모의 가능성을 알게 됐어요. 현실에 좌절하고 있을 때 아르바이트 하던 패스트푸드점 사장님이 조언해 주시더라구요. 더 나은 삶을 위해 왜 네 예쁜 외모를 활용하지 않느냐구요. 사장님의 조언이 제겐 우연히 찾아온 행운과도 같았어요. 훨씬 빠른 길이 있는데 마다할 이유가 없었으니까요."

지난 번 수술비용 얘기가 나왔을 때 나긋나긋하고 가녀린 그녀에게서 언뜻 보았던 낯선 상업성은 사실 쇼핑몰 CEO라는 직업적 특성에 기인하기 보다는 삶의 경험을 통한 기민한 계산속에서 나오는 것이라는 확신이 든다. 아무리 가리고 감추려 해도 살아온 이력은 순간순간 발뒤꿈치를 보이게 마련이다. 그러면서 한편, 흙수저 출신이라는 사실을 알게 되자마자 판단의 조건에 전혀 편입되지 않았던 과거 삶의 이력을 현재의 모든 부정적 상황의 원인으로 돌리려는 경박한 내 이성에도 혐오가 일어난다.

"물론 세라 씨 말대로 우연히 찾아온 행운이 신분의 변화에 한 몫 할 때가 있죠. 아까 말했던 베누스 말인데요…… 카이사르의 의도적인 이권이 베누스의 변화를 가져오기도 했지만 더 큰 이유는 우연에 있었다고 해요. 로마에 있는 베누스 신전 건축 완공 날짜가 8월 19일이었는데 그날은 신들의 제왕 격인 주피터의 축제일이었대요. 주피터의 생일에 완공된 베누스 신전이라…… 베누스를 우주의 여신으로 신격화해야할 사람들에겐 훌륭한 명분이 생긴 것이고 베누스와 주피터는 우연히 공통점을 갖게 된 거죠. 우연히 관련을 갖게 된 주피터와 베누스는 아버지와 딸로 묶여서 그리스 신 제우스와 아프로디테처럼 여겨졌다고 해요. 이미지의 우연한 조합인 셈이죠. 가만히 보면 이미지는 몸속에 이상한 에너지를 갖고 있어요. 우연한 조합에 의해 엄청난 시너지 효과를 갖게 되거든요. 어찌 보면 눈으로 보이는 모든 현상의 특성이기도 한 것 같아요. 연예인들이 우연히 맡은 배역 하나 때문에 일약 세계적인 스타가 되는 것과 같은 이치랄까요."

"당연하죠. 신들의 세계도 결국 인간의 세계와 다를 바가 없으니까요. 우연을 인간들은 보통 운명이라고 부르죠?"

"그리고 하나 더 주목할 게 있어요. 베누스 신전이 4월 23일에 세워졌기 때문에 그 날은 지금도 베누스의 날로 지켜지고 있는데, 공교롭게도 그 날은 매춘부의 날이기도 하다고 들었어요. 엄청난 아이러니 아닌가요?"

잠깐 심각한 표정을 짓던 그녀는 곧 신들의 세계를 비웃듯 시크하게 웃어 넘겼다. 지방 무명의 촌스런 여신이 미를 상징하는 아프로디테의 이미지를 입어 세상에서 가장 아름다운 여신 비너스가 되었다면 그녀도 이제 마지막 정점인 안면윤곽수술을 통해 완전한 비너스가 되리라는 소망을 품을 수도 있을 테다. 내가 전해주려던 메시지가 미의 비루한 실체였는지 아니면 미의 정복 가능성이었는지 모르겠다.

"원장님이 말씀하고 싶은 게 결국 매춘부인가요? 미의 욕망은 곧 매춘부의 욕망에 다름 아니다, 뭐, 그런 말씀?"

"세라 씨는 꽤나 직설적이군요."

"원장님은 꽤나 극단적이시네요."

그녀의 말이 옳을 수도 있다. 긍정의 극단과 부정의 극단을 순간에 오르내리는 중증 양극성장애를 앓고 있는 사람이 비너스병원의 원장이라는 걸 눈앞의 여자는 꿰뚫고 있다. 옳고 그름을 떠나 일관된 생각과 가치에 함몰된 그녀가 어쩌면 정상에 가까울 수도 있다. VIP 고객을 앞에 놓고 미의 욕망이 주체성과 정체성을 갱신하는 인류 최고의 가치라고 추켜세웠다가 매춘의 가치로 추락시켜버리는 인간이 정상일 수는 없을 테다. 자신의 행위에 확신을 갖지 못한 의사가 누구의 인생을 고쳐줄 수 있단 말인가 싶어 순간 아연해진다.

"세라 씨, 내 얘기를 너무 극단적으로 받아들이지 말고 고객의 선택을 후회 없는 것으로 만들어주기 위해 다양한 견해를 제시하는 거라고 여겨줄 순 없나요?"

"제 선택은 처음부터 끝까지 하나뿐이에요. 원장님이 제 카이사르가 돼주세요."

잘도 갖다 붙인 내 변명에 감정의 빠른 변화를 보이며 발랄한 눈웃음을 흘린다. 당신이 뭐라고 해도 심지어 매춘부의 욕망이라 불러도 미를 향한 집착은 버릴 수 없다는 뜻이다. 이제야 얘기가 좀 통한다는 표정으로 급변해 생글생글 웃는 미소가 섬뜩하다.

"카이사르가 가문의 이권을 위해 기꺼이 베누스를 비너스로 바꿨듯이, 원장님은 병원의 번영을 위해 나를 완전한 비너스로 바꾸시는 거죠. 최대한 인공미가 느껴지지 않는 자연스러운 수술로요. 카이사르가 베누스의 이미지를 아주 자연스럽게 변화시켰듯이. 어때요? 우리가 함께 만드는 프로젝트가?"

"......"

"원장님과 전 서로를 백퍼센트 활용하는 거예요."

성형외과 의사들과 VIP 고객은 나르시시즘 문화의 공급자이자 수요자가 된지 오래고 두 집단이 함께 만들어낸 합리화의 논리는 아름답기까지 하다. 사회사든 개인사든 어떤 내적인 심리적 욕구 결핍을 활용해 성형수술에 정당성의 옷을 입힌 의사들이야말로 베누스에서 비너스로 거듭나고자 자생적으로 몸부림쳐온 존재들은 아닐까 하는 새로운 의구심이 든다. 다른 사람들처럼 그녀도 문제는 분명 세상에 있지만 쉬운 해결책은 개인에게 있다고 믿고 있는 게 자명하다. 끝이 보이지 않는 거대 미로의 출구를 찾기 보다는 거기 그 자리에 주저앉아 눈을 감아버리고 차라리 자신의 위치를 잊어버리는 일이 쉬웠을 테다. 탈출할 수 없다면 오히려 탈출해야한다는 생각을 마비시켜서 누가 뭐라고 하든 자기만의 평안을 누리려는 건지도 모른다. 존재론적 이유는 잊고 상황론적 이유만 알기로 결심한 자포자기가 찾아온 건지도 모른다. 온몸을 던져도 결코 해결할 수 없는 사회적 불평등 문제를 되도록 빨리 포기하고 개인 내에서 찾은 해법이 성형수술이었을 테고 그 결과에 따라 사람들이 반응해주는 놀라운 피드백은 그 해법을 더 강화시켜 왔을 테다. 더 강하게 더 강하게...... 치사량에 닿을 때까지...... 사회가 환영하는 얼굴로 자꾸 변경함으로써 매번 정체성을 다시 쓰게 되는 여자.

현재 모습 또한 지난 날 욕구 결핍에서 조성되고 유지되고 있는 이미지임을 간파했지만 그녀가 과거에 베누스였다 해도 지금은 비너스에 한 발 거리만 남겨둔 여자인 건 분명하다. 마침내 르네상스 시대를 거치면서 민족 신화의 틀을 벗어나 영원한 여성의 원형으로 남게 된 비너스에 아주 가까이 서 있는 것이다. 본명이 뭔지 모르겠지만, 알 필요도 없고 알고 싶지도 않지만, 원래의 순박한 아가씨는 완전히 지워지고 전혀 다른 성형이름의 도도하고 관능적인 여자가 눈앞에 실체로 앉아있지 않은가.

그녀가 비록 지난 날 베누스였다 해도 여전히 금단의 열매처럼 아름답게 보이는 건 어쩔 수 없다. 안으로 뭉쳐져 단단하게 영글어 있는 욕구 덩어리의 빨간 사과. 한 입 베어 물고 싶은 순간적 관능에 치가 떨린다. 베어 물었을 때 헛헛한 거품밖에 나오지 않는다 해도 여전히 보암직하고 먹음직한 빨간 열매다. 동산 중앙에 서 있는 탐스런 열매……. 그 아이러니가 나에게도 타인들에게도 적용되고 있기에 어찌 보면 그녀에겐 처음부터 잘못이 없는 건지도 모른다.

삑~ 삑~

갑작스런 인터폰 호출음이 정신 줄을 팽팽하게 잡아당긴다. 로비 데스크 담당 간호사 정 선생이다. 어색하고 민망한 시간에 때맞춰 울려준 인터폰이 오히려 고맙다.

"원장님, 사모님 전화입니다. 아주 급한 용무라 진료 중이라도 연결해 달라 하십니다."

순간적으로 비위가 상한다. 백화점 명품관 쇼핑과 전국 골프투어, 여행지

검색, 혹은 비슷한 환경의 친구들과 어울려 다니며 브런치를 즐기는 일이 일과의 대부분인 아내가 무슨 다급한 일이 있기에 진료 중이라도 연결해 달랬다니 괜히 거슬린다. 남편의 상황은 전혀 고려하지 않고 자신의 상황만 중요시하는 일상의 태도가 고객 앞에서 그대로 드러난 것 같아 난감하다. VIP 고객이라도 한 주 전에 예약하지 않으면 만나기 어려운 비너스 신전의 제사장인데 인터폰 메시지 하나로 그 민낯이 고객 앞에서 가감 없이 까발려진 것 같아 다시 민망해진다. 당황했는지 등에 살짝 땀이 뱄다. 차라리 서로의 실체가 베누스임을 간파하고 지적하던 좀 전의 상황이 덜 민망했다는 참담한 기분마저 든다. 세월이 가도 전혀 녹슬지 않는 아내의 오만함은 여전히 광휘를 떨치고 있는 중이다.

"세라 씨, 미안해요. 잠깐만요. 아주 급한 메시지라……"

"아닙니다. 얼마든지 통화하세요. 급한 용무부터 처리하셔야죠."

신화의 세계에서 현실의 세계로 소환된 나는 어젯밤 벗어서 아무렇게나 던져둔 더러운 양말을 손님에게 들킨 것처럼 민망한 얼굴이 되어 눈치를 살폈다. 나의 착각일까. 당신의 쩔쩔매는 상황을 다 알고 있다는 듯 그녀가 빙긋이 웃는다.

"승우 씨, 도저히 안 되겠어요."

"……"

"여보세요? 여보, 듣고 있어요?"

상대방에 대한 아무런 확인 절차도 없이 아내는 대뜸 용건을 들이밀면서 자기감정을 쏟아낸다. 무엇이 안 되겠다는 건지 남편의 음성이 들리기도 전에 다짜고짜 자신의 현재 감정이나 상황을 쏟아놓기 일쑤다. 아내는 항상 그랬다. 세상에 혼자 살고 있는 것처럼 상대방의 입장 따위는 처음부터 배려하지 않는다. 할 말을 다하고 자신의 뜻과 반하는 의견이 제시되면 잘라버린다. 여왕처럼 어떤 상황에서도 오롯이 자존감을 지키며 자신 있게 살아온 사람의 행동 특성이다. 너그럽게 그 또한 인간의 한 성격 특성이라고 분류하기엔 전해져 오는 느낌이 너무 거칠고 조야하다. 종용하는 아내의 말투가 싫어 마지못해 심드렁하게 대꾸했다.

"말해요. 듣고 있어요. 진료시간에 무슨 일로?"

"당신 어머니, 이번 주말 외출 말이에요. 그게 어렵겠어요. 정말 특별한 여행상품이 나왔다고 친구들이 주말에 같이 가자고 하네요. 방송국과 여행사가 문화탐방 취재차 단회로 시행하는 공동 특별기획 상품인데, 모레 금요일에 떠나서 13박 14일 일정으로 진행된대요. 그러니까 이 주 뒤 금요일에 돌아오는 거죠. 두 번의 주말을 여행으로 보내야 하니까 여독 풀리고 집으로 모셔오려면 어머니 외출은 삼주 뒤 주말에나 가능해요."

'당신 어머니'라 말하며 선을 확실하게 긋는 것, 외출이 어렵겠다고 직설적으로 단정하는 것, '괜찮겠어요?'라는 동의과정이 생략된 것, '미안하다'는 감정조차 없는 것, 모두 참으로 아내답다. 그동안 아내는 요양병원에 계신 어머니를 한 달에 한 번 토요일에 모셔와 집에서 하룻밤 주무시도록 해왔다. 일찍 남편과 딸을 잃고 인생의 의미로 삼아온 외아들과 한 달에 딱 하룻밤을 함께 보내는 것이 시한부 삶을 살고 있는 어머니에겐 유일한 낙이다. 다 잘라내고 삼분의 일 정도 남은 조각위장을 뱃속에 담고 하루하루 죽음을 향해 가고 있는 어머니다.

죽도 넘기기 힘든 육체적 고통과 홀로 죽음에 맞서야하는 정신적 고뇌와 과부로 외아들을 키워온 생의 회한을, 부동산 재벌의 딸로 태어나 자신이 하고 싶은 것과 갖고 싶은 것을 한 번도 구애받지 않고 누려온 건강한 아내가 공감할 수 없는 건 당연하다. 어쩌면 공감능력 부재는 아내의 탓이 아닌지도 모른다. 아내에겐 그저 주위를 둘러싼 무심한 환경 가운데 하나로, 백퍼센트 객관성에 머물고 있는 어머니의 고통일 테다.

수신 저편의 건강한 아내는 요양원에 계신 시어머니의 주말 방문으로 마치 그동안 여행도 제대로 못하고 살아온 사람처럼 얘기한다. 확연히 드러내진 않지만 단 한 번이라도 구애받는 주말이 억울하다는 어조가 밑바닥에 깔려 있다. 이 특별한 기회조차 포기할 수는 없다는 시위가 느껴진다. 어머니가 언제 집으로 오는지의 문제는 중요하지 않다. 형식적이나마 동의를 구하고 의논해주면서 인격적으로 대하는 행동을 바랐다면 나의 잘못일 수도 있다. 시어머니를 향해 사람과 사람 사이에 느낄 수 있는 한 치의 인간적 정도 담고 있지 않은 아내와의 아득한 거리가 새삼스럽다.

나는 처음부터 그런 아내의 재물이 필요했고 아내는, 더 정확히 말해 아내의 집안은 부동산으로 벼락부자가 된 졸부의 낙인을 희석시켜줄 전문직 사위가 필요했다. 거액의 과외로도 해결해줄 수 없었던 외동딸의 지방 삼류대 출신 이력을 그나마 서영화를 전공한 미대 출신임을 강조함으로써 지성의 조악함을 희석시켜, 진액의 지성을 갖고 있되 물질의 조악함을 희석시키고픈 청년을 찾아 맞선 자리에 내보냈던 것이다. 우린 그때 서로가 서로에게 대단히 만족스런 짝이었다. 지방의 초라한 토착신 베누스에 불과했던 내게 아내는 자본이라는 멋진 아프로디테가 돼주었고, 나는 아내에게 고상한 지적 상아탑이라는 아프로디테가 돼주었다. 우린 둘 다 비너스로 승화하기 위해 서로에게 꼭 필요한 아프로디테였는지도 모른다. 아내는 졸부의 딸 딱지를 떼고 실력 있는 병원장의 사모님으로 불리며 언제 어디서든 한 몸에 부러움을 살 수 있었고, 나는 가난한 과부의 아들 딱지를 떼고 개원 십 년이 채 되지 않아 강남의 건물 소유자이자 병원장으로 자리 잡지 않았는가. 지난 날 내 태생적 가난은 아내와 처가 사람들이 내게 대하여 언제든 당당함을 느끼게 하는 효소가 돼 주었다. 우리 집 재산이 아니었다면 네가 감히 어떻게 여기까지라는, 현실적인 당당함도 내세울 수 있으니 처가에겐 최고의 사윗감이었을 테다. 아내와 내가 서로에게 혹 불만이 있다 해도 이미 세계적 미의 여신으로 성장한 비너스가 이제와 어떻게 감히 아프로디테를 떨쳐내 버릴 수 있겠는가. 본래의 초라한 베누스로 돌아가기에는 둘 다 이미 너무 늦어버렸다. 돌아가고 싶지도 않고 돌아갈 수도 없다.

"그리스 본토와 크레타 섬, 그리고 이탈리아를 돌면서 신화의 세계를 탐방하는 여행이래요. 어머닌 삼주 후에 모셔 와도 되지만 이런 방송국 주최 특별기획여행은 다시 만나기 어렵잖아요. 무엇보다 주제가 너무 재밌어요. 국내 최고의 고대역사 전문가들이 따라붙는다니 확실하게 공부도 될 것 같구요. 지금 친구들이랑 같이 있는데 빨리 확정하지 않으면 출발인원에서 빠질 수도 있대서 급하게 전화한 거예요."

어차피 어머니를 모셔오는 것과 아내의 외출은 내게 별개의 일이다. 어머니가 함께 하길 원하는 건 아들이고 며느리에게서 인간적인 정을 기대하지 않은 지도 오래되었으므로. 어쩌면 아무 상관없는 일에 에너지를 집중했던 건지도 모른다.

아내는 신화의 세계를 탐방하며 분명 자유분방한 신들을 동경하게 될 확률이 높다. 어쩌면 신의 세계와 인간의 세계를 분간하지 못할 정도로 신화에 취해서 돌아올 수도 있다. 남편인 헤파이토스를 멀쩡히 놔두고 전쟁의 신 아레스와 불륜관계를 맺어 아이까지 낳은 아프로디테를 동경할 수도 있다. 명망 있는 병원장의 사모님으로 인정받으며 사는 이성의 세계를 오히려 갑갑하게 여기면서 속으로는 자신을 두른 윤리와 도덕을 경멸할 수도 있다. 윤리와 도덕이란 숨 막히고 갑갑하기 만한 무용지물이라고 새삼 확인할 수도 있다. 미혼 시절 자유분방한 성생활을 즐기던 여자가 결혼하면서 아내라는 정체성 안에 가까스로 가둬둔 성애의 욕망을 분출하고 싶어 안달할 수도 있다. 욕구불만에 달구어진 몸으로 돌아올 수도 있다. 생각해보면 영혼으로 도저히 교감할 수 없는 아내와 나는 육체로도 완전히 하나가 되긴 어려웠다. 아내에게 마음대로 안 되는 대상이 하나 있다면 남편일 것이다. 부부의 덤덤한 일상 가운데 영혼 없는 육체는 아무 것도 아니란 생각이 들 때면 가끔 두려울 때가 있다.

"어머니는 내가 모셔올 테니 당신은 편안히 여행 다녀와요."

일정한 모범답안이 저장된 인공지능인간처럼 아내가 예상하는 답을 충실히 건네고 간단히 전화를 끊자, 현세라는 유심히 내 얼굴을 탐색하듯 살핀다. 문득 눈앞의 여자는 굉장히 영리하고 기민하다는 사실을 새삼 깨닫는다. 마치 제우스 앞에서 가장 아름다운 여신으로 인정받기 위해 모종의 지략을 쓰려는 아프로디테처럼.

트로이 전쟁의 원인이 된 미스 여신 선발 대회에서 헤라와 아테나를 누르고 당당히 우승을 차지한 아프로디테의 자긍심은 현세라의 얼굴에도 그대로 살아있다.

현세라의 표정은 뭐랄까, 권력이나 명예보다 아름다운 여자가 역시 최고라는 듯 당신의 아내가 당신에게 무엇을 주었든 아름다운 여자의 우위에 서진 못할 거라는 암호로 읽혔다. 완벽하게 갖춘 것 같지만 분명 틈이 있다는 걸 간파하고 내 표정을 살피는 것 같다. 물론 내 저급한 자격지심일 수도 있겠지만 말이다. 눈 아래 불룩한 보톡스 흔적을 그대로 갖고 있으면서 천연 동안인 것처럼 순진하게 눈을 깜빡이는 여자들을 볼 때처럼 내 자아가 가증스럽다.

아름다운 여자들은 때로 턱없는 자신감을 가질 때가 있다. 돈이든 명예든 권력이든 자신의 미모 앞에서는 아무 것도 아닐 거라고 헛된 꿈을 꾸는 나르시스트가 되곤 한다.

"누구에게나 그렇듯 원장님 속에도 베누스는 있겠죠? 원장님의 베누스도 알고 싶지만 일부러 여쭤보진 않을게요. 잘 모르는 사람에게 캐묻는 건 실례가 될 테니까."

아내와 나누는 전화 한 통으로 상대방 속에 깃든 베누스를 단번에 눈치 채는 현세라는 그 틈새를 공략하려는 아프로디테 같다.

"세라 씨가 마음을 꿰뚫어보는군요. 조금 민망한데요."

"왜요? 뭐가 민망하세요? 민망해하지 마세요. 원장님 속에 있는 베누스도 겉으로 보이는 아프로디테도 다 원장님이에요. 이 세상 어느 한 사람 베누스가 없는 사람이 있겠어요? 원장님도 예외가 아닐 테구요."

"……"

"한 사람에게 두 개의 캐릭터는 당연한 현상인 걸요. 두 개의 캐릭터만 갖고 있다면 그 사람은 아마 세상에서 가장 깨끗한 사람 중의 하나겠죠. 수십 개의 캐릭터를 가지고 다양하게 응용하며 사는 사람들이 대부분인 걸요. 다들 자기의 베누스는 감추고 아프로디테를 강조하며 살죠. 그게 자기의 본 모습인 것처럼 말이에요. 다들 애쓰며 사는 모습들이 웃기지 않아요? 심지어 자기의 비너스와 남의 베누스를 비교하는 놀이에 빠지기도 하죠. 그래야 남들보다 자신이 우위에 있다는 심리적 위안을 얻을 테니까요. 다들 상대방의 베누스를 지적하고 폭로하면서 자신의 베누스는 감추기 바쁘죠. 가만 보면 사람들 살아가는 모습 참 웃겨요."

"세라 씨의 말뜻은…… 지금 내 모습이 우습단 얘기로 들리네요."

"그럴 리가요. 누군들 비웃을 처지가 되겠어요? 사람이라면 다 똑같은데. 알고 보면 다들 외롭고 가엾고 불쌍한 존재들인 걸요. 그래서 사람들은 자기 안의 베누스를 사랑해줄 수 있는 대상을 찾아 목마르게 헤매 다니기도 하죠. 내 안의 베누스를 꺼내 보여줄 수 있는 누군가가 곁에 있다는 건 큰 축복이겠죠."

그녀는 인생에 통달한 듯 조건에 맞춘 현실적인 결혼과 결코 행복하지 않은 결혼생활, 어쩌면 내 어머니의 초라한 상황까지도 꿰뚫고 있는 것처럼 느껴진다. 그러나 그녀가 나를 꿰뚫고 있다 해도 어쩔 수 없는 노릇이다. 현실주의자이자 실용주의자이면서 무엇보다도 상황을 변화시킬 수 없는 개인주의자로서 가능한 모든 굴욕적인 방법을 동원해서라도 새로운 자아를 창조하고 또 재창조해야 하기 때문이다. 그녀의 말처럼 누구든 베누스를 덮고 비너스가 되기 위해 몸부림쳐야 한다. 그렇지 않으면 세상 중심으로 진입할 수 없을 테니까.

"어려웠던 시절을 당당히 밝히는 세라 씨 모습이 부럽네요."

"아마 베누스를 잊어버릴 정도로 아프로디테가 고맙기 때문일 거예요. 이제야 전 완전한 세라가 된 것 같거든요. 과거는 싹 지웠어요. 사람들은 왜 베누스만 진정한 내 모습이라고 생각할까요? 그건 스스로 열등감을 불러오는 어리석은 생각인데. 부끄럽게 생각하지 말고 원장님도 자신의 아프로디테를 맘껏 사랑하세요."

아프로디테.

달콤한 유혹과 쓰디쓴 형벌이 함께 내재된 이름.

아프로디테 이름의 어원이 되었다는 4월, 에이프릴April. 화사한 꽃들의 향연과 아지랑이가 물거품처럼 피어오르는 몽롱하고 따뜻한 달이지만 영국 시인 엘리엇의 시구처럼 4월은 잔인한 달일 수밖에 없다. 순식간에 대륙의 황사바람이 서풍을 따라 몰아쳐오고, 가끔은 돌풍과 함께 제법 굵은 비가 내리고, 여름처럼 뜨겁게 달구어졌다가 갑자기 다시 추워지는 짓궂은 날씨 탓에 변덕스런 애인을 대하듯 하루하루 연연해하다보면 어느새 4월은 훅 지나가버리곤 한다. 봄의 향연에 푹 빠지게 했다가도 언제 그랬냐는 듯 봄을 빼앗아 가버리는 4월인 것이다. 4월은 바로 아프로디테일 수도 있다.

오년 전 로마 테르메미술관을 방문했을 때 루도비시 대좌[18]를 본 적이 있다. 제단의 정면에 새겨진 아프로디테의 부조를 보고 굉장히 깊은 인상을 받았다. 부조에는 두 처녀가 손을 뻗쳐 바다에서 올라오는 아프로디테를 옹립하는 모습이 묘사되어 있었는데 그 양쪽 측면의 한쪽은 베일을 몸에 두르고 향을 피우는 청초하고 정숙한 모습을, 또 다른 한쪽은 알몸으로 다리를 포개고 즐거운 듯 피리를 부는 열락의 모습을 새겨놓았다. 고상한 천상의 사랑과 관능적인 지상의 사랑, 그 이율배반적인 속성을 동시에 품고 있는 아프로디테를 보고 충격을 받았다. 천상성과 지상성, 고매함과 관능성, 창조성과 파괴성, 빛과 어둠, 사랑과 간통, 낮과 밤의 이중성이 곧 아프로디테란 걸 깨닫고 순간 섬뜩했다. 나의 내면을 들킨 것 같았기 때문일까.

변덕스런 4월처럼 베누스는 숨긴 채 견장과도 같이 자랑스러워하는 아프

18) 루도비시 옥좌: 1887년에 로마의 루도비시 저택에서 발굴된 것으로 제단(祭壇)의 상단부나 또는 어떤 대좌(臺座)로 보고 있다. 앞의 중심 면에는 아프로디테의 바다로부터의 탄생, 옆면에는 피리를 부는 나체의 여인과 성스런 향기를 바치는 옷을 입은 부인의 상이 부조되어 있다.

로디테가 언제 내 삶을 배신할지 가끔은 두려워지곤 한다. 욕망을 따라 살아온 내게 현세라는 사랑과 관능의 여신 아프로디테가 돼 삶의 향연을 맘껏 사랑하는 것도 나름 의미가 있다고 말해준 셈이다. 발버둥을 치는 내게 보내는 동병상련의 위로인지도 모른다. 내 얼굴에 시선을 고정한 채 인생에 대해 나름의 정의를 내리는 그녀는 차가운 여신 아테나를 이긴 뜨거운 여신 아프로디테처럼 여겨진다. 쇠는 달구어 강하게 단련시키지만 종이는 태워 재로 만들어 버리는 양면의 칼을 지닌 두려운 불. 일면 당돌하고 강하게, 그러면서 일면 부드럽고 우아하게, 또 다른 면 요염하고 관능적으로 내게로 한 걸음씩 다가오는 게 느껴진다. 마치 금욕의 굴레가 씌워진 탐욕의 열매처럼. 당신을 씌운 과거의 도덕률을 벗고 지금 현재 상황을 즐기라고 종용하는 것 같다.

"2차 상담에서도 세라 씨의 생각은 확고한 것으로 결론짓겠습니다. 충분히 미의 이면을 설명해 드렸는데도 생각에 변함이 없었습니다. 그렇다면 3차 상담을 다음 주 이 시간에 잡아 놓을게요. 다음번 상담에서도 생각의 변화가 없다면 얼굴 라인을 확정하기로 하죠. 수술로 밀어 넣을 광대뼈의 크기와 각도를 가상으로 만들어보는 겁니다. 일주일 간 좀 더 깊이 생각해보세요."

복잡한 여신 따윈 잊고 어서 현실의 주제로 돌아와야 한다. 고객에게 비너스의 근원인 베누스에 대해 일일이 설명하고 안내하는 건 물론 처음 있는 일이다. 병원에 확실한 수익률을 보장하는 VIP 고객들에겐 오직 비너스의 환상만을 일관되게 전해왔는데 그녀를 만난 후 왜 혼란을 자초하면서 횡설수설 하는지 나도 계속 궁금한 중이다.

"VIP 고객 중에서도 특별한 분들에게 드리는 최고의 서비스라고 해두죠. 아프로디테가 물거품으로 남을 확률을 계속 가늠해보는 것도 나쁘진 않을 것 같아서요. 한 번 수술한 광대뼈는 다시 돌이킬 수 없으니까요. 세라 씨,

이제 두 번의 기회밖에 남지 않았습니다. 깊이 숙고해보세요."

그녀를 수술대로 이끌려는 상업적 전략인지 욕망을 거기서 그만 그치라는 진실의 말인지 나도 확실히 알 수 없다. 감정 덩어리들이 무질서하게 뒤엉켜 현세라를 향한 정확한 내 감정을 읽어내기 어렵다.

심각해진 분위기를 전환하려는 듯 이내 그녀가 밝은 즉답을 뱉었다.

"그럼요, 원장님. 비너스가 되는 일인데 당연히 지불해야할 혹독한 값은 있을 테죠. 하지만 그 값은 나중에 누리게 될 기쁨에 비할 바가 아니라고 생각해요. 비너스로 승화시켜주는 아프로디테가 내겐 바로 복음인 걸요. 살아 있는 복음이요. 다음 상담에서도 변하지 않는 제 마음을 거듭 확인하게 되실 거예요."

'Wheel of fortune'

운명의 수레바퀴가 정방향으로 움직일 것인가, 역방향으로 움직일 것인가. 나도 모르겠다. 하지만 나는 최선을 다했다. 비너스의 원형은 베누스라고 그녀에게 분명히 전했다. 아름다움은 한낱 물거품으로 이내 사라질 수도 있음을 분명히 알렸다. 언제나 그렇듯 선택은 전적으로 고객의 몫이다. 나는 분명히 그녀의 선택과는 무고한 사람임을 천명했다. 신의 아들을 십자가에 못 박는 일과 무관한 자임을 증명하기 위해 민중 앞에서 손을 씻은 빌라도처럼 나도 분명히 손을 씻었다. 고객에게 아프로디테의 전면적 영광과 이면적 누추함을 선택케 하는 순간에도 연상으로 떠오르는 카드 한 장. 수술 내든 외든 어디에도 확신은 없다. 그저 모든 건 운명일 뿐이다.

세라의 메모

쪽지가 도착했다. 손서인이다. 무조건반사로 화가 치밀어 오른다. 내용은 짧지만 저돌적이다. 인스타에 올린 한정판 에르메스 가방이 진품인지 묻고 있다. 세계에서 딱 삼백 개만 제작된 건데 재벌이나 유명 연예인도 쉽게 손에 넣지 못하는 걸 일개 의류쇼핑몰 운영자인 당신이 무슨 수로 그걸 구했는지 어처구니없다는 반응이다. 이전에 착용해서 올린 한정판 시계도 의심스러웠지만 그냥 넘겼다며 자비와 관용이라도 베푼 듯 지껄여놓았다. 공명심 때문에 한 번쯤 거짓말 한 것이려니 생각했는데 이제 보니 습관성인 것 같다며 인스타 세계를 거짓으로 오염시키려고 작정한 게 아니라면 거짓 행동을 그만두라는 협박이다.

엄친딸로 거칠 것 없이 성장한 안하무인 철부지의 냄새를 강하게 풍기는 글이다. 눈앞의 누구도 자신보다 뛰어날 수 없고 뛰어나서도 안 되는 태생적 거만증이 쪽지를 보내지 않고는 견딜 수 없도록 만들었나 보다. 손서인은 인스타그램 여왕 중 여왕이다. 국내 3대 주류 회사로 손꼽히는 J소주 창업자의 손녀다. 브라운대에서 석사학위까지 취득하고 돌아온 재원으로 알려져 있다. 세계 곳곳에 편만한 동창들을 만나러 다니고 맛집과 문화유적을 소개하면서 그녀의 지성과 경제력을 인스타에 자랑한다. 때론 할리우드 스타와 찍은 사진을 올려 경계 없는 인맥과 친분을 과시한다. 이틀 전에 코펜하겐에 있는 와인 바에서 소식을 전했는데 오늘은 호치민의 나향응온에서 저녁식사를 즐기고 있는 식이다.

마치 여신의 운명은 태어나기 전부터 정해져 있으니 너 따윈 꿈도 꾸지 말라는 메시지 같아서 구토가 나려고 한다. 하는 일 없이 인스타그램 속에서 살고 있는 완전한 여왕이자 세계가 자신의 정원이고 거실인 황녀이다. 때론 손서인이 왜 나를 저격하는지 이해할 수 없다. 강남미인 특유의 인공미로 꽉 찬 얼굴이긴 하지만 어쨌든 예쁘고, 죽을 때까지 써도 다 쓸 수 없는 돈과 막강한 집안도 가졌고, 뇌섹녀의 프로필도 소유한 그녀가 나를 경쟁적으로 견제하는 자체가 이상한 짓거리로 비쳐진다. 자신보다 자연스런 얼굴을 가졌다는 것과 인스타그램에 자신보다 더 많은 댓글이 달린다는 사실 외에는 손서인이 나를 공격해올 이유가 없다. 인스타의 압도적인 여신 손서인이 댓글 수에 부들부들 떨며 질투를 느끼다니 그녀도 꽤 병이 깊은 것 같다. 부러울 것 없이 살아온 그녀가 도대체 무엇 때문에…… 가여워라.

나와는 도저히 경쟁이 안 되는 사람이라 싶다가도 이렇게 저격 쪽지를 보내올 때는 목숨 다해 상대해주고 싶은 열의와 치기가 솟구치곤 한다. 태어날 때부터 여신이었던 손서인을 꺾고, 보란 듯이 진정한 여신이 되고 싶은 욕망이 화염처럼 내 영혼을 불사르곤 한다. 여신나라와 현실세계의 경계선을 나누는 휘장을 무참히 찢어버리고 그 고아한 영역으로 나도 성큼 발을 들여놓고 싶어진다.

분노로 머리가 하얘지는데 톡 알림 음이 울린다. 엄마에게서 온 것이다. 보지 않아도 밥 먹으러 집에 한 번 들르라는 내용일 테다. 엄마는 항상 이런 식이다. 보고 싶다고 말하는 대신 와서 밥을 먹으라고 한다. 엄마 앞에서 한 마디 말도 없이 꾸역꾸역 밥을 목구멍으로 쑤셔 넣고 돌아와 변기에 얼굴을 처박고 죄다 토해내는 일 따윈 더 이상 하고 싶지 않다. 음식물을 다 게워내고 흉통을 참아가며 열 오른 얼굴로 변기 옆에 쓰러질 때까지 아마도 구토를 멈추지 않을 것이다.

엄마의 요청을 묵살하고 싶다. 핸드폰을 침대 위로 던져버렸다. 엄마가 보고 싶지만 보는 게 끔찍하다. 엄마가 그립지만 혐오스럽다. 엄마가 가엾지만 증오스럽다. 엄마는 나를 사랑하지만 전혀 사랑하지 않는지도 모른다. 모순덩어리 애증에 다시 머리가 아파온다. 이중감정이 나를 흔들어댄다. 서서히 숨이 가빠진다. 아! 그만! 더 이상 밤의 프레디에게 낮 시간까지 제물로 바치지 말아야 한다. 제발 이 짓거리는 그만 하자.

행동을 잘라내듯 자리에서 벌떡 일어나 베란다 창을 열어젖혔다. 도도히 흐르는 한강의 자태가 시원하다. 한강이 낮게 속삭이는 것 같다. 이렇게 좋은 내가 여기 있는데 세라 넌 또 잊고 있었구나. 그래, 잊고 있었다. 치매환자처럼 매번 이 좋은 것을 잊어버린다. 한강을 조망할 수 있는 강남의 이십 층 빌라 펜트하우스에 살고 있다는 위대한 사실 말이다. 천천히 길게 심호흡을 해본다. 조금 숨이 트인다. 흉강을 압박해오던 통증도 조금 수그러든다. 내가 여기, 이 좋은 곳에 살고 있다는 사실이 큰 위안이 된다. 다행이다.

다시는 그곳으로 돌아가지 않을 것이다. 여신이 살고 있지 않은 경계 밖의 어둡고 무거운 세계로 추방당하지 않을 것이다. 엄마는 어리석게도 그 남자의 노예를 자처했다. 자신의 연약함을 핑계로 경계 밖의 어두운 세상을 향해 스스로 물러났다. 가난이 주는 혹독한 시련을 피하기 위해 자청해서 프레디의 노예가 됐다. 한 번도 스스로 원한 적 없었으면서 돈을 벌듯 자신을 내어줬다.

기다렸다는 듯 손서인의 시녀들이 줄을 이어 저격 쪽지를 보내온다. 순식간에 삼십여 통의 쪽지가 쌓였다. 여왕의 저격 명령에 시녀들이 일제히 활시위를 당겨 과녁이 된 내 심장에 화살을 꽂는다. S가 좋아하는 여류화가 프리다 칼로의 그림 속 화살 맞은 사슴처럼 나도 많이 아프다. 세상은 왜 나를 미워하는 공모에 일제히 가담한 걸까. 쪽지는 한정판 에르메스 가방이 진품이라는 증거를 대라는 똑같은 멘트일 테다.

여왕에게 충성을 다하는 시녀들은 여신의 나라와 바깥의 경계 한가운데 서있는 여자들이다. 양쪽 세상에 한발씩을 걸치고 자신은 여신의 나라를 동경하고 꿈꾸지만 타인이 함부로 여신의 나라로 넘어오는 건 피 흘리며 막아낸다. 가상의 세계에서 품격의 희소성을 지켜내기 위한 유치한 싸움은 처절하다. 너도 나도 들어오기 시작하면 여신의 나라는 의미 없어지고 말 테니까.

시녀들은 손서인의 영향력 아래 굴복한 대신 매출을 얻어낼 것이다. 손서인이 한 번만 사진을 올려주면 억 단위의 매출을 단번에 얻어낼 수 있기에 기꺼이 손서인을 숭배한다. 그녀의 시녀들이 보내온 쪽지 모두 경계 안 여신의 나라를 기웃거리면 죽여버리겠다는 끔찍한 통보인 것이다. 쪽지를 열어보지도 않고 바로 삭제시켜버렸다. 누구로부터건 내 삶을 추궁 당하는 건 끔찍하다. 근거 없는 추궁은 영혼을 활활 타게 만든다. 내 살이 다 타고 오롯이 흰 뼈만 남는다면 그들의 거친 분노는 사라질 수 있을까. 그때 그 남자도 그랬다. 네 엄마에게 말했냐고 틈만 나면 강박적으로 추궁했다. 공포 때문에 말조차 나오지 않아서 고개를 가로저으며 눈물만 뚝뚝 흘렸다. 아니라고 해도 그 남자는 매번 못 믿겠다는 듯 의심하며 추궁했다. 이년아, 이 더러운 년아, 네 어미년에게 말했냐고? 함부로 말하는 날엔 네 년도 네 어미년도 같이 죽여버리고 말 테니까 조심해. 다시 호흡이 가빠질까 봐 한강을 향해 길고 긴 숨을 토해낸다. 한 번…… 두 번…… 세 번……

에르메스 가방 속에서 정품 증명서를 꺼내 폴라로이드 사진을 찍었다. 찰칵, 경쾌한 소리와 함께 사진기로부터 빠져나온 필름은 자신감 있는 인화를 시작한다. 부끄러울 것 없는 정체성이란 이런 것이다. 어떤 추궁에도 당당히 대항할 수 있는 현재적 능력이 진리다. 정품 증명서 사진 아래로 이렇게 써넣었다. '당신도 증명이 필요한가요?' 다시 그것을 사진으로 찍어 인스타그램에 올린다. 찬바람이 불 것이고 손서인은 부들부들 떨며 내게서 오점을 찾아내려 시녀들을 동원할 것이다. 이미 화살을 맞은 사슴이고 멀리 못 갔을 테니 그만 잡아서 죽여 버리라고! 예상 외로 손서인의 즉답이 왔다. 화가 많이 났나 보다. 대놓고 반말이다. 이렇게 써 놓았다. 네 정체가 뭔지 정말 궁금해.

한참 생각해본다. 나도 진짜 내 정체가 궁금할 때가 있다. 썩은 육신과 영혼으로 무덤에 누운 여자? 여신의 나라에 거의 다다른 아름다운 여자? 알 듯 모를 듯 머리가 어지럽다. 에르메스 가방으로 내 정체를 알고 싶다면 물론 실소유주는 S다. 에르메스 가방도 한강이 내려다보이는 오십 평 빌라도 화려한 의류쇼핑몰 사무실도 모두 그의 것이다. 그는 호의의 대가로 엄청난 시혜를 베푼 것이다. 뭐가 어떻단 말인가. 여신에 가까운 여자에게 기꺼이 호의를 베푸는 일이 고귀한 예술품에 호의를 베푸는 일과 별반 다를 바 없다. 그는 내 육체에 감탄했고 소유주가 되어 진심으로 옆에 두길 원했으며, 나는 그의 행동을 다뤄보는 시험 끝에 그를 예술품의 소유주로 허락했다. 그는 내 의견을 존중하며 기다렸고 내게 필요한 것들을 선물했다. 추궁하지 않고 배려하는 것, 그것으로 충분하다.

자신의 죄가 두려웠던 프레디, 그 남자는 엄마가 집을 비운 시간이면 어린 소녀를 추궁하기 바빴다. 엄마가 잠든 밤이면 내 방으로 건너와 왼손으론 입을 틀어막고 뱀 껍질 같은 오른 손바닥으로 몸 여기저기를 더듬던 그 남자. 얼굴은 어둠 속에서 추악하고 징그러운 악마의 웃음을 머금고 있었다. 더러운 인생에 단 한 번도 배려를 베풀어보지 못한 그 남자의 눈동자는 내 삶을 남김없이 먹어치웠다. 이 죽음의 계곡에서 빠져나갈 수만 있다면 영혼이라도 팔아버릴 것이다.

죽이고 싶은 살의가 열망으로 바뀐 지 오래지만 여전히 무기력해 있는 제2의 나는 제1의 나를 가만히 응시하고 있다. 가엾은 영혼아……. 엄마는 정말 몰랐을까, 하나뿐인 딸의 고통과 그 남자의 악행을……. 엄마는 정말 한 번도 의심해보지 않았을까, 성에 도착된 그 남자와 내 앞에 도사린 위험을……. 매일 밤마다 성의 제단에 산 제물로 바쳐지던 엄마의 희생으로 딸은 안전지대에 숨겨져 있다고 백치처럼 착각한 걸까. 초라한 세끼 밥 먹여주고 비바람 가릴 지붕을 제공받는 대신 성도착증 남자의 노예로 살았던 엄마는 정말 한 번도 죽고 싶단 생각을 해보지 않았을까.

이렇게 살아도 괜찮은 거냐고 나는 엄마에게 한 번도 질문하지 못했다. 벼랑 끝에 서있는 엄마의 고통을 알고 있었으므로. 엄마도 내게 한 번도 질문하지 않았다. 그 남자와 한 지붕 아래서 동거하고 있어도 괜찮은 거냐고. 만약 엄마가 그 남자의 끔찍한 악행을 알았다면 그와 헤어졌을까. 어쩌면 예리한 칼로 그 남자의 심장을 찔렀을지도 모른다. 그래, 그랬을지도 모른다. 엄마는 누구보다 나를 사랑하니까. 내 엄마니까. 내 학비를 대기 위해 더러운 땅의 산 제물이 됐으니까. 가엾은 엄마…….

아니, 아니다. 엄마는 어쩌면 내 끔찍한 고통을 일말이라도 눈치채고 있었는지도 모른다. 비쩍 말라버린 목구멍에 꾸역꾸역 밥을 쑤셔 넣기 위해, 누추한 한 몸 누울 곳을 마련하기 위해 내 고통을 눈치챘으면서도 모른 체 한 걸 수도 있다. 더러운 땅에 산 제물이 됨으로써 자신의 최선을 다했으니 여타의 것은 모두 눈 감기로 했는지도 모른다. 증오스런 엄마……. 그렇다면 인류의 영원한 모성애에 증오의 칼을 꽂고 말 테다. 허울로 치장된 그 우상에 침을 뱉어버리고 말 테다. 내 고통을 눈치채지 못했더라도 엄마가 죄에서 벗어날 수는 없다. 가장 가까이 있는 딸의 죽음보다 깊은 고통을 백치처럼 모른다는 건 직무유기다. 씻을 수 없는 과오다. 외면하고 싶다. 그 멍청한 얼굴을. 아니, 아니다. 그 모든 고통의 원인은 돈일지도 모른다.

그래 돈이다. 확실하다. 엄마와 나, 우리 둘은 정말 돈이 없었다. 돈은 우리 모녀를 기아라는 형틀에 가두고 조롱하며 고문을 가했다. 대가 없는 면제는 세상에 없는 법이지…… 그 남자는 기묘한 웃음 속에 가혹한 메시지를 담아 흘려보냈다. 세 끼 밥을 위해 우리 모녀는 영혼을 팔았는데…… 그 남자, 프레디도 자신의 죄를 면제 받으려면 대가를 치러야 할 것이다. 그에게 대가란 죽음밖에 없다. 두 여자를 정신적으로 죽인 남자가 아직 살아있다는 사실이 인생에 대한 모독이다. 그 남자를 죽인다면 내 트라우마가 사라질 수 있을까. 아무 흔적도 없는 바다의 거품처럼……. 새로운 파도가 밀려오고 나면 아무런 흔적도 남지 않는 거품처럼…….

드디어 그제는 꿈꿔오던 일을 실행하기 위해 사람을 시켜 그 남자의 거취를 염탐했다. 두렵고 떨렸지만 내가 살기 위해 어쩔 수 없었다. 그 남자를 직면하지 않으면 내 영혼의 뇌전증은 영원히 지속될 것이고 내면이 너덜너덜한 불량품임을 S에게 들키고 말 것이다. 돈의 위력은 못 알아내는 게 없다. 돈만 주면 한 인간의 머리카락 수도 족히 헤아리고 남을 것이다. 이제 내 손에 그 남자의 주소가 있다. 세월이 흘렀어도 여전히 뒷골목 허름한 원룸이 그의 거처란다. 모두에게 버림받고 홀로 살고 있으며 몸이 좋지 않아 일을 제대로 못하고 있다는 정보도 얻었다. 여기저기 빚을 져서 채무 독촉을 받고 있으며 더러운 성격에 채권자와 자주 다툰다는 기쁜 소식도 들었다. 그 남자의 고통이 큰 만큼 내 트라우마는 아주 잠깐 순간적으로 위로받았다.

그럼에도 불구하고 그 남자의 호흡은 신에 대한 모독이고 인간에 대한 악이다. 세라스타일 새 모델 추가모집 면접이 끝나는 대로 그 악마가 살고 있는 동네로 가볼 것이다. 세상에서 가장 공포스런 체험일 테지만 그 남자의 거취를 엿볼 것이다. 그리고 아무런 흔적도 없이 깨끗하게 끝내고 말 것이다. 내 트라우마를 지우는 일일 뿐이다. 나는 아무런 잘못이 없다. 트라우마를 지우는 과정에서 그 남자가 죽는다 해도 그것은 오직 그의 몫일뿐이다.

상념을 깨우듯 전화벨이 울린다. 어제 통화했던 번호다. 먹는 다이어트 제품을 인스타그램을 통해 홍보해줄 수 있겠느냐는 제의다. 운영하는 의류에만 집중해야 하는데 지나치게 영역을 넓히는 것 같아 잠깐 망설였다. 모델이 될 만한 사람들이 충분히 있지 않느냐고 맘에 없는 소리를 했다. A급 연예인이 아닌 바에야 인스타 셀럽을 기용하고 싶다고 했다. 회사측에서 모델료로 오천만 원을 제시했다. 내 쪽에선 일억 원을 요구했다. 회사 측도 예견한 일이겠지만 조정과정을 염두엔 둔 액수일 테다. 물론 사용해봤더니 효과가 있었다는 후기와 함께 한결 슬림해진 바디 사진을 올리면 되는 단순한 일이지만 홍보 영역을 자꾸 넓히다보면 위험 부담도 높아진다. 만약 제품에 일말의 부작용이라도 발견되면 인스타그램에서의 영향력은 물론 의류쇼핑몰에도 치명타가 될 수 있다. 위험 부담률을 감안하면 억 단위가 되지 않는 한 거래하지 않는 편이 낫다.

생각해 보셨습니까, 전화기 속 남자가 먼저 용건을 꺼냈다. 어제 말씀드린 금액이 아니면 하지 않겠습니다, 잘라 답했다. 칠천, 팔천, 남자는 시나리오대로 값을 한 단계씩 올렸다. 네, 안 됩니다, 힘주어 답했다. 당당한 에너지가 내 속에 넘쳤다. 칠팔천이면 얼른 수용할 다른 셀럽들도 많다며 남자는 밀당을 하려들지만 A급 연예인 대우가 아닌 바에야 광고를 맡을 리 없는 손서인이고 보면 그녀와 비견할 만한 셀럽은 나밖에 없다. 예상대로 결국 남자는 일억 원으로 결정하고 전화를 끊었다.

누군가 내게 매달리고 기다리고 자비를 베풀어주길 바란다는 건 즐거운 일이다. 누군가에게 일억 원의 가치가 된다는 건 행복한 일이다. 아침부터 자정까지 다리가 마비되도록 서서 햄버거를 만들고 서빙을 해야 했던, 죽어라 일해서 열네 시간의 초라한 시급을 받아들고 집으로 돌아올 때 어지럽게 핑그르르 돌던 그 밤하늘, 도시의 차고 공허한 바람이 파랗게 질린 얼굴을 깎아먹곤 했다. 햄버거 서

빙으로 일억 원을 벌려면 내 나이 몇 살에나 가능할까, 그 밤 막연한 미래를 계수해보기도 했다.

인스타그램 셀럽은 아름다운 외모만으로는 도달할 수 없는 경지다. 아름다운 외모를 빛나게 해줄 지성과 학벌, 그 뒤에 집안 재력과 배경이 있어야 한다. 학벌과 집안 배경이 없는 내겐 수십 억대의 매출을 기록하는 의류쇼핑몰만이 셀럽으로 가는 기둥이 된다. 그러고 보면 내 인생의 구원자는 그 누구도 아닌 S인 셈이다. 연예인 친구가 있는 건 좋지만 연예인이 되고 싶진 않다. TV를 통해 모든 대중에게 얼굴이 알려지면 오히려 곤란하다. 이미 늙은이가 된 그 남자도 나를 알아볼 수 있을 테니까. 또 어떤 마수로 다가올지 모른다. 그와의 접촉을 영구 차단하기 위해 얼굴과 이름까지 바꿨는데 나를 알아보면 곤란하다. 낮의 세계에서조차 프레디에게 쫓겨 다니고 싶지 않다. 그렇게 된다면 정말 죽여 버리든지 내가 죽든지 해야 한다. 다른 방법이 없다.

화창한 낮의 세계에서 엄격하게 선정된 사람들만이 시민이 될 수 있는 인스타 세계, 그곳에서 나는 언제까지나 여신이고 싶다. 사람들의 찬사와 갈채를 식량으로 삼으며 비루한 과거는 싹 지워진, 그래서 과거는 오직 거품으로만 전해지는 비너스이고 싶다.

비너스병원의 김승우 원장은 두 번째 상담에서 의미심장한 눈빛으로 말했다. 비너스의 실체는 초라한 여신 베누스일 뿐이라고. 아프로디테의 이미지를 가져와 동일시하자 정말 처음부터 그랬던 것처럼 비슷한 특성을 갖고 있는 여신으로 여겨졌고 마침내 하나가 되었다고. 비너스는 자신이 베누스임을 감쪽같이 감추고 있다고. 그의 말은 내게 오히려 욕망을 부추겼다. 그것으로 충분하다. 프레디의 저주뿐인 과거가 인스타의 여신과 동일시되면 처음부터 여신인 것처럼 여겨지고 마침내 과거의 저주는 사라지고 말 테니까. 김승우 원장이 내게 어떤 메시지를 주려

했는지는 중요하지 않다. 그의 말은 나를 설레게 한다. 베누스가 비너스로 승화될 수 있다는 반증이니까 말이다.

이슈타르(Ishtar) - 3월 넷째 주 수요일

현세라가 세 번째 상담을 예약한 3월 마지막 주 수요일, 오늘은 아침부터 바람이 불고 날이 흐리다. 봄이 오기 위해 으레 겪어야 할 꽃샘추위다. 꽤 많은 양의 비가 내릴 것만 같다. 무거운 물기를 잔뜩 머금은 채 낮게 드리운 회색 하늘이 통창 가까이까지 내려와 있다. 완연한 봄이 도착하기엔 아직 때가 이르지 않아서일까, 아프로디테의 심한 변덕이 체감되는 날씨다. 병원 직원들 모두 가벼운 스카프를 목에 두르거나 얇은 트렌치코트를 입고 출근했다. 간호사 김 선생은 낮은 기침소리를 냈다. 아침에도 정 기사가 미리 세심하게 차를 세팅해 더할 나위 없이 편안한 출근 서비스를 제공해줬지만 바깥 풍경 때문인지 을씨년스런 느낌을 지울 수 없었다.

손수 내린 따뜻한 드립커피가 출근길에 서늘해진 목을 데워줬다. VIP 고객 현세라가 상담하기로 약속된 열 시까지는 한 시간의 여유가 있다. 더 여유 있게 출근해도 되지만 혼자만의 커피타임을 즐기고 싶어 아홉 시까지는 병원에 도착하곤 한다. 커피를 내리는 순간 문득 한 잔의 커피를 만드는 과정이 신 앞에 진중한 제의를 올리는 시간처럼 여겨졌다. 엉뚱한 상상 같지만 커피의 가장 맑고 깊은 진액을 추출하는 행위나, 가장 순전한 마음을 빚어 바치는 종교적 제의나, 가장 완전한 황금률의 얼굴을 만들어내는 성형수술이나 결국은 근원적으로 동일한 행위가 아닐까 싶다.

가끔은 커피를 내릴 때 이상한 연상 작용에 시달리곤 한다. 타원형의 아름다운 흑갈색 아라비카 원두를 볼 때는 그 원산지인 에티오피아 여인들의 농도 짙은 살결이 연상된다. 그 향기와 그 부드러운 질감, 그리고 깊이를 알 수 없는 그 오묘한 색감까지……. 드리퍼에 담긴 거름종이를 통과해 내려온 커피 원액을 여성의 진액, 즉 아름다움 자체라 여기며 한 모금 한 모금 음미하게 된다. 그렇다고 내가 성도착증이나 관음증을 앓고 있다는 뜻은 절대 아니다. 여성의 아름다움을 다루는 사람으로서 커피를 음미하는 순간조차 미를 철학적으로 묵상한다는 게 더 정확할 것이다.

비너스가 사실은 미美의 여신인 동시에 성애性愛의 여신이듯 원두에서 추출된 커피 원액이 여성에게서 우러나오는 여성 고유의 성적性的 아름다움이라 비약해 볼 때도 있다. 비너스병원의 수술대를 찾는 고객들이 결국은 여성으로서 더 완전하게 아름다워져서 이성으로부터 매혹적인 대상이 되려는 데 목적이 있다면 나는 향기로운 커피 진액을 추출해 내듯 그녀들의 매력을 최대한 추출해 내야 하는 것이다.

하여, 커피를 내릴 때나 수술을 진행하고 있을 때나 제물이 된 비련의 소녀를 제단에 눕혀놓고 하늘에 제사하는 제사장이 된 것 같은 착각에 시달릴 때도 있다. 제물이 된 소녀로 인해 기다리던 비가 오고 전쟁에 나간 용사들이 살아 돌아온다면 제사장의 정체성은 살아있는 것이고 직분수행은 완벽한 것이 되듯, 평범한 여자가 수술실에서 여신으로 변모해서 메말랐던 마음에 단비가 내리고 외면했던 사람들이 그녀에게로 고개를 향한다면 이미 제사장으로서의 역할을 충실히 해 낸 것이라 믿어 의심치 않는다. 그 믿음마저 없었다면 나는 매일을 살아내지 못할 것이다.

그녀가 세 번째 상담에서도 수술 의지를 흔들림 없이 견지할 건 거의 확실하다. 하지만 다시 한 번 수술의 이유를 자가진단하고 수술 후 찾아올 수 있는 데미지, 그러니까 구강구조의 변형으로 입이 다물어지지 않는 가장 큰 데미지부터 양 얼굴 라인의 비대칭 불균형까지 예측할 수 있는 다양한 부작용에 대해 기꺼이 감수하겠다는 서명을 받아내야 한다. 그 모든 일련의 과정, 다시 말해 수술을 결심하게 된 그녀의 내적인 고통의 발로나 부작용으로 받게 될지도 모르는 외적인 고통의 결과까지도 수술을 집도한 의사와는 전혀 상관없는 일임을 천명하는 작업이 꼭 필요하다.

이름 '현세라'가 고객 대기자 명단에 떠오르자 긴장감으로 신경 줄이 팽팽하게 당겨진다. 거울을 보며 입술을 야무지게 다물고 진료 가운의 매무새를 고쳐 잡았다. 지난번 상담에서 자의건 타의건 무방비로 슬쩍슬쩍 드러났던 내 내면을 다시 철저하게 숨겨야 한다. 헐거워진 심리 자물쇠에 재무장이 필요하다. 위대한 미의 창조자가 경험적 전이감정 따위에 이리저리 흔들리는 나약한 인간이 아니라는 걸 오늘은 그녀에게 확실하게 보여줘야 한다. 그녀는 개인으로서의 나와는 아무런 상관없는 단지 돈을 벌게 해주는 고객일 뿐임을 잊지 말아야 한다.

거울 속에는 강남역 근처 노른자위에 위치한 빌딩의 소유주이자 잘나가는 성형외과 원장의 얼굴이 들어있다. 미소 없이 무표정인 채다. 내용물을 확인도 하지 않고 그냥 사무실 한쪽에 밀쳐둔 택배상자처럼 무미건조해 보인다. 무표정 뒤에 쓸쓸함을 감춘 탓인지 파리한 고흐의 자화상을 볼 때처럼 얼굴에 한 줄기 자기연민이 스친다.

아내는 비너스의 아름다운 행적을 따라가는 문화예술 유적지를 탐방하기 위해 지난 주말 지중해로 떠났다. 세세한 설명 없이 '내일 출발해요' 여섯 음절로만 간단하게 알려주고 떠나서 오히려 아내의 빈자리가 고맙고 홀가분하다. 어머니는 아내가 없는 집에 오셔서 입주 도우미 아주머니가 만들어준 미음을 먹고 게스트 룸에서 나와 함께 하룻밤을 주무셨다. 어차피 며느리를 만나러 온 게 아니었기에 어쩌면 어머니 입장에선 부담 없이 쉬었다 간 시간이 됐을지도 모른다. 한 줌 마른 낙엽처럼 건조한 어머니의 손을 잡고 누웠을 때 어머니는 쓸쓸히 되뇌었다.

"승우야, 이제 이 어미 죽으면 세상에 너 혼자여서 어쩌누. 네 피 받아 세상에 나온 자식이 하나라도 있다면 죽음 앞에서도 내가 이렇게 마음이 아프진 않을 텐데……"

"어머니, 왜 내가 혼자예요? 집사람도 옆에 있는데……."

"그래, 겉으론 그렇지. 아내도 있고 좋은 병원과 좋은 집도 있고…… 그런데 이 어미 눈엔 이 대궐 같은 집도 화려한 병원도 다 쓸쓸해만 보이니 어떡해…… 자꾸 네가 그때 희원이와 결혼했더라면 어땠을까 싶어……"

어머니는 잡은 내 손 위에 당신의 다른 손을 포개 덮으며 아쉬운 듯 자조했다. 돌이킬 수 없는 옛 시간의 상징이 돼버린 희원이의 이름을 부르는 어머니의 입술에 헛된 허무감만 감돌았다.

"다 지나간 일이에요. 어머니 아들은 지금 남들이 다 부러워하는 자리에 있는 거 아시잖아요. 부족한 것 하나 없는데 자식이 무에 필요해요? 자식 다 소용 없어요. 자식이란 거, 있어봐야 평생 고민 단지죠. 어머니만 봐도 그렇잖아요? 나 하나 없었으면 고생도 안 하셨을 테고 자유롭게 새로운 인생 시작해서 한평생 멋지게 사셨을 텐데……. 자식 때문에 발목 잡힌 거잖아요. 이제 더 이상 내 걱정은 하지 마세요. 어서 몸 추스르고 쾌차할 생각만 하세요."

"승우 네 곁에 좀 더 오래 있어줘야 하는데…… 미안하다 승우야. 이 어미가 모자라고 부실해서……"

평생을 바쳐 키운 자식이 번듯하게 살고 있어도 어머니 눈엔 아프고 부족한 것만 보이는 듯 했다. 어린 딸을 잃어버린 후 세상 단 하나 살아야 할 이유가 됐던 외아들을 홀로 두고 곧 세상을 떠나야 할 어머니의 마음이 보여서 있는 힘을 다해 슬픔을 목으로 삼켰다. 위로삼아 나답지 않은 말을 어머니에게 건넸다.

"어머니, 우리 오늘만 생각해요. 내일은 내일 생각해요. 지금 여기 어머니와 내가 함께 있는 걸로 충분히 감사하잖아요."

일요일 아침, 역시 도우미 아주머니가 만들어준 미음을 먹고 요양원으로 돌아가는 길에 어머니는 봄을 느껴보고 싶다며 잠깐이라도 드라이브하기를 원했다. 요양원이 있는 분당으로 향하면서 양재를 지나는데 하얀 목련들이 이제 막 봉오리를 터뜨리는 중이었다. 봄이 세상 가운데 한껏 부풀어 오르고 있었다. 태양의 조도는 점점 높아지고 따뜻한 빛은 땅을 향해 풍성하게 분사됐다. 차창 밖 분사되는 햇빛이 부신 듯 어머니는 눈을 가늘게 뜨고 하늘을 올려다보며 가곡의 노랫말 가사를 읊었다.

"목련꽃 그늘 아래서…… 베르테르의 편질 읽노라…… 구름 꽃 피는 언덕에서 피리를 부노라…… 아, 멀리 떠나와…… 이름 없는 항구에서 배를 타노라…… 그래, 이 노랫말이 꼭 어울리는 봄날이구나."

어린 시절 회상에 젖는 듯 어머니는 눈부시게 화창한 봄의 정경에, 거리에 쏟아지는 영롱한 햇빛과 그 빛 사이로 하늘거리는 아지랑이에 완전히 매료된 소녀 같았다.

"역시 어머니는 나이 드셔도 여전히 소녀감성이세요."

"봄은 언제나 참 좋아. 난 유독 어릴 때부터 봄을 참 좋아했는데…… 우리 승희도 요맘때 태어났지."

어머니는 자포자기한 듯 모자 사이에 암묵적으로 금기시된 이름을 오랜만에 입으로 표현했다. 하늘거리는 소녀감성 기저에도 가만히 엎드린 어미로서의 절망이 여전히 시퍼렇게 살아있었다.

승희…….

어머니에겐 늙어서도, 죽어서도, 레테의 강을 건넌 천국에서조차 잊지 못할 이름이다. 신의 가슴에 새겨진 영원한 사랑의 화인처럼 어머니의 가슴에도 영원히 지워지지 않을 그리움의 화인이 찍혀있을 테다. 사랑하는 사람을 잃고 난 뒤에는 그 화인이 저절로 사라지도록 창조되었다면 얼마나 좋을까 싶었다.

"참 이상하지……"

"뭐가요, 어머니?"

"울 엄마랑 들판에 쑥 캐러갔던 일곱 살에나 죽음을 눈앞에 둔 예순일곱 살에나 봄을 느끼는 마음은 어떻게 이렇게 같을 수 있는지……. 육십 년이 꼭 거짓말 같아. 환영 같단 말이지. 정말 육십 년이 존재했는지도 믿기지가 않아. 어떤 땐 그 육십 년이 통째로 사라져버리면 좋겠단 생각도 들어. 그러면 잊지 못하는 고통도 없을 텐데……. 그러고 보면 시간이란 참 묘해. 너무 빠른가 하면 너무 느리거든. 시간 속에서 나는 항상 그대로인가 하면 또 너무나 많이 변했단 말이지."

"오늘따라 더 소녀 같으세요."

"소녀나 처녀나 할머니나 여자 마음은 다 똑같아. 봄을 보고 아직도 이렇게 설렐 수 있다니 신기해. 봄이 너무 좋구나. 너무 좋아. 몸에 암이 들고부터는 꼭 봄에 죽고 싶다는 생각을 자주 해. 한 줌 가루로 남더라도 예쁜 꽃뿌리 옆에 묻힌다면 내 인생 뒷모습만이라도 예뻐 보일까 싶어서 그래. 삶의 흔적이 조금은 예뻐 보이겠지?"

백미러 속에 비친, 세월을 따라 작아지고 병으로 말라버린 어머니의 왜소한 몸피와 회한에 젖은 눈빛이 화사한 봄빛 속에서 더없이 쓸쓸해보였다.

"건강해져서 오래오래 사셔야죠, 왜 그런 나약한 말을 하세요."

"병들었을 때도 죽는 순간에도 심지어 죽어서도 여자는 예쁜 이미지로 남고 싶거든. 나도 한평생 거칠고 흉하게 살고 싶진 않았어. 곱게 예쁘게 아름답게 살고 싶었고 또 그렇게 죽고 싶어. 나도 여자니까……"

시모네타 베스푸치가 죽은 계절도 봄이었다. 결핵을 앓으며 창백한 얼굴로 더욱 빛나던 그녀는 4월 화창한 어느 봄날 마지막 숨을 거두었다. 환상 속에서 그녀를 칭송했던 피렌체 시민들과 문인들, 그리고 화가들은 찬란한 봄날에 떠난 그녀를 더 찬란한 예술로 승화했다. 추모 인파는 그녀의 관 위에 쏟아지는 봄 햇살 속에서 눈부신 어지러움을 느끼며 더욱 신비감을 느꼈을 확률이 높다. 시모네타도 어머니처럼 살아생전 봄에 죽고 싶다는 생각을 했을지 문득 궁금해졌다.

"……어릴 때부터 난 어머니가 참 예쁘단 생각 많이 했었어요. 지금도 여전히 예쁘시고요."

“……그래? 지금도 그 말이 싫지 않은 걸 보면 여자란 아무리 나이 들어도 여자인가 보다. 하지만 그러면 뭐 하누……”

어머니는 긴 한숨을 내쉬며 자동차 시트에 가녀린 등을 묻었다.

“하나 있는 딸을 그렇게 잃어버린 어미가 여자면 뭐하고 예쁘면 뭐 하겠니……. 나도 이젠 승희가 있는 곳으로 가고 싶다.”

“왜 승희가 죽었다고 생각하세요? 어디선가 잘 살고 있을 거예요. 좋은 부모 만나서 더 행복하게 살고 있을 지도 모르잖아요. 다만 어머니 마음에도 내 마음에도 승희는 여전히 네 살이지만……”

“자식이란 그런 거야. 다 자라있어도 심지어 늙어가도 여전히 아기 같은 걸. 하물며 네 살에 잃어버린 딸이야 내 가슴에선 영원한 아기지. 생각해보면 승희를 늦둥이로 낳던 그 해 봄이 내 인생에서 가장 행복한 시간이었던 것 같아.”

“지금도 봄을 느끼고 있으니까 어머니에겐 행복한 순간이에요. 우리 한 가지만 생각하고 그것만 감사하기로 해요.”

“그래, 맞다. 그렇긴 해. 상황만 놓고 보면 감사할 날이 인생에서 며칠이나 되겠니. 작은 것에 감사할 수 있는 능력이 곧 행복의 열쇠일지도 몰라. 그런데 아무래도 승희는 이 어미를 기다리다 낯선 길을 찾아 나선 것 같아서 죄책감을 떨쳐버릴 수가 없어. 제 아빠 죽고 어린 것이 생선 장사 나간 어미를 죽어라 기다렸으니. 기다림에 지쳐 그 어린 것 피가 다 말랐을 테지. 얼마나 외로웠을까.”

어머니의 자책은 영원할 것 같았다. 육체의 죽음과 함께 자책도 죽고, 육체가 흩어져 대지로 스며들 때 자책도 영원히 흩어져버릴 수 있다면, 어쩌면 어머니에게 죽음은 간절히 기다려야할 갈망처럼 여겨져 아팠다. 적어도 어머니가 숙명을 거스를 순 없어보였다.

궂은 날씨 탓인지 현세라는 지난 번 상담 때보다 다소 수수한 옷차림으로 진료실에 들어섰다. 짙은 스키니 진에 연하늘색 사파리 버버리를 입었다. 열려진 버버리 앞섶 사이로 볼륨감 짙은 몸매가 살짝 드러나자 그것을 감지한 시 감각이 순식간에 온몸을 자극할 만큼 그녀의 몸매는 완벽하다. 몸매와 전혀 어울리지 않는 듯 아주 잘 어울리는 청순한 동안은 고민이라도 있는 사람처럼 조금 수척해 보인다. 그 수척함이 오히려 청순한 매력을 가중시킨다. 역공으로 의사의 기를 꺾어놓고 자신의 욕망을 정당화하려던 강한 열망도 지금은 없어 보인다.

"엊그제 상담한 것 같은데 벌써 일주일이 지났나요? 어떻게 지냈어요?"

바보 같은 무의식은 수술의 여부보단 그녀의 존재에 대한 관심을 드러내고 말았다. 그런가하면 의식은 그녀를 생각지도 못한 채로 일주일이 무심하게 지나갔다고 은연중에 방어했다. 세련되지 못한 내 언행을 그녀는 가만히 예의 기민한 눈으로 관찰했다. 탐색하듯 밀당의 공을 먼저 던져보는 내게 기다렸다는 듯 직설적으로 자신의 뜻을 관철했다.

"제 생각 여전히 변함없다는 거 이미 알고 계시죠?"

"수술에 대해 충분히 심사숙고 했나요? 세라 씨의 반응을 예상했습니다만 그래도 절차상 한 번 더 묻겠습니다. 세라 씨는 왜 수술하려는 거죠?"

세례식을 베풀기 전, 이전의 육적인 삶은 죽이고 전혀 새로운 영적인 삶을 살 것인지 인생의 진의를 묻는 사제처럼 엄중히 질문했다. 사실은 수술의 의미와 의도와 결과까지도 온전히 그녀 자신의 선택임을 분명히 해두자는 데 목적이 있다.

"완벽한 아름다움을 얻기 위해서예요. 물론 제가 생각하는 주관적인 이상형이지만요. 이제 충분한 답이 됐나요? 남은 상담일정이 쓸데없고 거추장스럽게만 느껴집니다."

"거듭 말하지만 어느 누가 보더라도 세라 씨는 상당한 미인이에요."

"연예인들이 상당한 미인인데도 지속적으로 자신을 관리하고 반복적으로 수술하는 원리와 같은 거예요. 고정 팬들을 확보하기엔 경쟁해야 하는 다른 연예인이 너무 많으니까요. 그러니 상품인 자신의 외모를 더 공들여 가꿀 수밖에 없죠. 저도 치열한 경쟁 속에서 선택 받으려면 더 완벽한 외모가 필요해요."

"하긴, 세라 씨도 공인이라 불릴 만큼 유명한 사람이죠."

"꼭 공인이라서만은 아니에요. 외모경쟁은 이미 달동네 뒷골목에도 만연해 있어요. 외모와 관련 없는 청정지대는 이제 없어요. 설마 고객들이 다들 쌓아놓은 여윳돈으로 성형수술 한다고 생각하지는 않으시죠? 어떤 고객들은 죽어라 아르바이트 해서 적금 부어 성형외과를 찾는 걸요. 잘 생각해 보세요. 가장 거룩한 곳에도 온통 경쟁뿐이에요. 하와도 신과의 경쟁심으로 선악과를 따 먹었고 가인도 동생과의 경쟁심 때문에 아벨을 죽였잖아요."

미美는 이미 여성들에게 선호사항이 아니라 필수사항이 돼버렸다. 외모가 정신건강뿐 아니라 사회적 성공까지 좌우한다는 인식이 팽배해지면서 성형수술의 요구는 점점 강해졌고 그 바탕에 깔린 심리학도 수술의 정당성을 부추겼다. 비정한 적자생존 경쟁에서 고객들은 아름다운 외모를 한 번뿐인 인생의 무기로 만드는데 심혈을 쏟고 있다. 낙오 불안에 내몰린 고객들은 점점 더 적자생존의 세계관에 갇히면서 외모를 신처럼 숭배할 수밖에 없다. 덕분에 성형수술은 인생을 바꿀 수 있는 복음이 되어 엄청난 파급력을 갖게 되었다. 바야흐로 성형 부흥시대인 것이다. 영화나 CF에서 한없이 복제되는 연예인의 이미지가 성형수술을 통해 일상처럼 성취 가능한 목표가 될 수 있다는 건 일반인들에게 복음이 아닐 수 없다.

고객들의 외모 경쟁 못지않게 성형외과 의사들도 치열하게 서로 경쟁하고 있다. 생각해보면 결국 경쟁은 먹이사슬인 셈이다. 고객들의 경쟁에서 흘러나온 전리품을 먹고 살아가는 성형외과 의사들은 정작 전리품을 많이 획득하려는 더 큰 경쟁에 내몰리고 있다. 나처럼 시치미를 떼고 경쟁 밖에 고고하게 서 있는 척 하는 것도 사실은 경쟁에서 이기기 위한 교묘한 작전에 불과하다. 최선의 결과를 도출하기 위해 어떤 고객이든 네 번의 상담을 거쳐야 하고 하루 단 두 건의 수술만 집도한다는 슬로건은 실은 무한경쟁에서 살아남기 위한 또 다른 몸부림일 뿐이다.

"세라 씨 말 대로라면 경쟁이 결코 좋은 건 아니군요. 추방과 죽음이라는 결과를 가져왔으니까요."

"추방이나 죽음이 무서워서 경쟁을 포기할 수는 없어요."

"얼굴과 다르게 전사같이 말하네요. 아이고, 무서운데요?"

"전사가 되지 않으면…… 아무도 나를 찾지 않거든요."

"경쟁상대라면…… 다른 파워 인스타그래머들? 혹은 유명 의류브랜드의 피팅모델들?"

"네, 뭐, 그렇죠. 하지만 그게 전부는 아니에요. 제겐 더 중요한 경쟁도 있거든요."

"무엇을 얻기 위한 경쟁이죠? 이를테면…… 남자?"

"선택받기 위한 경쟁이죠. 나를 선택하는 사람에 따라 내 사회적 등급도 달라지니까요."

"현대여성답지 않은 가치관이네요. 다른 여성들이 들으면 충분히 비난받을 말인 것 같은데요."

나 또한 사회적 등급을 높이기 위해 인간이 가지 못할 길은 없다고 생각해왔다. 자신의 의지와 상관없이 덧씌워진 흙수저의 멍에를 벗어나기 위해선 전투적으로 살 수밖에 없다. 어쩌면 그녀가 내게는 샴쌍둥이처럼 가깝고도 미운 존재이면서 안쓰럽고도 경멸스런 존재인지도 모를 일이다.

열 살 터울로 태어난 여동생 승희는 네 살 때 우리 가족의 시야에서 사라져버렸다. 승희의 존재가 블랙홀에 삼켜질 때 어머니와 내 영혼도 삼켜졌다. 차라리 불치병으로 눈앞에서 죽었더라면 체념은 쉬웠을 테다. 공중 분해돼버린 동생의 존재가 믿기지 않아 어머니는 스올로 내려갔고, 나는 두 주먹을 부르르 떨어야했다. 승희가 사라지고 몇 달 후 슬픔에 먹혀버린 어머니는 어느 날엔가 학교에서 돌아온 내게 증오를 담은 눈빛으로 말했다. 평소의 어머니가 아니었다. 눈에는 번득이는 광기가 서렸고 얼굴은 열감으로 벌겋게 달아올랐다. 가슴 속에 응어리로 뭉쳐뒀던 말을 한꺼번에 터뜨리듯 광폭하게 내질렀다.

"승희에게 가고 싶단 말이야! 정말이지 승희에게 가고 싶다고! 내가 승희에게 가고 싶어도 네 녀석 때문에 갈 수가 없어! 네 녀석이 내 발을 잡고 안 놔주잖아!"

죽고 싶어도 아들 때문에 죽을 수 없다는 어머니의 절규였지만 겨우 중학교 일학년인 내게 그 말은 화살이 되어 심장에 깊이 박혔다. 영원히 제거하지 못할 첨예한 촉이 되었다.

돌아보면 승희가 사라진 건 순전히 가난 때문이었다. 아버지가 암으로 돌아가신 후 어머니는 어린 아들딸을 먹여 살리기 위해 생선 장사를 시작했다.

막 중학생이 된 내가 등교하고 나면 오후 두 시쯤 어머니는 장사를 위해 수산시장으로 생선을 떼러 가야했다. 엄마가 외출한 후 오빠가 하교할 때까지 네 살 승희는 매일 두 시간을 혼자서 지냈다. 집으로 돌아가 보면 소꿉놀이 하다 무료해졌는지 혼자 스르르 잠들어 있을 때도 많았다. 삼십 년 전, 네 살배기 꼬마를 돌봐주는 시설도 거의 없었던 데다 부모님 모두 외동이라 근처에 맡길만한 일가친척도 없었다. 주인댁 아주머니가 과일값 정도를 받아가며 틈틈이 승희를 돌봐줬다.

어제 요양병원에 뵈러 갔을 때도 어머니는 삼십 년 전 네 살 승희가 누군가에게 유괴 당했을 거라며 상상이 진실인 양 아파했다. 몸이 쇠약해지면서 발작에 가까운 정신적 고통을 호소하기도 하고 전에 꺼내지 않던 승희 얘기를 부쩍 자주 꺼내시곤 한다.

"나쁜 사람에게 유괴 당했을 리가요. 괜한 자책이세요."

"아니야, 외로움이 승희를 죽였어. 어린 것이 외롭지 않았다면 혼자 밖으로 나갔을 리가 없지 않니. 엄마나 오빠를 찾아 나선 게 분명해. 외로운 영혼이 육체까지 없애버린 거야. 이제 이만큼 살고 보니 그런 생각이 든다. 육체는 영혼의 얼굴 같은 것이 아닐까 하는……. 영혼과 육체의 연관성이랄까? 마음이 절실하게 아프면 육체도 바뀌게 되는 거란 걸 이제 이해할 수 있겠어. 육체는 곧 영혼의 얼굴인 거지. 누구든 아름다운 얼굴을 보고 그 속에 흉측한 영혼이 배어있으리라 상상하지 못하는 것처럼 말이다."

"어머니 말대로라면 모든 사람들이 우리 병원에 찾아와야 할 것 같은데요?"

화제를 바꾸기 위해 농으로 답했지만 어머니는 전혀 웃지 않았다.

"승우야, 한 가지 고백해도 되니? 예전에 시장 통에서 생선 장사 할 때 말이다. 정말 힘들었던 건 내가 가난한 과부라는 사실보다 내 영혼에도 비린내가 배이지 않을까 하는 두려움이었어. 오직 새끼들을 먹여 살려야 하는 어미로만 살던 그 시간에도 난 여전히 여자였던 게지."

오직 어미로만 살던 시간에도 여자였다는 게 무슨 큰 죄라도 되는 듯 어머니는 자책했다. 어머니를 침대에 눕혀 드리고 나오는데 쉬이 발걸음이 떨어지지 않았다. 출입문 앞에서 못내 아쉬워 다시 돌아보는데, 모로 누워 아들을 바라보는 어머니의 눈빛이 덜컥 가슴에 와 걸렸다.

초등학교 육학년 어느 날, 아버지가 돌아가시자마자 시작했던 엄마의 생선 장사를 직접 목격한 적이 있었다. 그전까지 전업주부로 네 식구 살림 외에 아무 것도 할 줄 모르던 어머니였다. 외식하러 나가서 고기 하나 굽는 것조차 어설프다며 아버지가 도맡아 해줄 만큼 아버지에겐 소녀 같은 아내였다. 아내와 자식들의 완전한 책임자이자 보호자였던 아버지가 사라지자 어머니의 세계는 순식간에 전복되고 말았다. 생전에 아버지가 운영하던 공장이 병중에 부도 처리되어 넘어가고 순간에 가난한 과부라는 나락으로 떨어져 내렸다.

비린내 풍기는 수건을 머리에 둘러쓰고 몸배 바지를 입은 채 시장 바닥에서 어머니가 호객하는 모습은 충격적이었다. 아버지가 살아있을 때 어머니는 가족에게 벗은 발조차 보이기 싫어 집에서도 늘 양말을 갖춰 신고 길고 우아한 치마를 입었었다. 남편과 자식들에게 고운 모습만 보여주려 했다. 손님이 오면 늘 단정한 태도로 맑은 차를 끓여내 오던 분이었다. 단아하고 차분한 풍미가 내가 본 어머니의 전형적인 이미지였다. 그런 분이 장보러 온 아저씨를 반강제로 붙잡은 뒤 생선 꼬리를 잡아 눈앞에 올려 흔들고는 물 좋은 놈이라고 외치기에 여념이 없었다. 유들유들하고 느물느물한 살가움으로 아니 조금은 농염한 태도로 남자손님에게 치대는 모습은 충격이었다. 세상에 치이고 닳아서 남의 눈 따위는 전혀 의식하지 않는 뻔뻔함마저 묻어났다. 결국 흥정이 이루어진 생선을 커다란 네모 칼로 단번에 내리쳐 토막 내는 어머니의 모습은 처음 보는 낯선 것이었다.

"엄마……"

충격과 안쓰러움을 안고 가까이 다가갔을 때 아들을 발견한 어머니는 당황한 듯 어서 돌아가라며 손사래를 쳤다. 당신의 모습도, 내가 생선 장수의 아들이라는 것도 세상에 보이고 싶지 않다는 뜻을 담아 손을 강하게 내저었다. 누군가 어머니를 봤다면 일견 최선을 다해 열심히 사는 자랑스러운 어미의 모습이라 여겼을 테지만 아들로서의 관점은 슬픔어린 연민이 전부였다. 네 살 딸을 잃어버린 뒤로 어머니는 한 넋을 내려놓고 살았다. 여자여야 할 이유도 없었고 여자일 필요도 없었다. 다시는 행복을 꿈꿀 수 없는 절망어린 어미로만 살았다.

그 일이 일어난 뒤로 누군가에게 원수를 갚듯 죽어라 공부했던 나는 결국 의대에 합격하고 의사가 됐지만 막상 되고 보니 큰 위로는 되지 않았다. 아무리 아들이 번듯하게 산다 해도 남편 잃고 딸 잃고 하나 남은 아들을 인생의 유일한 희망으로 삼아 버티고 견디며 살아온 세월을 아무도 어머니에게 되갚아줄 수는 없었다. 욕망이 상실의 틈을 메울 수는 없었다.

온몸을 던져 세상과 싸우며 외아들을 뒷바라지 해온 어머니는 이제 부서질 듯 얇은 몸피로만 남았고 그 대가로 우리 모자는 바라던 것들을 모두 얻었다. 그런데 어머니의 허망한 눈빛은 무엇인지, 역류성 식도염처럼 자꾸 속에서 올라오는 쓰디쓴 이물감은 또 무엇인지…….

2차 상담 때 현세라의 눈에서 발견한 이물감 때문인지 지난 한 주간 거의 매일 그녀의 인스타그램을 방문했다. 타인들의 관심을 목적으로 올려놓은 공적인 인스타그램 사진을 들여다보는 일이 왠지 성인잡지를 몰래 숨겨놓고 보는 사춘기 소년처럼 비밀스럽고 부끄러웠다. 인스타그램의 셀럽이자 인플루언서인 비너스병원 고객의 사진을 이따금 검색하고 정보를 얻는 일은 당연하고 합당한 행위인데 왜 부끄러운지 모를 일이었다.

어제 오후에 방문했을 땐 새로운 사진들이 다량 업데이트 되어있었다. 맑은 햇빛이 백색으로 분사되고 있는 고즈넉한 해변에 서서 그녀가 활짝 웃었다. 꽃무늬 비키니 위에 하얀 시스루 카디건을 걸친 모습이 단숨에 동공으로 빨려들 듯 들어왔다. 탐스런 연갈색의 긴 웨이브 머리가 오른쪽으로 가지런히 모아져 앞가슴으로 자연스럽게 흘러내려져 있고 왼쪽 귀 바로 위에는 커다란 꽃핀이 꽂혀 사랑스러움을 더했다. 오른손은 한쪽으로 흘러내린 긴 머리를 만지고 있고 왼손은 청량한 과일 스무디가 든 유리잔을 든 채였다. 흡사 해변에 선 비키니 차림의 비너스를 보는 것 같았다. 호라이의 환대를 받으며 이제 막 해변가에 도착한 비너스라 해도 손색이 없었다.

어떻게 보면 설정 자체는 굉장히 유치한데 비키니 차림과 포즈, 미소, 커다란 꽃핀까지도 처음부터 하나인 양 완벽하게 잘 어울렸다. 자연의 신비가 그대로 간직된 비밀스런 해변에서 그녀는 한 인간이 아니라 오로지 한 여성女性으로만 존재했다. 그린블루의 바다 빛과 해변의 백색 모래 빛이 하나로 어우러져 숨겨진 천국의 요새를 보는 것 같았다. 하늘과 바다의 경계가 없는 그곳이 어디인지 궁금했다. 카메라의 보정작업 없이 그대로 담아낸 바다색과 모래색이라면 나도 언젠가 꼭 한 번 가보고 싶은 마음마저 들었다. 병원 운영도, 안면윤곽수술도, 시한부의 어머니도, 무심한 부부관계도, 네 살 승희도 모두 잊고 눈과 가슴에 푸른색과 백색만 담을 수 있다면 좋겠다는 갈망이 순간 차올라서 내 속에 깃든 의외의 욕구에 스스로도 깜짝 놀랐다.

사진 속 해변에는 오직 현세라만 보였지만 그녀를 찍어준 보이지 않는 위험한 한 사람이 단번에 감지됐다. 바로 눈앞에서 사진을 찍고 있었을 누군가에게 그녀는 더없이 환한 미소와 가리지 않은 자신을 다 보여주고 있었다. 하얀 치아를 드러내고 활짝 웃는 그녀는 무척 행복해 보였다.

사진 아래 타이틀은

'비너스의 해변'

#비너스 #몰타 섬 #블루 라군 해변 #천국의 요새 #오직 둘만의 시간

#파라다이스

느닷없는 정체불명의 경쟁심은 내 속에서 다시 불꽃처럼 타올랐다. 까닭모를 질투는 그녀가 몸담고 있는 세계에 대한 경멸인지, 그녀에게서 나를 발견한 두려움인지, 그녀와 나를 기분 내키는 대로 무조건 끌고 다니는 세상에 대한 분노인지는 정확히 알 수 없었다. 현세라가 서 있는 비너스의 해변이 암시하는 이미지는 미美가 아니라 성性으로 느껴졌고 나아가 결국은 돈으로 다가왔기 때문이다.

하늘의 신 우라노스와 대지의 신 가이아 사이에서 태어난 막대 아들 크로노스, 어느 날 그가 어머니 가이아의 자궁 안에 숨어 있다가 아버지 우라노스의 성기가 들어오자 낫으로 잘라서 던져버렸다는 바다, 그 바다 한가운데 일어난 하얀 거품에서 태어나 여성의 성기를 상징하는 조개껍데기 위에 올라탄 비너스…… 그녀가 비너스로 환치된 건 지나친 상상이었을까. 신화 속

성애性愛의 냄새가 한 장의 사진에서 짙게 풍겨났다.

전쟁의 신 아레스와 불륜으로 대낮 뜨거운 정사를 나누다가 태양의 신에게 발각됐던 아프로디테의 거침없는 욕정. 결국 포르노의 어원이 되고 만 여신의 이름, 아프로디테 포르네! 아프로디테의 욕정이 그대로 이식된 몸의 소유자 이미지가 돋보기로 보듯 확대되었다. 적어도 사진 속에선, 거품 가득한 성애性愛의 해변에서 그녀는 아프로디테 이미지를 입고 이제 막 비너스로 탄생하려는 여자로 보였다. 사진을 찍어준 남자와의 성 행위가 그녀의 자연스런 책무처럼 느껴진 건 나의 과람한 착각이었을까.

산드로 보티첼리의 그림 〈마르스와 비너스〉를 처음 봤을 때 지독한 성애의 냄새를 맡았다. 그림의 모델이 시모네타 베스푸치와 줄리아노 데 메디치라는 얘길 들었기 때문인지도 모른다. 사랑의 여신 비너스와 뜨거운 정사 끝에 혼곤히 잠든 전쟁의 신 마르스에게서 욕망의 최고치와 이제 막 여과 없이 풀어낸 남녀의 성애를 봤다. 현세라와 사진을 찍어준 묘령의 남자는 무인도 같은 블루 라군 해변에서 비너스와 마르스로 변신해 한껏 부푼 욕망을 쏟아내고 돌아왔을 터였다.

사업 홍보 목적보다는 그녀의 사생활을 보란 듯이 게재한 사진임이 분명했다. 몰타의 해변이라고 하지만 아직은 바다에서 수영할 계절은 아닌데 싶어 사진에 눈을 고정해 자세히 들여다보자…… 무인도 해변에서 해사한 웃음을 발사하며 스스럼없이 비키니 차림으로 사진을 찍고…… 사진을 찍어준 묘령의 남자와 껴안고 키스를 나누며 부드럽게 애무하고…… 달짝지근한 지중해의 밤, 고급와인을 마신 뒤 호텔 침대 위에서 뜨거운 정사를 나누는…… 욕정에 뒤엉킨 남녀의 모습이 빠른 영상으로 떠올랐다. 순간 그녀의 오빠라도 된 듯, 묘령의 남자와 위험이 감지되는 환경을 향한 질투심은 불꽃처럼 타올라 내 심장을 사를 것만 같았다. 눈앞에서 자살하려는 사람을 보는 것처럼 초조했다.

'묘령의 남자, 그의 정체는? 이해되지 않는 이 질투심의 정체는?'

매번 자가진단의 시간을 보냈지만 남자의 정체에 관한 질문만으로 날 선 질투 탐색은 어차피 불가능했다. 그 질문 하나로 피붙이 같은 연민을 느끼는 내 생뚱한 감정이 상대방의 심리를 꿰뚫어보는 그녀에게 바로 탄로 날게 분명했다. 겨우 1987년생 서른네 살이라는 나이 하나 때문에 연민 따위에 휘말려들다니, 앞으로 가능한 불필요한 말을 하지 않는 게 안전해보였다.

"세라 씨, 첫 상담 때 거의 반년을 해외에서 보낼 만큼 여행을 좋아한다고 들었는데 근간에도 혹 다녀온 곳이 있나요?"

"감사해요. 만나기도 어려운 원장님께서 제 사생활도 다 기억해주시네요."

"사생활을 기억하기 보다는 곧 수술을 하게 될지 모르는 고객의 심신 상태에 대한 관심이라고 하면 맞겠죠? 수술 전후에 무리하면 안 되니까."

어떤 경우에도 심리적 방어의 끈을 놓고 방심하는 건 금물이다. 미인들을 일상처럼 대하는 직업 특성상의 강령이기도 하지만 고객이 아니라 자꾸 여성으로 각인되고 싶어 하는 그녀 앞에선 어떤 틈도 보여주면 안 된다.

"지난 목요일에 몰타로 떠났다가 월요일에 돌아왔어요. 블루 라군 해변에서 아이처럼 신나게 놀았어요. 그곳 바다와 해변이 참 예뻤어요."

누구와 다녀왔는지 묻고 싶은 말이 목구멍까지 올라오지만 애써 삼킬 수밖에 없다. 거품 가득한 욕정의 바다에서 이제 그만 나오라고, 우라노스의 성기로 가득한 더러운 바다에서 이제 그만 탈출하라고 소리치고 싶다. 당신은 성기 주변에 일어나는 더러운 거품에서 태어날 여자가 아니라고 어깨라도 잡고 강하게 흔들어대고 싶다.

“확실히 위험한 땅이 탐날 만큼 아름답더라구요.”

“블루 라군이 위험한 땅인가요?”

“블루 라군은 몰타 섬과 고조 섬 사이에 있는 코미노 섬 해변이에요. 무인도인데 몰타에서 가장 아름다운 곳이죠. 블루 라군의 수온이 낮아져서 해수욕을 할 수 없을 때는 코미노 행 페리를 운행하지 않거든요. 5월에서 10월 사이에만 섬을 방문할 수 있답니다. 그런데 우린 3월인데도 배를 타고 그 섬에 들어갔어요.”

“페리가 운행하지 않는데 어떻게……”

“돈으로 안 되는 게 없죠. 페리는 아니지만 둘만의 배를 며칠 간 샀던 거죠. 코미노 섬으로 들어가는 길은 십오 분이면 되지만 파도가 의외로 높고 거칠었어요. 작은 발동기로 움직이는 배가 어떻게 거친 파도를 헤쳐 나갈 수 있을까 염려했는데, 실제로 운행 내내 배가 심하게 흔들렸어요. 위험한 땅에 발을 들여놓았다는 생각에 꽤 무서웠어요. 그런데 정작 관광객이 전혀 없는 무인도에 도착하고 보니 감탄할 만큼 아름다운 거예요. 제가 느끼기엔 몰디브보다 더 아름다웠어요. 사람 없는 블루 라군 해변은 숨이 막힐 정도로 예뻤어요. 완전한 그린블루의 세계랄까요? 위험한 만큼 아름다움을 누릴 수 있다는 생각을 또 하게 됐어요.”

“시칠리아에 두 번이나 다녀왔는데도 근처에 있는 몰타 섬엔 아직 못 가봤네요. 세라 씨가 이번에 블루 라군에 대해 깊은 묵상을 했군요. 위험한 줄 뻔히 알면서도 너무 아름다워서 포기 못한다는 말, 굉장히 심층적인 묵상인데요?”

“묵상까지는 아니구요……. 원장님은 아마 그 말의 의미를 이해 못하실 거예요."

"왜 내가 이해 못할 거라고 생각해요?"

눈앞의 여자가 위험한 환경에서 외줄타기를 하며 살고 있다는 걸 예감하면서도 짐짓 감정을 싣지 않은 백치에 가까운 담백한 표정으로 그녀를 쳐다봤다. 내 삶은 전혀 당신의 삶과 상관도 없고 당신이 살고 있는 세상과는 전혀 다른 깨끗한 세상에 속해 있다는 듯. 그녀로부터 확실한 한 걸음을 떼는 일이 순간 어렵게 느껴진다. 어색하다.

"원장님은 살면서 한 번도 치명적인 상처를 받아보지 않았을 테고 한 번도 위험할 만큼 어렵게 살아본 적도 없을 테니까요."

"내 삶이 얼굴에 써져 있기라도 한 것처럼 말하네요."

"적어도 이만한 환경을 누리고 있다는 건 인생의 상처나 위험과는 거리가 멀거든요. 온 몸에 화살을 맞고 죽어가는 사슴의 마음을 원장님이 어떻게 알겠어요?"

"세라 씨 얘길 들으니 프리다 칼로의 그림이 생생하게 떠오르네요. 상처 없는 사람은 아무도 없다는 거, 세라 씨도 충분히 이해할 나이 아닌가요?"

"만약 이만한 환경에 살고 계신 원장님이 치명적인 상처를 품고 있다면 이 환경은 인생을 다 던져버리거나 영혼을 팔아서 얻은 것일 확률이 높겠죠."

새삼 고급스런 진료실을 휘 둘러보면서 점술가처럼 내 인생을 함부로 가늠했다. 마치 모든 상처가 물질에서 발아되는 것처럼. 상처의 시절이 내 인생에 선명하게 인화돼 있다고 볼 때, 그녀의 말대로라면 난 인생을 다 던져버리거나 영혼을 판 대가로 지금의 환경을 누리고 있는 것이 된다. 결코 부인할 수 없지만, 부인할 수 없기에 기분이 상당히 나쁘다. 진실이 때로는 진저리쳐질 만큼 싫을 때가 있지 않은가. 그렇다면 나는 아내의 집안 재력에 내 영혼을 던졌거나 판 것이 되는 것이다. 아무것도 생각하지 않고 오직 그 하나에만 집중하면서 말이다. 어쩌면 크로노스가 던져버린 우라노스의 성기처럼 처가의 재력에 내 더러운 욕망을 던져버린 건지도 모른다. 영혼을 팔아버린 대가로 그곳에 보글보글 거품이 일어나고 물질적 영화가 태어났는지도 모른다.

"원장님, 혹시 기분 나빴어요? 기분이 나쁘다는 건 깊은 상처를 건드렸다는 뜻인데……. 설마 아니죠?"

짐짓 묘한 미소를 지을 수밖에 없는데 그 미소의 진위조차 그녀가 알고 있을 것 같아 입술 근육이 뻣뻣해진다. 고객으로부터 이처럼 예의에서 벗어난 질문을 받은 건 처음이다. 너나 할 것 없이 을의 입장에서 갑을 예우하고 존경해마지 않는데 그녀의 몰상식적인 태도는 수용하기 쉽지 않다.

"그런데 원장님. 왜 위험한 건 항상 아름답게만 느껴지죠? 도저히 포기할 수 없을 만큼 매력적이거든요. 길가에 핀 꽃보다 절벽 위에 핀 꽃이 매력적인 것처럼 말이에요. 위험을 감수하고라도 절벽 위의 꽃을 따고 싶은 그런 얄궂은 마음은 어디서 오는 걸까요?"

현세라의 말이 내겐 공허하면서도 의미심장하게 울려온다. 욕망의 끝을 알기에 공허하고 그래도 내려놓을 수 없다는 걸 알기에 의미심장하게 들리는 걸까. 그녀는 무엇에 매혹돼 손에 쥔 위험한 것을 내려놓지 못하는 것인지 구체적으로 낱낱이 파헤쳐 보고픈 욕구가 다시 목구멍까지 올라온다. 좀 전의 각오는 어디로 흩어진 걸까.

"세라 씨는 이번 성형수술을 통해서 어떤 위험하고도 아름다운 것을 가지고 싶은가 봅니다."

순간 또 내 주제를 뛰어넘는 발언을 하고 말았고 한계선 밖으로 심리가 끌려가고 있다는 자각이 퍼뜩 들었다. 침묵하자고 결심했는데 경박한 입술은 고객을 앞에 놓고 또 말장난을 하고 만 것이다. 수술과 인생의 위험을 나란히 언급하면서 인생의 위험에 무게를 두려 하다니.

"절벽 위의 꽃은 절벽 위에 올라가지 않으면 꺾을 수 없으니까요."

그녀의 답문은 단단히 금을 그어 내가 있어야할 안정된 위치를 벗어나면 안 된다는 경각심을 일깨운다. 다시 화제 전환이 필요한 시점으로 보인다.

"세라 씨의 인스타그램을 보는 여자들마다 세라 씨 삶을 무척 동경하겠어요. 일상처럼 누리는 해외여행에 명품 가방과 명품 옷들에 아름다운 얼굴과 몸매에…… 그러고 보면 세라 씨는 풍요의 여신 같은데요?"

"풍요의 여신이요? 좋죠. 그보다 좋은 호칭이 세상에 또 있을까요? 세상 모든 사람들의 목표죠. 그런데 미의 여신이 풍요의 여신이 되기 위한 전제 조건이라는 거 아세요?"

"아뇨, 사실은 둘 다 같은 뜻이에요. 어차피."

지금까지의 부드러운 기조 대신 필요 이상으로 단호하게 답하는 내 어조에 뜻밖이라는 표정이 됐다. 동그랗게 눈을 뜨고 눈앞의 의사가 무슨 말을 하려고 이러나 하는 새삼스런 호기심을 드러낸다. 이 순간에조차 현세라는 지극히 아름답다.

"지중해 키프로스 섬에서 탄생한 미의 여신 아프로디테는 사실 동양에서 전해진 풍요의 여신이에요. 키프로스 섬 자체가 동양과 서양의 경계가 모호한, 두 문화가 혼재된 지중해에 위치해 있으니 그럴 만도 하죠."

"아 그래요? 재밌는데요? 언젠가 그 섬에도 꼭 가봐야겠어요. 여신의 섬이라면 더더욱."

"제 아내도 아마 지금쯤 그 섬에 있을지도 모르겠어요. 지난주에 신화 속 여신들의 발자취를 따라 특별기획 여행을 떠났거든요. 혼자 신나서 가버렸어요."

하늘의 신 우라노스가 생식기를 절단당할 때 뿜어져 나온 피가 떨어진 곳에 거품이 일면서 아프로디테가 태어났다는 신화의 바다를 바라보며 아내는 감탄하고 있을지도 모른다. 관능과 생식과 거품에 매료되어 바다를 망연히 바라보고 있을지도 모른다. 위장을 절단당할 때 뿌려진 피로 육 개월 여 시한부 거품이 된 시어머니의 인생에는 일말의 연민도 느끼지 못하겠지만…….

"사모님이 원장님을 두고 혼자 가버리신 거예요? 어떡해요. 그럼 원장님은 저랑 같이 가실래요? 키프로스 섬으로."

그녀가 손으로 턱을 괴며 상큼하게 웃는다. 농담을 가장한 유혹적 행동에서 연극성증후군이 다분히 느껴지지만 짐짓 무심한 얼굴을 가장하며 이내 원조 여신에게로 화제를 돌렸다.

"아프로디테는…… 그러니까 동양의 페르시아 이전의 나라 앗시리아나 바빌론에서부터 존재해온 이슈타르 여신의 변형이에요. 수메르에선 이난나, 페니키아에선 아스타르테로 불리기도 했지만 어차피 같은 여신이에요. 종족 따라 부르는 이름은 달랐지만 결국 메소포타미아 지역의 여신인 게지요. 메소포타미아 지역의 이슈타르가 무역을 했던 페니키아 사람들에 의해 그리스에 전해지면서 아프로디테로 변신하고 진화한 겁니다. 어때요, 재밌지 않아요?"

"정말요? 처음 들어요. 그 얘긴 학창시절 역사 시간에도 들어본 적 없었던 것 같아요. 여신에게도 그런 진화 과정이 있었군요. 신기한데요?"

"성형상담 시간이 역사 시간보다는 미에 더 미세한 현미경을 쓸 줄 알아야겠죠?"

"바빌론의 이슈타르가 그리스의 아프로디테로 진화했다는 증거가 있나요?"

“음, 이슈타르도 아프로디테도 금성을 상징해요. 둘 다 금성 즉, 새벽별의 여신으로 불리고 있다는 게 동일여신임을 뒷받침하는 명백한 증거예요. 아프로디테에서 변신한 비너스도 결국 알고 보면 여러 번의 진화를 거친 동양 여신이란 말이 되는 거죠. 그런데 그 이슈타르가 고대 중동지역에서는 풍요의 여신이었거든요.”

“한번 보고 싶네요. 궁금해요, 여신 이슈타르.”

“알몸으로 서 있는 이슈타르를 세라 씨도 언젠가 역사도감에서 본 적 있을 거예요. 유방을 강조해놓았죠. 고대사회에서 풍요란 곧 다산이었으니까요.”

“다산의 여신요? 미의 여신과는 거리가 먼데요?”

“자식을 많이 낳아 노동력을 확보하고 종족을 성장시키는 일이 고대사회에선 곧 풍요였으니까요. 다산의 결과를 낳으려면 당연히 성적으로 매력이 있어야 했겠죠. 다산이 성性을 전제로 한다면, 변증법에 의해 결국 성性과 풍요는 불가분의 관계에 있다고 봐야죠.”

성애의 여신이 곧 풍요의 여신이라는 사실은 그녀에게 위로가 되는 것인지 두려움이 되는 것인지 정확히 알 수 없지만 그녀의 머릿속에 떠올리고 있는 달콤한 연상작용을 가차 없이 와장창 깨버리고 싶은 뜬금없는 파괴 욕구가 고개를 쳐든다. 풍요를 세상 최고의 가치로 여기는 세계관에 보란 듯이 찬물을 들이붓고 싶어진다. 풍요를 위해서라면 외모도 성도 희생의 제단에 바칠 수 있는 담력을 한순간에 거품으로 만들고 싶다.

“왜죠? 왜 풍요는 미美가 아니고 성性인가요?”

“미美는 교묘하게 성性을 숨기고 있으니까요. 아니, 사실은 하나라고 봐요. 미와 성과 풍요는 복잡하게 얽혀 있는 것 같지만 뿌리는 하나예요. 사람이 아름다워지려고 하는 본능은 더 많은 이성들을 성적으로 매료시키고픈 욕망과 연결돼 있거든요. 세라 씨는 아닌가요?"

굳이 프로이드의 이론을 끌어오지 않더라도 우리 무의식에 내장된 리비도는 성의 본능을 매개로 삶의 욕구를 일으킨다는 사실은 누구나 아는 상식이 되었다. 인스타그램에 올려놓은 수많은 관능적인 사진들에서 표현하고 싶은 것도 실은 그녀의 매력적인 성일 테다. 매력적인 성을 매개로 풍요를 사들이고 싶을 것이다.

그런데 전혀 의외라는 듯 풍요가 왜 성인지 묻는 질문이라니, 말과 행동의 아귀가 맞지 않다. 순진한 체 하는 건지 백치인지 아니면 둘 다인지를 묻는 공격적인 공을 날려버리고 싶다.

"맞아요, 원장님. 그건 누가 뭐래도 반박의 여지없는 진리에요."

곧바로 수긍한다. 적어도 그녀는 위선 떨지는 않는다. 고매한 사람들 가운데 잠재된 위선을 수없이 봐오던 터다. 청담동 사모님들이 유방확대수술을 받으러 와서는 옷태를 핑계로 삼을 때마다 가증스러웠다. 돈과 시간을 가진 남편의 시선을 자신에게 붙들어두고 싶다거나, 역시 돈과 시간이 남는 자신이 제3의 남자와 밀애를 즐기고 싶다거나 하는 진실은 절대로 말하지 않았다. 그들은 성이 완전히 배재된 백 퍼센트 순수 미美를 강조하곤 했지만 그건 허상에 불과한 경우가 많았다. 가끔은 그들에게 성 때문이라는 자백을 받아내고 싶은 가학적 충동이 일 때도 있었다.

"이슈타르가 풍요의 여신도 되고 다산 혹은 성애의 여신도 된다는 말은 결국 하나의 정체성을 가리키고 있다는 말이 될 수도 있습니다. 비유하자면 샴쌍둥이의 세 얼굴이랄까요?"

"그럼 원장님 말씀은 아름다움이 곧 성이고 풍요라는 뜻이군요?"

"세라 씨는 그렇게 받아들였나요?"

"다르게 받아들여야 하나요?"

"음, 충분히 다르게 받아들일 수도 있죠. 내가 추구하고 있는 아름다움이 사실은 성애의 욕구와 풍요의 욕구라는 점에 주목하면서 미의 위험성을 감지할 수도 있지 않을까요? 내가 수술을 통해 얻고 싶은 게 무엇인지 재고하다보면 안면윤곽수술 여부도 재고할 수 있을 테니까요."

이슈타르, 오리엔트를 석권한 여신.

자신을 섬기는 자들에게 풍요를 허락하는 대신 산 제물을 요구한 양면적인 이슈타르 여신을 향해 바빌로니아인들은 수소의 생식기를 잘라 던지며 제사했다고 전해진다. 앗시리아인들은 이슈타르 여신에게 신탁을 받아 왕을 간택했고 이슈타르의 아들이 된 왕들은 몸소 극단적인 잔인함을 보여주었다. 전쟁에서 적을 사로잡아 산 채로 신체의 일부를 떼어내거나 가죽을 벗겨 죽였다고 한다. 자신의 애인 탐무즈를 구출하기 위해 지하세계로 내려간 이슈타르는 입구에서 길이 막혀버리자 지상의 사람들을 죽여 지하세계를 가득 채울 것이라고 협박했다. 거칠고 야성적이며 잔인하고 위험한 여신이다.

"전혀요. 당연한 진리에 위험성이라뇨? 원장님 얘길 들으니 오히려 아름다움이라는 게 더 값지게 느껴지는데요? 정말 다 가질 수 있는 세상 최고의 가치잖아요. 유일한 가치기도 하구요."

"이슈타르는 젊고 아름답고 성적 매력이 농후한 여신이지만 반면에 잔인하고 충동적인 여신이기도 해요. 자신을 숭배하는 자들에게 치명상을 입히기도 했죠. 다산과 죽음, 공정함과 적의, 방화와 진화 등의 양면성을 가진 특이성을 가졌어요. 그래서 이슈타르 신전에선 그녀의 비위를 거스르지 않기 위해 살아있는 사람을 제물로 바쳤다고 전해져요. 심지어 신전을 찾아온 남자와 여 사제 사이에서 아이가 태어나면 바로 인신제사로 드렸다니 끔찍한 일이죠. 세라 씨, 한 번 더 얘기하지만 아름다움은 항상 뒤에 치명적인 위험을 동반하고 있습니다. 세라 씨가 동경하는 비너스도 결국은 치명적인 위험을 숨긴 이슈타르일 뿐이에요."

어이없게도 진심을 내뱉는 스스로가 한심하다. 흔들림 없는 성형수술 옹호주의자와의 세 번째 성형상담에서 또다시 진실카드를 꺼내서 뭘 어쩌겠단 말인지. 지지부진한 수술상담의 오락가락 흐린 초점이 문득 지겹게 느껴진다. 치명적인 위험 확률을 지워버리기 위해 당신은 성형수술 중독의지를 중단하고 자연인으로 돌아가라고 조언할 확고한 의지도 없으면서 생각이 자꾸 박쥐처럼 오락가락 한다.

생선 장수의 피곤한 일상에도 불구하고 평생 드려온 어머니의 새벽기도쯤 간단하게 무시하고 욕망을 좇아 살아온 내가 눈앞의 고객이 비너스로 살건 이슈타르로 살건 상관할 일은 아니다.

"아름다움이 어떻게 외모에만 국한되겠어요? 원장님이 좀 전에 그랬잖아요. 미는 성을 교묘히 숨기고 있다고요. 미가 곧 성이라면 나는 물론이고 원장님도 지금 아름다움에 끌리고 계신 거 아닌가요?"

내 눈을 똑바로 쳐다보며 하는 질문에 심각한 정신증인가 싶어 내 눈 또한 그녀를 직시했다. 자신의 말이 얼마나 위험하고 엄청난 내용인지 알기나 하는지 그저 놀라울 뿐이다. 눈이 저돌적이면서도 뇌쇄적으로 빛난다. 눈동자에는 농 섞인 장난기가 감돌지만 전하고자 하는 메시지는 확연하다. 친절한 얼굴 뒤에 숨겨진 내 물질적 욕망을 이미 간파하고 있는 것이 확실하다. 결국 근원적인 욕망의 발현체는 돈과 성이라는 걸 그녀도 나도 암묵적으로 이미 동의하고 있는 것이다. 그럴 듯한 심리학으로 포장하고는 그 욕망의 발현체를 충동질하는 내 직업에도 순간적인 환멸이 느껴진다. 애써 고상한 학문으로 성형수술을 정당화해도 결국은 소비문화로 오염된 바다 한가운데 떠있는 거품임을 인정하지 않을 수 없을 때 허무한 빛깔의 환멸은 순간순간 찾아와 내 마음의 생기를 빼앗아 가곤 한다. 문득 리비도가 리비도 자신에게 경멸을 느낄 때가 있는 것이다.

하지만 순간적인 환멸을 심각하게 받아들인 적은 한 번도 없다. 이내 현실의 속삭임이 찾아와 달콤한 말로 만족시킬 걸 알고 있기에. 보암직도 하고 먹음직도 한 열매를 따면 너는 신처럼 눈이 밝아질 것이라는 감언이설에 또다시 내 영혼을 팔아버릴 것이 분명하다. 현실의 말은 너무나 달콤해서 한 번도 어기거나 포기할 수 없다. 현실이라는 당의정에 중독된 내면이 슬플지라도 그 효능만은 매번 거의 완벽하게 나를 만족시켜 왔으므로.

어머니는 아들이 안과의사가 되길 오매불망 바라셨다. 의대 육년 내내 어머니는 새벽기도를 드리러 가서 아들이 장차 세상에 인술을 베푸는 청빈한 안과 명의가 되길 빌고 또 빌었다. 장기려 박사처럼 가난한 자를 위해 인술을 기꺼이 내어주길 소망했고 희원이, 그러니까 신실하고 소박한 간호사 출신 아내와 함께 아프리카나 아시아 오지의 선교지를 자주 방문해 무료시술을 베풀길 바라셨다. 동생 승희가 사라지고 난 후 눈물을 동반한 어머니의 기도는 집요하고 끈질긴 것으로 변했다. 살아남은 아들 때문에 어머니는 제정신으로 살지도 못했고 그렇다고 죽지도 못했으며 오로지 매달릴 수 있는 것이라곤 기도뿐이었다.

하지만 나는 어머니의 기도대로 살 수 없었다. 아니, 어머니의 기도대로 살고 싶지 않았다. 어머니가 입은 몸배 바지에 스민 생선 비린내와 얼굴마저 희미해진 승희의 낯빛 따위에는 모든 감각을 닫고 싶었다. 처음부터 없던 것처럼 외면하고 싶었다. 어머니가 당신의 육십 년이 원래 없던 것이길 바랄 때가 있다고 말했던 것처럼 나도 생선 비린내와 승희의 얼굴은 원래 없던 것처럼 살고 싶었다. 시치미를 떼고 모른 체하면 결국은 모르게 될지도 모른다고 여겼다. 원래 아프로디테였던 것처럼 입을 다문 베누스, 혹은 잔인한 이슈타르의 본성을 몰래 감추고 있는 비너스와도 같이. 그래서 늘 눈앞에서 나를 이끄는 욕망의 길을 충실히 따라갔다.

생각해보면 욕망이란 원시적인 진실함을 가진 아주 매력적인 지도자였다. 욕망이라는 지도자에겐 벌거숭이 그대로의 솔직함이 있어서 좋았다. 오직 돈을 위해 성형외과를 선택하고, 사랑 없이 부동산 재벌 딸과 결혼하고, 네 번의 상담으로 수술을 감행하도록 유도하는 일을 신이 선악과로 규정하고 금했다면 나는 신이 보란 듯이 선악과를 따서 먹은 죄인일 테다. 하지만 적어도 선악과는 솔직한 인간의 본능이고 감정의 요체라 믿어왔다. 눈앞의 여자에게 아무 가책 없이 수술을 부추기면 나는 풍요의 욕망을 채울 수 있고 그녀는 나를 통해 미의 욕망으로 가장된 성애의 욕망과 풍요의 욕망을 해소할 수 있을 테다. 혹은 어느 순간 살짝 내비치는 유혹적 태도를 받아들여 그녀와 단둘이 키프로스 섬으로 떠나 우라노스의 거품이 일고 있는 관능의 바닷가에서 원초적 모습으로 격렬한 정사를 나눈다면 더없이 잘 어울리는 한 쌍이 될 지도 모를 일이다. 성과 풍요의 맞교환…… 참 편리한 주제가 성립될 테다.

오직 기도로 살던 어머니조차 실은, 청빈하고 존경받는 의사 아들을 키워낸 기도의 어머니라는 영예를 얻고 싶은 욕망에 이끌리지 않았을까 하는 못된 생각을 한 적이 있다. 천상성과 지상성은 반드시 공존한다고 규정해야만 내 맘도 편할 것 같았기 때문이다. 세상은 어차피 욕망을 엔진 삼아 돌아간다고 편리하게 결론 내리고 나면 마음에 걸릴 것이 없을 것 같았다. 체기 없는 정신이 얼마나 단순하고 가벼울 수 있는지 보여주고 싶었다. 남편과 사별 후 평생 생선을 만지고 거칠게 토막 내며 살아왔지만 어머니는 봄에 태어나 봄에 죽고 싶은, 여전히 아름다움을 포기하고 싶지 않은 여자의 욕망을 죽음 앞에서조차 품고 있지 않은가.

"내 마음을 다 알고 있다는 듯 함부로 말하는군요. 내가 지금 세라 씨에게 끌리고 있다고 확신하는 거예요?"

"제가 느끼기엔 남자의 마음이 다 거기서 거기, 비슷한 것 같은데요? 아름다운 성에 유혹받지 않을 남자가 있나요? 치명적인 결과가 온다 해도 아름다운 성은 너무 탐스러우니까요."

"항상 예외는 있는 법이죠."

"예외인 그 남자도 욕망을 어렵게 이겨낼 뿐 욕망 자체가 없는 건 아니잖아요."

이제 정말 화제를 전환해야 한다. 더 깊이 파고들 문제가 아니다. 그녀의 욕망을 정확히 묘파해서 현실적으로 내가 얻을 수 있는 건 아무것도 없다. 결국은 허무한 거품뿐일 욕망이므로 이쯤에서 욕망을 거두고 수술을 하지 않겠노라 선언한다 해도 내게 무슨 유익이 있으랴 싶다. 신경정신과 의사 노릇을 하려는 게 아니라면 더 이상 인간의 원초적 욕구에 대해 집착할 필요는 없다. 다시 상업성에 충실하기 위해선 그녀의 외적 아름다움으로 초점을 옮겨야 하므로 나도 거품이 일어나는 키프로스 바다에 대한 혐오 따위는 그만 잊어야 옳다. 어디에 빠져 있었든지 헤어 나와야 한다.

"남자에게 욕망은 곧 성적 매력을 가진 여자이고 성적 매력을 가진 여자는 결국 아름다운 여자로 귀결된다는 얘기네요. 결론적으로 남자들에겐 아름다운 여자가 치명적인 유혹이 되는 거고요. 세 번째 상담을 하고 있는 지금, 세라 씨는 더 탐스런 유혹의 열매를 갖고 싶은 거구요. 정확한 진단이 됐나요?"

"뭐, 거의 맞는 요약말씀이에요. 이 프로 부족하지만."

"부족한 이 프로는 뭔지 궁금한데요?"

"저를 향한 아니, 정확히 말하면 저의 육체를 향한 남자들의 탐심은 이미 포화상태예요. 제 인스타그램 팔로어의 상당수가 남자들인 걸요. 여자들은 질투 때문에 안 보는 척하지만 내 삶과 육체를 들여다보고 싶어서 안달해요. 질투가 포화상태에 이르면 뭐든 검증하려고 들죠. 네 얼굴이 천연인지 증거를 대라, 네 학벌이 진짜인지 졸업증명서를 올려라, 네 집안은 어떤지 솔직히 개방해라, 네 남자친구와의 관계가 순수한 것인지 밝혀라 등등 그저 공격하기에 바빠요. 하지만 남자들은 또 달라요. 내가 누구인지 보다는 얼마나 육감적이냐에 더 관심을 가져요. 모든 상상력을 동원해서 나와의 육체적 파라다이스를 꿈꾸니까요. 돈이나 권력, 지위 등의 무기를 내세워 유혹하려 들거든요. 구애하기 위해 애쓰는 모습을 보면 아무리 직위가 높고 점잖은 사람이어도 어린아이 같아요. 어떻게 보면…… 내가 누리는 모든 것들은 나를 선망하는 남자들이 바치는 제물 같은 건지도 모르겠어요. 사이비 신흥종교? 하하. 말해놓고 보니 정말 딱 맞는 말이네요. 사이비 신흥종교 맞아요. 사실 제가 수술하려는 이유도 그 종교에 어울리는 완벽한 여신이 되고 싶은 거니까요."

그녀는 이슈타르처럼 거칠고 야성적으로, 심지어 잔인하고도 위험한 말을 거침없이 내뱉는다. 첫 상담 때의 상냥하고 향기로운 여인은 어디로 갔는지…… 심각한 나르시시즘과 자기애성콤플렉스 증상이라고 굳이 말해줄 필요는 없다. 지독한 자기효능감과 지독한 열등감을 동시에 지니고 있을 법한 복잡다단한 심리에 오히려 독이 될 수도 있을 테다. 무엇보다 내 수입에 그렇다.

"그렇다면 지금 운영하고 있는 세라스타일도 세라 씨를 신봉하는 누군가의 제물로 만들어진 건가요?"

경계를 넘어 밟지 말아야 할 땅을 밟아버렸다. 단도직입 질문이 지극히 사적이고 위험한 것이지만 그녀의 나르시시즘을 충족시켜 줄 뿐 아니라 그녀가 처한 위험수위를 감지할 수도 있을 것 같아 공격적으로 물었다. 질문하면서도 어느 쪽으로 질문을 수용할지 궁금하다.

"맞아요."

망설임 없이 자신의 육체가 신흥종교의 숭배 대상이라고 수긍하는 현세라……

어쩌면 본질보다 이상화 된 인간세계의 모든 것은 신흥종교라는 생각이 든다. 시모네타를 비너스로 그려낸 산드로 보티첼리 역시 죽어버린 한 여성을 숭배한 광신도라고 표현할 수도 있을 것이다. 이루지 못한 사랑에 목이 말라 혹은 자신을 선대한 따뜻한 기억을 지울 수 없어서 차라리 한 여자를 종교화 해 숭배한 것인지 누가 알겠는가.

피렌체 가죽 장인의 아들로 태어나 금 세공사 훈련을 받으며 성장한 보티첼리는 그 이름의 뜻조차 '작은 술통'에 불과한 평범한 남자였다. 열여덟 살에 화가 프라 필리포 리피[19] 아래로 들어가 혹독한 수련의 길을 걷다가 베

19) 프라 필로포 리피: 1406~1469 르네상스 미술의 두 번째 세대에 속하는 피렌체 출신의 화가 마사초와 안젤리코의 영향을 받았으며 표현의 명쾌함이 두드러진 그림을 그렸다.

로키오[20]의 제자가 되고 마침내 독립해 화가의 길을 걷게 된 그는 외모나 집안 배경에 대한 자격지심이 컸다. 비쩍 마른 몸에 수척한 얼굴을 가진 외모를 그의 자화상을 통해 확인할 수 있다.

시모네타가 피렌체에 나타나자마자 그녀의 미를 숭배한 시민들은 그녀를 '시모네타 라 벨라'로 부르며 클레오파트라보다 아름다운 여인으로 숭상했다. 그녀에게 구애할 수 없는 신분의 벽에 절망했던 무명 화가의 연적은 상상 속에서조차 경쟁할 수 없는, 산타크로체 광장에서 우승을 차지한 줄리아노 데 메디치였다. 열망하지만 소유할 수 없는 육체적 사랑을 보티첼리는 차라리 평생 홀로 살면서 정신적 사랑의 대상으로 승화해 흠모했던 것은 아닐까. 시모네타가 요절한 뒤에 마치 성모 마리아처럼 성스러운 여인으로 이상화하여 붓으로 그려냄으로써 자신만의 여신으로 체현해낸 건지도 모른다. 어쩌면 기도하듯이 혹은 제사하듯이 혹은 성모 마리아를 대하듯이 붓의 한 터치 한 터치마다 숭배의 마음을 담았으리라. 아이러니하게도 시모네타의 죽음을 애도하며 괴로워할 때 그는 가장 많은 그림을 창조해냈다. 보티첼리에게 비너스를 그린다는 것은 곧 그녀를 제사하는 것과 동일한 행위였을지 누가 알겠는가. 하여 〈비너스의 탄생〉에서도 〈프리마베라〉에서도 어느 미술평론가의 말처럼, 시모네타의 얼굴을 초월적인 무표정 속에 가둬두고 슬픔 속에서 피어나는 영원한 거룩성을 담아내고 싶었는지도 모른다. 그녀는 평생 목숨 바쳐 헌신하고 제사할 여신으로 이상화 되었고 보티첼리는 죽음 앞에서도 그의 여신 묘지 옆에 묻어달라는 유언을 남겼다. 그녀는 보티첼리에게 모든 것이었고 종교였다. 이유는 단 하나, 그녀가 그에게 너무도 아름다웠기 때문이다.

---

20) 베로키오: 1435~1488 르네상스 시대의 피렌체 화가. 레오나르도 다빈치와 페루지노의 스승이었고 메디치 가문의 후원으로 그림과 조각을 창작했다

"관능을 숨긴 성실은 아무 것도 얻을 수 없었지만 관능에 사랑을 더했더니 많은 것을 얻을 수 있었어요."

사적인 질문에 대해 너무도 솔직한 답이어서 놀랍다. 내 질문을 긍정적으로 받아들여 신흥종교의 제사장쯤으로 수용한 결과인 것 같아 더 놀랍다. 관능을 대가로 많은 것을 얻게 해준 그 남자가 블루 라군 해변에서 사진 찍어준 사람이냐는 질문까지 하려다 그만두었다. 지나치게 사적인 질문인데다 그녀를 향한 개인적인 연민과 염려를 재차 들키고 싶지 않아서다.

"남자들은 내 육체를 원하면서 다가오지만 전 반드시 적당한 거리를 둬요. 하지만 내가 정말 몰입하여 사랑할 수 있는 사람이 나타났을 땐 주저하지 않고 지독한 사랑에 빠져요. 육체라는 제물을 태워서 나의 인생이라는 신에게 제사하는 거죠. 그럴 땐 육체관계가 곧 제사와도 같아요. 아무 것도 생각하지 않고 그 순간에 완전히 몰입해서 순수한 사랑을 나누니까요. 지금, 여기, 나 자신이 만질 수 있고 경험할 수 있고 느낄 수 있는 것만 진실이라고 믿어요. 다른 건 안 믿어요."

"세라 씨는 감각적인 것만 믿나 봅니다."

"가장 진실하니까요. 허공에서 떠도는 것들은 너무 나약하거든요. 이를테면 육체 뒤편에 있는 고결한 정신이라든지, 외모에 가려진 성숙한 성품이라든지, 고난 뒤에 숨어 있는 인생의 유익이라든지……. 모두 인간이 자신을 지켜나가고자 하는 헛된 위로가 아닐까요? 이건 순전히 경험이 가르쳐준 진리예요."

순간 희원이의 얼굴이 떠오른다. 같은 대학 봉사 동아리에서 만나 연인이 됐던 간호학과 여학생 이희원. 순한 얼굴과 순한 마음을 가진 순한 여자.

“아무 것도 해 줄 수 없어서 미안해, 오빠.”

희원이는 나와 사귀던 대학생활 사년 내내 미안해했다. 가난한 부모님 밑에서 아르바이트로 겨우 학비를 충당해가며 대학을 다니던 희원이는 사랑하는 연인의 비싼 의대 등록금을 대신 내줄 수 없는 상황에 무척이나 안타까워했다. 과외로 생활비와 하숙비, 학비를 충당하는 내 상황을 자신의 과오처럼 여기곤 했다. 천사처럼 따뜻한 위로와 격려를 보내주었고 연인을 위한 진실한 기도에 영혼을 집중했다. 나를 바라보는 희원이의 눈빛은 어머니를 닮아 있어서 가끔 놀라곤 했다. 희원이가 날 인격적으로 사랑한다는 걸 굳이 말하지 않아도 시선만으로 충분히 느낄 수 있었다. 그래서 항상 고마웠다.

하지만 그뿐. 정작 희원이가 현실적으로 내게 해줄 수 있는 건 아무 것도 없었다. 내내 미안해하는 그 태도가 오히려 답답했다. 동아리에 이름만 올려놓고 내가 오로지 과외 아르바이트와 공부에만 매달리는 동안 희원이는 방학마다 동아리 회원들과 함께 의료선교를 떠났다. 중앙아시아 키르키즈스탄과 서아프리카 시에라리온, 인도와 중국 오지 등으로 떠나서는 매번 학과 사무실로 엽서를 보내오곤 했다. 조교 형이 전해주는 엽서에서 중앙아시아의 초원 냄새와 서아프리카의 붉은 흙냄새와 인도의 향냄새가 났다.

‘승우 오빠. 선교지에 오면 한 가지만 생각하게 돼요. 기쁨이란 거요. 여기에선 하루 종일 치료활동에 잠 잘 시간조차 부족하지만 내가 너무 많은 걸 받아 누리며 살고 있다는 사실에 감사하게 돼요. 세상이 줄 수 없는 기쁨을 이곳에서 발견하게 되네요. 가난한 마음 같은 거요. 물질세계에선 절대 느낄 수 없는 것들이요.’

‘오늘은 에이즈에 걸린 엄마와 아기가 찾아왔는데 우리가 해줄 수 있는 게 아무것도 없어서 그냥 부둥켜안고 울었어요. 인간의 한계를 뼈저리게 느낀 하루였어요. 오빠도 같이 왔으면 좋았을 텐데……. 어쩐지 이곳이 오빠와 잘 어울릴 것 같아요. 보고 싶어요, 승우 오빠. 다음엔 꼭 같이 와요. 인술을 베푸는 오빠를 그려봤어요. 만날 때까지 안녕히.'

모두들 열공에 빠진 도서관 구석에 앉아 희원이가 보낸 엽서에서 피어나는 향기가 영원히 내가 도달할 수 없는 천국의 것인 양 서글퍼지곤 했다. 엽서가 오는 횟수가 늘어날 때마다 슬픔은 자꾸 깊어져만 갔다. 언젠가 한 번은 도서관에서 뛰쳐나와 뜨거운 8월의 햇살 아래 온 몸을 드러내놓고 소리 없이 울었던 기억이 있다. 작열하는 태양의 열기 아래 내 몸의 수분은 물론 목 안에 삼킨 짙은 슬픔까지도 다 증발되길 바라면서 앉아있었다. 그리고 다시 말간 몸으로 도서관으로 돌아가 공부에 매달렸다.

의대 수석으로 졸업하면서 성형외과를 택했다. 의학계에 줄도 배경도 없는 처지로 대학병원에서 자리를 얻으려면 수석의 영예 외에는 방법이 없었다. 허공에서 떠도는 나약한 정신과 성품과 고난의 유익은 비정한 현실에 무릎이 꺾이는 순간 단숨에 날아가 버리고 말 아주 가벼운 것들이었다. 희원이와 어머니가 기도로 열망했던 의료선교나 인술의 길을 간단히 던져버리고 돈이라는 제물을 태워서 나의 인생이라는 신에게 제사해왔다.

지금 여기 감각적으로 느낄 수 있는 물질을 믿으며 걷고 있는 객관적인 나를 현세라의 눈을 통해 지그시 바라보고 있다. 전이현상에 깊이 빠져드는 철모르는 상담자를 흔들어 깨워야할 상황이다. 이제 그만 상담의 최종 판결을 내려야 한다. 법정에서 피고인에게 최후 진술권을 부여하는 것처럼 질문했다.

"마지막으로 질문할게요. 세라 씨, 아름다움을 갈망하는 궁극적 목적이 뭐라고 생각해요?"

"존재감 아닐까요? 내가 여기에 있다. 그러니 나를 주목해 달라는 거 아닐까요? 사람들이 주목해줘야만 중요한 사람이 된 느낌을 받게 되니까요. 내가 중요한 사람이라는 정체성이 있어야 신나게 살 수 있잖아요. 그게 없이는 인생은 껍데기뿐이죠. 여러 분야의 고매한 분들도 다 자기존재감을 위해 살고 있는 거 아닌가요? 존재감을 빼앗기고도 고매하게 살 사람이 몇 명이나 될까요?"

"결국 수술대에 오르는 일이 존재감을 위한 투쟁 행위라는 뜻인가요?"

"어쩌면 존재감이라는 신에게 바쳐지는 희생제물일 수도 있겠죠."

존재감이라는 신.

내가 절대적으로 신봉하는 신이 아닐까 싶다. 나 죽지 않았으니까 여기를 보라고, 생선 비린내 따위에 젖어 사는 줄 알겠지만 여기 이렇게 상아탑에 살고 있으니 보라고, 대중매체가 신봉하는 귀인이 되었으니 여기를 주목하라고, 오로지 그 염원 하나로 걸어온 나의 길이었다. 생각해보면 자의식 강한 내가 진정 원한 건 딱히 돈도 아니고 명예도 아니고 여자도 아니다. 그런데도 지독하게 집착했던 건 돈과 명예를 통한 존재감 때문이었을까. 이상하게 존재감은 돈이나 명예에 비해 그럴 듯하다. 덜 천박하고 덜 현실적인 이미지로 다가온다. 현세라는 내가 제사하고 있는 그 교묘하고 고상한 신, 존재감을 벌써 꿰뚫어보고 있었단 말인가.

"그렇게 생각하면서도 끝내 수술을 감행하고 싶어요?"

"어쩔 수 없잖아요. 존재감 없는 세상에서 그냥 어떻게 살아요."

"지금도 세라 씨의 존재감은 충분해요. 오십만 명 가까운 팔로어만으로 부족한가요?"

"팔로어들은 신기루 같아요. 언제 사라질지 모르잖아요. 완전한 사랑에 덮여보지 못한 사람은 끊임없이 존재감을 증명해야 돼요. 내 존재감을 표현해야 한다고 DNA에 새겨져 있는데 나로서도 어쩔 도리가 없어요. 멈추고 싶어도 멈출 수 없는 걸요. 누군가로부터 너의 존재는 더럽고 누추하고 비루하고 초라하다는 음성을 계속해서 듣고 있는데 어떻게 멈추겠어요? 존재감이라는 신은 블랙홀과도 같아요. 모든 걸 삼켜버려요. 증명해놓으면 삼키고, 증명해놓으면 삼키고, 증명해놓으면 또 삼켜버려요. 수술대에 오르는 일이 존재감을 위한 투쟁 행위라는 말 정말 맞는 것 같아요."

"시지프스[21]의 형벌과 다를 바 없군요."

"아마도 그렇겠죠. 나도 시지프스처럼 멈출 수 없는 운명을 타고 났나 봐요. 그래서 아마 무용을 좋아했을 거예요. 단연 눈에 띄는 예술이잖아요. 어려서부터 남 앞에 드러나는 일이나 무대 위에 서는 일이나 관심을 끌 수 있는 일을 좋아했어요. 부러움을 살 수 있는 일이면 더 좋았어요. 부러움 섞인 관심을 듬뿍 받고나면 며칠은 행복했거든요. 생동감이 생겼죠. 죽지 않고 살면 이런 기쁨도 있구나 싶었어요. 그런데 물이 수증기로 증발하듯 며칠 뒤 생동감이 감쪽같이 사라지고 나면 또 목말랐어요. 무용수가 되면 일상처럼 무대 위에 서게 되니까 목마를 틈이 없지 않을까, 그래서 조금은 살아갈 힘을 얻을 수 있지 않을까 싶었어요. 남 앞에 서고 주목을 끌면서 숨을 쉬는 거죠."

"……"

"왜 그렇게 안쓰럽게 보세요? 다들 그렇지 않나요? 존재감이라는 신에서 자유로운 사람은 없을 걸요. 내가 무용이라는 예술로 주목을 받으려고

---

21) 시지프스: 하데스에서 언덕 정상에 이르자마자 굴러 떨어지는 무거운 돌을 다시 정상까지 계속 밀어 올리는 벌을 받은 인간

했던 것처럼 다른 사람들도 어떤 일을 통해서든 주목받으려고 하지 않나요? 어떤 사람은 큰돈을 벌어서 맘껏 쓰는 행동을 통해 주목받으려고 하지만 또 어떤 사람은 큰돈을 벌어서 어려운 사람을 돕는 행동을 통해 주목받으려고 하죠. 선한 일이라고 칭찬받는다 해도 결국은 존재감에 닿아 있을 걸요? 물론 정도의 차이는 있겠지만 세상 모든 사람들은 또 다른 시지프스인 걸요."

육체라는 제물을 불태워 인생이라는 신에게 제사하려는 여 사제에게, 아름다움이라는 제물을 드려 존재감이라는 신에게 제사하려는 여 사제에게 이제 다른 말은 필요 없을 것이다. 제물은 제사의 모든 것일 테니까. 여 사제를 설득해보려는 철모르는 놀이 따윈 그만 둘 때가 도래했다는 결론을 내렸다. 유방이 여럿 달린 해괴한 대지모신大地母神이 아프로디테의 진정한 원형이라 해도, 미가 곧 더러운 거품이 부글거리는 성이라 해도, 여전히 미를 찬미해마지 않는 고객이라면 자신의 성소에서 제사하도록 내버려둘 수밖에는 없는 것이다.

"세라 씨 뜻 충분히 알겠습니다. 이제 컴퓨터그래픽으로 세라 씨에게 가장 어울리는 얼굴 라인을 찾아보죠. 그래픽실로 먼저 가 계세요. 준비되면 곧 따라갈게요. 김 간호사가 안내할 겁니다."

'Wheel of fortune'

운명의 수레바퀴가 정방향으로 움직일 것인지 역방향으로 움직일 것인지 여전히 모를 일이다. VIP 고객에게 아프로디테의 전면적 영광과 이슈타르의 이면적 치부를 선택케 하려던 아주 잠깐의 진실한 순간에도 여전히 떠오르는 카드 한 장. 운명의 카드를 뽑아 올리기 전에 여러 개의 카드 중 이미 어떤 카드를 보고 끌렸다면 이미 다른 카드를 선택하기는 어렵다. 인생도 그런 것이다. 이해와 끌림은 어차피 하나가 될 수 없다. 수술 내든 외든 어디에도 확신은 없다. 그저 운명일 뿐이다.

세라의 메모

소년이 달려오고 있다. 희야~ 희야~ 소년의 음성은 메아리가 되어 누군가의 이름을 부른다. 다급하게 부르고 있지만 음성엔 깊은 슬픔이 배어있다. 그 음성을 듣는 내 가슴에도 푸른 슬픔이 파도처럼 출렁인다. 슬픔은 목으로 넘실대며 올라와 온 몸을 적실 것만 같다. 한 번 쏟아내면 더 이상 견딜 수 없을 것 같아 억지로 슬픔을 삼킨다.

나는 아무도 없는 동산의 벤치에 앉아 있다. 서쪽 하늘은 들불처럼 붉게 번져가고 그 위로 회색빛 어둠이 물감처럼 스며들고 있다. 쓸쓸한 서풍이 불어오고 있다. 소년의 음성은 끊어질 듯 희미하게 이어지다가 서풍을 타고 점점 이곳으로 번져온다. 희야~ 희야~ 소년의 가쁜 숨소리에 그 슬픔이 내게로 실려 온다.

나는 여전히 쓸쓸한 벤치에 앉아 소년을 기다리고 있다. 서쪽 하늘이 어두워지기 전에 나를 발견해주기를 간절히 바라지만 그를 향해 달려갈 수 없다. 아무것도 할 수 없다. 그저 무력하게 기다리고만 있다. 소년은 점점 언덕에 가까이 오르고 있다. 언덕 꼭대기로 나 있는 오솔길을 달려오고 있다. 희야~ 희야~ 소년의 헐떡임이 커질수록 나는 더 이상 목에서 출렁이는 슬픔을 삼킬 수 없을 것 같다.

저녁 공기에 배인 어둠은 자꾸 짙어진다. 붉은 서쪽 하늘은 회색으로 점점 희미해진다. 소년이 힘을 다해 가까이 오고 있다. 이제 언덕 바로 아래에서 소년의 음성이 들린다. 마지막 구릉만 돌아오면 만날 수 있을 것 같다. 희야~ 희야~ 목소리는 점점 커져서 거대한 우주의 소리로 변한다. 이제 곧, 이제 곧, 이제 곧, 소년을 만날 수 있다. 그런데 더 짙게 어두워진 하늘이 걱정된다. 소년이 내 얼굴을 찾지 못할까봐 두렵다. 어서 빨리. 어서 빨리. 소년이 맞은 편 구릉을 돌아온다. 기쁨과 슬픔이 뒤섞인 혼돈의 우주가 내 머리 위에서 맴돈다. 소년이 내 얼굴을 보려는 순간 하늘은 완전한 어둠으로 덮여버린다. 순식간에 아무것도 보이지 않는다. 희야~ 희야~ 어둠 가운데 슬픔만 남는다.

견딜 수 없어 슬픔의 강물을 토하는 순간 잠이 깼다. 똑같은 꿈을 며칠 간격으로 꾼다. 소년은 누구일까. 희는 또 누구일까. 소년은 왜 희를 애타게 찾으며 나는 왜 소년을 기다리는 걸까. 내가 희의 영혼을 느끼는 이유는 무엇일까. 왜 소년과 희가 나의 꿈속을 자꾸 방문하는가. 그 남자에게 쫓기는 악몽을 꾸고 나면 공포가 엄습하지만 소년의 꿈을 꾸고 나면 슬픔에 잠긴다. 잠에서 깨고 나면 한동안 도무지 아무것도 할 수 없다. 꿈일 뿐인데 왜 이토록 슬픈지 모르겠다. 가끔은 정말 꿈속 희가 되어 슬픔을 다 토해놓고 오래도록 엉엉 울고 싶어진다.

내가 누리는 밤의 세계는 공포와 슬픔뿐이다. 수면유도제의 양을 늘려도 쉽게 잠들 수 없고 겨우 잠이 들면 공포와 슬픔이 반복되는 꿈을 꾼다. S가 다녀간 날도 예외는 아니다. 밤의 세계는 낮의 세계와 연고자처럼 불쑥불쑥 다가온다. 낮의 세계와 밤의 세계 사이에 놓인 진폭은 점점 좁아지고 있다. 그런가하면 진통의 강도는 점점 세지고 있다. 진폭이 완전히 사라지고 진통이 극에 달할 때 나는 어쩌면 그 남자를 죽여 버릴 수도 있지 않을까. 나는 진통의 최고점에서 살인이라는 내 인생의 사생아를 낳을 수도 있을 테다. 수면유도제의 내성으로 고통 받는 밤이, 겨우 잠들면 반복되는 공포와 목을 넘어오는 슬픔이, 이젠 정말이지 힘들다.

낮의 세계까지 위협하는 밤의 세계를 베어내기 위해 어제는 그 남자가 살고 있는 동네까지 다녀왔다. 날 선 과도가 들어있는 핸드백을 매고 근처에서 택시를 내려 그 남자의 집을 향해 걷는데 내 심장소리밖에 들리지 않았다. 선글라스를 쓰고 머리를 하나로 질끈 묶었지만 그 남자가 알아볼까봐 무서웠다. 핸드백에 과도를 넣을 때 손이 덜덜 떨렸다. 다시 그 징그러운 눈을 직면하게 된다면 혹은 더러운 손을 내밀며 악수를 청하거나 어깨를 감싼다면 그 남자의 눈과 손을 찔러버릴지도 모른단 생각에 내내 함몰돼 있었다.

그 남자가 살고 있는 원룸은 낡고 후미진 주택가 골목을 돌아 언덕배기 끝에 있었다. 잡화점 앞에 앉아 술을 마시는 남자 둘이 지나가는 나를 아래위로 훑었다. 차라리 눈을 질끈 감고 싶었다. 과거가 보내오는 악취 때문에 정신이 혼미해지려 했다. 시궁창으로 스스로 걸어 들어가는 걸음을 잠깐 후회했지만 이를 악물고 걸어 올라갔다. 일단 밤의 프레디를 눈앞에서 보고 내 인생에서 그를 삭제할 방법을 찾아야 했다. 그 남자의 이름과 주소가 적힌 주민등록등본을 꼬깃꼬깃 구겨 넣으며 이를 꽉 물었다. 과거의 악행으로도 모자라 이곳에 숨어 밤마다 한 여자의 꿈으로 소환되는 프레디의 얼굴을 똑똑히 봐야 했다.

한 걸음 두 걸음 세 걸음…… 삼십 미터 앞 아무렇게나 쌓아 둔 목재들 뒤에 숨어 원룸을 노려보았다. 얼마나 서 있었을까. 핸드백을 열어 칼을 확인하는데 문득 서너 명의 남자들이 원룸 건물에서 나왔다. 세 남자는 덩치가 크고 단단했고 한 남자는 한눈에도 늙수그레한 병자였다. 병자는 덩치 큰 세 남자에 의해 멱살이 잡힌 채 끌려나오는 중이었다. 빌려 간 남의 돈 갚으라는 덩치들의 말이 끝남과 동시에 늙수그레한 병자는 땅바닥으로 내동댕이쳐졌다.

김. 성. 필. 늙고 병든 그 남자가 확실했다. 일을 맡긴 흥신소 실장이 보고한 바와 다르지 않았다. 심한 당뇨와 간경화로 홀로 투병 중인 그 남자는 채권자들에게 시달리고 있고 급구한 사채 때문에 폭력배의 위협에 노출돼 있다고 들었다. 덩치는 다시 그 남자의 멱살을 잡아 일으키고는 일주일 내로 갚지 않으면 죽여버리겠단 협박을 퍼부어댔다. 그리고 이미 늙어 너덜거리는 그 남자의 뺨을 후려갈겼다. 늙은 그 남자의 코에선 붉은 선혈이 터져 흘렀다.

내가 고통 받는 동안 보이지 않는 어떤 손이 그 남자의 얼굴에 주름을 입혔고 허리를 굽게 만들었으며 몸에 병을 심었고 사람들로부터 버림받게 했다. 그리고 인간들의 위협을 창조해 그 남자의 곁에 두었다. 보이지 않는 손…… 그것은 신의 뜻일까 아님 운명일까. 신의 뜻일 리 없다. 처음부터 그런 게 있었다면 나를 프레디의 고통 속에 밀어 넣었을 리 없다. 그렇다면 운명일까? 차갑고 쓰라린 이름 운명…… 운명과 운명의 교차점에 프레디의 악행이 있고 형벌이 있다고 생각하면 혹은 생이 그저 운명에 따라 흘러간다고 여기면 또는 자기장에 끌리듯 자동인형처럼 정해진 길을 간다고 자포자기하면 우주에 던져진 미아처럼 외로워진다. 확인하던 칼을 손에서 내려놓고 핸드백을 닫았다. 그 남자가 거만하게 훌륭한 저택에서 위풍당당하게 걸어 나오고 있었다면 혹은 주변에 있던 세 남자에게 화를 내고 있었다면 나는 달려가 그 남자를 찔렀을까.

덩치들이 차를 몰고 자리를 뜬 후 남겨진 그 남자는 한동안 미동도 못 하더니 손등으로 코피를 닦으며 겨우 일어나 앉았다. 흙 위에 그대로 앉아 멍하니 초점 없는 시선을 골목 어딘가에 두었다. 발걸음을 돌려 골목을 돌아 내려오는데 허무한 가슴에 동공이 뚫린 것 같았다. 여전히 거만하고 남을 협박하고 징그러운 웃음을 입에 흘리고 있는 프레디로 살고 있기를 내심 바랐는지도 모르겠다. 그래야 한 치의 망설임도 없이 응징할 수 있을 테니까. 내 생애 전체가 허무해지는 느낌에 다리에 힘이 풀렸다.

프레디를 제외하면 요 며칠 내 삶은 나쁘지 않았다. 어제 다이어트 제품 광고를 찍었고 광고료는 일시불로 통장에 입금됐으며 2주 전에 입고된 헤일리 원피스 5종은 가파른 상승곡선을 그으며 인기리에 판매되고 있다. 헤일리 측에 재입고 주문을 넣기로 했다. 백화점 측에서 발을 동동 구르고 있다는 후문도 들었다. S가 헤일리의 대표와 친분이 없었다면 불가능한 일이었다. 일 년 전 S가 마련해준 쇼핑몰은 잘 운영되고 있고 손서인 군단의 견제가 거슬리긴 하지만 인스타의 여왕 자리는 점점 더 공고해져 가고 있다.

몰타 섬을 다녀온 뒤로 S는 더 행복해한다. 미술관에 소장된 예술품을 자신의 손에 넣고 애장품으로 만든 기쁨을 만끽하고 있는 것 같다. 가만히 생각하면 S가 마련해준 청담동 오십 평 이 빌라는 그의 개인 갤러리인 셈이다. 고품격의 갤러리에 소장된 아름다운 예술품 혹은 아무도 모르는 그만의 예술품이라…… 아주 훌륭한 이미지다. 예술품의 입장에서도 훌륭한 주인이 소장해 줌으로써 그 가치가 높아진다면 나쁠 건 없다. S는 이미 충분한 대가를 지불했고 위험 부담을 안고 경매에 참여했다. 적어도 그는 예술품을 귀하게 여길 줄 아는 사람이고 소장하기 위해 최선의 노력을 기울였다. S와 여행을 떠나기까지 일 년이라는 시간이 필요했다. S는 정성을 다했고 때를 기다렸으며 소장을 순수하게 기뻐했다. 그것으로 충분하다. S가 오 년만 내 곁에 있어준다면 새로운 삶의 기반을 다질 수 있을 테다.

S는 항상 현재의 자기감정에 충실하겠노라고 말한다. 자신의 느낌과 마음이 이끄는 대로 솔직하게 반응하며 사는 삶이 진실이라고. 언젠가 자연스레 그의 마음이 다른 여자에게로 옮겨간다면 몸도 옮겨갈 테고 또 다른 새로운 예술품 감상에 온 영혼을 바치게 될 테다. 그가 지금 내게서 기뻐하는 예술품의 매력은 낮의 청순미와 밤의 관능미다. 그는 모순된 매력의 합일을 신기해한다. S가 언젠가 지나가는 말로 찬양했던 비너스가 될 수 있다면 좀 더 오래 그를 내 곁에 머물게 할 수 있을까. 거울 속에 비친 얼굴이 모처럼 흡족하지만 내겐 시간이 없다. S가 삼 주간 해외출장으로 떠나 있는 동안 수술을 끝내고 비너스가 되어 재회해야 한다.

손서인의 시녀에게서 쪽지가 왔다. 지밀상궁 역할을 하는 권해리다. 삭제할까 하다 손서인 없이 단독으로 보내온 거여서 열어봤다. 단 두 문장으로 정 조준해 쏜 저격 글이다. 현세라, 너의 배후가 궁금하네. 혹 남자 아닌가? 치졸한 행태에 분노가 치민다. 끈질기게 물고 늘어지는 더러운 것들! 프레디 같은 것들! 정정당당하게 경쟁하지 못하고 비난만 하는 열등감 덩어리들이다. 내 안에 흘러넘치던 슬픔은 말라붙고 순식간에 증오가 전신을 태울 듯 이글거린다. 호흡이 가빠진다. 심장이 빠르게 뛴다. 가만히 있어선 계속 당하겠단 느낌이 든다. 시녀들은 무서운 말을 조작하고 생산해서 나를 곤경에 빠뜨려 손서인에게 충성심을 증명하려 들 것이다. 왜 저들의 눈치를 봐야 하는가.

답 쪽지를 쓰는데 손이 떨린다. 권해리가 한 그대로 단 두 문장으로 정 조준한 답장을 썼다. 명예훼손으로 고소하겠어. 너와 달리 난 네 배후를 알 것 같아. 눈을 뒤집을 권해리와 입을 앙다물 손서인이 떠오른다. 차라리 처음 저들이 싸움을 걸어올 때 강력하게 대처했더라면 함부로 모멸감을 주지는 못했을까. 현세라, 넌 왜 가만히 있었던 거니? 거울 속 멍청한 얼굴에게 질문하는데 시원할 줄 알았던 속이 더 참담해진다.

어차피 저들은 S를 찾아낼 수 없다. S의 머리카락 한 올도 확보할 수 없다. S는 치밀하고 용의주도한 사람이다. 쇼핑몰의 대표자 이름은 현세라지만 실소유주는 나도 S도 아닌 차명으로 돼있다. 빌라도 미지의 여자 이름으로 돼있다. 꼬리를 밟힐 일은 없다. 그런데도 왜 가만히 있었을까, 비굴한 바보처럼. 옛 흔적 더러운 트라우마를 들킬까봐 그랬단 자답은 하고 싶지 않다. 고개를 세게 흔들어 다 지워내고 싶다. 아무 것도 없는 거품에서 태어났더라면 그래서 과거의 흔적 따윈 존재하지 않는다면 저들 앞에서 좀 더 당당했을까. 아마 당당한 얼굴로 손서인과 시녀들의 비난을 단번에 쳐냈을 것이다.

과거의 기억은 끊임없이 반복 재생되면서 현재를 움츠러들게 한다. 아무도 보고 있지 않아도 나는 과거의 나를 언제나 보고 있다. 상처에 함몰 될 때면 물끄러미 바라보는 제2 자아의 시선이 너무 싫다. 넌 다 알고 있잖아, 과거의 나를 정죄하는 목소리를 듣는다. 위축된 현재의 나를 보고 과거의 기억이 손가락질 한다. 너만 당당하면 어떡해, 난 이렇게 아픈데. 핏빛 호소로 절규한다. 머릿속에 블랙홀이 숨겨져 있어서 뇌세포에 새겨진 기억을 모조리 빨아들인다면 좋겠다.

다시 보티첼리의 비너스의 탄생…… 그림엽서를 꺼내본다. 아름답다. 미치도록 부럽다. 무에서 창조된 여신이 부럽다. 잔혹한 기억을 담은 내 육체가 거품으로 사라지고 다시 완전한 비너스로 재창조 되어 사람들로부터 순전한 찬미의 대상이 될 수 있다면 내 영혼이라도 팔 것이다.

비너스병원 김승우 원장은 상담 때마다 이상한 말을 해서 혼란에 빠뜨린다. 자꾸 비너스의 비루한 본모습을 들추고 싶어 한다. 비너스에게 본모습이 어디 있단 말인가. 순수한 거품에서 온 존재에게 왜 오명을 씌우려 한단 말인가. 비너스를 자꾸 깎아내리려는 당신은 어떤 노이로제를 앓고 있는지 묻고 싶었다. 내 감정의 기복만큼 그의 진료 목적도 오락가락 하고 있다. 그의 연민어린 눈빛이 너무 부담스럽고 싫다. 찬미하고 부러워하는 눈빛이 아니라면 누구든 거절하고 싶다. 꽃길만 걸어온 당신이 나에 대해 뭘 알아, 실컷 퍼부어주고 싶다. 내 앞에 앉은 그가 누구건 아무 상관없다. 절대 함부로 할 수 없는 여신으로 모두에게 그냥 추앙받고 싶을 뿐이다. 첫눈에 매혹되기를 바라고 한결같은 마음으로 숭배되기를 원하고 내게 수용할 때까지 인내하며 기다리는 남자들을 꾸준히 확인하고 싶을 뿐이다. 난 역시 사랑받는 소중한 여자라고 느끼고 싶다.

전화벨이 울린다. 나비다. 내 쇼핑몰 의상을 협찬 받는 배우다. 연예 방면에서 부르는 이름은 B급 배우다. 세라스타일 옷을 입은 사진이 그녀의 인스타그램에 업로드 되면서 세라스타일의 매출이 상승하기 시작하더니 예능프로그램에 두 번 정도 입고 나서는 가파르게 성장했다. 물론 내가 홍보해 준 덕분에 완판을 기록한 물품주들이 고마움의 표시로 나비가 입은 의상이 세라스타일의 것이라는 사실을 블로그와 카페에 알려준 덕분이기도 하다. 나비의 유명세와 내 쇼핑몰의 의상은 서로 가치를 교환해왔다. 나는 나비를 통해 세라스타일을 홍보하고 나비는 인스타그램 셀럽의 옷을 입어서 자신을 홍보한다. 우리는 실리적인 우호관계 속에서 서로 윈윈하고 있다. 현실적 합일체다.

나비의 전화를 받지 않을 이유가 없다. 통화 버튼을 당기자마자 급박하게 들려오는 나비의 목소리. 무슨 일 있어? 손서인이 네 뒤에 남자가 있다고 하는데, 무슨 뜻이야? 가슴이 턱 막힌다. 손서인은 어디까지 가려는 것인가. 왜 이제 막 시작하려는 경쟁자를 잡아먹지 못해 안달인가. 다 가진 여자가 무엇이 부족해 싸움을 걸어오는가. 재벌 3세답지 않게 무슨 추태인가. 그 여자의 열등감은 과연 어디에서 오는가.

차갑게 대답해야 한다. 나비, 아무 일 아냐. 신경 쓰지 마. 질투에 눈이 먼 치졸한 짓에 부하뇌동 할 필요 없어. 진짜 명예훼손으로 고소해야겠어. 내 변명에 나비는 잠깐 생각에 잠기는 것 같더니 이내 칼 같은 말을 내뱉었다. 정말 아무 일 없는 거지? 부탁 하나 할게. 나와 함께 찍은 사진 네 인스타에서 내려줘. 넌 이해해 줄 거라고 믿어. 우린 이미지가 전부인 사람이니까 이해하지? 잠깐의 침묵이 어색하게 흐르다가 나비가 인사도 없이 먼저 끊어버린다.

실용성이 빠진 인간관계는 껍데기일 뿐이다. 이미 잘 알고 있던 일에 또 마음이 베인다. 내 실용성에 위험부담이 오자 가차 없이 발을 빼는 인간을 여럿 봐왔다. 아니 세상엔 그런 인간뿐이다. 둘의 만남은 소속사를 통해 나비가 먼저 제의해왔다. 쏟아지는 의상협찬에 질려버린 나비는 유명 브랜드 옷에서 차별화 된 자기 이미지가 필요했을 것이다. 지나치게 고가인 옷이나 유명 브랜드 옷은 '나비옷'이라는 타이틀을 얻기가 쉽지 않은데다 트렌디한 이미지에서 벗어나기 쉬웠을 테다. 적당히 고가에 마니아층이 확보된 옷이어서 시청자들로부터 '나비옷'이란 타이틀과 함께 패셔너블한 자신을 알릴 수 있는 호기였을 것이다. 비너스병원 김승우 원장의 말대로라면 나비와 나는 서로를 아프로디테로 활용하려 한 영리한 여자들이다. 난 김승우 원장에게 반문했다. 베누스가 비너스가 되려는 게 왜 문제가 되냐고.

사람에게서 기대를 접은 건 이십 년 전부터다. 세상에서 가장 가까운 내 엄마에게조차 기대를 품으면 안 된다는 걸 열네 살에 이미 깨달았으니까. 매번 인간에게 기대를 품었다가 돌아오는 건 좌절과 낭패뿐이었다. 나 말고는 아무도 내 방패가 되지 못한다. 스스로 지켜내야 한다. 몸도 마음도 영혼조차도. 언젠가 내게 힘이 생기면 이렇게 외롭지는 않겠지…….

정말 명예훼손으로 고소하고 싶지만 저격일 뿐 정작 고소장이 발부되고 나면 세간의 이목을 집중시키게 될 테고 만일 기사화 되기라도 한다면 내 과거의 흔적이 드러날 수도 있다. 적어도 밤의 프레디를 낮 세상까지 불러들일 수는 없다. 내가 살아있는 건 오직 지금 여기에서 누리는 낮의 선물들 때문이다. 만질 수 있고 확인할 수 있는 것들이 나는 좋다. 예컨대 신의 사랑이라든지 엄마의 모성애라든지 친구의 우정이라든지 그 모든 것들은 손바닥에 부어둔 모래알과도 같다. 형체가 없는 대상은 아무런 위로가 되지 못한다. 오히려 여기 실크 커튼, 원목 화장대, 에르메스 가방이 훨씬 더 고맙다. 적어도 나를 인간으로 예우해주니까 말이다. 비너스병원 김승우 원장이 말한 이슈타르 여신도 어쩌면 당대 사람들에게 지금의 에르메스 가방처럼 만질 수 있고 확인할 수 있는 위로자가 아니었을까.

그래, 선택의 여지가 없다. 나비의 요청은 제 스스로 살아내기 위한 것이다. 입장이 바뀌었다면 나라고 달랐을까. 지금 내게 주어진 것을 누군가 빼앗으려 든다면 암사자의 발톱을 드러내고 말 것이다. 인스타를 열어 예전에 업로드 된 나비와 나란히 찍은 사진을 가만히 들여다본다. 둘도 없는 영혼의 친구 같다. 한때는 진실이었을 수도 있다. 두말할 나위 없이 정글에선 식량을 주는 자가 영혼의 친구다. 위험천만한 정글에서 누가 내게 식량을 주랴. 친구로 인해 다시 식량을 빼앗겨야 한다면 관계는 깨져야 한다. 그래, 한때는 진실한 관계였다고 믿자.

당시 달아놓은 댓글에는 나비와 나, 둘을 추앙하는 내용뿐이다. 아름다운 두 사람이 자매 같아요/ 아름다운 사람은 아름다운 사람에게 끌리는 법인가 봐요/ 여신들이 따로 없네요/ 우열 구분이 불가한 미인들이에요/ 유유상종의 정석이군요/ 뻔한 멘트로 이루어진 댓글 위에서 나비와 나는 세상 다시없을 미소로 환하게 웃고 있다. 누가 봐도 행복해 보인다. 한때는 진실한 관계였고 그로 인해 한때는 즐거웠다면 그것으로 된 것이다. 충분하다. 이젠 안녕. 이것으로 내 인생과 너와의 인연은 끝이다. 잘 가라, 나비여.

아세라(Asherah) - 4월 첫째 주 수요일

현세라와 수술 전에 갖는 마지막 상담일의 아침은 추적추적 내리는 비로 시작됐다. 봄을 부르는가 하면 봄을 방해하는 얄궂은 비다. 지난 한 주 지난하게도 오락가락했던 내 마음을 그대로 반영하는 궂은 날씨인 것 같아 언짢다. 이제 막 시작된 변덕스런 4월이 더없이 못마땅하다.

빌라의 지하 주차장에서 비너스병원 지하 주차장까지 미끄러지듯 부드럽게 옮겨준 롤스로이스 팬텀 덕분에 비는 한 방울도 맞지 않았지만 차창 밖으로 보이는 출근길 인파는 집단우울증에라도 걸린 듯 무겁게 가라앉아보였다. 봄은 어디에도 없는 것처럼 잔뜩 웅크린 어깨들 아래로 번들거리는 빗물만 소리 없이 내렸다. 분명 봄인데 제대로 봄이 오지 못한 세상은 더없이 스산해 보였다.

그녀가 뜻을 바꾸지 않는 한 매뉴얼에 따라 상담 직후 수술하게 될 계획이라 아침부터 살짝 긴장된다. 수술 메스가 엄지손가락 같이 친숙한 내게 오랜만에 찾아든 긴장감은 낯설다. 긴장한 이유는 수술 행위가 아니라 인간 현세라에 있을 테다. 도대체 VIP 고객 중 하나일 뿐인 그녀를 왜 자아 거울처럼 대하게 되는지에 대한 답은 여전히 풀리지 않는 암호처럼 가슴을 답답하게 만든다. 차라리 빨리 수술해버린다면 때 아닌 고민도 해결될 수 있을 것 같아 마음이 조급해졌다가 아직은 기회가 있다는 기대감이 찾아오면 또 마음이 다급해진다.

오전 중에 그녀와 네 번째 상담을 가진 후에는 고대 로마의 카이사르가 되어 여신 비너스를 창조하는 막중한 과업이 당일 내게 주어질 것이고, 잘라낸 VIP의 광대뼈를 내 화려한 경력에 추가해 안면윤곽축소술 분야 명성을 한 단계 더 굳히게 될 테다. 어쨌든 그녀는 일반인이지만 연예계와도 상당히 맥이 닿아있고 인스타그램을 통해 수많은 여성들이 주목하는 공인이다. 그녀의 표현을 빌리자면 신에게 드리는 제의를 앞둔 좋은 날이다. 그녀는 여신이 되어 목마른 대지에 생명의 비를 내려 줄 것이고 따뜻한 햇볕을 제공해 줄 것이다. 비너스병원에 고객 만 명 이상이 관심을 갖는 은혜를 베풀 것이다. 여신의 기분을 최고치로 올려줄 제사 준비는 완벽하게 마쳐 놓았다. 제사장의 신성한 의복과 거룩한 칼과 아름다움이라는 제물도 예비 되었다.

베누스인 그녀에게 화려한 아프로디테의 이미지를 입혀주는 작업은 지난주 컴퓨터 프로그램이 대략 방향을 잡아주었다. 워낙 작고 선이 가냘픈 얼굴이라 양쪽에서 3mm만 안으로 밀어 넣어도 그녀가 원하는 얼굴 라인에 근접할 수 있을 듯했다. 며칠 전부터 그녀의 얼굴이 복잡다단한 그물망의 입체 설계도가 되어 머릿속에 계속 그려졌다. 기본 구조를 깨뜨리지 않는 범위 내에서 미의 황금률을 끌어내기 위한 가장 간단하면서도 효율적인 선을 결정해야했다. 이왕이면 인공미를 제거해주고 싶다. 인공미는 청순미와 관능미를 동시에 뿜어낼 수 없다. 비너스가 가진 두 가지 속성, 그러니까 순수함과 요염함, 거룩성과 관능성, 영원성과 현세성이 서로를 해치지 않으면서 고스란히 담길 수 있어야 한다. 더구나 광대궁을 양쪽에서 절골하여 안으로 살짝 밀어놓고 다시 접합하는 과정이 만만한 작업은 아니기에 무리하게 깎아낼 수는 없는 일이다. 고심 끝에 정해놓은 라인에 그녀가 동의해준다면 오전 수술 스케줄이 확정될 예정이다.

항상 수술 당일 아침이면 두껍게 덧씌웠던 신화적 환상은 벗겨지고 첨단 기술의 칼끝만 남는다. 환상이 만들어낸 공고한 이미지가 한 겹씩 벗겨질 때마다 예후에 대한 두려움을 제외하면 수술 행위는 단순 작업자의 반복되는 일상처럼 허무하기까지 하다. 결국 피 냄새 진동하는 외과용 칼끝이 고통을 수반하는 행위와 다를 바 없다.

지난 삼 주 세 번에 걸친 상담기간 동안 다른 고객들과는 달리 내가 그녀에게 신화의 환상을 벗겨주려고 애쓴 건 진정 그녀를 위해서였는지 아니면 그 무엇에도 흔들리지 않을 그녀의 속내, 그러니까 정신증에 가까운 집착을 일찌감치 간파하고는 오히려 신뢰할 만한 의사임을 보여주려 했던 교활한 농간이었는지 여전히 판단이 서지 않는다. 무엇이 진실일지 곰곰이 궁구했지만 여전히 해답을 얻지 못했다. 고객의 최종 서약서를 준비해놓고 만나면 무어라 말해줄지 난감하다.

그녀는 곧 미의 여신으로 거듭나기 위한 가장 참혹하고 아픈 제의에 기꺼이 제물이 될 테다. 그녀의 얼굴은 피로 물들 것이고 뼈를 깎는 고통이 찾아올 게 분명하다. 가엾은 그녀는 환상 속에서 나를 제물의 각을 뜨는 제사장처럼 여기며 의지하고 우러를 것이다. 철없는 고객에게 깨어날 수 없는 환상을 심어준 채 칼을 쥐고 미의 권력을 휘두르는 철저한 자본주의자, 그것이 내 진정한 정체성이라 여겨져 서늘한 조소가 가슴으로부터 피어오른다. 쓸데없고 나약한 감상인 줄 알면서도…….

"원장님, 시모네타와의 거리를 좁힐 수 있을까요?"

지난 주 컴퓨터 화상검사에서 첫 내원 이래 처음으로 불안해하며 묻는 모습이 새삼스러웠다. 에너지 충만한 리비도 뒤에 숨겨진 진짜 얼굴을 살짝 엿본 것 같았지만 예의 자본주의자답게 입에 발린 따뜻한 말로 다독였다.

"그럼요. 좁힐 수 있고말고요. 이번에도 행운의 여신은 세라 씨에게 미소 지어 줄 겁니다."

"재밌네요. 여신이 되기 위해 여신에게 잘 보여야 하는 건가요?"

분위기를 전환하려는 작위적 농담에도 불구하고 속눈썹은 미세하게 떨리고 있었다. 떨리는 속눈썹을 애써 깜빡거리며 그녀는 유언 같은 말을 내뱉었다.

"원장님, 전 정말 다시 태어나고 싶어요. 진짜 비너스가 되고 싶다구요."

꿈꾸는 듯한 말을 듣는데, 문득 산드로 보티첼리도 시모네타 베스푸치의 무덤 곁에 묻혀 그녀의 육체적 짝으로 다시 태어나고 싶었던 건 아닐까 궁금했다. 그녀의 각진 얼굴을 영원한 뮤즈 비너스의 얼굴로 그려낸 그의 그림에서 이루지 못한 열망을 향한 어떤 정신증을 읽었다. 열망은 사람과 사물의 원형을 왜곡하기 쉽다. 시모네타의 얼굴이 아름다워 숭배의 대상이 됐는지 아니면 왜곡된 기억이 그녀를 신격화 시킨 건지 솔직히 진위조차 알 수 없다.

네 번째 상담에서 그녀를 만나면 수술로 비너스의 얼굴을 구현하겠다는 열망은 어쩌면 백 퍼센트 당신의 인지왜곡 덕분이라고 조언할 수 있을지 내 양심을 마지막 시험대 위에 올려놓고 싶다. 나답지 않은 잡념에 자꾸 심리적 에너지를 빼앗기는 일도 이제 마지막이 될 테다.

예약 대기자 명단에 현세라의 이름이 떠오르자 지중해 키프로스 섬에 동방의 이슈타르를 처음 들여온 사람처럼 두려우면서도 설렌다. 어찌 보면 성형외과 의사들은 긴 역사의 축적 속에서 이루어낸 문화 과정을 수술실에서 일시에 압축시켜 실현하는 사람일지도 모르겠다는 생각을 자주 해왔다.

생각해보면 아내가 인천공항에서 출발해 열 시간이 넘게 걸려 도착한 지중해, 굳이 그곳까지 날아가 버스와 배와 비행기로 이리저리 이동하며 신화의 세계를 탐방하지 않아도 내 VIP 수술실에서 단번에 축약된 신화의 고찰이 가능할 수도 있다. 고객이 어떤 원시적인 미를 가졌든지 수술대 위에서 첨단의 미를 제공해줄 수 있으니 말이다. 심리 치유자나 창조자 외에 '문화의 전수자'란 타이틀도 성형외과 의사들에겐 꽤나 매력적인 별칭인 셈이다. 문명과 문명 간 충돌이 일어난 후에 문화는 전이되고 혼합되며 새롭게 재탄생하기 마련이다. 마찬가지로 인간의 가치와 가치 간 갈등이 일어난 후에도 정-반-합에 의해 새로운 시도는 반드시 일어나게 되어 있다. 그녀는 삼주 간 충분히 상반된 두 가치의 전쟁을 치렀고 그 결과 새로운 인간으로 재탄생하려는 시도는 아주 자연스런 일이 될 것이다.

진료실에 들어서는 현세라의 얼굴이 어둡다. 눈빛에 서린 겁과 두려움이 확연히 감지된다. 지난 주 속눈썹을 파르르 떨었던 그녀의 잔상이 머릿속에 남아서인지 장난기가 완전히 사라진 눈은 특유의 매력을 발산하지 못한다. 눈에 서린 두려움에는 처음 보는 비루함마저 묻어난다.

"세라 씨, 무슨 일이 있어요? 오늘 안색이 안 좋아요."

눈을 내리깔고 자신의 시폰 소재 아이보리 색 롱스커트를 바라보는 모습은 많이 낯설다. 망설임 끝에 체념의 감정이 돋는다.

"왜 그런지 원장님에겐 자꾸 있는 그대로를 고백하게 돼요. 살면서 한 번도 그래본 적 없는데……. 내가 하려는 수술에 자꾸 이의를 제기하는 분에게 왜 이런 고백을 하게 되는지 모르겠어요……. 어쩌면 진짜 나를 위해주는 분일지도 모른다는 어리석은 희망 때문일까요?”

“무슨 일이 있군요.”

“그동안 운영하던 쇼핑몰의 문을 이제 닫아야할 것 같아요. 곧 여신이 되려는 참인데 세상이 심하게 질투하네요.”

“세라 스타일 말인가요? 왜 갑자기? 지난주까지도 번창하는 것 같았는데……”

세라 스타일의 홈페이지를 들여다보고 그녀의 인스타를 방문한 사실을 단번에 들키고 말았다. 쇼핑몰 사업을 하고 있다는 사실을 넘어 번창하고 있는 상황을 꿰고 있다는 증거다. 내 불찰에도 그녀는 아래로 향한 시선을 거두지 않는다. 내 반응 한 마디 한 마디에 신경을 곤두세우고 진의를 파악하려던 태도가 사라진 것도 의외다. 상대방 관찰은 내려놓고 초점이 흐려진 눈으로 자기 이야기만 한다.

“세라 스타일에서 판매하는 의류 디자인과 콘셉트를 보고 영국 브랜드를 론칭하고 판매할 수 있도록 후원해준 사람이 있어요. 그 사람 후원 덕분에 쇼핑몰은 대박을 터뜨렸구요. 잘나가는 제 사업에 인스타 경쟁자들이 배가 많이 아팠나 봐요. 그런 유능한 후원자를 갖고 있다는 자체가 질투심에 불씨를 당긴 거겠죠.”

“무슨 말인지 쉽게 이해가 안 되는데요?”

짐짓 모른 체 했다. 블루 라군 해변에서 비너스와 터질 듯한 성애를 마음껏 불태운 마르스, 그 남자냐고 묻고 싶지만 질문을 삼켰다. 무인도나 다름없는 해변의 호텔에서 정사를 나눈 아도니스, 그 남자냐고 따지고 싶지만 입을 다물었다.

"인스타 세계에 절대 여왕이 있어요. 쉽게 말하면 나와 패권을 다투는 경쟁 셀럽이에요. 손서인이라고 J소주 창업자 손녀예요. 한 마디로 대한민국 상위 0.1 퍼센트 엄친딸이죠. 얼굴이나 몸매도 아름다운 여자예요. 물론 내 눈엔 코를 살짝 덧세운 거라든지 턱뼈를 튜닝한 거라든지 미세한 수술의 손길이 다 보이지만 그 정도야 내로라하는 미인들의 기본이니까 상관없어요. 손서인에 비하면 겨우 경기도 소재 이름 없는 여대 무용과를 중퇴한 나는 신분으로나 스펙으로나 비교 불가예요. 손 회장의 손녀인데 얼마나 귀하게 컸겠어요? 나 같은 처지에 인스타 세상에서 손서인과 나란히 여왕의 신분을 유지한다는 것만으로도 대단한 거죠."

"그 세계도 보통이 아니군요."

나는 짐짓 전혀 그 세계를 모르는 것처럼 선을 그었다. 순간 엉큼한 속내를 감춘 늙은 구렁이가 된 것 같아 자기혐오감이 스쳤지만 비너스병원의 원장으로서 귀를 활짝 열고 들어야 할 사업 전망에 관한 얘기다. 여신 콘셉트를 예견해 환상을 심어준 마케팅과 한류열풍 시류에 편승해 중국관광객을 타켓으로 한 마케팅은 이미 다른 성형외과에서도 줄줄이 벤치마킹되고 있는 상황이다. 임계치에 이른 성형사업 현황에서 병원이 더 도약하기 위해선 인스타그램 셀럽을 공략해야 승산이 있다던 송 코디네이터의 제안이 새삼 혜안이었음을 깨달았다. 치열한 현실세계보다 더 치열한 가상세계가 사람을 등급으로 나누고 규정짓고 새로운 정체성을 쓰게 하면서 끝없는 소비를 이끌어내는 게 분명하다. 연예인들은 뻔한 수술도 살이 찌거나 빠진 것으로 혹은 부은 것으로 표명해야 하는 입장이고 재벌들은 아직 신비감을 고수해야 하는 입장이고 보면 평범한 사람들의 갈망 대상은 인스타그램의 셀럽뿐이다.

"외모 하나 빼곤 어떤 조건을 봐도 분명히 한참 못 미치는 경쟁자가 자기

보다 더 인기몰이를 하자 손서인이 화가 났나 봐요. 네 진짜 신분을 밝히라며 협박했어요. 삼일 전에 인스타 내에서 '진실규명'이라는 이름의 계정이 만들어졌고 단 하루 만에 이천 명의 팔로어가 생겨났어요. 그 계정의 운영자가 다이렉트 메시지를 여러 번 보내왔는데 내용이 가관이에요. 네가 다녔다는 대학을 밝혀라, 만약 무용과를 졸업했다면 졸업증명서를 올려라 등등 유치한 저격 글이었어요. 네 집안이 원래 돈 있는 집안이 아니라면 네가 만나는 남자는 유부남 스폰서일 게 당연하니 사실을 밝히라는 거예요. 손서인의 시녀들도 한 소리로 협박했어요. 만약 불륜이면 가만 두지 않겠다고. 반드시 폭로하겠대요. 차명으로 숨겨져 있어도 그 계정의 운영자가 손서인이라는 건 불 보듯 뻔한 사실이죠."

"그런 엄청난 모함에도 세라 씨는 아무런 조치도 안 한 겁니까?"

모함이라는 단어는 사용했지만 모함이 아니라 진실이라는 확신이 든다. 다만 여왕 손서인의 의도가 진실규명이 아니라 경쟁자 추방에 있을 거란 속사정은 짐작하고도 남는다. 인스타그램 세계의 정의를 가장한 질투가 틀림없다. 처음부터 인스타그램 안에 인간의 진실이라는 게 존재하는지 그것부터 짚어보고 싶다. '나, 이렇게 잘 살고 있어요.'라고 자신의 인생을 최대치로 부풀려 홍보하는 그 세계 안에 진실은 몇 퍼센트나 될까. 그녀가 말했던 것처럼 가엾은 베누스들이 줄줄이 비너스로 출연하는 가면극처럼 느껴지는 건 왜일까.

그간 내내 우려하던 일이 눈앞으로 쑥 다가서버렸다. 그녀의 처세가 궁금하다. 아니 염려된다.

"당연히 명예훼손으로 고소하겠다고 맞섰죠. 내 연인의 얼굴 사진 한 장 올린 일이 없는데 그들이 어떻게 찾아내랴 싶어 자신감이 있었거든요."

"나만 떳떳하다면 세상 누가 뭐라 해도 두려울 이유가 없죠."

현세라의 얼굴이 다시 어두워졌다. 날이 흐려서 켜놓은 형광등 아래 수려한 그녀의 이목구비가 만들어낸 음영이 서늘하고 아름답다. 네가 떳떳하다면 뭐가 두려운 거냐고 힐난하고 문책하고 싶은 내 말은 아무런 도움도 위로도 되지 못할 테다. 경쟁자와 당당하게 맞서지 못하는 비밀을 목구멍에 숨기고 있는 게 분명하지만 직설적으로 질문하기가 쉽지 않다. 어쩌면 지독한 위기일지도 모른다. 이 시점에서 기어이 수술을 감행할지도 의문스럽다.

"손서인이…… 시녀들을 동원해 후원자의 신분을 알아내고 말았어요. 제가 인스타에 올린 한정판 명품 가방의 판매처를 샅샅이 뒤져 구매자 정보를 캐낸 거죠. 아랫사람을 시키지 않고 후원자인 그 사람이 매장에서 직접 구매한 거라 꼬리가 잡혔나 봐요. 특별한 선물이라 직접 고른 게 실수였어요. 시녀들은 후원자 아내의 인스타그램까지 알아내 악의적인 소문을 퍼뜨렸어요. S 스타일의 운영자는 당신의 남편과 불륜을 저지른 상간녀相姦女라구요. 후원자가 굉장히 곤란한 처지에 놓이게 됐어요. 질투에 눈이 먼 손서인이 앞뒤 안 가리고 일을 저지른 거죠."

후원자라니…….

블루 라군 해변에서 관능적인 시간을 함께 보냈던 그 남자일 거란 확신이 든다. 농밀한 관능과 뜨거운 리비도가 꿈틀거리는 해변의 두 남녀. 현세라는 후원의 대가로 그에게 관능적인 육체를 기꺼이 헌납했을 테지만 모르는 체 침묵을 지켰다. 그녀가 스스로 말하면 자연스런 고백이지만 섣부른 문책은 고통만 더해줄 테니까.

"그런데도 명예훼손으로 고소하지 않을 건가요?"

"……"

대답 없음은 곧 불륜이라는 반증과 같다. 쇼핑몰의 설립 근원이 그대로 드러나는 순간이다.

"세라 씨의 쇼핑몰은 후원 의존도가 높은 편인가요?"

"백 퍼센트예요."

그녀가 말하는 그 사람, 그러니까 그녀의 육체를 헌납 받고 그 대가로 스폰서가 돼준 남자의 자금이 끊어지면 사실상 운영이 어렵다는 뜻이다.

"청담동 사무실은 물론이고 상품 촬영 세트장과 장비들, 해외에서 론칭한 의류들 모두 그 사람이 후원해 준 거예요."

예감이 적중한 순간 다 알고 있었으면서도 허탈하다. 그녀가 들고 있는 사과가 보암직도 하고 먹음직도 한 금단의 열매라는 사실이 오롯이 드러나는 순간이다. 그녀가 누렸던 모든 것은 보이지 않는 검은 얼굴이 주는 것이었다. 그녀의 관능미를 충분히 즐기는 대가로 무상으로 주어졌던 모든 것, 사업체와 명품들, 세계를 누비는 여행과 화려한 펜트하우스의 실체가 이제 세상에 까발려져서 그녀가 휘청대는 거였다. 가난한 알바생이 청순미와 관능미를 무기 삼아 물질의 전쟁터로 나갔고 돈을 가진 남자의 자본과 여자의 아름다움은 전쟁터에서 그녀가 지독한 사랑이라 부르는 은밀한 거래를 한 것이다. 그 남자의 실체는 스폰서, 이름만 대면 누구나 알만한 지위와 명성과 돈을 가진 남자…….

허탈감과 함께 일순 묘한 쾌감이 동반된다. 이제 당신이 들고 있는 사과가 얼마나 위험한 열매였는지 알겠냐고 실컷 퍼부어주고 싶다. 지금까지 위험한 환경에 대해 느꼈던 막연한 연민이 변해 그녀의 치부를 발견한 이상 끝까지 추궁하고 싶은 가학적인 충동으로 바뀌었다. 악한 쾌감이 전신을 감싼다. 그녀 얼굴에서 내가 보이기 시작한 뒤로 끝까지 추궁해보고 싶은 공격적인 가학성이 점점 심해지고 있다.

"후원자와 세라 씨의 관계만 떳떳하다면 쇼핑몰의 문을 닫을 필요까지는 없지 않을까요? 혹시 그 남자 분을 정말로 사랑했나요?"

고개를 숙이고 있던 현세라가 눈을 들어 가만히 내 얼굴을 바라본다. 비웃음을 잠깐 흘리다가 이내 차가운 얼굴로 변모하는데 예의 심한 감정기복이 그녀의 얼굴 위에서 춤을 춘다. 심장 안에 감춰놓은 두려움이 전해져온다.

"물론 사랑했죠. 사랑이 아니면 전 움직이지 않으니까요. 사랑과 후원을 연관 짓지는 마세요. 내가 그 사람을 사랑한 건 자발적인 것이지 후원의 대가는 아니니까요. 아름다운 여자가 능력 있는 남자로부터 무상으로 받고 누리는 꼴을 두 눈 뜨고 볼 수 없는 여자들의 저급한 질투심이 걸림돌이 된 것뿐이에요."

"진심으로 사랑했으니까 결코 비난받을 행동은 아니었단 얘기로 들립니다만……."

"두고 보세요. 더 완전한 여신이 돼서 더 추앙받는 모습을 세상에 보여줄 테니까요. 세상이 열 번 바뀌어도 여자의 힘은 아름다움이거든요. 오늘 수술이 끝나고 나면 아마 인스타 세상은 더 놀랄 거예요."

스폰서 상실이 오히려 미의 욕구를 부추기는 걸 보면서 순간 아득해진다. 눈앞의 여자는 도대체 어디까지 가려는 것인가 싶다. 인생 이력에 어떤 괴물이 잠복해서 그녀를 망가뜨리고 있는지 궁금하지만 극단적으로 치닫고 있는 재물과 명예의 욕망이 과하다 못해 추해 보인다. 섞여들던 연민과 염려조차 경멸로 바뀌려고 한다. 외모에 인생 전체 무게를 실어놓은 눈앞의 여자가 닿을 곳은 어디일지 두렵다. 여기저기 사방에서 거품 끓는 소리가 들려온다.

한편, 사업체가 무력하게 됐으니 비너스병원과의 거래도 원활하지 못할 거란 현실적인 생각도 파고든다. 영악하고 계산속 철저한 그녀가 내 마음을 간파한 듯 그 부분을 정확하게 짚어냈다. 영혼마저 몰락한 것 같았던 좀 전의 모습은 찾아볼 수 없다.

"원장님, DC해주신 수술비는 걱정하지 마세요. 그 사람의 후원이 아니어도 제 인스타그램은 여전히 오십만 명에 육박하는 팔로어를 거느리고 있으니까요. 영향력은 여전합니다. 제 쇼핑몰 사업과 SNS는 별개니까요."

나는 아무렇지 않은 듯 부드럽게 웃으며 서약서를 내밀었다. SNS 힘을 믿을 도리밖엔 없다. 이제 와서 다른 선택지는 없다. 그녀의 영향력이 소멸되는 걱정 따윈 하지 않는다고 달래며 최종 서약서를 내밀었다. 정말 후회 하지 않겠다는 신념에 변함이 없다면 서명할 것을 당부했다. 물론 수납절차 안내도 잊지 않았다. 서약서에 적힌 세부사항을 읽어 내려가던 그녀는 불안한 듯 질문한다.

"제가 두려운 건 저급한 질투나 하는 여자 경쟁자들이 아니에요. 정말 제가 비너스에 더 가까워질 수 있을까 하는 거예요. 잘 나가던 사업체를 닫아야하는 이 시점에선 아름다움만이 유일한 희망이니까요. 아름다움이 아니면 전 아무 것도 아니에요. 더 아름답게 재창조해주실 수 있죠?"

"두려워 말아요. 두려움이야말로 영혼을 잠식하는 바이러스고 미모의 최대 적이니까요. 모든 아름다움에는 치러야 할 값이 있는 법이에요. 시모네타는 영원한 뮤즈가 되기 위해 죽음까지도 극복한 걸요. 지금은 당당한 긍정성이 필요한 시점입니다. 나는 더 아름다워질 수 있다, 나는 최고의 미인이다, 나는 항상 성공해왔고 앞으로도 그럴 것이다, 나는 여신이 될 수 있다 등등 자기 확신의 마인드 컨트롤이 필요합니다. 나를 이끄는 건 바로 나 자신이거든요."

나를 이끄는 건 정말 나 자신인지 내게 다시 묻고 싶다. 네가 이끌어 온 네 삶에 만족하냐고 따지고 싶다. 소중한 것들을 억지로 외면하고 필요한 것들을 찾아 이끈 네 삶이 그래서 행복하냐고 내 멱살이라도 잡고 싶다. 당신이 모든 결정의 주체가 돼서 두려움을 극복하고 과감히 금단의 열매를 따 먹으면 어느 날 신과 같이 눈이 밝아져 선악을 구별하게 될 거란 뱀의 유혹을 그녀에게로 다시 던졌다.

"정말 그렇겠죠?"

간절한 눈빛이 되어 자신의 신격화를 소망하는 눈앞의 여자와 여자 뒤에 도사린 커다란 두려움이 동시에 눈으로 들어온다. 어쩌면 두려움은 인류 최초의 감정일지도 모른다. 결국 선악과를 따먹고 두려움 때문에 신의 얼굴을 피해 나무 뒤에 숨은 아담과 하와. 그들의 영혼을 잠식한 두려움은 발가벗겨진 인간의 첫 감정이 됐을 것이다. 어디에 있느냐고 부르는 신의 부름에 대답하기조차 힘들었던 인류 최초의 남자와 여자는 그녀의 내면에도 여전히 살아있다. 완전한 여신이 되기 위해 금단의 열매를 따버리고 만 또 다른 하와로 다가온다. 치명적인 매력 때문에 열매를 따지 않을 수 없었지만 그 행위가 가져다 줄 결과에 덜덜 떨고 있는 나약하고 비루한 존재일 뿐이다. 손에 쥔 모든 것을 잃고 낙원에서 쫓겨나기 전에 어서 빨리 또 다른 금단의 열매를 따려는 욕망이 참담해 보인다.

"세라 씨, 지금 많이 초조한 것 같네요. 일단 마음을 편안히 가져야 오늘 수술성공률도 높아집니다. 두려운 마음은 부정적 열매를 거두게 합니다."

"수술 과정은 위험하지 않겠죠?"

"가장 중요한 사항을 이제야 질문하는군요. 하하. 무삭제 리프팅광대축소술을 할 거예요. 뼈를 삭제하지 않고 광대궁의 절골편을 내측과 후상방으로 이동시켜서 광대를 축소할 거예요. 피부의 늘어짐도 최소화 하는 수술 방법입니다. 피부는 늘어나지 않지만 옆 광대를 확실하게 줄여서 실제 얼굴의 축소 효과가 뛰어나죠. 자, 여길 보세요."

안면 입체모형을 당겨오자 현실감이 느껴지는지 동그랗게 눈을 뜨고 그녀 특유의 표정을 지어 보인다. 문득 지금 승희가 내 곁에 있다면 이런 눈으로 내 얘길 들어주리라는 엉뚱한 연상이 떠오르자 자꾸 마음이 사방으로 흩어진다. 공연한 생각을 떨쳐버리려 설명에 집중하면서 모형 광대궁을 잡는데 이상하게 마음이 저려온다.

"기존 광대축소술은 광대를 잘라낸 부분의 45도 살이 남아서 이렇게 처지게 돼요. 하지만 45도 광대부위에서 여기 절곡각도랑 후상방 이동량을 조절하면 이 부분의 살이 뼈와 함께 후상방으로 이동하게 돼요. 후상방으로 더 이동시킬수록 축소량은 커지는 거죠. 그러니까 뼈를 삭제하지 않고 광대 궁 전체를 안쪽으로 집어넣으면 광대 부근에 남는 살이 없는 거예요. 그러다보니 앞 광대의 볼록함은 유지하고 옆 광대를 확실하게 줄여주게 됩니다. 완벽하게 갸름한 얼굴선이 나올 수 있어요. 세라 씨가 원하는 여신의 얼굴선처럼. 세라 씨는 원래 얼굴선이 예쁜 편이니까 아주 살짝만 광대궁을 후상방으로 이동시킬 거예요. 감쪽같은데 변화는 드라마틱할 거예요."

"원장님의 실력을 믿어요."

"내 실력을 믿는다고요? 누군가에게 믿음의 대상이 된다면 그보다 좋은 일은 없죠. 수술이 잘 되는 것도 중요하지만 왜 수술하려는 건지 잘 생각하는 게 더 중요해요. 수술하려는 이유가 내 어떤 욕망을 채우려는 건지 객관적으로 관찰해보는 거죠. 쉽게 말하면 내 욕망 들여다보기? 뭐, 그렇게 말하면 얼추 비슷할 겁니다."

"또 욕망 얘긴가요?"

"난 대학 입학 전까지 어머니를 따라 신앙생활을 했어요. 중학교 때였던가, 한번은 창세기 초반에 등장하는 뱀의 유혹을 가만히 묵상한 적이 있어요. 뱀은 하와에게 다가가 신이 유일하게 금지한 열매를 따먹도록 유혹하죠. 신이 준 에덴동산의 귀한 것을 다 누리고 있어도 금지당한 것 한 가지 때문에 갈증을 느끼는 게 인간입니다. 아담과 하와는 뱀의 달콤한 속삭임에 보암직도 하고 먹음직도 한 선악과 열매를 얼마나 따먹고 싶었을까 생각해 봤어요. 아마 치명적인 유혹이고 갈망이었을 테죠."

"그랬을 테죠. 제가 말씀드린 적 있죠? 절벽 위에 핀 꽃이 들판에 핀 꽃보다 훨씬 더 아름답다고…… 희소성은 가치의 최대조건이니까요."

"그즈음 난 사춘기 남학생답게 자주 몽정에 시달리고 있었는데 죄책감이 몰려왔어요. 신 앞에 내 행위가 굉장히 부끄러웠거든요. 신 앞에서 문책 받고 내쳐질 것 같은 근원적인 두려움이 생겼습니다. 난 그때 겨우 중학생 남자애일 뿐이었지만 본능이 올라올 때마다 이상하게 금지된 열매를 탐냈던 하와의 갈망을 생각하곤 했어요. 선악과 앞을 지나갈 때마다 타는 듯한 눈으로 지켜봤을 하와의 마음을 이해했다고 하면 지나친 자기합리화일까요? 어쨌든 하와에겐 선악과가 도저히 거부할 수 없는 치명적인 유혹이었을 거란 확신이 들었어요. 어린 마음에 그 유혹을 가로막는 신이 지나치게 답답하다는 생각도 들었고요."

불과 몇 달 전에 어린 동생을 잃어버리게 만들어 가족실종의 원인을 제공했던 내가 밤이면 자주 몽정에 시달린다는 사실이 부끄러웠다. 영혼의 상흔은 오늘 아침의 생채기처럼 시퍼렇게 살아있는데 어떻게 몸이 본능 하나 못

이겨 달뜬 흥분으로 고조될 수 있는지 꿈에서 깬 아침이면 영원히 잠들고 싶을 만큼 수치스러웠다. 영혼에 새겨진 상흔의 잔인성만큼이나 사춘기 육체를 향한 죄책감은 크고 깊었다. 사라진 동생에게 속죄하려면 영혼을 지켜내기 위해 몸을 죽이든지 몸을 죽일 수 없다면 영혼을 마비시키든지 둘 중 하나를 선택해야 할 것 같았다. 그렇지 않으면 미쳐버릴 것 같았다. 영혼에 화인처럼 새겨진 상흔을 인식할 수 없을 만큼의 마취제, 이를테면 성장 목표나 성장 통계치 같은 마취제가 필요했다. 그래서 미친 듯이 공부하는 한편 신을 답답한 존재로 여기려고 애썼다. 신을 심술궂고 하찮은 존재로 치부해버리고 나면 한결 마음이 편안할 것 같았다. 자유의지를 선물해놓고 금지된 열매를 동산 중앙에 둔 신을 대놓고 무시하고 나면 숨을 쉴 수 있을 거라 기대했다.

서명서 위에 펜을 내려놓고 내 얘기에 귀를 기울이는 현세라의 모습이 나무 뒤에 숨은 하와 같다. 두려움에서 해방시켜줄 구명정의 대답을 기대하는 가여운 영혼. 설마 내가 그 주인공은 아니겠지 하는 두려운 표정도 읽힌다. 명쾌하게 지금 여기 현재의 감각만을 중요시 한다고 입버릇처럼 말하지만 내면의 근원적인 두려움을 고스란히 내보이는 연약한 여자의 얼굴이 눈앞에 있다. 당신의 마취제는 아름다운 얼굴이냐고 묻고 싶지만 참는다.

"그런데 그즈음 즐겨 읽던 그리스·로마신화 속의 신들은 성경의 신에 비하면 훨씬 자유롭고 매력적으로 느껴졌어요. 인간의 치명적인 유혹을 가로막지도 않을뿐더러 스스로도 다른 신을 유혹하고 또 유혹에 즐겨 넘어가는 너무나도 인간적인 신들이었거든요. 그들의 유혹은 신의 세계를 넘어서 인간에게까지 뻗쳐 있죠. 마음이 편안해졌습니다. 숨을 쉴 수 있을 것 같았어요. 신화를 읽은 뒤에는 몽정을 겪고 일어난 아침에도 그다지 부끄러워할 이유가 없었어요. 내 본능까지도 아주 자연스런 일처럼 여겨져 위로가 됐어요."

내 눈에 눈을 맞춘 그녀에게 이제 어떤 방향으로 상담을 마무리할 것인지 갈등하며 잠시 숨을 골랐다. 대화가 정지된 오륙 초의 시간이 긴장으로 대여섯 시간은 되는 듯 부담스럽다. 그녀에게 뱀이 될 것인지 신의 선지자가 될 것인지 마지막 선택의 시간이 내 앞에 놓여있다. 무거운 시간은 스스로 청중이 되어 내 영혼을 가만히 바라보고 있다.

내가 말한 논리대로라면

'그래, 그렇다면 이제 넌 어떤 선택을 하도록 유도할 거야?'

뱀도 신도 내게 동시에 질문하고 있는 셈이다. 금지된 열매 앞에 선 하와처럼 나는 여전히 갈등 중이다. 이성과 욕망이 양극단에서 작동하는 현상은 사춘기 이래 지금까지 내 삶을 갉아먹고 있다. 때론 감정기복의 너울 따라 출렁이는 조울증인가 싶다가도 때론 그 너울의 진폭이 너무 커서 해리현상인가 싶기도 하다.

사실 지난 주 그녀가 세 번째 상담을 마치고 돌아간 날 저녁, 간간이 연락하고 지내온 대학동기와 오랜만에 와인 바에서 만났다. 내가 청한 자리였다. 부천에서 자그마한 신경정신과를 운영하는 조용한 성품의 동기다. 동기는 의대 재학시절부터 학과 내에서 특별한 존재감을 드러내지 않는 성품이지만 항상 옆에 있는 사람을 편안하게 하는 면모를 지녔다. 동기가 신경정신과를 선택했을 때 그에게 주어진 소명의 길처럼 당연하다고 여겼다. 신뢰할만한 친구다.

둘이서 와인 한 병을 다 비우고 나자 알코올 탓이었는지 동기가 주는 편안함 때문이었는지 나는 조심스레 숨겨둔 내면을 그에게 흘리고 말았다.

"십대 때부터 내 안에 두 인격이 살고 있는 것 같아."

의기소침해진 내 얼굴을 동기는 한참이나 지그시 바라봤다. 꽤 긴 침묵이 흐른 후 동기는 단 몇 마디로 일침을 가하듯 분명한 결론을 내려줬다. 물론 동기는 내가 으레 성형외과병원 원장으로서 지니는 스트레스쯤으로 받아들이고 대수롭지 않게 답한 말일 테지만 내겐 화인처럼 뜨겁게 이마에 새겨졌다.

"승우야, 네 안에 두 인격이 살고 있어서가 아냐. 정체성이 불분명해서 그래. 두려움이 클 때 나타나는 현상이지. 그런데 현대인이라면 다들 그렇게 살고 있지 않니?"

마흔네 살의 나이에 불분명한 정체성이라니……. 슬픔이 왈칵 몰려와 가슴에서 출렁였다. 불과 열네 살에 겪은 참혹한 상흔이 그대로 정체성으로 굳어지는 게 두려워서였다고, 다른 사람의 시선을 끌 수 있는 새로운 정체성이 필요했다고, 깊은 상흔을 느끼지 않기 위해 신경을 마비시킬 더 강한 정체성이 갈급했다고, 그렇게 말한다면 비겁한 변명에 불과할 것이다.

현세라에게도 그대로 정체성으로 굳어질까봐 두려운 참혹한 상흔이 있는지도 모를 일이다. 그래서 다른 사람의 시선을 끄는 한편 신경을 마비시킬 수 있는 새로운 정체성이 필요한 사람일 거란 생각에 애잔하다. 눈앞의 여자를 구해주고 싶지만…… 슬프게도 내 신경을 마비시킨 독한 정체성이 다시 앞으로 나섰다. 내 입은 제갈 풀린 망아지처럼 움직인다.

"세라 씨도 아름다워지려는 치명적인 욕구를 부끄러워하지도 두려워하지도 말았으면 좋겠어요."

그녀 미소에 다시 특유의 청순함이 반짝 묻어난다. 그리스·로마신화를 읽고 과거 상흔 따윈 마비시키고 자유를 느낀 몽정기의 내가 눈앞에 앉은 여자의 눈동자에도 그대로 보인다. 단언컨대 내 말은 달디 단 뱀의 유혹이 됐을 테다.

다시 짓궂은 미소를 머금는 여자.

"원장님 그럼 저도 지금 뱀의 치명적인 유혹에 빠져 들어서 금단의 선악과를 따먹어도 된다는 말씀이시죠?"

"단정하진 마세요. 확대해석도 하지 말구요. 다만 유혹에 긍정적으로 반응하라는 뜻이에요. 죄책감 가질 필요 없이 아주 편안하고 자유롭게."

나는 과장되게 팔짱을 풀며 자유를 허하는 밀교의 사제처럼 은밀하고 교활하게 대답했다. 마침내 여자는 현실세계에서 가상세계로 완전히 사라질 것이다. 어느 날 문득 하얗게 사라져버린 승희처럼…….

여전히 미완의 망각으로 승희를 기억하는 또 한 사람은 희연이었다. 석 달 전, S병원에서 열린 학술세미나에 참석했다가 우연히 희연이를 만났다. 희연이가 S병원 간호본부장으로 근무하고 있다는 건 동아리 선후배들을 통해 이미 알고 있었지만 정말 만나게 될 줄은 몰랐다. 외과적 처치 기법에 관한 두 시간 정도의 짧은 세미나여서 희연이와 맞닥뜨릴 우려는 없었다. 정 기사와 지하주차장까지 함께 가려다 정문 앞에서 내려 병원 로비로 들어섰을 때 S병원 자체 의료선교 모금행사가 열리고 있었다.

'복음과 인술을 들고 아프리카 땅으로!'

로비 중앙 상단부에 내걸린 플랜카드 내용으로 보아 S병원 기독의료인들이 아프리카로 의료선교를 떠나려는 것 같았다. 모금 부스 앞에는 중년의 간호사가 활짝 웃으며 후원자들을 맞이하고 있었는데 그녀의 정체가 초속으로 감지됐다. 희원이었다. 일일이 감사 인사를 전하는 희원이의 모습을 첫눈에 알아보고는 그 자리에 우뚝 발걸음이 멈춰버렸다. 못 본 척 무심하게 지나갈 수가 없었다. 그렇다고 적극적으로 인사를 나누겠다는 생각은 전혀 없었다. 자연스럽게 몸이 굳어지면서 어디엔가 숨어야 한다는 긴박함을 느끼는 찰나, 희원이와 시선이 마주치고 말았다. 기억은 긴장한 몸에 경계신호를 보냈지만 달아날 수는 없었다. 나는 희원이 쪽으로 자연스럽게 발걸음을 옮겨야 했고 희원이는 모금 부스를 나와 내게로 천천히 걸어왔다.

희원이가 웃고 있는데 내 귀에는 쿵 쿵 쿵 내 발자국 소리만 들려왔다. 세상이 슬로우비디오처럼 흐르고 있다고 여긴 건 승희를 잃은 밤 이후 처음이었다. 그때 생각했던 같다. 거대한 우주의 운행도 이렇게 느리게 흘러가는 것일까, 하고. 느리게 움직이는 거대한 우주 속에서 아주 짧은 찰나를 사는 인간들. 왁자지껄 수많은 사람들의 허다한 사연이 실린 지구도 먼 우주에서 바라보면 아주 고요하고 느리게 흐르는 작은 물체일 뿐일 거란 생뚱맞은 생각이 스쳤다. 희원이를 향한 수많은 감정과 동요가 한 순간에 희미해지고 오롯이 그녀와 나의 발자국 소리만 남은 세상…….

이십 년이 흘렀어도 젊은 날 그녀와 공유한 시간 때문인지 내게 가까이 다가올수록 점점 대학시절 그대로의 희원이 모습이 드러났다. 그 순간 심장에 전류처럼 흐르는 건 설렘이 아니라 아픔이었다.

"오빠……"

"희원아! 정말 반갑다. 이게 얼마만이야? 한 이십 년 쯤 됐나? 하나도 안 변했어. 그래 잘 지내지?"

어색함을 감추기 위해 속사포처럼 인사말을 쏟아내며 손을 먼저 내민 건 나였다. 그녀를 외면하고 단 한 순간도 아무런 후회나 자책 없이 잘 살아온 사람처럼 굴면서 해사하게 웃었다. 그 순간 나를 바라보는 내 안의 또 다른 나는 분명 비웃고 있었겠지만. 희원이가 내 병원의 VIP 고객도 아닌데 상황에 맞지 않는 너스레를 떨었다.

"오빠도…… 잘 지냈어요?"

"그래, 잘 지내."

"아직…… 승희는…… 못 찾았죠?"

승희 소식부터 챙기는 희원이를 보는데 어머니와 나 외에 승희를 기억하고 그리워하는 누군가가 세상에 살고 있다는 사실에 뭉클했다. 하마터면 희원이 앞에서 눈시울이 젖을 뻔 했다. 어쩌면 희원이는 얼굴도 모르는 승희 보다는 승희로 인해 극심한 트라우마에 시달리며 성장기를 보내야했던 옛 연인을 염려해 안부를 물었는지도 모른다. 희원이 앞에서는 예전에 한 번도 내 감정을 숨긴 적이 없었다는 걸 그때 상기했다. 성장기 가난하고 외로운 환경 때문에 생긴 우수와 상처를 가감 없이 드러내도 다 받아주던 희원이었다. 소환된 기억에 또 뭉클했다. 어둠에 갇힌 십대와 이십대를 어머니와 희원이가 아니었다면 살아낼 수 없었을 테다.

중학교 일학년 때 부주의로 네 살 어린 동생을 잃어버린 죄책감은 세상 무엇으로도 상쇄될 수 없었다. 오후 네 시부터 시장에서 장사를 시작해야하는 어머니는 오후 두 시면 수산시장으로 가셨다. 어머니가 승희를 내게 맡겨놓고 나가려면 종례 후 오후 서너 시가 돼야 하교하는 내 일과와는 한두 시간의 공백이 있었다. 보통 어머니는 매달 과일 값이라도 건네주면서 주인댁 아주머니에게 공백 시간 승희를 부탁하곤 했는데 하필 승희가 사라진 그날은 평소보다 한 시간 이상 늦게 하교했다.

"승희야, 네 오빠 곧 올 테니 조금만 기다려."

주인댁 아주머니는 나를 기다리다 못해 방문을 꼭 닫아놓고 급하게 외출해야만 했다. 고향에 다녀오기 위해 예매해 둔 새마을호 기차를 타려면 더 이상 지체할 수 없었을 것이다. 하루도 빼놓지 않고 매일 정확하게 하교시간을 지키는 오빠였으므로 늦어도 십 분 이내면 도착할 거라 굳게 믿었던 아주머니의 잘못은 아니었다. 한 시간 이상 늦게 집에 도착한 건 이전에 한 번도 없던 일이었으니까.

그날도 기다리는 승희를 생각하며 서둘러 교문을 빠져나왔는데 등 뒤에서 놀리는 소리가 들렸다.

"비린내 나는 생선 장수! 비린내 묻혀오는 생선 장수 아들! 퉤퉤 더러워라. 아우! 냄새."

이제 막 사춘기가 시작된 사내 녀석들은 경박하고 무례한 수탉처럼 목청을 돋우며 놀려댔다. 학부모회 회장 아들과 그를 따르는 대여섯 명의 무리였다. 돌아보니 중견 기업체를 운영하는 아버지와 학부모회 회장인 어머니를 등에 업고 전교부회장에 임명된 녀석은 비웃음을 흘리며 쏘아보고 있었고 그를 호위한 똘마니들은 정면으로 마주한 내 얼굴을 대놓고 경멸했다. 풍기는 비린내가 역겹다는 시늉으로 코앞에서 손사래까지 치면서 놀렸다. 과외 한 번 받지 않은데다 어린 동생까지 돌보면서 전교 일등을 차지한 내게 전교부회장 녀석은 필요 이상으로 집착하며 주목했다. 평소 뒤에서 놀려대는 걸 알고 있었지만 어머니를 생각하며 꾹 눌러왔는데 대놓고 멸시하는 태도에 참을 수 없는 분노가 치밀었다. 나는 분명 그 순간 그 무리들이 아닌 공평치 못한 세상에게 이유를 알 수 없는 화가 났고 온몸으로 저항하고 싶어졌다. 어머니를 시장으로 내몬 세상과 운명에 그저 화가 나 있었다. 앞뒤 없이 돌진해 미친 듯이 주먹을 휘둘렀다. 전교부회장 녀석의 얼굴을 가격한 순간 아찔한 후회가 심장을 관통했지만 성난 주먹을 멈출 수는 없었다. 곧 이어 내 몸으로 대여섯 명의 주먹질과 발길질이 난타했지만 아무 것도 보이지 않았고 아무 것도 들리지 않았다. 그 순간 눈앞에 누가 있었어도 내 미친 것 같은 분노와 몸부림을 피할 수는 없었을 테다. 하늘이 빙글빙글 돌았고 귀에선 붕붕 소리가 났다. 무리들에게 흠신 두들겨 맞을수록 차라리 시원해지는 이상한 기분을 느꼈다.

한동안 운동장에서 대자로 뻗어 누워 있었다. 감정을 쏟아낸 하늘이 고요했다. 땅에서 올라오는 아지랑이 때문인지 눈앞이 어질어질했다. 피투성이가 된 얼굴을 수돗가에서 씻고 집으로 돌아왔을 때 방문이 열려있고 승희는 보이지 않았다. 맞은 편 벽에 걸린 시계는 네 시를 가리키고 있었다. 주인댁 아주머니가 어디엔가 데려 갔으려니 여기다가 등교 전에 당부했던 어머니의 말이 떠올랐다.

"주인댁 아주머니 오늘 오후에 고향 가셔야 하니 서둘러 와야 한다."

가슴이 두근거린 건 그 순간부터였지만 아주머니가 고향에 승희를 함께 데려갔거나 시장에 있는 어머니에게로 가서 맡겼거나 그것도 아니면 누군가에게 부탁했으리라 믿고 싶었다. 그렇지 않다면 승희가 보이지 않을 이유가 없었다. 한 시간…… 두 시간…… 시간의 흐름을 따라 터진 입술과 심하게 부은 눈두덩을 어머니에게 어떻게 말할까 고민하는 중에도 승희에 대한 불안감은 점점 커져 갔는데 저녁 일곱 시가 되어도 굳게 잠긴 주인댁의 방문은 열리지 않았다.

어둠 속에서 대문 앞 가로등을 등지고 피곤한 그림자를 길게 드리운 어머니가, 함지박만을 들고, 승희 없이 홀로, 쓰러질 듯 마당 안으로 들어섰을 때, 열네 살의 나는 오후부터 꾸역꾸역 눌러 참았던 울음을 터뜨리고 말았다.

"승희야~ 승희야~"

목청껏 부르다가 꺼이꺼이 울다가 두려움에 부르르 떨었다. 어머니와 함께 온 밤을 샅샅이 찾아 헤맸지만 승희는 동네 인근 어디에도 없었다. 고향에 내려가 있는 주인댁 아주머니에게 전화로 연락한 후 경찰에 실종신고 하고 온 밤을 헤매 다니는 동안 어머니의 눈에는 어떤 광기가 서리기 시작했다. 승희가 오지 않는 오빠를 만나기 위해 아마도 방문을 열고 나갔을 거라 단정하는 경찰과 이웃들의 추측 속에서 나는 영원히 깨지 못할 악몽에 갇혀버렸다. 입술이 왜 찢어졌는지 눈두덩이 왜 시퍼렇게 멍들고 부었는지 왜 하필 아침에 했던 당부를 잊었는지 왜 한 시간이나 늦게 귀가했는지 어머니는 한 번도 묻지 않았다. 어머니 자신의 자책과 책임감을 어쩌면 어린 아들에게 전가하게 될까봐 어머니도 두려웠는지 모를 일이다.

그 일이 있고 몇 달 뒤 딱 한 번, 승희에게 가고 싶어도 네 녀석 때문에 갈 수가 없다고, 네 녀석이 내 발을 잡고 안 놔준다고 어머니는 절규했다. 죽고 싶어도 아들의 존재 때문에 죽을 수 없다는 그 말이 화살이 돼 심장에 박힌 이후 나는 수시로 찾아드는 발작에 시달려야 했다. 멀쩡히 공부하고 있다가도 몸과 맘이 곧 죽을 것 같은 공포가 찾아오면 영혼은 경기하듯 부들부들 떨었다. 공포에 떨지 않기 위해 내겐 마약이 돼 줄 무엇이 절실했다. 과거의 상흔을 상쇄할 성장목표가 필요했다. 죽어라 공부했고 죽어라 이루려 했다. 그렇게 이를 악문 채 버텨온 세월…….

"승희…… 아직 못 찾았지."

"오빠…… 괜찮은 거죠?"

이십 년 전에도 희연이의 눈에 서린 연민이 싫었고 내 안의 베누스를 알고 있다는 사실이 부끄러웠다. 그래서 그녀가 도저히 따라올 수 없는 경계 너머의 땅으로 멀리멀리 도망쳤는데 우연히 만난 희원이는 여전히 눈에 연민을 담은 채였다. 이십 년 간 한 발작도 떼지 않고 그 자리에 서 있었던 게 분명했다. 독신으로 살고 있다는 얘길 선후배들로부터 흘려들었지만 어머니에겐 말하지 않았다. 어머니가 물으면 어디서건 잘 살고 있을 거라고만 답했다. 정말 희원이가 어디서건 잘 살길 바랐다. 그녀가 나를 순전하고 온전한 사랑으로 바라본 것처럼 누군가의 순전하고 온전한 사랑을 받으며 행복하길 기원했다. 가끔은…… 마음속으로 기도한 것 같다. 희원이에게 갚을 수 없는 사랑의 빚을 지고 있었으므로.

시간을 따라 피어난 생의 안정감과 성품의 깊이, 간호사로서의 배려와 인간적 사랑이 온전히 배어 있는 희원이의 얼굴을 새삼 가만히 응시했다. 맑은 인상과 깨끗한 미소는 이십 년 전 그대로였다. 내가 다시는 되돌아갈 수 없는 경계 저쪽 땅의 사람을 부러움과 부끄러움을 동시에 안고 바라보았다.

"괜찮지. 나 잘 살고 있으니까 염려 안 해도 돼. 희원인 물어보지 않아도 여전히 잘 살고 있는 것 같아서 보기 좋다."

"잘…… 살아야죠. 그래야죠. 살다보면 오빠를 이렇게 만날 수도 있으니까요."

희원이의 젖은 눈에서 순간 회한을 읽은 건 나의 착각이었을까. 자기를 왜 떠나는지 설명조차 해주지 않고 냉담하게 돌아서는 내 앞에서 눈물을 보였던 희원이……. 따져 묻지도 못하고 슬픔을 삼키던 스물세 살의 여대생. 마흔세 살의 희원이에게서 이십 년 세월 건너 스물세 살의 희원이가 보였다. 자신의 얼굴을 물끄러미 바라보는 내 시선이 부담스러웠는지 희원이는 얼굴을 살짝 붉히며 부끄러워했다.

"그 동안 외모 관리 제대로 안 한 모습 성형외과 의사 앞에서 다 들켜버렸네요. 오늘 오빠 만날 게 될 줄 알았으면 예쁘게 하고 출근할 걸 그랬어요."

"아냐, 희원이는 여전히 예뻐……."

희원이는 여전히 아름다운 사람이야, 라고 얘기해 줄 걸 그랬다고 후회하고 있는데 후원 부스에서 그녀를 급하게 부르는 소리가 들려왔다.

“간호본부장님~”

이십 년만의 극적인 만남은 어색하고 싱겁게 끝나고 말았다.

“희원이는 여전히 좋은 일로 바쁘게 지내는구나. 만나서 반가웠어.”

“작년부터 전국의료선교부회장 맡아서 바쁘게는 지내는데 능력이 부족해서 제대로 못해내고 있어요. 한때 절망 속에 있던 내가 의료선교를 통해 희망을 가질 수 있었으니 얼마나 감사한지 모르겠어요. 한 사람을 사랑하는 대신 여러 사람을 사랑하는 것도 나쁘지 않네요. 그러니까 내 걱정은 하지 마세요.”

고개를 끄덕여주는 것 외에 할 수 있는 게 아무것도 없었다. 자신을 배신하고 떠난 연인을 염려해 안심시켜주려는 착한 마음을 모를 리 없어 목이 메었다.

세미나 내내 기억은 이십 년 전으로 나를 데려다놓고 회한에 젖어들게 했다. 희원이와 나는 명징한 경계를 사이에 두고 서로 다른 세상에 사는 사람이었다. 세미나가 진행되는 두 시간 내내 우리를 갈라놓은 경계만 생각했다. 희원이와 나를 가르는 경계의 실체를 잘 알면서도 무어라 한 마디로 규정할 수 없는 혼돈이 머릿속을 부유해 다녔다. 세월이 흘러도 여전히 경계 안에 머무르는 자와 경계를 훌쩍 뛰어 넘어 새벽날개를 치며 멀리멀리 떠나버린 자, 그래서 다시는 그 경계 안으로 발을 들여놓을 수 없는 자. 적어도 그 두 시간 동안만은 내가 예전에 떠나온 경계 안쪽 세상이 몹시도 그리웠다.

경계 밖에 있다는 건 항상 두려움을 준다. 내게 초기 공황장애가 있다는 사실을 처음 안 것은 육년 전, 극장에서 홀로 영화를 감상하던 중이었다. 영화 제목은 '그래비티'.

우주 공간에서 거대한 망원경을 수리하던 스톤 박사는 폭파된 인공위성의 잔해와 부딪치면서 홀로 남겨지는데…… 우주를 표류하게 된 그녀는 생존을 위한 처절한 노력을 하고…… 폐소공포증과 싸우며 광대한 우주 속 미아가 된 현실을 홀로 견디는데…… 영화가 클라이맥스로 진행될수록 점점 숨이 막혀왔다. 우주 미아가 된 여자 주인공의 막막한 두려움이 그대로 전이된 내 심장은 점점 급박하게 뛰기 시작했고 순간에 호흡 곤란이 찾아왔다. 영화를 보던 중에 심장을 움켜쥐었다. 어둠 속 스크린에 펼쳐진 지극히 고요하고 광대한 우주가 엄청난 두려움으로 다가왔다. 어둠 속에서 벌건 얼굴로 헐떡이며 빠져나왔다. 화장실로 뛰어가 가슴을 치며 거친 숨을 몰아쉬는데 달아오른 얼굴 속 눈동자가 불안하게 떨고 있었다. 혼자인 사실이, 세상 속에 혼자인 사실이, 끝없이 광대하고 소리 하나 없는 우주 속에 혼자인 사실이, 신의 숨소리조차 숨겨진 적막한 우주에 던져진 사실이, 다시 태초 전의 혼돈과 어둠으로 돌아간 사실이…… 두렵고도 두려웠다. 새벽날개를 치며 힘껏 도망쳐 나왔는데 경계 밖은 혼돈과 어둠으로만 가득 차 있었다.

"그런데 세라 씨……"

어렵게 도착해서 겨우 정해놓은 길인 줄 알면서 또 다른 단서를 덧붙이는 내 해리장애 얼굴을 한 대 후려치고 싶다. 무슨 미련이 더 남은 것일까.

"끝이 아닌가요? 원장님, 또 다른 단서가 있나요?"

"혼란스럽게 했다면 미안해요. 이상하게 세라 씨에겐 깊이 생각하고 선택하라고 자꾸 권하고 싶네요. 여동생 같은 느낌 때문인지도 모르겠어요."

"원장님에게 내 또래 여동생이 있어요?"

있다고 해야 할지 과거엔 있었는데 현재는 없다고 해야 할지 어딘가에 있을 거라 믿는다고 해야 할지 처음부터 동생은 없었던 것처럼 해야 할지 난감하다.

1987년생 서른네 살…… 그녀와 동갑의 승희가 살아있다면 어떤 정체성으로 살고 있을지 두렵다. 어떤 땐 승희의 정체성이 생사 유무보다 더 궁금하다. 내가 그녀에게 신의 마음과 길을 선택하게 한다면 어딘가에 살고 있을 승희도 누군가의 도움으로 신의 마음과 길을 걷게 될까 하는 의미 없는 연상에 문득 사로잡혔다. 내가 그녀에게 안내하는 그 길을 따라 잃어버린 승희도 걷게 될 것 같은 두려움이 일어난다. 자책일까.

"VIP 고객들이 나한텐 다 여동생 같이 소중하다는 뜻입니다. 자, 들어봐요. 비너스병원에서 아름다움에 매료된 여성들을 수없이 대하던 어느 날 이런 생각이 들었어요. 신화 속의 여신들은 창세기에 등장하는 뱀의 또 다른 모습이 아닐까 하는……"

"……"

여신이 뱀이라는 등식, 정신 나간 비약에 극심한 왜곡의 말을 뱉어내는 의사가 못마땅한지 현세라는 눈살을 강하게 찌푸린다.

"여자들을 아름다움이라는 유혹의 덫에 가둬버리는 여신이 하와에게 다가가서 네가 선악과를 먹어도 결코 죽지 않을 거라고 속삭이는 뱀의 혀 같다는 느낌이 들었습니다."

"너무 지나친 비약 아닌가요? 원장님은 제게 희망을 주시다가도 갑자기 태도를 바꿔서 죄의식을 심어주시곤 해요. 말도 안 되는 비약이나 왜곡도 수술 전 고객에게 주는 심사숙고 과정의 하나인가요?"

"여러 번 깊이 생각해서 나쁠 건 없으니까요. 유혹은 항상 겉으론 성결한 옷을 입고 있어요. 거룩함과 유혹이 함께 존재한다면 믿겠어요? 거룩함의 옷을 입고 있어서 유혹이 더 매력적인 건지도 모릅니다. 신화 속의 여신도 아름다움의 극치라는 성결을 입고 있지만 사실은 굉장히 치명적인 성性의 냄새가 나거든요. 어때요, 세라 씨는 그런 느낌 받은 적 없어요?"

"미의 여신 비너스가 사랑의 여신이기도 하니까 당연히 그 둘은 뗄 수 없는 관계겠죠. 신화에서 보여주는 사랑의 의미가 플라토닉 한 것만은 아니니까 분명히 성애도 포함돼 있을 테고요. 자유분방한 여신의 사랑행위만 봐도 그렇죠? 그런데 왜 그 모습이 뱀으로 오해받아야 하죠? 원장님 말씀처럼 인간으로서의 솔직한 모습 아닌가요? 저도 비너스처럼 현재의 감정에 충실한 사랑을 하고 싶어요. 규율이나 제도에서 자유롭고 싶어요. 자유가 나쁜 건가요?"

자신의 사업체 세라스타일을 창업해주고 후원해준 스폰서, 그 묘령의 남자와도 규율과 제도에서 자유롭고 감정에 충실한 사랑을 해왔다는 뜻을 솔직하게 내비쳤다.

감정이라는 것이 사실은 금지된 것에 대한 강한 반동일 수도 있을 텐데 가장 솔직한 자신이라고 믿는 것 같아 안쓰럽다. 당신의 감정에 충실했는데 지금 이 꼴은 뭐냐고, 자유로운 영혼으로 유부남과 밀애를 즐겨서 결국 무엇을 얻었냐고 반박하고도 싶다. 자신의 아내가 외도사실을 알게 되자마자 재빨리 규율과 제도적 도덕 속으로 다시 숨어들어가 버린 블루 라군 해변의 그 남자야말로 치명적인 유혹에 못 이겨 선악과를 따먹고 나무 뒤로 숨어버린 아담의 또 다른 모습에 불과할 텐데. 진정한 자유가 뭔지도 모르고 그 자유를 누릴 용기도 없으면서 성결과 유혹의 이중성 속에서 여전히 헤매 다니는 것 같아 안타깝다. 그녀가, 그리고 내가.

"사실은 나도 보티첼리의 〈프리마베라〉를 우피치 미술관에서 직접 본 적이 있어요. 한참 여신의 얼굴과 자태에 심취해서 보는데 문득 창세기에 등장하는 뱀이 떠오르더군요. 왜 두 이미지가 겹쳐졌는지는 나도 모르겠어요. 순전히 내 상상일 테지만."

"보티첼리에게도, 명화에게도, 그림 속 비너스에게도 그 상상은 큰 결례인 것 같은데요?"

"물론 그렇겠죠. 비너스 얼굴의 모델이 된 시모네타 비스푸치에게도 결례일 테죠."

"〈프리마베라〉를 복도에 걸어놓고 고객을 유인하는 원장님 자신에게도 결례 아닌가요?"

"세라 씨, 기분 상했다면 미안해요. 하지만 어디까지나 개인적인 연상이니까 이해해 줘요. 인간이 무슨 상상인들 못 하겠어요? 행동을 움직이는 건 감정이고 감정을 좌우하는 건 생각이니까 세라 씨가 수술이라는 행동을 감행하기 전에, 또 충분히 고조된 감정에 충실하기 전에 감정과 행동을 이끄는 생각을 다각도로 해보자는 뜻이에요. 그 생각이 완전하다고 판단이 서면 감정과 행동은 자연스럽게 생각을 따라 흘러가면 되니까요. 어때요, 내 말 이해하겠죠? VIP 고객에 대한 나름의 배려입니다만 실례가 됐다면 미안합니다."

그녀는 가늘게 한숨을 쉬었다. 여신의 탄생을 앞두고 성심을 다해 제사를 준비해야할 사제가 오히려 네가 정말 제물이 돼야겠냐고, 웬만하면 이 자리를 떠나는 게 어떻겠냐고 혼란하게 만드는 행태를 향한 한숨이리라.

"고대 신전에서는 많은 여 사제들이 제사를 집전했는데 모두 하나같이 미인들이었다고 들었어요. 육체적으로 출중한 여자들을 선별한 거죠. 신에게 제사하러 간 많은 남자들이 제사 전 여 사제들과 성행위를 즐겼는데 그 또

한 제의의 한 과정으로 여겨졌다고 해요. 아름다움의 극치와 문란한 성, 둘 사이에 왠지 모종의 협약이 느껴지지 않나요? 여성의 아름다움은 남자들에겐 영원한 치명적 유혹이 되곤 합니다. 결코 돌이킬 수 없는 유혹이죠. 미를 얻으려는 궁극적 목적이 무엇인지가 가장 중요합니다."

시모네타 베스푸치의 초상에조차 뱀이 등장한다는 건 말하고 싶지 않다. 그녀의 인스타그램 속 사진대로라면 예술 분야에 조예가 깊어야하는데 아무것도 모른다. 인스타그램을 채우고 있는 건 대부분 허세인 걸까.

파리 여행 중에 근교 콩데 미술관에서 '피에로 디 코시모[22]'의 그림 〈여인의 초상〉을 감상한 적이 있다. 곡선으로만 이루어진 얼굴의 우아함과 반라半裸의 아름다움에 도취됐지만 목에 원형으로 둘러진 뱀이 섬뜩한 이미지로 다가왔다. 그림 앞에 서서, 피에로가 왜 그녀의 초상에 뱀을 그려 넣었는지 한참 유추해봤지만 이후로도 이렇다 할 명답은 찾을 수 없었다. 혹자는 클레오파트라를 그린 그림에 백 년 후 명문을 다시 붙인 것이라고 설명하는데 그 또한 확실치는 않다. 혹자는 뱀이 원형을 이루고 있다는 점에 착안해 그녀가 지닌 아름다움의 영원성을 상징한다고 하지만 다소 억지스럽다. 곡선으로만 이루어진 여성성과 아름다움은 나를 완전히 매료시켰지만 치명적인 아름다움을 둘러싼 그림의 배경은 왠지 불길했다. 그림 속 시모네타의 얼굴은 검은 구름에 둘러싸여 있고 죽은 것 같은 나무도 불안하게 대지에 서 있다. 허공에 시선을 둔 그녀의 눈은 텅 비어있다. 뱀은 그녀를 놓지 않으려는 듯 가녀린 목을 원형으로 두르고 있다. 그 쓸쓸하고 불길한 기운 때문인지 그림에서 쉽게 발걸음이 떨어지지 않았다. 파리 교외 콩데 미술관을 떠올

22) 피에로 디 코시모: 1462~1521 이탈리아 르네상스 시대의 화가로 이름은 스승 코시모 로셀리로부터 따 온 것이다. 스승과 함께 시스티나 예배당의 프레스코화에 참여했다. 보티첼리와 기를란다요, 후스 등의 영향을 받았다.

리면 한적한 분위기와 함께 시모네타의 쓸쓸한 얼굴이 먼저 떠오른다. 시모네타 베스푸치의 초상을 속 시원하게 설명해내지 못하는 미술평론가들처럼 나도 그녀의 쓸쓸한 얼굴과 현세라의 얼굴이 자꾸 겹쳐지는 이유를 아직 설명해내지 못하고 있다.

"아주 솔직히 말하면 치명적 유혹을 얻어내는 것 그게 궁극적인 꿈일지도 몰라요. 다들 성결한 척 하지만 단번에 남성들에게 치명적인 유혹이 되는 강렬한 매력을 얻고 싶어 하죠. 모든 사람의 시선을 사로잡는 아름다움이야말로 여성들의 로망인 걸요. 거듭 말하지만 나도 그래서 여신이 되고 싶은 거구요. 솔직한 최종 답이 됐나요? 이제 정말 수술서약서에 서명해도 되겠죠?"

각오와 달리 주절주절 엉뚱한 소리를 내뱉는 내게 그녀의 단호함은 구원의 메시지처럼 들린다. 본인이 이토록 단호하니 나도 어쩔 수 없다…… 나는 마지막 상담까지도 그녀를 구원하기 위해 최선을 다 했다…… 음란의 작업에서 손을 씻을 수 있도록 해주는 그녀를 향해 천천히 고개를 끄덕여줬다. 누군가 내 목을 꺾어준다면 멈출 수 있을까.

확고한 태도로 수술 서약서에 서명하는 현세라를 곁눈으로 바라봤다. 비너스병원 운영 매뉴얼대로 계획했던 모든 과정은 자연스럽게 연결되었고 결국 목적지에 닿는 것으로 귀결되었다. 그런데…… 그런데…… 억압해둔 자아는 자꾸 쓸데없는 말을 지껄이고 싶어 다시 고개를 쳐든다. 몹쓸 인간.

"세라 씨, 혹시 아세라 여신 알아요?"

"아세라……. 들어본 적 없어요. 나랑 이름이 비슷한데요?"

그녀는 호호 소리까지 내며 크게 웃는다. 아세라 여신과 현세라가 이름에 같은 음절이 있고 결국 비슷하다는 사실은 나도 미처 깨닫지 못했다. 말을 듣자마자 대뇌 속 뉴런과 뉴런이 새롭게 연결되고 새로운 이미지가 조성되면서 우연이 진리처럼 다가온다.

"그러고 보니…… 묘하네요. 아세라는 성경에 등장하는 여신이에요. 이집트를 탈출해 사십 년 간 광야를 헤매던 이스라엘 백성들이 대망의 땅 가나안에 들어가 섬긴 여신입니다. 젖과 꿀이 흐르는 아름다운 가나안 땅의 우상은 남신 바알과 여신 아세라였는데 아세라 역시 이슈타르처럼 풍요의 여신이었어요. 창조와 번식을 담당했죠. 이슈타르와 아세라는 이름만 다를 뿐 결국 하나의 여신입니다."

"아! 오늘도 많은 걸 배우는데요? 지난 번 역사 강의 후속편인가요?"

"이스라엘 백성들은 아세라 여신의 치명적인 유혹에 넘어가 광야에서 그들을 이끌었던 신을 버립니다. 아세라는 백성들 무의식 속에 조금씩 잠식해 들어갔어요. 백성들은 신과 아세라 사이에서 갈등하다가 결국 예배소에 아세라 여신을 모시고 함께 섬기는 방식을 택합니다. 아세라가 자신들의 신과 동등한 자리에 앉은 거죠."

"똑똑한 여신이네요."

과하게 멀리 가버린 원장에게 어깃장을 놓고 싶은지 진심을 담아 아세라를 옹호했다.

"이슈타르처럼 아세라를 상징하는 것도 새벽별인 금성이에요. 이름은 정체성과 불가분의 관계일 경우가 많은데 정체성의 상징인 이름 또한 굉장히 매력적이죠. 메소포타미아어로 에스테르는 금성을 뜻해요. 에스테르가 변형돼 아세라가 됐습니다. 새벽 미명이면 동쪽 하늘에서 빛나는 별이라, 얼마나 아름다워요? 아세라 여신을 바라볼 때마다 새벽 동쪽 하늘에 뜬 별을 바라보는 동경이 이스라엘 백성들 마음에 생기지 않았을까요? 마치 멀리 손닿을 수 없는 곳에 살고 있는 스타들처럼 말이에요."

그녀와 나 사이에 아주 잠깐 어색한 침묵이 흐른다. 뜻을 알 수 없는 미묘한 웃음이 그녀의 입가에 잠시 스쳤다가 이내 사라진다. 그녀에게 아세라 여신에 대해 좀 더 자세히 얘기하려다 그만두었다. 머릿속에 있는 생각을 구체적으로 표현했다가는 영특한 그녀가 자신을 정죄하고 있다고 이해할 게 분명하다.

가나안 사람들은 비를 주관하는 바알 신과 번식을 주관하는 아세라 여신이 성행위를 자주 해야만 비가 내린다고 여겼다. 아세라 여신이 성적으로 흥분해 땀을 흘리면 곧 그것이 비가 된다고 믿었기 때문이다. 제사에 참여하는 남자들은 바알 신과 아세라 여신이 볼 수 있도록 신전에서 성창이라 불리는 여 사제와 드러내놓고 성행위를 해야만 했다. 그들에겐 하나의 제례의식으로 수용되었다. 성행위를 통해 비가 내리면 풍작을 이루고 풍작을 거두어야 부를 누릴 수 있었으므로……. 그들에게 성은 곧 풍요와 이음동의어였다. 맹렬한 갈망으로 출산과 풍작을 기원하던 사람들을 어떤 금기도 도덕도 윤리도 가로막을 수는 없었다. 어서 빨리 새벽 동쪽 하늘에 뜬 금성의 신비로움에 다가가기 위해 그들은 여 사제와 성행위로 제사하는 일을 멈추지 않았을 것이다. 독일의 나치가 풍요의 땅을 점령하고 〈오! 포르투나〉의 장엄한 깃발을 꽂기 위해 어떤 금기도 어떤 도덕도 어떤 윤리도 개의치 않고 전진했던 것처럼.

이런 상황에서는 이런저런 부연설명을 생략하고 압축된 결론만 전하는 게 지혜로울 테다.

"결국…… 가나안지방의 아세라가 근동지방의 이슈타르, 아스타르테, 이난나 등과 함께 변모했다가 페니키아 인에 의해 그리스로 건너가 아프로디테가 됩니다. 그리고 로마로 옮겨져 베누스와 결합해 비너스로 진화한 겁니다. 어쩌면 여신 실체의 원형은 하나일지도 모릅니다. 결국 신의 입장에서 볼 때 비너스의 근원은 우상인데다 치명적인 뱀의 유혹인 셈이죠."

"원장님은 끝내 비너스를 참혹하게 밟아버리시네요."

"세라 씨, 어때요? 그래도 비너스가 되고 싶어요?"

끝까지 집착하는 내 꼴이 우습다. 수술 유혹으로부터 도망치라고 딱 잘라 단정적으로 말해주지도 못하면서 비너스의 바닥까지 하나하나 벗겨내며 집착하다니 나가도 너무 나가버렸다. 어쩌면 나 자신을 시험하고 싶은 건지도 모른다. 내 정체성에 대해 자꾸 질문하고 싶은 건지도 모른다. 신의 입장에서 볼 때 김승우, 네 모습의 근원은 우상이며 치명적인 뱀의 유혹이라고 선고하고 싶은 건지도 모른다.

"원장님, 젖과 꿀이 흐르는 가나안 땅에서 이스라엘 백성들이 왜 아세라를 섬겼는지 전 충분히 이해할 것 같아요."

"궁금한데요. 세라 씨가 생각하는 그 이유가."

"지독하게 매력적이니까요. 누가 그 매력을 쉽게 거부할 수 있겠어요? 풍성한 돈과 풍성한 성과 풍성한 미를 준다는데 세상 누군들 마다하겠어요?"

아무 것도 분간 못하고 자기가 만든 아집에 사로잡혀 한 발작도 앞으로 내딛지 못하는 바보 같은 여자. 당돌하게 반문하는 모습이 한심하다.

"어차피 실체는 초라하기 그지없는데 환상을 덧씌워 미화한 것이 여신이라면 굳이 여신이 될 필요가 없잖아요?"

이미 수술동의서에 최종 서명까지 마친 고객에게 잉여의 말을 구질구질하게 또 던졌다. 환상이 만든 여신의 제단에 피 흘리는 제물이 되기로 최종 결정을 마쳤으니 결코 변하지 않으리란 속된 믿음에서 발로된 것이라면 차라리 좋으련만.

'여신입니다'가 아니라 '여신이라면'으로 애매하게 처리해놓고는 모든 책임은 그녀가 짊어지고 나는 무한정 자유로워지고 싶은 더러운 속내가 보여 스스로가 역겹다. "선악과를 먹으면 신께서 정녕 죽는다고 했니?"라고 묻는 뱀에게 "선악과를 먹으면 우리가 죽을지도 몰라"로 애매하게 답했던 비겁한 하와 같아서.

"아니에요. 아름다움은 진화하는 게 당연한 거예요. 인류가 점점 진화해온 것처럼 말이에요. 전 아름다움이 우상이라고 해도 좋아요. 뱀의 유혹이면 어때요? 결국 신화라는 것도 인류가 가슴 속에 품은 이상을 형상화한 거라면 인간세상에서 가장 좋은 것의 결정체라는 뜻이잖아요. 내 인생에 가장 좋은 것을 실현하려는 거니까 얼마나 좋아요? 더 이상 신경 쓰지 마세요. 수술 서약서에 서명까지 했는데 원장님은 절 여기서 멈추게 하고 싶으신 거예요? 진의가 뭐죠?"

성형수술은 첨단과학기술의 꽃이지만 여전히 종교와 신화 속 예배의 제단이라는 사실을 순간 그녀의 말에서 저리도록 아프게 깨닫는다. 외과적 기술을 통해 이상적인 자아상을 실현할 수 있기에 성형 메커니즘은 끊임없이 환상을 불러일으킨다. 외모를 가꾸기 위한 성형수술은 더 이상 허영이 아니라 칼로 이룩하는 정신의학이 되었고 당당한 자아를 실현하기 위한 예배 과정이 돼버렸다. 그녀의 말에 공감할 순 없어도 틀린 말은 아니다.

나는 입술을 비집고 나오려는 마지막 말을 입을 앙다물고 한동안 제어하다가 끝내 뱉어버리고 말았다.

"하지만 한 가지는 꼭 기억하세요. 아세라는 풍요와 쾌락을 선사하지만 잔인한 신이에요. 결코 인간을 긍휼히 여기거나 자비를 베풀지 않아요. 자신에 대한 끊임없는 숭배만을 요구하죠. 거기에서 벗어나는 순간 철저하게 버려질 거예요. 한 번 더 말하지만 비너스의 근원은 아세라에요. 달콤한 선악과의 유혹 뒤에 형벌이 찾아온 것처럼 어떤 엄청난 결과가 기다릴지 모르거든요. 물론 그 또한 운명이지만."

나를 뚫어져라 쳐다보는 눈에 강한 적개심이 피어오른다. 참다못한 얼굴이 흉하게 일그러진다. 자존심을 건드린 게 분명하다. 성형수술로 돈 있는 남자를 붙들려는 당신은 언젠가 처절하게 버려질 거라는 저주의 예언으로도 들릴 터, 참고 있던 그녀를 자극하고 말았다. 내 정체성도 그녀가 일으키는 적개심의 불에 불살라지고 싶은 것일까.

"한 가지만 더 덧붙일게요. 성경에서는 사탄을 가리켜 계명성이라고도 불러요. 그 계명성은 금성, 즉 새벽별의 다른 이름입니다. 재밌는 건 금성의 라틴어는 '루시퍼'라는 사실이에요. 루시퍼는 원래 천사들 중에서도 가장 아름답고 위대해서 신에게 가장 사랑받았던 존재예요. 추앙을 받다가 스스로 교만해져 신과 동등해지려다 저주를 받아 사탄이 되죠. 아세라도 이슈타르도 아프로디테도 결국 같은 뜻의 이름, 금성이라는 거 재밌지 않아요?"

"재미없어요. 너무 지나친 비약일 뿐이에요. 지나가는 누구에게 물어도 코웃음 칠 말이에요. 전 그런 이분법적 논리 굉장히 싫어해요. 다양성을 인정하지 않잖아요. 그 옹고집 같은 배타성 치 떨리게 싫어요."

"지나친 비약이라고 생각할 수도 있지만 이분법이 합리적 사고에 도움이 될 때도 많습니다. 사실 선과 악이라는 이분법 사이에 중간지대는 없다는 게 진리 아닌가요?"

신경정신과 상담에서 자신 속에 도사린 진실을 직면할 때처럼 반박의 막다른 골목 끝에서 자신의 생각과 감정과 행동을 객관적으로 볼 수 있기를 바랐다. 아니면 더 큰 적개심을 갖고 진료실을 뛰쳐나가기를 바랐다. 그녀와 나 사이에 무거운 침묵이 흐른다. 마지막 상담 과정에 찾아온 가장 무거운 침묵이다. 비너스 여신과 함께 바닥이 다 드러나고 만 초라하고 비루한 나와 그녀의 실체.

"여러 번 여쭤봤지만, 원장님은 성형수술 상담을 매번 이렇게 진행하세요? 수술의지 뒤에 감춰진 욕망까지도 하나하나 학술적으로 종교적으로 파헤쳐 가면서요? 물어볼 때마다 그렇다고 대답하셨지만 사실 믿어지지 않아요. 왜 유독 나만 막아서는 건지 모르겠어요. 내가 그렇게 한심하고 불쌍하게 느껴지세요? 자꾸 피해의식이 생기려고 해요."

"아닙니다. 전혀 그렇지 않아요. 주로 고객들과는 구체적인 수술의 정도와 방법, 안전에 관한 얘기만 나눠요."

"그런데 왜 계속 엉뚱한 얘기만 반복한다는 느낌이 들죠? 잘 나가는 비너스병원의 원장님이 고객과 이런 말장난으로 보낼 시간도 있다니 놀라워요."

"그랬나요? 지루했다면 죄송합니다. 아마 세라 씨가 처음부터 여신이 되고 싶다고 말했기 때문일 거예요. 너무 과한 기대 때문에 실망도 클 수 있으니까요. 혹 기대에 못 미칠까봐 실은 제가 많이 염려됐나 봅니다. 언제나 고객에게 만족만 주고 싶은 제 나름의 방어기제라고 봐주시면 고맙겠습니다."

"지루한 게 아니라…… 정죄당하는 느낌이 들어서 불쾌해요. 원장님의 말 속엔 제가 꼭 뭔가를 잘못하고 있다는 메시지가 들어있어요. 원장님만 고고한 척 느껴지거든요. 어차피 비슷하게 살고 있는 게 분명한데 나만 죄인이라고 지적당하는 느낌이랄까요? 원장님이 정신과의사라면 충고를 받아들였을지도 모르죠. 거짓 비너스를 생산하시는 분이 거짓 비너스가 되지 말라고 하면 누가 믿어줄까요? 물론 긍정적으로 받아들이려 애쓰고는 있어요. 성형수술 하려는 진실한 의도를 똑바로 보고 신중하게 결정하라는 의미라고 여기면서 억지로 날 다독이고 있어요. 다시 말씀드리면…… 난 지금 최선을 다해 참고 있는 겁니다. 더 이상은 못 참아요."

"그런 거창한 뜻 없습니다. 어쩌면…… 내가 세라 씨에게 건넨 질문은 나한테 질문하는 걸 수도 있어요."

"왜죠? 왜 자문하세요? 원장님도 스스로 잘못 살고 있다고 자신을 정죄하고 싶은 거예요?"

"그건 아닙니다만…… 때로는 무엇이 정답인지 모르겠어요."

"인생의 답은 자신이 찾는 거예요. 아무도 가르쳐주지 않아요."

"경험적인 얘긴가요?"

"예, 그래요. 물론 그에 관한 답은 이미 여러 번 말씀드렸듯이 제겐 완벽한 아름다움이고요. 위험이 수반돼도 어쩔 수 없어요. 그 답이 아니면 나는 아무 것도 아니니까요. 그저 하루하루를 살아내는 개미밖에 되지 않겠죠."

"살아가면서 혹 세라 씨가 누리는 걸 잃어버리는 일이 생긴다 해도 세라 씨는 여전히 세라 씨라고 말해주고 싶어요."

"교과서처럼 말씀하시네요. 아뇨. 누리는 걸 잃어버리면 나는 다시 시궁창으로 돌아가야만 해요. 끔찍한 상처와 두려움의 시간으로는 절대 돌아갈 수 없어요. 모든 상처가 가난과 저급한 사람들에게서 온다는 거 원장님은 모르시죠?"

"끔찍한 상처라면?"

순간 힐책의 눈빛으로 급변한 눈동자가 자신 안에 몰래 숨겨놓은 상처를 말해주는 듯하다. 감정의 롤러코스터가 다시 가파르게 상승한다.

"말하고 싶지 않아요. 왜 제가 굳이 내보이고 싶지 않은 상처까지 원장님께 꺼내야 하죠? 우리가 알면 얼마나 아는 사이라고."

"아! 세라 씨, 진정해요. 굳이 말하지 않아도 돼요. 꼭 듣고 싶은 생각 없습니다. 다만 세라 씨가 얼마 전까지 만나고 있었던 사람 혹은 앞으로 세라 씨를 선택해주길 바라는 사람은 저급하지 않은 사람일 거란 확신이 있어요?"

"예. 있어요."

단호함을 넘어서서 굳은 결의나 비정상적인 신념에 사로잡힌 사람의 표정이 얼굴에 담겼다.

"어떻게 확신해요?"

"가난이라는 시궁창에 버려질 때 인간이 어디까지 저급하게 내려갈 수 있는지 전 잘 알거든요. 지난번에도 말씀드렸듯이 세상엔 상황론적 인간만 있을 뿐 존재론적 인간은 없어요. 상황론적 인간이 충분히 갖추어졌을 때 내뱉을 수 있는 고상한 용어가 존재론적 인간이거든요."

"그럼 모든 걸 가지고 있을 때 인간은 가장 아름답고 그 아름다운 상태에 닿기 위해선 세라 씨에게 성형수술은 필수불가결한 선택이라는 말이군요."

"바로 그거에요. 학습부진아처럼 이제야 겨우 핵심을 잡으셨네요."

"비너스가 사실은 아세라일 뿐이라는 사실이 드러났는데도?"

"그래요. 아세라인 걸 감추려면 더 완벽한 비너스가 되는 수밖에 없어요. 도저히 그 근본을 알 수 없을 만큼 완벽한 비너스가 되는 거죠. 아세라임이 드러나게 되는 이유는 덜 완벽하기 때문일 거예요."

"그 모든 경우조차 감수할 수 있다면 이제 수술준비실로 옮겨가시죠."

"그러죠. 드디어 더 새로운 삶으로 옮겨가는군요."

'Wheel of fortune'

운명의 수레바퀴가 정방향으로 움직일 것인가, 역방향으로 움직일 것인가. 선택할 수 있는 운명은 이제 최종 결정되었다. 정말이지 나는 네 주간 최선을 다했다. 수술을 단념시키기 위해 반어적 질문과 회유와 반박을 꽤 사용했고 의도적으로 직면의 골목으로 인도도 해봤다. 이제 내겐 더 이상 도울 카드가 없다. 두 눈 감고 두 귀 막고 미궁 같은 자기만의 신화 속으로 잠입해 들어간 건 그녀 자신이다. 운명의 여신만이 이제 그 결과를 알고 있을 뿐이다.

세라의 메모

제3의 폰이 울린다. 시계를 보니 새벽 한 시. 이 시각이라면 폰의 주인인 S는 자기만을 사랑한다고 굳게 믿고 있는 아내 곁에 잠들어 있을 시간이다. 이상하다. S는 이런 야심한 시간에 연락해온 적이 한 번도 없다. 지극히 현실적이고 용의주도한 그는 나를 하나의 예술품으로 여기지만 애장품을 감히 그의 아내에 비기는 사람은 아니다. S를 만난 이후 나도 예술품으로서의 분명한 한계를 지켜왔기에 지금껏 그의 갤러리에 소장될 수 있는지도 모른다.

의아해하는 동안에도 폰은 끈질기게 울린다. 왠지 통화 버튼을 터치하고 싶지 않다. 이 시간에 S가 직접 연락한다는 건 견딜 수 없을 만큼 애장품을 만지고 싶은 욕망이 꿈틀거리는 경우거나 개인적 비상상황이라는 뜻일 테다. 전자라면 더 애를 태워 여신숭배에 목숨을 바치게 하고 싶고 후자라면 인정하고 싶지 않다. 이젠 비상상황 같은 건 내 삶에 발붙이지 못했으면 좋겠다.

지난 주 손서인 측에서 뒤에 남자가 있는 게 아니냐고 공격해온 사실은 S에게 말하지 않았다. 단 한 번도 S에게 허점을 흘린 적이 없는데 일부러 불안을 야기할 필요는 없다. 그런데 S의 전화에 연상작용처럼 손서인이 떠오르는 건 기분 나쁜 기시감이다. 나를 보고 싶어 죽을 만큼의 열정 때문이기를 바라며 통화 버튼을 당기는데 다짜고짜 욕설이 난무한다. 한 뼘 통화처럼 큰소리가 들린다. 누가 욕을 하는 건가. S의 목소리지만 S일 리가 없지 않은가.

이 미친년아 내 인생 완전히 매장하려고 작정했니? 네깟 년이 뭔데 사람의 앞길을 막아? 은혜도 모르고 머리도 둔한 년. 네 년 하나 죽으면 됐지, 나까지 물귀신처럼 물고 늘어지냐? 어떻게 처신을 하고 다닌 거야? 미친년아 대답해 봐. 도대체 어떻게 된 거냐고? 목청이 찢어져라 욕을 해대는 사람이 S인지 아닌지조차

분간이 안 된다. 심장이 뛰기 시작한다. 숨이 막힌다.

수십억을 지불하고 사들인 애장품을 단번에 던져서 와장창 깨부수는 사람이 있을 수 없다면 욕을 쏟아내는 남자는 S일 리가 없다. 평소 숭배하고 제사하던 여신 앞에서 욕설을 퍼붓는 사람은 없는 법이라면 다시 생각건대 욕을 쏟아내는 남자는 S일 리가 없다. 도저히 믿을 수 없어서 핸드폰 너머로 우문을 보냈다. 도대체 누구세요? 머리가 하얗게 지워진다. S 외에는 아무도 이 폰의 존재를 모른다. 그와 나만의 극비통신 도구일 뿐이다.

미친 년! 어떤 년이 익명으로 보낸 내용이 K패치에 기사화되기 일보직전인데 넌 도대체 뭐하고 있니? 이제 보니 넌 눈 뜬 장님이구나. 미련하고 천한 년. 죽여버리기 전에 내 빌라에서 당장 네 짐 빼고 잠적해. 빌라에도 쇼핑몰 사무실에도 네 년 흔적 하나라도 남기면 모든 게 끝이야. 너도 죽고 나도 죽어야 해. 이삿짐센터에 연락해놨으니까 내일 새벽 다섯 시 전까지 네가 쓰던 물건 다 빼내고 너도 사라져. 이 전화번호도 없앨 테니까 통화 끝나면 바로 변기에 넣고 물 내려. 우리 이제 다시는 보지 않는 거다. 넌 날 모르는 거야. 알았어? S가 일방적으로 전화를 끊어버린다.

K패치…… K패치…… K패치…… 얼른 생각이 안 난다. 맞다. 연예인의 가십이나 뒷소문을 주로 다루는 인터넷 매체다. 폰의 통화기능을 닫고 S가 방금 보낸 문자를 여는데 손이 덜덜 떨린다. 어디서부터 무엇이 잘못된 건가. S가 미치지 않고서야 이런 반응을 보일 리 없다. 그를 미치게 만든 치명적인 문자가 K패치에 기사화될 수도 있단 얘기다. 문자를 여는데 심장이 미친 듯이 뛴다. 즉시 떠오른 보도자료 제목이 거대한 바늘이 돼 심장을 찌른다.

〈텐프로 출신 인스타그램 셀럽 H양, 신분 세탁하고 인스타 세계에서 여왕으로 활동하다.〉 선정적인 제목인데 대상이 바로 나라고 인정하고 싶지 않다. 이건 아니다. 겨우 천국 문 가까이 왔는데 누가 지옥으로 다시 나를 끌어내리는가. 손서인? 나비? S? 아니다. 그래, 맞다. 프레디다. 지옥에 살고 있는 미친 프레디가 낮 시간을 몽땅 내놓으라고 협박하는 거다.

그제 그 남자의 집 근처까지 다시 찾아갔었다. 안면윤곽수술 직후라 얼굴이 더 달라져서 못 알아볼 거란 생각에 그냥 맨 얼굴로 집을 나섰다가 결국 선글라스를 썼다. 좀 더 솔직히 표현하면 그 남자가 얼굴을 못 알아보리란 생각보다는 그의 나약해져버린 상황을 목도했기 때문인지도 모른다. 핸드백에 칼을 그대로 넣어둔 채였다. 만약 이십 년 전 그대로의 눈빛을 내게 보낸다면 눈을 찌르고, 이십 년 전 그대로 손을 놀리겠다면 손을 찔러야 하기에……. 내게 왜 그랬냐고 꼭 한 번은 따져 물어야 했다. 지난번에 목도했던 덩치들처럼 나도 그 남자의 뺨을 내리치면서 훔쳐간 내 평안과 정체성을 내놓으라고 멱살이라도 잡아야 했다. 늙고 병든 남자의 얼굴에서 코피가 터지게 하고 싶었다. 세상에서 가장 독한 채권자의 모습으로 초라한 채무자의 자존심을 짓밟아주고 싶었다. 코피로 얼룩진 프레디에게 다시는 내 꿈속으로 찾아오지 말라고, 다시 찾아오면 죽여버릴 거라고 소리치고 싶었다. 두렵고 두려운 그 얼굴을 똑바로 직면해서 지긋지긋한 악몽과 대결하고 싶었다. 내 공포가 키운 맘모스를 현실에서 때려주고 돌아설 때 그만 잊어버리고 싶었다.

택시에서 내려 천천히 걸어올라 그 남자의 원룸 건물에 들어섰을 때 운명과 운명의 또 다른 교차점에 선 듯 심장이 마구 뛰었다. 쿵! 쿵! 쿵! 살아오면서 과도하게 고문당한 심장은 내 신체기관 중 가장 먼저 멈춰버릴 것이다. 이층 그 남자의 현관 문 앞에 서서 호흡을 가다듬는데 일층 입구에서부터 요란한 발소리가 들려왔다. 삼층으로 올라가는 계단참에 반사적으로 몸을 숨겼다. 지난번에 봤던 덩치들은 상욕을 해대며 그 남자의 문을 두드렸다. 한참 만에 문이 열리자 재빨리 현관 안으로 들어가 안에서 문을 잠갔다. 다시 들려오는 욕설과 육체에 폭력을 가하는 둔탁한 소리……. 두 눈을 감고 있다가 그대로 내려와 버렸다. 보이지 않는 손을 또 떠올렸다. 하늘의 형벌? 신의 신원? 마음의 위로 삼아 하는 말을 믿고 싶지 않았다. 다만 엄마와 관련된 하나의 삽화를 그때 떠올렸을 뿐이다.

새 여자가 생긴 그 남자가 떠나고 나서 엄마는 며칠을 울었다. 노예로 산 세월 때문이었는지 앞으로 스스로 충당해야 할 생활비 때문이었는지 그것도 아니면 기구한 자신의 운명 때문이었는지는 알 수 없다. 그해 2월 당장 대학 등록금이 필요했다. 목구멍에 들어갈 밥이 없는데 엄마는 꽁꽁 숨겨뒀던 결혼반지를 꺼내 등록금으로 바꿔주었다. 엄마가 미안하다 엄마가 미안해. 하늘이 보내준 우리 딸 고생만 시켜서 정말 미안해. 눈물을 흘리는 엄마 앞에서 나는 이제부터 엄마의 보호자가 돼야 한다는 다짐을 했던 것 같다. 프레디가 없는 세상이라면 뭐든 다 할 것 같았다. 내 힘으로 학업도 마치고 엄마도 부양하고 생활비도 충당할 수 있을 것 같았다. 생활에서 배우기 전까지는…….

백치 엄마여도 내겐 엄마이고 도착증 남편이었어도 엄마에겐 남편이었다면……, 그렇다면……, 칼을 들어 그 남자의 눈과 손을 내가 직접 찌를 수는 없었다. 울면서 더러운 골목길을 천천히 걸어 내려왔다. 엄마가 살아있는 동안은…… 외동딸이 자신의 전 남편을 죽인 여자로 만들 수는 없었다. 조폭들이 때리고 있는 게 그 남자의 육체가 아니라 추악한 과거의 죄과일 거라고, 정말 그럴 거라고, 위로하려 애쓰는 마음이 더없이 쓸쓸했다.

S에게 문자를 보낸 익명의 여자는 누구의 제보를 받은 것일까. K패치에 보내겠다는 협박성의 보도자료다.

〈인스타그램 셀럽인 H양은 인스타그래머들의 우상이자 인플루언스다. 완벽에 가까운 외모의 소유자인데다 수억의 연매출을 자랑하는 인터넷 의류쇼핑몰의 운영자다. 이제 겨우 서른한 살의 나이에 인생의 정점에 도달한 셈이다. 인스타그램 세상의 여왕인 그녀가 한 번 사용 후 후기를 남긴 물건은 매번 완판의 기염을 토한다. 외모가 주는 신비한 선망에다 재력을 갖춘 사람이 사용하는 제품이라는 신뢰가 더해 높은 매출을 이끌어내기 때문이다. 의류쇼핑몰의 문을 연지 일 년이 조금 넘는 기간 동안 H양이 모델로 나선 제품만 해도 벌써 5종이나 된다. 그녀가 모델로 나선 립밤, 세정제, 쥬얼리, 속옷, 다이어트 제품의 매출은 고공행진을 거듭하고 있다. 인스타그램 세상에서 그녀의 유명세는 사업매출에 기여하고 사업매출 지표는 그녀의 유명세에 다시 기여한다. 사업과 유명세가 서로에게 피드백이 되면서 H양은 젊은 나이에 이미 인생의 두 마리 토끼를 다 잡았고 젊은 여성들의 워너비로 자리 잡은 지 오래다. 또 다른 인스타그램 셀럽인 S양과 인스타그램 세계의 쌍두마차로 불리며 수많은 팔로어들을 이끌고 있다.

H양의 사생활에 관해선 알려진 바가 전혀 없다. 그녀의 사생활을 한눈에 볼 수 있는 인스타그램에도 가족사진 한 장 올려놓지 않았다. 그런데 익명의 제보자가 본사에 놀라운 소식을 전해왔다. H양이 과거 강남의 A클럽에서 텐프로로 일한 경력이 있다는 것이다. 현재 운영하고 있는 의류쇼핑몰 사무실과 거주하는 오십 평 빌라 또한 제3의 차명으로 돼 있지만 실소유자는 H양의 스폰서로 밝혀진 한 남성으로 조사됐다. 익명의 제보자는 이미 다수의 증인들과 증거물을 확보했으며 H양이 계속 자신의 신분을 속이고 인스타그램 셀럽으로 활동할 경우 텐프로 시절 성관계를 가졌던 남성들의 리스트와 현재 스폰서인 남성의 정체를 공개하겠다고 전했다. 참고로 스폰서는 중견기업 L전기의 대표이며 기혼남성이라고 덧붙였다.

H양은 신분세탁을 위해 이미 개명했고 성형수술로 얼굴을 손봤지만 A클럽의 동료 한 사람이 사진을 통해 H양을 알아본 것으로 전해졌다. 옛 동료가 H양의 화

려한 현재 모습과 사회적 위치에 놀라움을 금치 못했다는 후문이다. 활발한 활동을 하고 있는 인스타그래머의 한 사람인 O양은 인스타 세상의 셀럽이나 인플루언서들을 향한 무분별한 우상화가 사이버 세상에서 거짓 스타를 양산하고 있다는 점을 지적하면서 무엇보다 올바른 판단이 선행돼야 한다고 주장했다.〉

협박성 보도자료를 보고 S의 눈이 뒤집힌 것이다. 손가락조차 대기 아까워하던 애장품을 던져서 박살내려는 그의 분노는 누구 때문인가.

생각해내야 한다. 빨리 생각해내야 한다. 어디서부터 붕괴가 시작된 걸까. 숭배자 S를 저주자로 바꾼 핵폭탄은 누가 투하한 걸까. 클럽 퀸과 연결돼 일한 사실을 알고 있는 이는 퀸의 홍 사장밖에는 없다. 나는 클럽 퀸 공간 안에 머물면서 일하지 않았고 프리랜서로 최고급의 VIP만 극비리에 접대했기에 직원들과 마주칠 일도 거의 없었다. 당시 이름은 세영이었지만 고객과는 '효리'라는 이름으로 통했다. 그렇다면 누군가 주민등록초본에 기재된 개명 사실을 바탕으로 하나하나 탐문하고 다녔다는 얘기가 된다. 한두 명의 조사로는 불가능한 이야기다.

그렇다면 제보자는 손서인 외에 없다. 손서인은 손아모 회원인 수천 명의 시녀들을 풀어서 충성 시험대에 올렸을 테고 과잉충성을 보여야만 하는 몇몇의 시녀들은 내가 프레디를 찾기 위해 그랬던 것처럼 악질 흥신소까지 손을 뻗었을 테다. 결정적인 증거를 찾아 바치면 여왕은 그녀에게 완판을 보장해 줄 테니까. 어쩌면 손서인은 아무것도 한 게 없을지도 모른다. 결말의 후폭풍을 미리 짐작하고 호기심의 바다에 추측이라는 미끼만 살짝 던졌을지도 모른다. 살진 고기들이 저절로 알아서 몰려와준 것뿐이리라. 질투와 시기의 해류를 타고 추측은 드넓은 바다에 확신으로 퍼져간 것이리라.

일 년 전, 강남에 위치한 클럽 퀸의 VVIP실에서 처음 만났을 때 S는 옆자리에 앉는 나를 보는 순간 인공미가 전혀 들어가지 않은 천연의 보석을 만난 것 같다고 감탄했다. S가 천편일률적으로 만들어진 강남미인에 싫증이 난 상태였다면 오히려 내겐 행운이었다. 그날 상상을 뛰어넘는 과한 접대비를 받고 놀랐다. 그가 떠나간 침대 머리맡에 일억 원 수표가 놓여있었다. 사흘 뒤 홍 사장을 통해 S가 고객이 아닌 연인으로 만나고 싶어 한다는 연락을 받았지만, 일부러 차갑게 거절했다. S가 어떤 사람인지 모르는 상태에서 연인관계를 맺는다는 건 상상할 수 없었다.

엄마는 그 남자가 어떤 사람인지 모르는 상태에서 단지 굶지 않기 위해 동거를 시작했고 그 남자가 벌어오는 알량한 돈으로 밥을 먹는 대신 몸을 제공했다. 나는 엄마와 다르다. 엄마가 치러내야 했던 지긋지긋한 밤들. 가장 증오하는 엄마의 비루한 삶을 닮을 순 없었다. 적어도 내게 오랜 시간을 기다려 구애하고 나를 숭배할 수 있는 남자여야 한다. 나는 남자로부터 억압당하는 것이 아니라 숭배 받고 싶다. 다시 나를 억압하는 남자가 있다면 죽여 버리고 말 테다. 검고 더러운 손을 잘라내서 남김없이 불태워 버릴 것이다.

한 번도 여자에게 거절당한 경험이 없는 S는 도전어린 호기심에도 불구하고 인내심을 가지고 나를 기다려줬다. 마음을 열기 위해 값진 선물로 공을 들였다. 홍 사장을 통해 청담동 신축 오십 평 빌라의 비밀번호를 전달받았고 현관문을 열고 들어갔을 때 고급 엔티크 가구로 풀 세팅 된 인테리어에 황홀했다. 꿈에 그려보던 성채였다. 내 탄성만큼 마음은 그 자리에서 녹아버렸다. 한 번도 그런 집에서 살아본 적이 없었다.

방음이 전혀 되지 않는 합판 벽을 사이에 두고 엄마와 그 남자가 내는 신음 소리를 매일 밤 들어야했던 지옥과는 전혀 다른 세계였다. 그리고 며칠 뒤에는 홍 사장으로부터 재규어 차를 인도받았다. 연이어 받게 된 리조트 회원권, 여행사가 발행한 평생여행권, 한도 없이 사용할 수 있는 은행카드가 손에 주어졌다. 그럼에도 불구하고 도도하게 한 남자의 애장품이 되기를 망설이는 내게 S는 대규모의 인터넷쇼핑몰을 운영할 수 있는 삼십억 상당의 사무실과 스튜디오를 선물했다. 탐나는 예술품을 끝내 자신의 것으로 소장하기 위해 기꺼이 거액을 내놓는 애호가로서 S는 최선을 다했다.

S는 애장품의 속성, 이를테면 텐프로로서 여러 남자를 거쳐 온 행적을 이미 다 알고 있었음에도 불구하고 오늘 전화를 걸어 미친 듯이 욕설을 퍼부은 것은 아끼는 애장품이 사실은 가짜라는 혼자만의 비밀을 세상이 다 알아버렸기 때문일 지도 모르겠다. 어쩌면 가짜 명품을 수십억에 사들인 바보라는 비난이 싫었기 때문인지도 모르겠다. 그것도 아니라면, 자신이 비너스인 줄 알던 사람들이 베누스라고 조롱할까봐 두려웠기 때문인지도 모르겠다.

불행은 언제나 예고 없이 찾아온다. 나를 애타게 부르며 달려오는 소년을 결국 만나지 못하고 깨는 꿈처럼 불행은 애써 잊으려 해도 불현 듯 다시 존재를 장악해버린다. 아빠가 어릴 때 죽고 엄마가 회복 불가능한 당뇨병에 걸리고 악마 프레디를 만나고 엄마가 잠든 밤이면 추행에 시달리고 살인의 욕구에 잡아먹히고 살인의 희구에 열병을 앓고 엄마가 겨우 그 남자와 헤어진 후에도 매일 밤 꿈속에서 그 남자에게 쫓기고…….

나는 오늘도 소년을 기다린다. 나는 이제 어디로 가야 하나. 빌라가 없다면 어디에서 몸을 누이며 쇼핑몰이 없다면 어디에서 돈을 벌 것인가. 텐프로로 알려진 이상 저가 쇼핑몰의 모델로도 기용될 수 없다. 소문은 시간을 타고 사이버 세상 구석구석까지 퍼져갈 것이다. 나는 정말 어디로 가야 하지? 곰팡이 냄새 나는 반지하 단칸방 엄마의 집으로? 프레디로부터 당한 고통이 고스란히 재생되는 음습

한 집으로? 하루 열네 시간 이상 서 있다가 깊은 밤 별 하나 없는 길을 돌아와야 하는 아르바이트 자리로?

희야~ 희야~ 목 놓아 부르는 그 따뜻한 얼굴을 만나고 싶다. 소년만이 프레디의 검은 손에서 나를 구원해 줄 것만 같다.

다시 거품의 바다로 – 5월 둘째 주 수요일

봄비라고 부르기엔 분명 과한 양의 비가 내린다. 며칠 전부터 일기예보에선 기상관측 이래 여름장마와 흡사한 이런 5월 봄비는 처음일 거라고 떠들어댔다. 아침부터 아열대의 스콜 같은 국지성 비가 돌풍을 동반한 채 대지에 쏟아져 내렸다. 출근길 직장인들의 우산이 뒤집혀지고 다시 꺼내 입은 초봄용 바바리코트자락이 바람에 펄럭였다.

항상 일기와 수술 건수 사이에는 함수관계가 존재한다. 나른한 봄과 함께 상승세를 타던 수술 건수도 장마기간이 되면 보합세를 유지하곤 한다. 꽃샘추위가 개화를 시샘하듯 장마도 성형외과 방문을 망설이게 만들지만 곧 6월이 되고 장마가 가고나면 방학을 맞은 대학생들을 필두로 성형시즌이 도래한다. 유독 날씨가 궂은 봄이라 해도 초조해할 건 없다. 시간의 자기주도적 힘을 믿고 이제 막 꽃을 피운 이미지 마케팅과 SNS 마케팅 열매를 수확하면 된다.

송 실장이 올린 수술 예약 현황을 검토하다가 문득 고개를 들어 바라본 통창 밖, 비 내리는 세상은 꽤 아름답다. 세찬 비가 퍼붓는 외부와 완전히 차

단된 실내공간의 따뜻한 공기가 여유를 갖게 한다. 비 내리는 차가운 세상이 경계 밖에 있다는 사실은 안도감을 제공한다. 남의 불행이 곧 나의 행복이라는 등식과는 다른 문제다. 어떤 걱정근심이나 부족함도 없는 완전한 상태가 제공하는 평안을 누리면서 만족스런 수술 예약 현황을 검토하는 시간에 오히려 비는 낭만성까지 추가해준다. 클래식 음악까지 더해지니 바야흐로 천국의 시간을 만끽할 수 있다. 오디오에서 흘러나오는 엠마 커크비의 소프라노 고음은 청각의 가장 예민한 부분을 부드럽게 터치한다. 섬세한 현의 떨림 같은 그녀의 성대 울림이 영혼 깊숙한 곳까지 스며든다. 성능 좋은 마취제다.

급하게 인터폰이 울린다. 나도 모르게 미간이 찌푸려진다. 직원들이 웬만하면 방해하지 않는 시간인데 긴급한 일임에 틀림없다. 로비 데스크에 근무하는 간호사 정 선생이다.

"무슨 일이 있어요?"

"원장님, 현세라 씨가 예약도 없이 찾아와서는 다짜고짜 원장님을 만나겠대요. 이유는 말 안 해요. 고객과 상담 중이라 안 된다고 해도 말을 안 듣습니다. 혹 부작용 때문이라면 예약고객들 눈도 있으니 바로 들여보내겠습니다."

중요한 결정을 내리는 결재 타임을 방해하며 벌컥 진료실 문을 열어젖히고 들어선 현세라. 머리가 온통 비에 젖어있다. 우산도 쓰지 않은 듯하다. 날씨에 어울리지 않게 검은 선글라스를 쓰고 있지만 그마저도 비에 젖어 심하게 번들거린다. 어깨에 둘러맨 빨간색 격자무늬 샤넬 핸드백도 속수무책으로 비를 맞았다. 젖은 몸 때문인지 가늘게 떨고 있는 몸피가 드러났고 몸피에 비해 유난히 풍만한 유방은 젖어서 달라붙은 옷 아래로 속절없이 불룩

솟았다. 비에 젖은 초라한 형상이 관능미와는 거리가 멀어 보인다. 외양으로 봤을 때 선글라스에 가려 제대로 보이진 않지만 불안으로 눈동자가 갈피를 못 잡고 흔들리고 있을 게 분명하다.

세면대에 놓인 보송보송한 수건을 건네주려다 말았다. 대신 원피스 위로 달라붙은 젖은 머리를 천천히 닦아주고 조심스레 선글라스를 벗겨 물기를 깨끗하게 닦아냈다. 나도 예상 못한 엉뚱하고 자연스런 행동이라 스스로도 놀랐다. 비바람에 젖어 찾아든 병든 동물을 보살피려는 본능적 행동인가. 선글라스를 벗겨낸 얼굴은 새파랗게 질려 있어서 흡사 무서운 짐승에게 쫓기고 있는 초식동물 같다.

"세라 씨, 무슨 일이 있어요? 왜 이렇게………"

말을 맺기도 전에 커다란 눈에서 눈물이 뚝뚝 떨어진다. 감독의 액션 사인이 떨어지기 직전 각막 위에 안약을 듬뿍 넣었다가 한 번에 쏟아낸 게 아닐까 착각할 만큼 갑작스럽다. 화장기 없는 얼굴의 하얀 피부가 더없이 깨끗하다. 정결한 시모네타 베스푸치의 슬프고도 영원한 초상을 보는 듯하다. 성결의 옷을 입은 관능의 여자, 혹은 관능의 관을 쓴 성결한 여자. 그녀가 감정적으로 사무치는 상황에도 내가 졸혀준 얼굴에서는 천상의 고혹미가 느껴진다. 〈프리마베라〉에 등장하는 비너스의 얼굴처럼 지극히 아름다우면서도 우수어린 그늘이 서늘하게 다가온다.

"난 단지 보티첼리의 그림처럼 아름다운 비너스로 탄생하고 싶었을 뿐인데, 그저 그것뿐인데, 왜 세상은 선악과를 따먹은 하와처럼 대할까요? 죄의 굴레를 씌우고 죄인처럼 대하는지 모르겠어요.

"세라 씨, 무슨 일인지 모르지만 일단 앉아요."

그녀를 이끌어 의자에 앉히고는 또 하나의 마른 수건을 손에 쥐어줬다. 그리곤 갓 내려놓은 따뜻한 아라비카 커피 한 잔을 건넸다. 앞가슴까지 흘러내린 긴 머리를 닦자 금방 수건에 물기가 뱄다. 긴 머릿결을 닦는 모습에서 왠지 순전한 나드 기름으로 예수 그리스도의 발을 닦는 마리아가 보인다. 울면서 젖은 머리를 닦는 가여운 모습이 진짜 정체성일 거란 강한 확신마저 든다. 속에 분명 숨어있을 성결함과 고귀함을 끝내 이끌어 내주지 못한 내 어리석음을 자책하며 그녀가 격앙된 감정을 추스를 수 있도록 여유를 가지고 기다렸다. 이윽고 커피 한 모금을 어렵게 넘기고는 지그시 눈을 감는다.

"천천히 말해 봐요. 도대체 무슨 일이 있었는지."

때늦은 후회가 심장을 얼어붙게 하지만 낙원 추방령은 이미 선고된 후다. 순간순간 진실의 경계를 오가는 주관자아와 그런 나를 물끄러미 바라보는 객관자아로 분리된 채 혼란을 겪어야 했던 시간도 지긋지긋하다. 신경정신과 의사조차도 진단할 수 없는 다중인격에서 그만 벗어나고 싶다. 참회하고 진실의 방향으로 온전히 돌아서든지 진실을 아예 영원히 묻어버리든지 선택해야 할 순간이다. 수술을 해준 지도 한 달 이상 되었는데 아직 선택 때문에 갈등하다니. 진실을 느낀 그대로 행동할 자신이 없으니 이중자아는 언제나 삶과 죽음의 경계를 넘나들듯 버겁다.

"다 죽여 버리고 싶어요. 그 동안 내가 어떻게 걸어온 길인데……."

내면의 격렬한 통증을 견디듯 얼굴이 심하게 일그러졌다.

"왜요? 수술 예후가 정말 좋아서 이젠 보티첼리의 비너스 얼굴에 세라 씨의 얼굴을 넣어도 너무나 자연스러운데."

"경쟁자 손서인과 시녀들은 질투의 화신이 된 거예요. 인스타그램에 올린 내 새로운 얼굴에 분명 화가 난 거예요. 불륜을 저지른 상간녀로 몰아서 인스타 세상에서 아예 추방하려 했는데 더 아름다워진 모습으로 나타나니까 속이 뒤집어졌겠죠.

"인스타 세계에서 세라 씨를 해하려는 음모가 또 있다는 말인가요?"

"음모는 언제나 계속되고 있어요. 제가 알바를 그만두고 외모로 세상 앞에 섰을 때부터 시작된 음모니까요. 아마 손서인과 시녀들은 내 얼굴과 몸이 갈기갈기 찢어지고 가루로 흩어져야만 그제야 저를 용서할 거예요. 철저하게 무너지는 걸 봐야만 내 목에서 이빨을 거두겠죠. 불륜이니 뭐니 비난하지만 실제 내가 사형에 처해져야할 죄목은 아름다움과 성적 매력일 거예요. 우스운 인간들. 살인을 능가하는 미움과 질투로 더 큰 죄를 짓고 있다는 걸 모르는 인간들……."

표정은 흡사 분노에 휩싸인 몰락한 왕가의 여왕 같다. 내면에는 활화산 같은 분노가 들끓는데 그 상황과는 너무나 동떨어진 청순한 얼굴이 차라리 슬프다. 상황을 표현할 줄 모르는 얼굴은 얼마나 가엾은 얼굴인가. 공감과 이해 외에는 그녀를 가라앉힐 묘안이 떠오르지 않는다.

"그렇죠. 세라 씨 정도의 외모라면 남자들에겐 갈망이고 여자들에겐 질시겠죠."

"원장님은 인간의 내면에 대해 누구보다 잘 아시네요."

"분노는 두려움 다음으로 찾아온 인류의 감정이니까요. 두려움으로 나무 뒤에 숨었던 아담와 하와가 에덴에서 쫓겨나면서 품은 감정도 박탈당하는 분노였을 거예요. 지난 번 수술 당일에는 세라 씨의 주된 감정이 두려움이었는데 지금은 분노의 감정이 아주 크게 느껴지는 걸 보면 어떤 박탈이 있었던 것 같은데요."

"박탈이요? 그래요. 정확해요. 박탈감이에요."

"어떤?"

"벌거벗은 수치심을 처음 깨달은 하와처럼 저도 꼭꼭 숨고 싶어졌어요. 오늘 통원치료일이 아닌데 나도 모르게 이곳에 오고 싶었어요. 발길이 저절로 이곳을 향했어요. 비너스병원이 나무 뒤도 아닌데 말이에요."

내게서 내면적 불안을 읽었는지도 모를 일이다. 한 번도 입 밖으로 표현하진 않았지만 성과 자본의 아이콘인 그녀 앞에서도 내 중독이 깨어나기를 바라고 바랐으니까. 그렇다면 네 번의 상담을 거치면서 나도 그녀에게 나 자신을 다 꺼내 보이고 새로워지고 싶었던 건지도 모른다.

"글쎄요."

역시 정면승부는 안 될 줄 알고 있었다. 비겁하고 나약한 진심이 다시 고개를 떨구게 한다. 애매한 답으로 또 한 걸음 뒤로 쑥 물러섰다. 적어도 그녀는 후진하지 않고 가끔은 한 걸음 크게 내딛으며 진심을 보여주는데 내가 가진 두터운 심리방어망은 무엇으로도 뚫리지 않은 채 그대로다.

"손서인 무리들에게 이제 신상이 다 털려버렸어요. 더 이상 빠져나갈 구멍이 없어요."

그러고 보니 그녀가 퇴원한 후 거의 잊고 지냈다. 붓기가 완전히 가라앉고 난 후 얼굴 사진을 올려서 홍보하게 되면 연락을 주겠다고 했기에 안심하고 있었다. 그 사이 송 실장이 여러 경로를 통해 또 다른 셀럽들을 섭외한 데다 얼마 전에는 중국 부동산 계의 큰손인 왕자오청의 딸이 다녀갔다. 내 신경은 바짝 긴장해있었고 왕자오청의 딸을 완벽한 비너스병원의 홍보 모델로 만들 수 있을까 고심하는 중이었다. 잠깐 현세라를 떠올리긴 했는데 왕자오청의 딸을 어떤 콘셉트로 수술할 것인지 숙고하던 중 보티첼리의 비너스를 연상했던 것이다. 비너스와 그녀는 사실 검증을 떠나 내게 하나의 연상적 묶음으로 여겨졌으므로 자연스런 현상이었다.

비너스병원에서 수술 받은 후 홍보대사로 활약해야 할 고객이 인스타그램 세상에서 비난을 받고 있다면 내게도 큰 손실이 아닐 수 없다. 그녀가 했던 말대로 비너스병원에서 피부 관리를 받은 것처럼 해놓았다면 인스타그래머들은 분명 그녀의 달라진 얼굴에서 비너스병원을 떠올릴 테고 그녀의 이미지 추락과 함께 비너스병원 이미지도 훼손될 게 뻔하다. 생각해보면 중차대한 문제다. 그래도 일단 들어봐야 한다.

“도대체 손서인 무리가 세라 씨의 어떤 점을 비난한다는 거예요?”

“다들 나한테 어디 가서 죽어버리래요. 죽어버리란 말이 귀에 쟁쟁해 정말 죽어야할 것처럼 느껴져요. 세라스타일이 문을 닫은 지 겨우 한 달 만이에요. 불행은 꼭 짝을 지어 온다는 말이 맞나 봐요. 지금 전 지옥에서 살고 있어요.”

“도대체 무슨 일이기에 세라 씨에게 대놓고 죽으라고 하는 겁니까?”

“다른 사람들의 말보다는 내 영혼이 내게 죽으라고 하는 소리가 더 무섭고 끔찍해요.”

“어떻게 그런 일이…… 도대체 무슨 일입니까?”

“이십 년 전부터 그랬어요. 그때부터 쭉 죽어버리라는 환청에 시달렸어요. 지옥이 따로 없었어요. 그게 지옥이죠.”

“이십 년 전이라면 겨우 열네 살인데 그때도 지옥을 만났단 얘긴가요?”

“아버지가 돌아가신 후에 엄마가 먹고살 길이 없었어요. 엄마는 예뻤지만 몸이 많이 약했거든요. 일을 해서 가정을 책임질 형편이 아니었어요. 도움을 줄 친척도 없었구요. 그래서 오가다 만난 아무 남자와 만나 재혼을 했어요. 우리 모녀를 먹여 살릴 돈 버는 사람이 필요했던 거죠. 그 남자와 함께 살았던 육 년이 제겐 지옥 같았어요."

"세라 씨에게 남모르는 가정적인 아픔이 있었군요."

"중·고등학교 시절은 물론 대학 시절 사진과 알바 다닐 때 사진, 그리고 본명까지 손서인 무리에게 다 털리고 말았어요. 겉으로 보이는 아름다움이 다 거짓이라는 거죠. 인위적으로 만든 거짓 외모로 자신을 포장해 많은 사람들을 현혹시켰다는 죄목을 씌웠어요. 결국 손서인과 시녀들이 하고 싶은 말은 현세라의 모든 것이 거짓투성이라는 거예요. 인스타그램 계정을 비공개로 바꿨다가 좀 전에 아예 폐쇄시켜버렸어요. 계정에 올려놓은 사진들과 함께 내 삶도 통째로 날아가 버린 거예요. 이제 난…… 갈 곳이 없어요."

"인스타그램은 가상세계일 뿐입니다. 그게 폐쇄됐다고 세라 씨 인생이 폐쇄되는 건 아니잖아요. 세라 씨는 지금 여기 현실에서 누구보다 아름다운 여자로서의 권력을 갖고 있어요. 누군들 세라 씨를 흠모하지 않겠어요?"

"그것만이면 절망 같은 건 안 하겠죠. 인스타그램이 인생의 전부도 아닌데요."

"또 다른 일이 있어요?"

"손서인과 시녀들이 찾아낸 게 또 있어요. 원장님이 들으면 충격일 테지만……"

"충격적인?"

"내가 예전에 잠깐…… 아주 잠깐 텐프로…… 일을 했다는 걸 만천하에 까발렸어요."

"텐프로라면?"

"예, 봉사료의 십 퍼센트를 유흥업소에 헌납하는 여자, 술도 팔고 몸도 파는 여자였어요."

갑자기 퍼져버린 어색한 침묵이 공간 속에 무겁게 가라앉았다. 신뢰어린 사제 앞에서 고해하는 여신도처럼 비극적 운명을 내게 가감 없이 쏟아놓았다. 사제라면 아니 신경정신과 의사라면 이런 경우 어떻게 반응하는지 알고 싶다. 무슨 말인가 해야 하는데 눈앞이 자꾸 뿌옇게 변해가는 것 같다.

"손서인이 천 명이나 되는 시녀들을 시켜서 정보를 캐낸 것 같아요. 시녀들 중엔 정보 관련 전문가도 있고 유흥업소에 맥이 닿은 여자들도 분명 있을 테니까요. 수사에 가까운 탐문을 하고 다녔겠죠. 다들 조직적으로 움직인 거예요. 흥신소나 심부름센터 직원은 기본적으로 채용했을 테고. 시녀들은 내 삶의 궤적을 거꾸로 추적했을 거예요. 손서인에게 잘 보일 수 있는 절호의 기회잖아요. 한 명의 마녀를 사냥하면 여왕 손서인으로부터 경제적 대가를 얻어낼 수 있으니까요. 과거에서 벗어나고 싶어서 얼굴을 바꾸고 이름을 바꿨는데도 소용이 없네요. 난 그냥 본래의 베누스일까요?"

중세시대 사냥몰이를 당한 한 여자를 보고 있는 것 같다. 탕녀가 성녀로 재탄생하기 위한 작업으로 얼굴이나 이름 따위를 바꾸는 건 아무짝에도 쓸모없다는 게 증명되었다. 내가 하고 있는 재창조의 작업마저 훼손당하는 느낌에 순간 기분이 언짢아진다.

"세라 씨는 적어도 본인이 사랑해서 남자를 택하고 자의에 의해 결정하는 여자라고 하지 않았나요?"

"지금은 그렇죠. 그땐 돈도 빼어난 미모도 없었으니까요. 선택의 여지가 없었어요. 적어도 선택할 힘이 있으려면 기본을 갖추어야 하니까요."

"그럼, 기본을 갖추기 위해서 텐프로가 됐다는 얘긴가요?"

"변명하자면 그래요. 돈이 있어야 일단 생계를 유지할 수 있으니까요. 알바만으로는 내일이 없었어요. 또 돈이 있어야 나를 가꿔 세상에 내놓을 수 있고 소중한 것들을 쟁취할 수 있으니까요."

"텐프로의 길을 간 것도 세라 씨의 선택 아니었나요? 자의적 선택이라면 사람들의 비난을 감수할 수도 있지 않나요?"

성형수술이 아무것도 이뤄내지 못한 점에서 재창조의 소명을 훼손당했기 때문일까, 아무 말이나 내뱉고 말았다. 그녀를 비꼬아서 그저 상처만 줄뿐 내 심정이나 그녀의 상황을 전혀 개선할 수 없는 걸 알면서도 막말을 던지고 말았다. 고정되지 않은 시선을 어딘가에 부려뒀던 그녀가 정색을 한 채 내 얼굴을 똑바로 쳐다봤다. 아무 말이나 막 던지는 무례한 인간을 어이없이 바라보는 복잡다단한 심경이 눈빛에 얽혀있다.

"가만 보면 원장님은 따뜻한 것 같으면서도 한편으론 참 잔인하세요. 한마디 한 마디가 비수가 돼서 사람 맘을 깊숙이 찌르는 거 아세요? 이 모든 결과가 자의의 선택이니 입 다물고 다 감수하라는 말씀이군요. 담배 한 대 피워도 될까요?"

안 된다고 하려다 그만두었다. 더 이상 염탐 불가했던 비밀의 영역까지 커밍아웃한 그녀에게 담배 한 대마저 주어지지 않는다면 막다른 골목에 쫓긴 눈앞의 여자가 병원을 나가 어디로 향할지 두렵다. 흡연금지구역이지만 상황상 말릴 수 없다. 공기로 꽉 찬 풍선에 바람을 아주 조금 빼준다면 당장 눈앞에서 터져버리는 불상사는 막을 수 있지 않을까.

빗물에 젖어버린 빨간 샤넬 백에서 담배와 라이터를 꺼냈다. 청순한 얼굴의 여자가 능숙하게 담배를 물고 불을 붙이는 모습을 보자니 인생의 쓴 맛을 느낀 노회한 담배연기와 청순하고 앳된 얼굴은 너무나 이질적이어서 피에로의 것처럼 차라리 슬프다. 눈을 지그시 감고 담배연기를 흡입하고는 입으로 길게 뿜어냈다. 서랍 깊숙이 넣어둔 재떨이를 꺼내 앞에 놔주자 회색 재를 가볍게 떨어냈다. 눈앞의 그녀가 담뱃재처럼 허무하게 타들어가고 있단 생각을 지울 수가 없다.

"일 년 간 일했던 호스티스 바 상호랑 정기적으로 육체 거래를 했던 남자들의 명단이 손서인 무리 손에 있어요. K패치에 보도자료를 넘겨놓은 상태예요. 인스타 세계에서 사라지지 않으면 기사로 터트리겠단 협박을 받았어요. 육체 거래를 했던 남자들의 직업 분야까지도 명기한 걸 보면 정말 악질이에요. 물론 이름을 영문 이니셜로 처리해서 개인정보법망에서 자기들이 빠져나갈 구멍은 미리 다 마련해 두고서요. 그걸 어떻게 두고 보겠어요. 그래서 공들여 만들어 온 인스타그램 계정을 폐쇄할 수밖에 없었어요. 손서인이 확보한 남자들은 모두 공인의 반열에 드는 사람들이에요. 이니셜로 처리해 놓았다고 네티즌들이 못 찾아내겠어요? 모두 중견기업주나 부유한 전문직 남자들인 걸요."

"그랬군요. 충격이 크겠습니다."

내 안에서 그간 떠돌던 실체 없는 두려움의 정체가 확연히 드러나면서 툭, 심장 떨어지는 소리가 들려왔다. 내 실속은 끝까지 챙기면서도 제발 아니길 바랐던 정체가 급기야 눈앞에 현시되고 말았다. 눈앞의 여자를 어떻게 해야 하나, 확인되지 않은 연민이 물밀 듯 밀려온다. 저 청순한 얼굴이 그간 여러 남자들의 성 노리개가 됐다고 여기니 왈칵 눈물이 쏟아지려고도 한다. 사랑이 아닌 욕망만으로 보내는 숭배는 지독한 이기심일 뿐인데 남자들의 이기적인 숭배로 자신의 정체성을 만들려는 여자의 불치병이 가슴 아프다. 돈으로 포장만 했을 뿐 남자들의 날 것 그대로의 욕망을 사랑으로 착각하는 쉽지 않은 성장기를 보낸 여자의 갈급한 욕망이 안타깝다.

"이번 일이 터지고 나니 그렇게도 부드럽던 연인이 전화를 걸어와서는 미친년이라고 상욕부터 내질렀어요. 남의 인생 망칠 거냐는 항의부터 너만 죽어버리면 된다는 저주까지…… 배불러터질 만큼 욕을 먹었어요. 인생 참 허무하죠? 한때 남자들은 텐프로인 걸 알면서도 나를 차지하려고 온갖 술수를 다 썼어요. 마치 여신에게 제사하는 사제들 같았어요. 소박한 한 다발 장미부터 오십 평 고급 빌라 펜트하우스 열쇠까지 남자들이 내민 제물은 다양했어요. 내가 선택해주지 않으면 죽을 것처럼 아우성쳐놓곤 신상이 폭로되자 모든 죄명을 씌워 마녀사냥 하려들어요. 모두 너 때문이다……. 나는 화형 당하고 집도 사업체도 인생도 다 물거품이 돼버렸어요."

"그렇게 순식간에……"

"집도 그간 후원해주던 남자가 일방적으로 팔아버렸고 사업체는 폐업 신고 됐어요. 이런 일이 있을까봐 여신이 되려고 했는데…… 이젠 돌아갈 곳이라곤 병든 엄마와 함께 살았던 반 지하 단칸방 밖에 없어요. 다시 그곳으로 돌아갈 순 없어요. 어둡고 칙칙하고 곰팡이 가득한 세상으로는 돌아가지 않을 거예요. 여신의 세계에서 살다가 어떻게 다시 그곳으로 돌아가요……"

"안됐군요. 어쩌다 그런 일이…… 그래도 정신 차리고 현실을 똑바로 직시해야만 해요."

"그렇게는 안돼요. 예전으로 돌아가야 한다면 난 차라리 죽음을 선택할 거예요. 사람이 천국에서 지옥으로 어떻게 옮겨요?"

"그동안 누린 세상이 아직도 천국으로 여겨져요?"

"천국이죠. 여신으로 제사 받는 곳이 천국이 아니고 뭐겠어요?"

눈에 초점을 잃고 우울증에 빠진 사람처럼 중얼거리는 모습이 보기 싫다. 지금 내가 살고 있는 팔십구 평 고급 빌라와 아름다운 비너스병원과 얼굴윤곽축소술의 달인이라는 명패가 사라진다면 나도 분명 같은 모습으로 앉아 있을 거란 예상에 더 화가 난다. 바보 같은 눈앞의 여자를 향해 내 안에 잠재워 둔 가학성이 다시 서서히 고개를 든다. 억지로 거머쥐고 지켜온 노력에 찬물을 끼얹고 싶다.

"아세라 여신의 잔인한 패기는 다 어디로 갔나요? 세라 씨는 죽는다는 말을 너무 자주 너무 쉽게 하네요. 죽음을 앞둔 사람들을 생각해보세요. 노력이라도 해보고 하는 말이에요?"

손에 쥔 것이 사라지면 나약하게 죽음이나 입에 올리는 정신박약아 같다. 불가항력의 병으로 죽음 앞에 소환된 사람들의 마음 한 끝도 모르는 여자에게서 커다란 벽이 느껴진다. 어머니는 여전히 야금야금 죽음에 먹혀들어 가고 있지만 세상 다 가진 아들은 아무것도 할 수 없다는 사실이 가슴을 때린다. 지난 주 어머니의 담당의사는 서너 달 생명이 더 연장된다면 큰 행운이라고 진단했다.

"내가 노력 안 해본 것 같아요? 정말 죽을힘을 다했어요. 잊기 위해서 온갖 몸부림을 쳤어요."

"가난이 그렇게 잊기 힘든 대상이던가요?"

가난이 그렇게 잊기 힘든 대상인 줄 누구보다 잘 알면서도 그녀에게 아니 내게 따져 묻고 싶다. 김승우, 가난이 그렇게 잊기 힘든 대상이었냐고 고래고래 소리 지르고 싶다. 본심이 탄로날까봐 술 한 번 취하지 않고 살아왔다. 사랑이라곤 눈곱만큼도 없었는데 훌륭한 배경이 필요했다고 아내에게 실수로라도 주정하게 될까봐, 그래서 당신을 택했다고 취기를 빌어 진심을 고백하게 될까봐 두려웠다. 술에 취해 엉엉 울기라도 할까봐 겁이 났다. 단단한 자물쇠로 억압해 둔 정체성이 술이라는 열쇠로 이성의 문을 열고 세상 밖으로 나올까봐 무서웠다.

가장 아픈 곳을 찌르며 비꼬는 성형외과 의사의 말투에 여자의 눈은 순간 적개심으로 활활 타오른다.

"그래요. 잊기 힘들었어요. 그 짐승 같은 남자를 만난 것도 모두 가난 때문이니까. 내가 얼마나 힘들었는지 상상이나 해요? 그 짐승 같은 남자의 얼굴을 잊기 위해서 내가 어떻게 살아왔는지……"

한순간에 눈에서 뚝뚝 눈물을 흘리며 절규하는 그녀를 어떻게 대해야할지 난감하다. 지금까지 보여줬던 연극적 태도가 아니어서 더 난감하다. 차라리 연극성 눈물이라면 아직은 살아갈 여지가 남아있다고 안심하겠지만 안타깝게도 내면에서 우러나오는 진실한 눈물이다. 자신을 가리고 있던 여러 겹의 페르조나를 벗고 처음으로 완전무결한 얼굴이 나타났다. 여자를 계속 울게 둘 수도 그치게 할 수도 없는 상황이다. 어차피 이미 열린 내면이라면 직면이 답이다.

"겪어내기 힘든 트라우마가 있군요."

"……아까도 얘기했지만 아빠가 돌아가신 후에 엄마가 병든 몸으론 일을 못하니까 경제적으로 의탁할 남자가 필요했어요. 엄마는 식당 아르바이트를 하는 중에 근처 건설현장에서 막노동하는 떠돌이 남자를 만났어요. 엄마는 그 남자와 육여 년 함께 살았고 난 그 남자가 벌어오는 더러운 돈으로 중·고등학교를 마쳤어요."

"더러운 돈이라면?"

"방음이 전혀 안 되는 합판으로 맞닿은 두 칸짜리 방에서 살았어요. 얼마나 무서웠는지 몰라요. 밤마다 약한 엄마의 육체를 탐하며 못살게 구는 남자의 신음소리가 싫었어요. 귀를 틀어막고 이불을 뒤집어쓰고 숨죽여 울었어요. 그 남자의 거친 신음 소리는 꼭 짐승 소리 같았어요."

"……"

"매일 밤 엄마의 육체를 탐하도록 내어준 대가로 우리 모녀는 연명할 수 있었고 난 공부할 수 있었던 거죠. 무용은 인근 학원 선생님이 레슨비 한 푼 받지 않고 재능기부 해주셨어요. 하지만 레슨비 말고도 들어가는 돈이 많잖아요. 의상비도 필요하고……. 지금 생각하면 차라리 그때 그 남자의 힘을 빌리지 말고 일찌감치 공장에라도 나갈 걸 그랬다는 생각이 들어요. 그깟 공교육이 다 뭐라고. 그땐 무용으로 대학에 가지 않으면 죽을 것 같았거든요. 무용이 너무 좋았어요. 완전하게 세팅된 무대에선 배경도 음악도 관중의 시선도 모두 내 것이잖아요. 내 몸짓 하나에 환호하고 탄식하는 놀라운 예술이니까요."

"그런 아픈 상처가 있었군요. 전혀 예상 못 했어요."

"예상할 수 있으면 안 되죠. 그런 더러운 기억 따윈 처음부터 없었던 것처럼 철저하게 지우려고 했으니까요. 그 기억을 지워내려고 얼마나 애쓰며 살았는데……"

혹독한 상처는 쉽게 지워질 리가 없다. 상처는 상황에 적합한 다른 얼굴로 자가변형하면서 다가오는 법이다. 옷과 가방을 바꾸고 집을 바꾸고 이름을 바꾸고 심지어 얼굴을 바꿔도 상처는 문신처럼 지워지지 않았을 것이다. 그 질기고 더러운 기억이란 게……. 남자의 힘을 빌려 살면서 느낀 혹독한 상처가 있으면서 왜 여전히 남자의 힘을 빌려 살려고 하는지, 그렇다면 자신의 어머니와 다른 점이 무엇인지 일순 이해가 안 된다.

"왜 남 도움 받는 더러운 습관 아직도 못 버리고 남자의 후원을 받고 사느냐 말씀하고 싶으신 게죠?"

"솔직히 그래요."

"몇 번 얘기했지만 원장님은 참 잔인하세요. 그렇게 상대의 아픈 곳만을 골라 콕콕 찌르기도 힘들 텐데요."

"아프게 하려는 뜻 전혀 없어요. 그냥 여동생 같아서……"

"또 연민인가요?"

"글쎄요……"

"남자들에게서 연민 따윈 받고 싶지 않아요. 남자들에겐 오직 추앙만 받고 싶어요."

문득 아득해져서 내면의 가장 밑바닥까지 완전히 곪아있는 여자를 무연히 바라보았다. 깊은 상처로 현실과 상상의 세계가 혼재돼 내가 누구인지 정확하게 분별되지 않는 정신증을 앓고 있는 여자.

"난 남자들이 아무렇게나 던져주는 부스러기나 먹는 거지는 되고 싶지 않았어요. 사회의 기득권과 능력을 가진, 게다가 수려한 외모와 재능까지 가진 탁월한 남자들이 서로 경쟁하면서 인내심을 가지고 기다리다가 결국 쟁취하는 여신이 되고 싶었어요. 그래서 나름대로 지적인 수련도 쉬지 않았고 외모 경쟁력도 끊임없이 업데이트해 왔어요. 그게 죄인가요?"

"미안합니다만 세라 씨 얘길 듣고 있으니 그 동안 우리가 나눴던 베누스와 비너스 이야기로 다시 돌아가는 것 같네요."

"그러니까 거지같은 계부는 베누스, 지금 내 주변의 탁월한 남자들은 비너스란 얘긴가요? 아니면 알고 보면 양쪽 다 어차피 같은 거다?"

진심으로 고백컨대 처음부터 의식적으로 현세라에게 상처주고 싶은 마음은 추호도 없었다. 비겁한 말인지 모르겠지만 대화의 자연스런 흐름이 무의식적인 나를 이끌었을 뿐이다. 그녀에게 직설적인 말을 하면서도 어머니에게서 풍겨나던 생선 비린내를 아라비카 원두커피 향으로 바꿔 맡아왔던 내가 실은 베누스를 비너스로 바꾸고 싶었던 인간임을 생각하고 있었다. 내가 내게 하고 싶었던 말을 현세라를 빌어 퍼붓고 있다는 걸 내 눈은 똑바로 보고 있는 것이다. 욕 받이로 현세라를 사용하는 비겁하고 완악한 내가 부끄러우면서도 자꾸 찌르고 상처주고 아프게 하고픈 가학성의 발병은 어디에서 연유하는가.

"남자들은 서로 경쟁하듯 나를 차지하고 싶어 했어요. 나와 만나기 위해 자기들이 가진 좋은 것들을 앞 다투어 내놓았죠. 잠깐 가난이 내 발을 묶었을 뿐 사실 난 이렇게 멋진 여자였구나 하는 새로운 정체성을 갖게 했어요. 아무리 탁월한 남자들이 구애해도 쉽게 받아주지 않았어요. 내가 관장하는 시험기간을 겨우 통과한 남자들 중에서도 최후의 승자는 내가 직접 선택했으니까요. 그렇게 선택된 남자만이 내 연인이 될 수 있었어요."

"이를테면 여신의 제사장이 되는 절차인가요?"

"여전히 놀리시는군요. 난 진심으로 얘기하고 있는데……"

"놀리려는 뜻 없어요. 오히려 정반대예요. 내 마음은 지금…… 왠지 모르겠지만 굉장히 슬퍼요."

이 남자의 정체는 뭔가 하는 눈으로 현세라는 새삼 내 얼굴을 살핀다. 눈앞의 의사를 남자로 보면서 남자에게선 연민 따위 받고 싶지 않다는 여자. 그녀가 스스로 멋지다고 평가했던 남자들에게 호되게 당하고 와서도 아직 눈앞의 남자를 믿는 어리석음이 안쓰럽다 못해 안타깝다. 동생 승희라면 정신 차리라고 뺨이라도 한 대 때려주었을 것이다. 헛된 꿈은 일찍 깨는 게 가장 현명하니까. 어쩌면 눈앞의 어리석은 여자를 향한 내 마지막 배려일 수도 있다.

"슬프다구요?"

"세라 씨가 바보 같아서요."

여자의 얼굴에 갑작스런 감정기복이 드리우고 일순 표정이 무섭도록 일그러진다. 현세라가 있을 곳은 성형외과가 아니라 신경정신과여야만 했다. 성형외과 의사는 고객의 열등감 따윈 아예 관심조차 두지 말든지 신경정신과에 온전히 의뢰하든지 양자택일해야 하는 거였다. 어설픈 관심과 쓸데없는 연민이 오히려 부정적으로 일을 키웠다.

"내가 바보 같다구요? 바보라면 이 잔인한 세상에서 아마도 이미 죽어 없어졌겠죠. 그 남자가 어느 날……"

현세라는 뱉으려던 말이 목에 걸려 막히는지 마른침을 삼킨다. 단번에 뱉어내기 힘들었던 말임에 틀림없다. 캐물을 수도 질문을 던질 수도 없으니 가만히 기다리는 방법밖에 없다. 관심에서 멀어지게 하는 방법은 가만히 침묵하면서 눈에 감정을 담지 않아야 한다는 걸 새삼 상기했다. 비수로 푹 찔러놓고 도망가는 비겁한 인간…….

"어느 날 그 남자가…… 잠든 내 몸을 만지고 추행했어요. 밤에 몰래 내 방으로 건너와 입을 틀어막고는 내 가슴을 만지며 웃었어요. 반사적으로 눈을 떴는데 어둠 속에 웃고 있는 그 남자의 눈빛이 뱀처럼 소름 끼쳤어요. 그런데도 아픈 엄마가 충격으로 죽게 될까봐 소리도 못 냈어요. 추행 당하면서 목구멍으로 울음을 삼키는데 심장이 터질 것만 같았어요."

"어떻게 그런 일이……"

"수십 번 추행을 당했지만 끝내 엄마에게는 얘기 못했어요. 아마 알았다면 엄마는 자살하고 말았을 거예요. 엄마가 죽는 걸 보게 될까봐 아무에게도 말 못하고 수치와 모멸감을 목으로만 삼켰어요. 그런 세월이 자그마치 육년이었어요. 그 남자에게 새 여자가 생겨 자진해 떠나지 않았다면 난 어떻게 됐을지 상상만으로 끔찍해요. 병이 깊어진 엄마가 더는 그 남자를 몸으로 받아내지 못했던 게 불행인지 행운인지……"

"그랬군요…… 미안합니다. 함부로 판단해서…… 정말 미안해요."

현세라는 두 번째 담배를 입술에 물었다. 지극히 청순한 외모의 여자가 내뿜는 회환의 연기는 하나의 이미지로 모아지지 못하고 따로 떠다닌다. 현세라의 폐부에 숨어있던 검은 분노가 하얀 연기로 화해 허무하게 흩어진다. 굴곡진 인생 때문인지 청순한 얼굴에서 육칠십 년은 살아온 여자의 표정이 배어나온다. 성형한 얼굴과 진실한 표정은 괴리되다 못해 괴기스럽기까지 하다.

"생각해보면 그 모든 게 가난 때문이에요. 엄마에게 돈이 있었다면 그런 저급한 남자를 택하진 않았을 테고 나도 그런 끔찍한 기억 따윈 만들지 않았겠죠."

"……"

반박할 말이 없다. 누군가 내게 넌 왜 그렇게 물질중독과 안면윤곽수술 만건에 매달려 사냐고 비난한다면 죽음으로 아버지 잃고 가난으로 우아한 어머니 잃고 어린 동생까지 잃어봤느냐고 대들 게 분명하다. 세상에서 가장 큰 피해자인 양 악을 쓰며 분노할 게 분명하다.

"모든 걸 잃어버린 내가 만약 지하 단칸방으로 다시 돌아가야 한다면 그건 모두 그 남자 때문이에요. 짐승 같은 그놈을 찾아내서 죽여 버리고 나도 죽어버릴 거예요."

"왜 그런 끔찍한 말을……"

"내 얼굴이 싫었어요. 내 얼굴엔 그 짐승에게서 당하고 또 당한 분노나 슬픔이 그대로 배어있거든요. 거울 보는 일이 세상에서 가장 무섭고 싫었어요. 간밤에 끔찍한 추행을 당하고 아침에 일어나 도저히 거울을 볼 수 없었어요.

아무렇게나 유린당해도 되는 쓰레기 같은 얼굴을 보는 게 끔찍했어요. 그런 기억 따윈 다 잊을 수 있는 새로운 얼굴로 태어나고 싶었어요. 아주 청순하고 맑은 얼굴이요. 고통이란 거 한 번도 겪어보지 않은 얼굴이요. 탁월한 남자들이 매료될 수 있는 그런 고급스런 얼굴이요. 짓밟히는 얼굴이 아닌 숭배받는 얼굴이요. 대단한 남자들 중에서 내가 직접 선택할 수 있는 얼굴이요."

그녀의 어깨를 다독이려 저절로 올라가는 손을 퍼뜩 다시 내려놓는데 현세라가 애절한 눈길로 내 얼굴을 응시한다. 거품으로 돌아가기 전 구원의 손길을 기다리는 슬픈 얼굴의 비너스처럼. 죽음 직전 창백해진 시모네타처럼. 슬픔의 영원성이 청순한 얼굴에 맴돈다. 현세라는 어정쩡하게 놓여있는 내 오른손을 잡아 그녀의 두 손에 모아 쥐었다. 무슨 뜻인가 싶어 퍼뜩 현세라의 눈을 본다.

"원장님은 저를 이해하시죠?"

어쩌면 자신의 상황을 반전시킬 수도 있을 것 같은 눈앞의 한 남자에게 공감을 구하는 간절한 눈빛이다. 추방당한 여신의 제사장이 될 남자는 오로지 나만 남았다고 생각해 내게서 새로운 희망을 찾는 듯하다.

"제가 얼마나 간절한 마음으로 비너스가 되려 했는지 아시죠? 비너스가 돼야만 다시는 어둡고 칙칙한 세상으로 돌아가지 않으니까요. 죽으면 죽었지 곰팡이 냄새나는 반 지하 단칸방으로 다시 돌아갈 순 없어요."

"글쎄요…… 내 생각은 조금 달라요……"

눈앞의 여자가 절절함으로 목이 타는 순간에도 철저하게 현실주의자인 나는 애매하게 말을 걸쳐놓음으로써 언제든 빠져나갈 구멍을 만든다.

"신상이 다 털려버린 지금은 누구의 후원도 받을 수가 없어요. 비너스 발

밑에 있던 바다 거품이 정말 비너스의 실체였을까요?"

현실을 믿을 수 없다는 듯 다시 뜨거운 눈물을 흘린다. 순식간에 각막 위로 차오른 눈물은 한때 블루 라군 해변의 남자가 뜨거운 키스를 퍼부었을 분홍색 뺨 위로 줄줄 흘러내린다. 연기가 아니라 진실한 눈물이어서 보기에 더 참담하다. 거품이 아닐 거라고 애써 자신을 세뇌해 왔겠지만 더러운 세상에 또 뒤통수를 맞은 현세라.

"그래서 상담 때마다 여러 번 경고했죠? 눈에 보이는 모든 좋은 것들이 다 거품일 수 있다고……. 충분히 고려했어야 하는데……."

끝가지 나를 위한 보호막을 거두지 않고 객관적으로 차갑게 답했다. 누군가 관객이 되어 연극무대에 오른 현세라와 나를 보고 있다면 두 등장인물이 계속 서로 동문서답하는 우스꽝스런 희극을 관람하는 느낌일 테다. 진심어린 간구에도 차가운 현실 대사만 내뱉는 의사를 향해 그녀는 비소를 보낸다.

"그 거품 때문에 이렇게 잘 살고 계신 분이 왜 내겐 거품은 허무할 뿐이란 얘길 그렇게도 여러 번 반복하셨죠? 이젠 정말 진실한 답을 듣고 싶어요. 원장님이 감춰둔 비밀은 뭔가요?"

"……아까도 말했지만 세라 씨가 여동생 같았거든요. 나한테 열 살 아래 여동생이 있었는데…… 지금은 내 곁에 없어요. 네 살 때 잃어버렸어요."

"여동생의 실종이 가난 때문은 아니었나 보죠."

힐난하고 비웃는 눈빛이 나를 향해 있다. 일부러 여자의 눈길을 피했다. 힐난도 비웃음도 받고 싶지 않다. 나는 그냥 현재의 나로서 고객 앞에 오롯이 존재하고 싶을 뿐이다. 그녀 안에서 일어나고 있는 격랑과 상관없이 부동산 재벌의 사위, 강남의 잘 나가는 비너스병원 원장, 뛰어난 성형기술력과 수많은 케이스의 노하우를 가진 명망 높은 의사, 그것이 나다. 지금, 여기, 있는 그대로 느끼고 누리는 내가 진정한 나다. 괜히 세상의 이면 같은 건 돌아보지도 말 것이며 쓸데없이 분석하지도 말 것이며 그저 있는 그대로의 나를 누려야 마땅하다. 뻔뻔스러운 대답은 끝내 현세라의 가슴에 비수를 꽂고 말았다.

"동생이 어떤 이유로 사라졌건 그것이 지금의 현실을 좌우하진 않습니다."

숨 막힐 것 같은 정적 속에 일 초 일 초가 영원처럼 길다. 빨리 벗어나고 싶다. 중년 남자의 감상이 지나치게 오래가면 추한 법이다. 모든 걸 제자리로 돌려놔야 한다는 강한 의무감이 차오른다. 진료실에 배인 담배연기도 신경 쓰인다.

천천히 감정을 수습한 현세라가 어렵게 입을 열었다.

"이곳이 나에겐 몸을 숨길 수 있는 마지막 나무 같아요. 사람들이 현세라 너 어디 있냐며 죄를 추궁하는데 저, 이제 갈 곳도 없고 너무 부끄러워서…… 원장님 뒤에 숨으면 안 될까요?"

간절한 눈빛이 엄청난 부담으로 다가온다. 숨이 턱턱 막힌다. 이름조차 아세라를 닮은 현세라가 그녀와의 육체적 제의에 발을 들여놓으라고 종용하는 것이다. 요약하자면 그녀 육체의 아름다움을 맘껏 향유하는 대신 또 다른 스폰서가 되어 자신에게 풍요를 제공해달라는 요구인 것이다. 그녀의 시선을 외면하고 싶다. 여자의 비참한 꼴이 마치 미래의 내 모습 같아 더 보기 싫다. 풍요를 갈망하는 모든 인간의 종국일까 봐 두렵다.

온 인류의 환상을 자극하는 비너스가 결국 가나안의 우상일 뿐이듯 그녀 또한 알고 보면 결국 눈 트임을 하고 하이코를 시술하고 가슴에 이물질을 넣고 광대뼈를 밀어 넣은, 가난하고 상처 입은 알바생에 다름 아니라는 걸 직시하기 싫다. 보글보글 끓는 환상의 거품을 다 걷어낸 자리에 오롯이 남는 비루함. 생선 비린내를 풍기며 보글거리다 이내 가라앉고 마는 더러운 거품.

정욕에 물든 추한 남신의 더러운 오줌.

내 안에서 일어나는 광속의 변화에 치가 떨린다. 더 이상 가벼울 수 없을 만큼 가벼운 궁극이 내 안에서 병든 깃털처럼 우수수 떨어져 내린다. 바로 그때 오르간 음을 배경으로 귀에 환청처럼 들려오는 엠마 커크비의 노래, 〈세상엔 참 평화 없어라〉.

세상에 참 평화 따위는 존재하지 않는다는 것을 작곡가 비발디는 일찍이 간파했을 것이다. 인생에 대한 한탄과 애절함을 차라리 위태하고도 아름다운 음으로 풀어낸 그는 선견자였다.

"아내가 키프로스 섬에서 돌아왔어요. 여행가서 직접 보니 아프로디테의 실체란 게 아무 것도 아니더라고 그러더군요. 풍화된 돌 외에는 남은 것이 없더라고……. 차라리 이곳에서 비너스에 대한 환상을 품은 채 지냈더라면 더 나았을 거라고 후회했습니다. 아내의 말에 전적으로 공감했어요. 신화는 환상 속에 있을 때 가장 빛나는 것 같아요. 환상이 벗겨지고 현실의 얼굴을 알게 되는 순간 비루함만 남겠죠. 때론 있는 그대로 두는 것이 현명할 때가 있습니다."

"그러니까…… 제가 추구했던 게 모두 환상일 뿐이다? 알고 보면 저의 실체는 비루함이다, 이런 말씀이죠?"

아내는 돌아와 충분히 쉬면서 여독을 풀고 난 후 요양병원에 계신 어머니를 집으로 모셔왔다. 자신의 여가를 충분히 즐긴 뒤 지난 주말 선심 쓰듯 하는 아내의 공치사에 눈물이 날 뻔했다. 새삼스러웠다. 아내의 속내를 뻔히 알면서도 아내의 말은 내게 묘한 감동을 주었다.

"오랜만에 가봤더니 어머니 안색이 좋지 않더라구요. 요양보호사들이 생각보다 세심하게 돌봐드리지 않는 것 같아서 다 모아놓고 한바탕 퍼부어주고 왔어요. 제대로 보살펴드리지 않으면 반드시 문제 삼겠다고 했어요. 만약 소홀함이 있을 땐 앞으로 우리 병원에서 근무할 수 없을 거라고 엄포 놓고 왔어요. 그동안 적적하시다고 해서 3인실에 모셨는데 내부 공기도 안 좋고 사람들 출입이 잦아서 다시 특실로 옮겨드렸어요. 대신 말벗 될 만 한 분을 알아보고 있어요. 교양을 갖춘 호스피스로 구하려구요."

처남이 운영하는 요양병원이어서 아내의 일침은 서슬 퍼런 명령이 되어 요양보호사 한 사람 한 사람에게까지 잘 전달됐을 것이다. 아이러니하게도 아내가 무척 고마웠다. 아니 아내의 재정적 힘이 고마웠다. 그 순간, 비록 사랑하지 않더라도 전략적이고 현실적인 결혼은 얼마나 안전한가를 생각하며 안심했다. 만약 사랑만으로 결혼했더라면 그 사랑이 사라지는 날 결혼도 무너지겠지만, 사랑이 없어도 전략은 여전히 헤어질 수 없는 충분한 이유가 돼줄 게 분명하다. 사랑의 영원함을 믿지 못해 영원의 의미로 마케팅 이미지화된 다이아몬드를 손가락에 끼워주며 언제까지나 변함없이 행복할 거라 애써 자신을 세뇌하는 결혼이란, 알고 보면 참으로 우스꽝스런 행위인 것이다.

빨갛게 충혈된 현세라의 눈에서 계속 눈물이 흘러내린다. 그 눈물을 외면하면서 현실의 나는 다짐하듯 차갑고 독한 말을 내뱉었다. 결국 그녀는 내 진정한 욕망을 알아채지 못한 것이다. 자신은 아름다움으로 욕망을 가리고 있었지만 의사는 그 누추한 가리개조차 없다는 것을 왜 눈치 채지 못했을까.

"난 현세라 씨가 숨을 만한 나무가 못됩니다. 여긴 숨을 곳이 없어요."

"그럼 난 죽는 방법밖에 없어요."

"현세라 씨의 개인적인 불행에 대해선 심심한 위로를 전합니다. 하지만 잠깐의 불행 때문에 죽음까지 언급하는 건 지나치다고 생각합니다. 죽음의 상처를 겪어보지 못한 세라 씨가 그런 말을 쉽게 하면 안 됩니다."

"옛날로 돌아가는 일이 제게는 곧 죽음이에요. 육체적 죽음만 죽음이겠어요?"

"사랑하는 사람의 육체를 더 이상 볼 수도 안을 수도 만질 수도 없는 고통을 세라 씨는 몰라요. 함부로 단언하지 말아요."

"원장님이야말로 지금 함부로 단언하고 있어요. 저급한 세상을 겪어보지도 않았으면서……"

현세라를 앞에 두고 더 버티고 있다가는 피곤이 내 육체와 정신을 삼킬 것만 같다. 말귀를 못 알아듣는 바보 천치 같은 여자란 비난이 입술에 맴돌다가 문득, 누군가 완력으로 내게서 화려한 병원과 부동산 재벌의 상속녀인 아내와 성형계에 우뚝 선 이름을 빼앗아간다면 나는 죽지 않고 살 수 있을지 자문이 일어난다. 다시 갑작스레 아버지가 죽고, 생선 비린내 풍기는 시장으로 어머니가 향하고, 혼자서 엄마를 기다리던 여동생이 하루아침에 실종된다면 나는 그 시간으로 발걸음을 담담히 옮길 자신이 없다. 눈앞의 여자가 가엾고 불쌍하고 아프다.

하지만 여자에게 숨을만한 나무가 돼주기로 한다면 그래서 선의에도 불구하고 자칫 여자와 루머로 얽히기라도 한다면 나는 모든 것을 잃고 과거의 시간으로 돌아가야 한다. 나는 끝까지 선의를 잃지 않는 척 하면서 현세라를 향한 결정적인 비수를 꽂고 말았다.

"세라 씨의 인스타그램 때문에 입게 된 우리 병원의 이미지 손상 건으로 따로 손해배상을 청구하진 않겠습니다. 팔로어 오십만 명을 거느린 인스타그래머라면 우리 병원 이미지도 동반 추락된 건 자명한 사실이지만…… 그래도, 그래도 난, 세라 씨를 이해하니까요."

"날 이해하신다구요? 거짓말!"

현세라가 원망의 감정을 실은 빨간 눈으로 표독하게 되묻는다. 놀리듯 짓궂게 궁지로 몰아가던 고양이를 향해 마지막 내뱉는 생쥐의 발악처럼 들린다.

"현세라 씨, 미안하지만 다음 고객과의 예약 시간이 다 됐습니다. 밖에 대기 중인 고객과의 약속시간은 꼭 지켜줘야 합니다. 미안하지만 이만 나가주셔야 할 것 같습니다. 이번 안면윤곽수술과 관련된 상담이 필요할 때는 언제라도 다시 병원을 찾아주세요."

그녀의 얼굴을 보지 않고 바로 로비 담당 정 선생에게로 인터폰을 했다.

"정 선생님, 현세라 씨 나갑니다. 열한 시 예약 고객 준비시켜주세요."

몇 초 간 나를 가만히 노려보던 현세라는 다문 입술을 바르르 떨었다. 그리고는 벌떡 일어나 일순 바람처럼 진료실을 나가버렸다. 차가운 뒷모습의 여운이 그녀가 뿌린 달콤한 향수의 잔향과 어울리지 못하고 어색하게 진료실을 맴돈다. 하지만 어쩔 수 없다. 운명의 수레바퀴가 정방향이 아닌 역방향으로 흐른다 해도 어차피 무엇으로도 정해진 운명을 막을 수는 없는 법이다. 그것은 운명 스스로가 정하는 방향이기에 오히려 처절하기까지 하다. 운명의 타의성을 누가 거스를 수 있겠는가.

Wheel of fortune,

타로카드 한 장이 운명의 수레바퀴를 상징하게 되기까지는 수많은 동양과 서양의 사상, 다양한 종교가 혼합되었듯이 현세라가 그토록 원하는 아름다움과 풍요도 결국은 모든 인간 욕망의 무분별한 결합체일 뿐인 것이다. 그리고 그것은 지금도 더 큰 욕망을 향해 점점 커지면서 진화해가고 있을 따름이다. 그 욕망의 결합체에 살짝 몸을 실어 함께 타고 흐를 뿐 내게는 그것을 거스를 힘이 더 이상 남아있지 않다.

오, 포르투나(O, Fortuna) - 6월 넷째 주 수요일

"원장님, 영등포경찰서 강태성 형사 전화입니다."

로비 데스크의 전언을 받는데 또 미간이 찌푸려지는 걸 어쩔 수 없다. 이유 여하를 불문하고 비너스의 신전에서 그의 이름이 다시 불리는 것 자체가 싫다. 강태성, 결코 미의 제단에서 낭송되거나 헌납될 이름이 아니다. 황량한 바람이 불어오는 신전 밖, 그곳에서 비와 바람에 풍화될 이름이다.

모종의 불안과 함께 내 기억은 억압해 둔 한 여자의 얼굴을 도리 없이 강제 소환해야 한다. 강태성 형사가 이 주일 전에 다녀가고 안전하게 신전의 문이 닫힌 후 그를 기억에서 즉시 걷어냈다. 세상 처음 마주한 미스테리한 살인 현장의 이야기와 어쩌면 그 현장을 만들어낸 피의자일지도 모르는 한 여자의 이야기 따윈 아름다운 내 신전과는 무관해야 하기 때문이다. 제피로스가 불어주는 봄바람으로 향긋한 내 신전에 영등포경찰서 강태성 형사라니……. 그는 왜 세상의 황량한 바람을 묻혀와 내 신전을 오염시키려는가. 화가 목까지 차오르지만 어쩔 수 없다. 언제나 비너스병원의 고객 응대 목소리는 일상의 평온으로 옷 입어야 한다.

"안녕하세요. 비너스병원 원장 김승웁니다."

"이주일 전에 방문했던 강태성 형사예요. 원장님의 도움이 필요해서 전화했습니다. 사실은 현세라 씨가 지금…… 아니, 아닙니다. 생각해보니 전화로 말씀드릴 일은 아니네요. 피곤해서 간단하게 전화로 말씀드릴까 했는데 방문해서 자세한 얘기 나누죠. 삼십 분 내로 병원에 도착할 테니 시간 좀 내주시죠. 곧 뵙겠습니다."

남자는 지난번 방문 때처럼 이렇다 할 설명이 없다. 공무를 핑계로 상대방의 스케줄은 확인도 없이 자기 용건만 전하고 툭 끊어버린다. 겸손하고 부드러운 양태로 문을 두드려도 일주일 이상은 기다려야 발을 들여놓을 수 있는 비너스 신전에 자기 맘대로 입성하겠다는 강태성 형사는 불법 무단 침입자 같다. 하필 이런 중요한 때에……

비너스 신전이 더 없이 아름다운 천상의 날개를 달고 비상하려는 요즈음 그의 방문은 찬물을 끼얹는 행위나 마찬가지다. 지금 비너스병원은 인스타그램 셀럽 초청 안티에이징 초청 강연회 막바지 준비로 한창 분주하다. 송실장의 지휘 아래 강연회 준비는 차질 없이 진행되고 있다. 어제 온·오프라인 신문사와 여성잡지사로 보낸 추가 보도자료가 오늘 아침 기사화 된 걸 검색하는 중이었다. 강사 초빙이나 청중이 될 VIP 고객 초청, 접빈 문제나 사례 부분도 완벽하게 준비됐다. 엔터테인먼트 회사의 전문 진행자와 진행과정, 행사장 데코도 착착 형통한 수순을 밟고 있다. 다만 6월 24일에 기사화되고 7월 1일에 강연회가 열리는 일주일 사이, 그 홍보 시간이 성패를 좌우하기에 내 신경은 온통 홍보에 쏠려 있다. 세간의 관심이 집중되는 찰나 강태성 형사가 몰고 올 황량한 바람이 자칫 공든 탑을 무너뜨릴까 염려된다.

형사의 전화로 퍼뜩 떠오른 건 세상에서 자취를 감춘 현세라가 나타났는지의 여부다. 그녀의 등장이 자기 개인이나 비너스병원에 어떤 득실이 있을지 쉽게 가늠이 안 된다. 그녀가 살인사건의 피의자가 확실하다면 개인의 삶은 끝일 테고 비너스병원에도 누를 끼칠 요지는 충분하다. '전직 인스타그램 셀럽이자 강력한 인플루언서였던 살인자 H양이 선호한 성형외과'라는 타이틀이 강연회에 미칠 파장은 생각보다 클 수 있다. 그녀의 내원과 수술과정이 내게 인스타 셀럽의 중요성을 인지시켰고 강연회까지 개최하는 계기가 됐다는 소문은 비너스병원의 순결성에 큰 흠집을 낼 수도 있다. 그렇다면 지금 내게 중요한 건 그녀의 성형수술이 살인사건과 무관한 일이라고 강태성 형사 앞에서 거듭 천명하는 일일 테다.

반대로 현세라가 나타나지 않았다 해도 그녀의 행방에 집중한 경찰의 수사 방향은 그녀가 다녀간 비너스병원을 언론에 흘릴 가능성이 크다. 그렇게 되면 비너스병원은 살인사건과 연계된 이미지로 사람들의 뇌리에 각인될 우려가 있다. 여자의 얼굴이 선명하게 떠오른다. 겉으론 인간적인 가치를 내건 채 실제로는 거품뿐인 이미지를 팔고 있는 분이라며 나를 공격하던 육감적인 입술. 그녀 말대로 난 이미지를 파는 사람이라 비너스병원이 세간의 이목이 집중되는 살인사건의 이미지와 연루되는 게 가장 걱정된다.

그렇더라도 그녀의 영원한 실종을 기원하고 싶지는 않다. 지난번 병원을 방문했던 강태성 형사가 돌아가며 남긴 말처럼 개인사가 만만치 않은 불쌍한 인생이 아닌가. 얼마 있지 않아 병사病死로 영원히 이 땅에서 실종 될 어머니를 생각하면 언제나 명치끝이 뻐근한 나로선, 사회사社會死로 실종된 딸을 기다리는 그녀의 어머니 마음 또한 알 것 같아서다. 그리고 그 무엇보다 승희가 실종된 후 어머니와 내가 살아내야 했던 죽음 이상의 세계로 누군가 또 걸어 들어가길 원치 않기 때문이다. 자연사로 매장된 육체의 시신과 사회사로 매장된 영혼의 시신은 어떻게 다를까.

미용 강연회 보도 자료를 데스크 위에 던져두고 시선을 돌린 통창 밖의 세상은 벌써 여름이다. 혼돈과 환幻의 계절은 가고 열정과 노출의 계절 안으로 이미 성큼 들어와 있다. 휴가 시즌을 앞두고 비너스병원은 연중 최고치의 고객수를 흡수하고 있다. 강태성 형사가 조용히 다녀가기를 바랄 뿐이다.

"이틀간 마라톤 잠복 후 바로 병원으로 오는 길입니다."

강태성 형사의 피곤에 젖은 얼굴은 자기 말을 증명하듯 엉망이다. 제때 면도도 못한 얼굴은 꾀죄죄하고 머리는 기름에 뭉쳐져 여기저기 갈라져 있다. 마라톤 잠복이 사건의 심각성을 말해주는 것 같아 괜히 불안하다. 현세라의 행방을 빨리 물어보고 싶지만 기다려야 한다.

"김성필 씨가, 아! 살해된 사람의 이름이 김성필입니다. 살해되기 며칠 전에 조직 깡패들이 찾아왔었단 이웃의 증언을 확보했습니다. 증언해준 분이 십여 일 타지에서 건설 공사 일을 하다 돌아와 이제야 확보한 거죠. 아마 사채를 쓰고 채무 위협을 받고 있었던 것 같다고 하는데……. 현세라 씨의 살인 혐의는 조금 더 옅어진 셈입니다."

"현세라 씨……. 아직 못 찾았나요?"

"안타깝게도 아직 못 찾았습니다. 행방이 여전히 오리무중입니다. 모친의 집 앞에서 형사들이 계속 돌아가며 잠복해도 나타나지 않네요."

안심이 되는가 하면 한편 불길하다. 비너스병원의 한시적 안위가 보장되자 현세라의 안위가 진심으로 염려된다. 그녀의 영혼을 따라 혹 그녀의 육신도 어느 차가운 땅에 매장돼 있는 건 아닌지…….

"오늘 여기 찾아온 건 지난번에 미처 질문하지 못한 한 가지를 확인하기 위해섭니다."

"제가 알고 있는 건 모두 지난번에 다 말씀드렸습니다만……."

"혹시 현세라 씨가 나이 얘긴 따로 하지 않던가요?"

"나이요? 음…… 진료 기록에는……"

실제 나이 서른네 살인 걸 아주 잘 알면서 기록을 찾는 척 하는 속내는 시간을 벌기 위한 것이다. 생각지 못한 상황에서는 가장 현명한 처신을 강구하는 최소한의 시간이 필요하다. 아버지의 사업이 부도난 후 가족이 쫓겨 다니느라 출생신고를 제때 못했다고, 그래서 초등학교도 두 해 정도 늦게 입학했다고 첫 상담 때 분명히 밝혔었다. 단순히 수술을 위해 정확한 신체나이를 고백했을 뿐인데 그런 개인적인 이력을 나눈 의사라면 친밀도가 높았다는 얘기가 되기 십상이고 어떤 불똥이 떨어질지 걱정이 앞선다. 하지만 살인사건 중에 나이와 관련된 어떤 내용이 걸려있는지 모르니 퍼뜩 결론이 나지 않는다. 그렇다. 이도 저도 아닐 땐 제3의 길로 빠지는 것이 가장 안전하다.

"예, 진료 기록에는 의료보험 상 서른한 살로 되어 있네요. 그런데 잠깐만요…… 아! 상담 당시 수술하려면 정확한 신체나이가 필요할 것 같다며 실제 나이가 서른넷이라고 했던 것 같습니다."

형사의 눈이 순간 빛난다. 다시금 맹금류의 것으로 돌변한 눈은 설치류의 허점을 낚아채려는 듯 틈을 주지 않고 즉각 질문을 되던진다.

"실제 나이가 서른네 살이라고 밝히면서 주민등록상의 나이와 다른 이유에 대해선 전혀 언급하지 않던가요? 그러니까 다시 말하자면 자신의 출생이력에 대해 알고 있던가요?"

"출생이력이요? 현세라 씨에게 출생에 관한 비밀이라도 있다는 말씀입니까?"

또 분수를 넘은 과욕을 부리고 말았다. 노련한 형사라면 자칫 냄새를 맡을 수도 있는 발언이다. 출생의 비밀이라니……. 내 무의식에서 툭 튀어나온 말치곤 주소가 불분명한 것이다. 그녀의 고백을 듣던 당시에도 부모가 사업 부도 때문에 삼 년이나 아이의 출생신고를 미뤘다는 이야기에 분명 어폐가 있다고 느꼈기 때문일 테다. 태어난 지 두서너 해 안에 아기가 죽는 상황이 빈번했던 오륙십 년대도 아닌데 하나밖에 없는 딸을 네 살이 될 때까지 출생신고를 미룬 건 부모가 할 일이 아니란 짐작을 했었다. 제대로 된 부모가 아니든지 혹은 어떤 말 못할 깊은 사연이 있지 않을까 하고 내 무의식이 아주 잠깐 의문을 품었던 건 사실이다.

"혹시 상담 중에 자신의 출생에 어떤 비밀이 있다고 말한 적은 없나요?"

"아뇨……. 아뇨, 전혀 없습니다. 한 번도 출생이력에 관해선 말한 적 없습니다. 고객의 실제 출생년도와 호적상 출생년도가 다르다고 해서 신경정신과 의사도 아닌 성형외과 의사가 그 이유에 대해 캐묻는다는 건 사생활 침해 아닌가요? 묻지 않는데 답할 고객도 없겠고요."

"흠……. 오직 실제 나이만 언급했을 뿐이라는 거죠?"

"예!"

확신 있게 답해놓고 자신 없이 다시 슬그머니 물었다.

"그런데 나이는 왜…… 살인사건과 나이가 관련이라도 있는 겁니까?"

"그게 출생의 비밀과 관련이 있습니다. 알고 보니 어머니 김정숙 씨가 친모가 아니었습니다. 그 가족은 일가친척도 거의 없더라고요. 현세라 씨 고모가 한 사람 있어서 탐문하다가 며칠 전에 알게 된 사실입니다."

"친모가 아니라면…… 친부가 재혼을 했던 건가요?"

"아닙니다. 현세라 씨는 부모 모두와 혈연관계가 아니었어요. 평생 핏줄과 살아본 적이 없는 사람입니다."

사업부도로 딸의 출생신고를 삼 년이나 미루다가 어렵사리 취업한 공장에서 철근에 등을 찔려 죽은 남자는 친부가 아니고, 남편과 사별 후 아픈 몸을 끌고 생계를 이어갈 수 없어 오다가다 만난 남자와 육 년이나 동거하면서 허술한 벽 하나 너머에 딸을 두고 교합의 신음을 흘려보낸 여자는 친모가 아니고, 동거녀 몰래 동거녀의 딸을 수십 번 성추행한 남자는 계부였고……. 그 누구도 지켜줄 이 없는 지독하게 외로운 인생이란 결론에 순간 시퍼런 슬픔이 가슴 밑에서 출렁인다. 그녀의 세포 하나하나가 슬픈 거품이 되어 거대한 슬픔의 바다로 되돌아갔는지도 모르겠다는 상상이 가슴을 찌른다.

"현재 모친 김정숙 씨도 피의자 신분으로 조사받고 있습니다."

"현세라 씨 어머니가 왜요?"

"그게……. 꽤나 복잡한 사연이 있습니다. 과거의 죄가 드러날까 봐 처음엔 묵비권으로 일관하다가 실종된 딸에게 죄책감을 느꼈는지 몇 시간 전에야 겨우 입을 열었다는군요."

"……?"

"김정숙 씨 진술로는, 삼십 년 전 봄에 천안에 살던 김정숙 씨가 볼 일이 있어 서울 왔다가 우연히 길을 잃고 우는 여자아이를 만났답니다. 그 아이가 현세라 씨였던 거죠. 당시 네 살 꼬마였던 아이가 너무 예뻐서 경찰에 신고도 안 하고 무작정 천안 자기 집에 데려다 키웠대요. 김정숙 씨가 결혼 후 오 년 이상 불임이었다고 하네요. 아이가 탐이 났나 봅니다. 아이의 친부모가 애타게 찾고 있을지도 모를 일인데 아무리 욕심이 난다고 해도 그렇지, 어떻게 몰래 데려다 키울 생각을 했는지……. 참, 인간 상식으로 이해 안 되는 사람들이 너무 많아요. 비밀을 품고 삼십 년이나 키웠으니 미친 짓이죠. 혹시 그 사실을 현세라 씨가 우연히 알게 돼 집을 나간 게 아닐까 하고 다시 집중수사 하고 있는 중입니다. 우리로선 중요한 단서가 될 수 있으니까요."

실종된 네 살 아이 그리고 삼십 년 후 다시 실종된 서른네 살 여자. 두 번의 실종…….

무언가 목에 걸린 가시처럼 통증을 일으킨다. 이젠 기억조차 희미한 네 살 여자아이의 작은 얼굴이 문득 현세라의 얼굴 위로 겹쳐진다. 겨우 묻어둔 상처에서 다시 통증이 인다. 얼마나 무서웠을까, 그 아이는……. 가엾은 현세라. 삼십 년 전 친부모는 뭘 하느라 사랑스런 딸아이를 잃어버렸으며 지금 그녀의 주변인들은 뭘 하느라 아름다운 여자를 사회 속에서 또 잃어버렸는지……. 정체 모를 죄책감에 가슴이 먹먹하다. 가엾은 그녀를 충분히 이용해 놓고 내게 조금이라도 손해가 될까봐 진심을 전하지도 않고 오히려 비난하고 손가락질하고 심지어 모른 체하는 주변 사람들과 내가 다를 바 없다. 부끄러움에 차라리 눈을 감아버리고 싶다.

"혹시 현세라 씨 자신의 얼굴은 어머니 김정숙 씨와 전혀 닮지 않았다거나 하는 얘기도 없었나요? 얼굴 상담을 하다보면 충분히 나올 수 있는 얘긴데요."

"가족 얘긴 전혀 없었습니다."

"김정숙 씨 진술에 따르면 현세라 씨는 본인이 데려다 키워진 사실도 모르고 있답니다. 그래도 혹 어떤 경로를 통해 알아냈을 수도 있어서 여쭤보는 겁니다. 만약 알았다 해도 어머니에겐 직접 말하지 못했을 확률도 있잖습니까. 출생의 비밀을 알고 있는지의 유무가 이번 사건에 관건이 될 것 같아서 여기에 오면 미세한 단서라도 건질 줄 알았습니다만……. 그러니까 원장님께는 어머니 김정숙 씨나 돌아가신 양부, 또는 육 년 간 동거했던 계부 얘긴 전혀 하지 않았단 말씀이시죠?"

"……예."

"하긴 양부모 얘기도 안 했는데 친부모가 따로 있단 얘길 했을 리 없겠죠. 최근 힘든 일이 있다는 얘기도 없었습니까?"

현세라가 사라진 이유가 어차피 출생의 비밀에 있지 않다면 또 자신이 세상 속으로 돌아올 의지가 없다면 굳이 나서서 병원에 걸림돌이 될 만한 이런 저런 얘기를 밝힐 필요가 있겠냐고 내면의 비겁한 변호사가 변명을 늘어놓는다. 지독하게 현실적인 변호사다.

"없었습니다. 사생활 얘길 하는 곳이 아니다보니 저도 드릴 말씀이 없어 안타깝습니다. 저희 병원과 아주 잠깐이라도 인연이 닿았던 고객인데 빨리 돌아올 수 있기를 바랄밖에요. 지난번처럼 아무런 도움이 못 돼 죄송합니다. 그럴 리는 없겠지만 혹 연락이 오면 먼저 형사님께 연락드리겠습니다."

실망한 형사는 대답 대신 한결 더 어두워진 얼굴로 입을 다문다. 두 주째 답보상태인 수사 상황이 얼마나 답답한지 충분히 이해할 것 같다.

그래도 그는 비너스병원에 오래 머물 사람은 아니다. 여름 시즌에 접어든 지금 고객들로 붐비는 로비에 그가 스윽 지나가는 것만으로도 여신의 나라에 들어와 있는 환상을 깨버리기에 충분하다. 그를 다시 소파에 앉혀놓은 후 현세라가 출생의 비밀은 전혀 모르고 있었지만 계부와 동거 기간 동안 지속적으로 성추행을 당했으며, 갖은 아르바이트로 대학생활을 이어가다 너무 지쳐 중퇴했고, 하나뿐인 자산인 미모를 바탕으로 텐프로 생활을 잠깐 했고, 재력가인 유부남을 스폰서로 삼아 쇼핑몰의 CEO 및 인스타그램 셀럽이 되었는데, 주변인들의 견제와 시기로 과거 행적이 낱낱이 밝혀지면서 스폰서로부터 버림을 받았고, 쇼핑몰이 문을 닫고 인스타그램 계정까지 없앴으며, 싸늘한 외면

속에 어디론가 사라져버렸다고…… 그렇게 증언한다고 해서 현세라가 돌아올 수 있다든지 계부 살해 혐의를 벗을 수 있다든지 하는 효용성은 없어 보인다.

오히려 경찰에 여러 차례 출두해서 같은 증언을 지겹도록 반복해야 될 테고 그때마다 자연스레 딸려오는 비너스병원 원장 직함은 오히려 의문과 모함의 원인으로 작용할 가능성이 높다. 신경정신과가 아닌 성형외과에서 은밀하고 부끄러운 과거 이력과 행적을 털어놓을 만큼 여성고객과 친밀한 원장이라는 의문을 던져줄 건 불 보듯 뻔하다. 더욱이 대중들은 비너스병원에서 슬로건으로 내건 '수술 전 반드시 거쳐야 할 네 번의 상담과정'에 의문을 품을 수 있다. 도대체 수술 전에 네 번이나 상담을 거쳐야 하는 이유가 무엇이며 그 많은 시간 고객과 나누는 밀담의 한계가 어디까지 인가를 궁금해 할 테다. 어쩌면 자극적인 기사를 좋아하는 몇몇의 성급한 사람들이 익명을 방패삼아 기사 댓글에 비너스병원 원장을 성도착자로 매도할 수도 있을 테다. 현세라를 살인자로 예단하는 어떤 사람은 그런 은밀한 사생활 얘기를 털어놓았음에도 원장은 살인행위를 미리 막지 못한 어리석은 인간이라고 여길지도 모른다. 아니 어쩌면 살인을 함께 모의한 사람이라는 억측을 자아낼지도 모른다.

원장의 이미지는 곧 비너스병원의 이미지다. 이미지가 훼손되면 비너스병원은 무너진다. 비너스병원이 무너지면 내 인생 궤적도 사라진다. 어떻게 여기까지 달려왔는데……. 부주의로 동생을 잃어버린 죄인이 어머니의 생선 비린내를 스폰서로 삼아 사랑하는 연인을 배신하고 돈과 결혼해 이 악물고 여기까지 달려왔는데…….

"어쩔 수 없지요. 그럼 오늘도 허탕치고 갑니다."

진료실 문을 열다가 잊고 있었던 게 이제야 떠올랐다는 듯 다시 몸을 돌리는 강태성 형사. 이제 그만 가주면 될 텐데 또 무슨 볼 일인가.

"당시 데려온 아이가 자기 신상에 대해 알고 있었던 건 네 살이라는 것과 제 이름이 '승희'라는 것뿐이었다는데, '승희'라는 이름을 말한 적은 없었죠?"

"……?"

"당연히 없겠죠. 기억 저편의 일일 텐데……"

"……?"

"자기 본명도 잊어버린 현세라 씨가 이제와 친부모를 만났을 리도 없고……. 친부, 양부, 계부라…… 결국 현세라 씨는 아버지가 셋인 사람이에요. 자연히 이름도 셋이고요. 아니, 이름은 넷이네요. 최초 본명은 성을 알 수 없는 승희, 양부모 밑에 자라면서 김정숙 씨 남편 성을 따른 현승희, 이십 년 전에 김정숙 씨 뜻을 따라 개명한 현세영, 사 년 전에 본인의 뜻에 따라 다시 개명한 현세라까지. 넷 중 어떤 게 진짜 그 여자의 정체성일까요? 나이에 비해 참 기구하고 굴곡진 인생이죠. 불쌍한 아가씨가 빨리 돌아와야 할 텐데요. 자, 이젠 정말 갑니다."

형사가 나가고 진료실 문이 닫힐 때 내 의식세계도 완전히 닫혀버렸다. 형사는 무책임하게도 내 생애 가장 운명적인 말을 진료실에 던져두고 가버렸다. 그의 경솔한 말로 나는 절대 깨지 못할 악몽 속으로 또다시 침잠돼버렸고 결코 탈출할 수 없는 지옥에 갇혀버렸다. 내 손으로 자초한 악몽과 내가 초청한 지옥으로……. 수많은 고객들에게 수술 결과 또한 운명이라고 쉽게 말하던 내 입이 저주를 받았고 오! 포르투나를 외치며 아무 땅에나 꽂아대던 승리의 깃발은 갈기갈기 찢겨버렸다. 나는 이제 어디로 가야하며 내가 숨을 나무는 어디에 있는가!

현세라, 현세영, 현승희, 김승희…… 현세라, 현세영, 현승희, 김승희……

현세라, 현세영, 현승희, 김승희…… 샴쌍둥이의 네 얼굴 같은 네 개의 이름만 반복적으로 떠올랐다가 사라진다. 공황장애의 발에 걸려 넘어진 상상은 미칠 것처럼 네 얼굴과 네 이름 사이를 반복적으로 오간다. 이름에 붙들린 강박이 심장을 충동질 한다. 심장은 쿵쿵 뛰는데 뇌수는 오작동에 길이 막혀버리고 신경 전달은 뚝뚝 끊어져 아무 생각이 안 난다. 눈앞이 어지럽고 숨이 턱턱 막히고 몸이 심하게 떨리기 시작한다.

영화 '그래비티'를 보던 날의 악몽…… 그날의 악몽이 다시 재현된다. 광대한 우주에 홀로 영원히 버려진 것처럼 두렵다. 나는 에덴동산 경계 밖 멀고 먼 우주로 쫓겨난 것인가. 밧줄에 칭칭 묶여 피의 제단에 바쳐질 것만 같다. 죽임을 당할 것만 같다. 이제 세사장인 네 몸에 각을 뜨고 희생 제물로 바쳐서 그간 네가 무고한 이들에게 사칭해 온 운명의 여신을 달래야 한다고 누군가 말하는 것 같다.

아니다! 아니다! 아니다! 아닐 것이다. 일단 생각을, 생각을, 생각을 해야 한다……. 차분히…… 차분히……. 심호흡을 해본다. 하나…… 둘…… 셋……

60대 중반 남자 피살사건의 살해용의자 현세라와 비너스병원 VIP 고객 현세라는 동일 인물이다. 현세라가 네 살 때 실종됐다는 건 곧 현세라의 이전 이름 현세영이, 나아가 더 이전 이름 현승희가 네 살 때 실종됐다는 뜻이다. 내 동생 김승희는 네 살 때 실종됐다. 현세라의 본명은 현세영을 거친 현승희, 현승희의 본명은 성을 알 수 없는 승희. 그렇다면, 정말 그렇다면, 의문의 살인용의자는 김승희일 가능성이 없지 않다. 김승희는 실종된 내 동생……

충격적인 정보를 전달받은 두뇌로부터 어렵사리 단순 귀납추리를 건네받은 심장은 미칠 듯 쿵쾅거리기 시작한다. 날뛰는 심장을 주체할 수 없어 차라리 이 자리에서 죽을 것만 같다.

현세라는 오가는 길에 비너스병원을 올려다보며 흠모했고 복도에 걸린 그림 〈비너스의 탄생〉을 보며 운명적 끌림을 느꼈다고 했다. 그렇다면 우리나라 최고의 건축가가 인테리어 콘셉트로 그림을 걸어놓은 것이 아니라 지독하게 슬픈 한 가족의 운명이 비너스의 그림을 걸어놓은 건지도 모른다. 어쩌면 악마의 유혹 같은 운명이 타락한 욕망을 이용해 현세라를 우피치 미술관으로 불러들인 건지도 모르겠다. 그도 아니라면 선견자 산드로 보티첼리가 시모네타 베스푸치의 얼굴에서 한 인간의 슬픈 운명을 미리 예견한 건지도 모르겠다. 그리고…… 지독하게 슬픈 운명의 끌림을 따라 현세라는 지구 반 바퀴를 돌아 머나먼 피렌체까지 여러 번 가야했던 것인지도 모른다. 반드시 타락해야만 비로소 만날 수 있는 뻔뻔한 혈육을 보기 위해…….

그러나 타락의 정점에서도 나는 현세라의 진정한 실체를 알아보지 못했다. 잘난 척하며 비너스의 본체가 아세라임을 거듭 강조했지만 현세라의 본체는 끝까지 알아보지 못했다. 오히려 나를 학대하듯 그녀의 일탈을 미워했고 멸시했다. 타락의 길을 나란히 걸으면서도 평행선을 한 치도 좁힐 줄 몰랐던 욕망이 나를 가로막았다.

비너스의 원류를 찾아가는 것 같은 네 이름이 가슴을 친다. 비너스, 베누스, 이슈타르, 그리고 아세라로 이어지는 회귀의 여정은 내 동생 승희를 찾아가는 또 다른 이정표가 아니었을까. 현세라, 현세영, 현승희, 그리고 승희…….

운명의 여신에게 속고 희롱당한 나는 어둠 속에서 길을 찾아 헤매다 아세라의 신전에 잘못 들어선 동생을 꾀어 피의 제사를 바치게 한 악한 사제다. 이제, 정말이지 이제, 지옥에 떨어질 일만 남았다.

에필로그 - 7월 첫째 주 허즈투데이 소식

비너스병원, 인스타그램 셀럽 초청 안티에이징 미용 강연회 성황리에 종료

(여성의 미를 선도하는 매거진 허즈투데이/ 강은우 기자)

비너스병원(강남구 역삼동)이 주최하고 인스타그램이 후원한 「제1회 인스타그램 셀럽 초청 안티에이징 미용 강연회」가 비너스아트홀에서 이백 명이 넘는 VIP 고객들이 운집한 가운데 성황리에 진행됐다. 안면윤곽수술 일인자로 널리 알려진 비너스병원 김승우 원장(43)은 인사말을 통해 모든 아름다움의 기초는 안티에이징에서 출발하며 안티에이징은 얼굴의 윤곽과 피부 관리가 관건임을 강조하면서 이번 강연회가 아름다움을 적극적으로 수용하는 첫 신호탄이 될 것을 기대한다고 전했다. 이날 미용 강연회는 손서인 씨를 비롯한 5명의 인스타그램 셀럽들이 차례대로 자신만의 고유한 안티에이징 미용법에 대해 20분씩 강의했고 이어진 고객들의 질의로 진행됐다. 특히 인스타그램의 퀸 오브 퀸 손서인 씨는 이 날 강연에서 고객들을 향해 미용전문가들, 이

를테면 성형외과 및 피부과 의사, 피부관리사 및 메이컵 아티스트 등의 조언을 충실히 따르는 것이 아름다움을 가장 오래 유지하는 비법 아닌 비법이라고 강조해 선천적으로 타고난 미의 조건보다는 관리의 중요성을 환기시켰다. 청중이 된 고객들은 셀럽들의 강연을 들은 후 적극적으로 질의에 응했는데 주로 청순미를 유지하는 수술과 메이컵, 피부 관리에 관한 것들이었다. 강연 종료 후 비너스병원은 강연회 주제에 맞게 참석한 VIP 고객 전원에게 안티에이징 시술의 하나인 페이스라인레이저 1회 무료 체험 쿠폰을 제공했다.

다음은 강연회와 동 시간대에 이루어진 본지 기자와 김승우 원장과의 일문일답 인터뷰를 축약한 내용이다.

강 기자: 성형외과병원에서 주최하는 미용강연회는 지금까지 찾아볼 수 없던 행사여서 새롭고 신선하게 느껴지는데요. 어떤 취지에서 기획된 것인지 궁금합니다.

김 원장: 아름다움은 자신의 의지 여하에 따라 얼마든지 재창조될 수 있다는 것이 비너스병원 의료진들의 신념입니다. 아름다워지려면 보다 구조적이고 체계적인 케어가 필요한데 그 베이스를 제공해줄 수 있는 곳이 곧 성형외과가 아닐까 생각합니다. 홍수처럼 쏟아지는 광고 속에 시행하는 무분별한 성형수술은 재창조의 걸림돌이 될 수도 있어서 그 어느 곳도 아닌 성형외과에서 미용 강연회를 개최하는 게 당연하다는 데 착안했습니다.

강 기자: 이번 강연회를 안티에이징에 초점을 맞춰 개최한 특별한 이유가 있을까요?

김 원장: 이제 여성들의 미용 화두는 또렷한 이목구비가 아니라 안티에이징에 있습니다. 강연회 서두에 인사말 드린 것처럼 안티에이징의 기초는 얼

굴 윤곽과 피부 관리에 달려 있습니다. 동안에서 우러나오는 청순미야말로 미의 정점이고 매혹의 꽃입니다. 미의 영원성은 청순미와 동의어라고 해도 과언이 아닐 테죠. 비너스의 청순미에서 사람들은 영원성과 성결함을 발견하지 않습니까. 여성 속에 있는 비너스의 원형을 찾아가는 길이 바로 안티에이징 미용이라고 말하고 싶습니다. 생명의 근원은 물입니다. 물에서 탄생한 비너스야말로 미의 생명력을 상징하죠. 그러고 보니 미용강연회가 개최되는 오늘도 수요일이군요. 저는 개인적으로 수요일이 비너스에 가장 가까운 요일이라고 생각합니다.

강 기자: 아, 그럼 일부러 수요일로 정하신 건가요?

김 원장: 하하, 우연일 뿐입니다. 하지만 우연이 운명을 낳기도 하죠.

강 기자: 여성 속에 있는 비너스의 원형이 곧 청순미라는 말이 참 의미 있게 다가옵니다. 그렇다면 초청 강사를 인스타그램 셀럽으로 선정하신 특별한 이유가 있습니까?

김 원장: 이 시대는 여성들의 로망이 TV나 스크린에 한정되지 않죠. 생활과 가장 가까운 핸드폰 속 어플리케이션에 워너비들이 살고 있습니다. 인스타그램은 사진과 동영상을 통해 여성의 미를 전폭적으로 지원하는 어플리케이션으로 유명 연예인보다 일반인과 조금 더 가까이 있는 셀럽을 중심으로 미의 완벽한 표현이 가능해졌습니다. 이번 미용 강연회를 통해 셀럽들을 가까이에서 만나면서 그들이 누리고 있는 미를 고객들도 현실에서 충분히 공유할 수 있다면 효용 면에서 유익하리란 판단이 섰습니다.

강 기자: 듣고 보니 참신한 기획이네요. 누가 기획한 건가요? 아니면 이번 기획에 영향을 준 인스타그램 셀럽이 따로 계신가요?

김 원장: 아닙니다. 순전히 저희 비너스병원 의료진들의 기획입니다. 매일

아침 의료진 회의를 가지는데 항상 저희는 고객의 복지를 목표로 의견을 나눕니다. 모델링은 교육 분야뿐 아니라 성형 분야에도 중요한 개념입니다. 무분별한 성형수술을 지양하고 건강하고 안전한 미를 가꾸는 데 꼭 필요한 개념이 모델링입니다. 인스타그램 셀럽은 외모만으로 되지 않습니다. 건강한 몸과 아름다운 지혜, 누구나 인정할 수 있는 전문지식 등이 필요합니다. 셀럽을 모델링 하다보면 단순히 수술에만 집착하는 태도를 버릴 수 있겠죠. 장기적으로 볼 때 이번 강연회는 고객 복지의 일환이 될 것 같습니다.

강 기자: 안티에이징 미용은 현실적으로 안면윤곽수술이 큰 부분을 차지할 것 같습니다. 안면윤곽수술 만 케이스를 바로 목전에 두고 계신데요. 수술을 집도하는 의사로서 안전성과 효율성에 대해 확신을 갖고 계신가요?

김 원장: 그럼요. 비너스병원의 수술은 반드시 네 번의 상담과정을 거쳐 이루어집니다. 수술 여부를 결정하기 전에 숙고의 과정을 밟는 것이죠. 그 과정에서 안전성과 효율성이 확인되더라도 전적으로 선택은 고객에게 맡겨드립니다. 수술 집도 횟수는 제게 아무런 의미가 없습니다. 주어진 일을 하다 보니 여기까지 온 것뿐입니다. 오직 고객의 안전과 아름다움이 저희 병원의 화두입니다.

강 기자: 오늘 만난 인스타그램 셀럽 외에 혹시 원장님께서 지금까지 만난 고객 중에 안면윤곽수술로 탄생한 안티에이징 미녀 혹은 초 동안 미녀로 특별히 기억에 남는 고객이 있나요? 혹시 그런 분이 계시다면 소개해주세요.

김 원장: 음……. 글쎄요……. 모든 고객이 저에게는 특별한 고객입니다. 선천적인 신체 조건을 떠나 적극적으로 자신을 사랑하고 젊음을 최대한 아끼고 누리는 사람이라면 모두 동안 미녀라고 할 수 있지 않을까요?

강 기자: 마지막 질문입니다. 안면윤곽수술을 통해 동안을 얻게 된 미녀

들에게 김승우 원장님께서 전해주실 희망의 메시지가 있다면 이 자리를 통해 전해주시죠.

김 원장: 병원의 인술을 믿고 적극적인 자세로 수술을 통해 동안을 얻게 된 분들을 전 〈비너스의 탄생〉이라는 명화 제목으로 일컫고 싶습니다. 비너스는 영원한 여성의 아름다움을 상징합니다. 생명의 기원인 바다 거품에서 탄생한 비너스는 청순한 아름다움의 대명사입니다. 물은 생명력과 영원함을 상징하지 않습니까? 여성 속에 내재된 영원한 비너스를 발현시키는 일, 바로 그것이 안티에이징 미용이고 성형수술의 위대한 사명이 아닐까 생각합니다.

강 기자: 안면윤곽수술 만 케이스 집도를 미리 축하드립니다. 아울러 비너스병원이 여성 속에 내재된 영원한 비너스를 발현시키는 아름다운 성소가 되기를 기원합니다. 바쁘신 중에 인터뷰에 응해 주셔서 감사합니다.

버블 비너스

심은신 지음

발행처 · 도서출판 **청어**
발행인 · 이영철
영　업 · 이동호
홍　보 · 천성래
기　획 · 남기환
편　집 · 방세화
디자인 · 이수빈
제작이사 · 공병한
인　쇄 · 두리터

등　록 · 1999년 5월 3일
(제1999-000063호)

1판 1쇄 인쇄 · 2019년 11월 20일
1판 1쇄 발행 · 2019년 11월 30일

주소 · 서울특별시 서초구 효령로 남부순환로364길 8-15 동일빌딩 2층
대표전화 · 02-586-0477
팩시밀리 · 0303-0942-0478
홈페이지 · www.chungeobook.com
E-mail · ppi20@hanmail.net
ISBN · 979-11-5860-711-1(03810)

이 도서의 국립중앙도서관 출판시도서목록(CIP)은 서지정보유통지원시스템 홈페이지(http://seoji.nl.go.kr)와 국가자료공동목록시스템(http://www.nl.go.kr/kolisnet)에서 이용하실 수 있습니다.(CIP제어번호: CIP2019044818)

이 책은 울산광역시 와 울산문화재단 에서
문화예술지원비를 보조 받아 발간되었습니다.